KB215276

식민지시대 시의
이념과 풍경

김승구

지식과교양

　최남선의 「해에게서 소년에게」를 기점으로 볼 때, 한국현대시의 역사는 100년을 상회하고 있다. 짧다면 짧은 그동안의 시 중에서 최근까지 내 관심을 사로잡은 것은 1930년대 시들이었다. 어쩌면 석사논문에서 백석을 다뤘던 경험이 크게 작용한 것일지도 모르겠다. 1930년대부터 해방 전까지, 흔히 일제 강점 말기라고 지칭할 수 있는 시간대의 시들에 대해 관심을 가지고 조금씩 작업한 결과가 이 책 한 권으로 묶여지게 되었다. 내 생각에 문제적이라고 생각되는 시인들은 모두 포괄된 것 같다.

　작업 결과를 돌이켜보니 내 문제의식의 핵심이 어디에 있는가를 새삼 느낀다. 시인으로 산다는 것은 무엇을 의미하는가, 시인은 무엇을 위해서 쓰는가, 시는 왜 필요한가 등등 문학을 처음 공부할 때 생각하게 되는 문제들이 연구자로 살아가는 이 순간에도 매우 절실한 마음으로 다가온다. 선뜻 무어라고 대답할 수 없는 질문들을 안고 고민해 온 듯하다.

　이 책의 내용은 글 자체가 말해주리라 믿기 때문에 여기서는 간략히 그 글에 얽힌 속마음을 털어놓고자 한다.

　1부에는 정지용과 김기림에 관한 각각 두 편의 글이 묶여 있다. 정지용은 '현대시의 정답'과 같은 시인이다. 수많은 연구자들이 다룬 시인을 새삼스레 다뤄야한다는 당혹스러움을 느끼며 고심했던 기억이 새롭다. 김기림에 관한 글들은 각각 그의 수필과 비평을 다루고 있다.

시를 배제한 것은 시의 '질'에 대한 확신이 없었기 때문이다.

2부는 노천명과 김종한을 같이 묶었다. 언뜻 한 눈에 들어오지 않는 조합이다. 식민지 시대 시에서 가장 보편적인 테마 하나를 꼽으라면 향수를 꼽을 수 있을 것이다. 왜냐하면 인간은 누구나 디아스포라의 존재들이기 때문이다. 그런 근대인의 운명을 가장 잘 보여주는 시인 하면 나는 이 두 사람을 생각하게 된다.

3부는 서정주와 임학수다. 시인은 민족과 언어에 기반을 둘 수밖에 없다. 그런 기반이 사라질 때 시인이 빠져들 수밖에 없는 함정과 내적 논리를 이 두 시인은 잘 보여준다고 생각한다. 욕하면서 기억하거나 아예 지워버리는 방식의 대응에서 벗어나서 어떤 부분은 구제하고 싶었다. 구제하면서도 껴안아야 할 부분은 있어 보인다.

4부는 전향이다. 김동환, 권환, 김용제, 모윤숙. 이런 이름들을 어떤 아쉬움 없이 부르기는 어렵다. 대개 민족주의자이거나 마르크스주의자였던 이들의 행보를 따라가면서 나는 '윤리'나 '양심'의 문제를 심각하게 받아들일 수밖에 없었다. 그리고 문학은 자기 밖의 어떤 실체와의 싸움이 아니라 자기 자신과의 싸움이라는 사실을 되새기게 된다.

이 책의 내용이 채워지는 과정에서 많은 선학, 동학 연구자들의 연구에 힘입은 바 크다. 그분들의 선행연구가 없었다면 이 책도 나오지 못했을 것이다. 그리고 연구의 기반이 되는 각종 전집의 편찬자들의 노고에 감사드린다. 이 분들의 힘들고 지난한 작업이 있었기에 나 같은 연구자가 쉽게 작업을 할 수 있었다고 생각한다. 마지막으로『친일문학론』의 저자 고 임종국 선생에게 특별히 감사드리고 싶다. 이 책만큼 나에게 많은 시사를 준 책은 없다.

이 책의 출간을 주선해주신 지식과교양 윤석원 대표님, 이 책을 지금과 같은 멋진 모습으로 꾸며주신 윤예미 과장님, 그리고 난삽한 원고를 꼼꼼히 읽어 준 세종대학교 국어국문학과 대학원의 조경진에게 감사드린다.

그리고 자식의 안위를 항상 걱정해주시는 부모님, 그리고 가까이서 항상 지적 자극과 정서적 안정을 주는 아내 권수현에게 감사드린다.

가급적 새로운 시선을 투영해서 시들을 읽어내려고 노력했지만 그 새로움의 정도를 평가하는 것은 순전히 이 책을 읽는 독자의 몫이다. 동학 여러분의 많은 지도편달을 바란다.

2012.3.
저자

제2부 향수의 미학과 정치학

제3부 조선적인 것에의 목마름

제4부 전향의 윤리

순수문학의 갈림길

식민지시대 시의 이념과 풍경

1장

정지용 시에서 주체의 양상과 의미

1. 서론

정지용 시 연구자들의 한결 같은 반응처럼 정지용만큼 바다의 이미지를 풍성한 감각으로 노래한 시인은 일찍이 없었다. 그러나 정지용 시의 섬세한 감각은 시종일관 그 자체를 즉자적으로 고수할 뿐 특정한 관념으로 환원되지 않는다. 그로 인해 기법의 새로움을 평가하면서도 정지용 시 내에서는 후기시에 비해 바다시편 등 초기시는 상대적으로 낮은 평가를 받고 있는 것이 사실이다. 이것은 인상주의풍의 풍경화보다 동양의 재래적 화풍인 산수화에 더 높은 정신적 가치를 부여하는 지식계의 풍토와 무관하지 않다. 흔히 정지용의 후기시를 '산수시'로 규정하는 수많은 논자들이 이와 같은 평가를 암묵적으로 공유하고 있다. 산수시의 정신을 전근대적 지식인의 '은일(隱逸)' 관념과 연관 지어 일제 강점 말기의 곤궁한 상황에 대한 저항의 의지로 읽어내는 독법은 우리의 정신사적 풍토와 사회적 상황을 고려할 때 어쩌면 매우 자연스러운 것일 지도 모른다.

그러나 그러한 사정을 감안하더라도 몇 가지 남은 문제가 없지 않은데, 그 중 하나가 정지용의 후기시가 보여주는 미학의 근대성이다. 초기에 모더니즘의 세례를 받아 참신한 시를 제작하던 그가 후기에 보여준 시작이 과연 어떤 측면에서 근대성을 구현한 것인가에 대한 해명은 여전히 숙제로 남아 있다. 그가 후기시에서 보여준 정신의 "순도(純度)"를 떠나 그가 시의 근대성을 버리고 전통 미학으로 후퇴한 것인가는 앞으로도 지속적으로 논의될 쟁점의 하나가 될 것이다. 그러나 여기에서 관심을 가지는 것은 그러한 가치 평가 이전에 곰곰이 되새겨야 할 문제의 하나로인 주체의 문제이다. 근대 사회에서 근대성의 담보 구실을 하는 것이 개별자로서 존립한 개인이 보여주는 새로운 시선이다. 예술 생산자로서의 시인이 개별화된 감각과 상상력을 펼치기 위해서는 주체의 정립이 필요하기 때문이다.

여기서는 정지용이 본격적으로 문단에 등장한 이후 발표한 '바다시편'과 시집 『백록담』에 수록된 시들을 중심으로 주관적 시선의 해체 과정을 창작 연대를 고려하여 살펴보고자 한다. 특히 후기시 중에는 '산수시'로 규정된 시들보다 서사 지향적 시에 논의를 집중하고자 하는데, 그 이유는 서사 지향적 시들이 상대적으로 덜 조명되었을 뿐만 아니라 이들 시가 정지용 시에서 주체의 문제와 관련하여 중요한 문제를 시사하기 때문이다.

2. 구성된 풍경과 해도의 상상력

정지용의 초기시는 한 폭의 풍경화를 연상케 한다.[1] 정지용 시 연구
자들의 한결 같은 지적처럼 그의 초기시에 자주 등장하는 바다는 그
와 같은 풍경화의 주 소재로 등장한다. 바다가 풍경화를 구성하는 대
상임은 자명하나 그와 같은 대상을 풍경으로 구성하는 주체의 자리가
어디인가에 대해서는 거의 주목받지 못했다. 그의 시에서 바다를 바
라보는 시적 화자는 대체로 배 위에 놓여 있는 것으로 암시된다. 항해
와 더불어 시시각각 변화하는 바다는 항해하는 시적 화자, 즉 배의 이
동과 함께 시선이 유동하는 시적 화자에 의해 포착된다. 그의 시의 주
체는 원경의 이미지와 근경의 이미지를 뒤섞는다. 그의 시의 바다는
한 폭의 청신한 풍경을 형성하지만 가만히 보면 그와 같은 풍경은 어
딘가 인위적이라는 인상을 준다.[2]

정지용의 초기시는 풍경화적인 세계를 담고 있다는 인상을 준다.

---

1 우리가 일상적으로 사용하는 풍경이라는 말의 함의는 명확하지 않다. 풍경이라는 말 속
에는 흔히 특정한 대상이나 형식의 개념이 전제되어 있기 마련이다. 따라서 풍경은 외부
에 존재하는 자명한 대상이 아니라 우리의 정신에 의해 선택된 그 어떤 것이라 할 수 있
다. 풍경은 과거의 문화예술에 의해 산출된 정신문화적 유산의 일종이다(이효덕 저, 박
성관 역,『표상 공간의 근대』, 소명출판, 2001, 41~43쪽.). 이런 관점에서 보면 정지용
시를 논의하는 마당에서 자주 운위되는 풍경은 생각보다 복잡한 양상을 가진 것이라 할
수 있다.
2 김유중은 정지용 시가 보여주는 자연이 인상주의 회화가 추구한 "사실로서의 자연"이 아
니라 "구성되고 재배치된 자연"임을 강조하고 있다. 그의 주장은 정지용의 후기시를 대
상으로 하고 있으나, 논의 대상을 초기시로 확대해도 무방하리라 생각한다(김유중, 「정
지용 시 정신의 본질」,『한국문학이론과 비평』19집, 한국문학이론과 비평학회, 2003.6,
15쪽.).

그러나 그것은 인위적인 구성에 따라 이루어진 상상력의 분출이다. 그런 상상력의 분출은 정지용의 시가 그려내고 있는 풍경에 혼란스러움을 가져다주는데, 그와 같은 일그러진 풍경을 가능케 한 요인은 다름 아닌 근대적 지식이다. 정지용의 시가 등장 당시 시단에 일대 낯선 풍경을 창출할 수 있었던 요인 중 하나가 그가 섭렵한 근대적 지식의 활용에 있다는 사실은 주목할 만한 것이다. 그것은 우리 시사에서 바다가 근대로의 진입과 더불어 새롭게 목도한 타자였다는 사실과 무관할 수 없을 것이다. 근대 이전까지만 하더라도 바다는 전근대적 지식인의 사유 대상에 포함되지 않았다.3 기껏해야 그들이 만날 수 있었던 것은 산이었다. 전근대적 지식인들에게 산은 사유와 상상력의 근원이었다. 그것은 변화가 아닌 부동, 경박함이 아닌 진중함 등 이항 대립적 사유 속에서 '정(正)'의 위치를 점한 것이었다. 전근대적 지식인의 주거 공간은 곧바로 그들의 상상의 최대치를 구획 지었는데, 근대가 바다 건너에서 도래한 박래품이었다는 사실은 전근대적 지식인에게 바다가 사유와 상상력이 무력해지는 타자로 자리 매김 되었다는 추측을 가능케 한다.

바다로 표상되는 근대 앞에서 근대를 맞은 전근대적 지식인들의 대응은 전적으로 무력할 수밖에 없었다. 개화기 지식인의 전형이라 할 최남선이 그려낸 바다가 기껏 뭍에서 바라본 바다에 지나지 않았고, 그의 사유 역시 관념적인 것이었다는 점은 그에게 있어 바다가 전적으로 근대의 표상으로 기능할 수밖에 없었음을 알려준다.4 정지용의

---

3 권정우, 「정지용의 바다시편과 산시편의 연속성 연구」, 『Comparative Korean Studies』 12권 2호, 2004, 81~84쪽; 진순애, 「정지용 시의 내적 동인으로서 동시」, 『한국시학연구』 7집, 한국시학회, 253쪽.

바다 시편이 가진 새로움은 바다를 기껏 관념적 순치 대상으로 바라보았던 최남선 식의 자기 한계를 극복하고 있다는 점이다. 정지용의 시에서 바다는 산과 대비되는 관념의 표상으로 등장하지 않는다. 오히려 바다는 그것을 구성하는 다양한 대상들이 표출하는 이미지의 덩어리로 개별화되어 등장한다. 그런데 여기서 주목해야 할 점은 그 이미지들이 주관적 시선의 특이함을 보여주는 것들로 구성되어 있다는 점이다. 그와 같은 특이함은 바다에 대한 경험이 풍부한 자만이 가질 수 있는 득의의 경지이다. 물결의 움직임을 도마뱀의 움직임으로 비유할 수 있는 경지는 근대적 지식의 수혜를 받지 않고서는 불가능한 것이다. 전근대적 지식인이라면 공포와 기이함만을 느꼈을 타자의 이미지를 그는 도마뱀에 빗대고 있다. 이 외에도 그의 시에서 바다의 개별화된 이미지는 일대 감각의 향연을 펼친다.

정지용의 '바다시편'은 주체가 고정된 자리에서 바라본 결과로서의 풍경, 즉 우리가 회화에서 연상하는 풍경은 아니다. 그것은 동적인 위치 변화 속에서 순간적으로 포착되는 시각적 이미지의 나열로 구성되는 것이다. 그리고 시 속에 등장하는 낱낱의 이미지들은 관찰자의 치밀한 계산에 따라 배치된 풍경이다. "하늘"과 "바다", "수평선"과 같은 시어들을 통해 정지용은 시의 공간적 구도를 설정하지만 그것 외에는 모두 다 예측할 수 없는 사물들의 엄습이다. 「바다 6」에서 "바다종달새"의 비행을 포착하던 관찰자의 시선은 이내 "바다종달새"의 시선으로 이동한다. 이 장면은 "바다종달새"의 비행을 거리를 두고 포착한 듯 보이지만 작품을 면밀하게 뜯어보면 사정이 이런 가정과는 다름을

---

4 장도준, 「정지용의 시집 『백록담』의 세계와 미적 논리」, 『계명어문학』 5집, 계명어문학회, 1990, 219쪽.

알 수 있다. 만약 거리를 두고 포착한 "바다종달새"라면 그 "바다종달
새"의 시선의 포착대상이 되는 바위 위의 조개는 관찰자의 시선에 곧
바로 등장할 수 없기 때문이다. 관찰자의 시선을 차단하고 그 시선을
갈매기의 시선으로 전이시킬 때 그 다음 행에서 보는 것과 같은 이미
지 묘사가 가능해진다.[5]

　　고래가 이제 횡단 한뒤
　　해협이 천막처럼 퍼덕이오.

　　……힌물결 피여오르는 아래로 바독돌 자꼬 자꼬 나려가고,

　　은방울 날리듯 떠오르는 바다종달새……

　　한나잘 노려보오 훔켜잡어 고 빩안살 빼쓰랴고.

　　미억닢새 향기한 바위틈에
　　진달레꽃빛 조개가 해ㅅ살 쪼이고,
　　청제비 제날개에 미끄러저 도-네
　　유리판 같은 하늘에.
　　바다는… 속속 드리 보이오.

5 이것은 알프레드 히치콕(Alfred Hitchcock)의 영화 「새The Birds」(1963)에 등장하는
유명한 장면, 즉 새의 난동으로 폐허가 된 보데가만을 저공비행하며 사람들을 노려보는
"새의 시선(bird-eye view)"과 유사한 것이라고 할 수 있다. 히치콕 영화에서의 "새의 시
선"에 대해서는 프랑소와 튀르포 저, 곽한주·이채훈 역, 『히치콕과의 대화』, 한나래,
2000, 382쪽 참고.

청대ㅅ닢 처럼 푸른

바다

봄

「바다 6」 부분6

「바다 6」은 정지용이 쓴 '바다시편' 중에서도 「바다 9」와 더불어 가장 많이 언급되는 작품 중 한 편이다. 정지용 시 특유의 감각적 이미지가 잘 드러나는 이 작품이 선보이는 풍경은 주관적 시선의 자유로운 변화와 이동이 만들어낸 다층적 이미지들의 조합체이다. 고정된 위치에서 바라본 풍경이라고 보기에 이 시에 드러나는 각각의 이미지들은 낱낱으로 분산되어 있다. 1연은 항해에서 드물게만 보는 고래의 횡단이라는 사건이 불러일으키는 진기성을 드러내고 있다. 시적 화자가 서 있는 배를 가로지르면서 발생한 너울을 정지용은 "천막"이 바람에 펄럭이는 것에 비유했다. 이것이 실제적인 묘사에 해당할 수 있다면 2연에 등장하는 "바둑돌"도 그러할까. 보통의 시각으로 볼 때 이 "바둑돌"은 고래의 횡단이 일으킨 결과로 해석된다. 그러나 바다 한복판에서 "바둑돌"을 발견할 수는 없는 법이다. 이 "바둑돌"은 고래의 횡단이라는 사건의 위력을 강조하기 위한 정지용 식의 과장된 표현이라고 볼 여지가 있다. 그리고 다른 한편으로는 이 부분을 관찰자의 시점 이동에 의한 것이라고 볼 여지도 있다.7 관찰자는 처음부터 항해를 하고 있었던 것이 아니라 해안에 위치해 있었던 것이나. 관찰자는 마치 카메라의 렌즈를 확대하듯이 자신의 시선을 고래 쪽으로 당겼다가

---

6 『정지용전집1』, 민음사, 2003, 83쪽.(이하 정지용 시 인용은 "『정지용전집1』, 쪽수"로 약칭함)

그 시선을 다시 해안으로 좁힌 것이다.

바다의 봄 풍경을 스케치한 「바다 6」은 시각적 이미지 위주의 감각이 다채롭게 묘사되어 누구나 한 번쯤 그려볼 만한 바다를 선명하게 제시하고 있다. 동적인 변화와 정적인 고요가 교묘하게 결합되고, 주관적 시선이 한곳에 고정되지 않고 다양하게 변주됨으로써 얻어지는 이와 같은 풍경은 관찰자가 밝은 봄날의 햇살을 받으며 그려낸 사실적인 풍경이라고 볼 수는 없다. 시의 앞부분은 마치 사실적인 풍경인 듯한 인상을 주지만, 시의 말미 부분을 고려하면 정지용이 그려내고 있는 풍경은 '해도의 상상력'이 빚어낸 것이라고 할 수 있다. 정지용은 이 시의 마지막 부분에서 "당신은 이러한 풍경을 데불고/ 흰 연기 같은/ 바다/ 멀리 멀리 항해합쇼."라고 말하고 있다. 다음으로 살펴볼 「바다 9」는 그와 같은 상상력이 잘 드러나는 작품이다.[8]

> 바다는 뿔뿔이
> 달어 날랴고 했다.

---

7 나희덕, 김신정 역시 필자와 동일한 시각을 공유하고 있다. 나희덕은 「바다 6」을 대상으로 하여 정지용이 서구적 원근법으로부터 벗어남으로써 정지용 득의의 자연 묘사가 가능할 수 있었다는 점을 강조하고 있다(나희덕, 「1930년대 시의 '자연'과 '감각'」, 『현대문학의 연구』 25집, 한국문학연구학회, 2005, 25~27쪽.). 그리고 김신정 역시 「바다 6」에 나타난 정지용 시의 시점이 서양화의 '산점투시(散點透視)' 혹은 '(동)시점투시((動)視點透視)'의 기법과 유사함을 지적하고 있다(김신정, 『정지용 문학의 현대성』, 소명출판, 2000, 136~137쪽.).

8 김학동은 「바다 9」를 두고 "「바다」를 사물화하여 사생한 해도"라고 표현한 바 있다(김학동, 『정지용연구』, 민음사, 1987, 39쪽.). 이와 같은 판단은 필자가 제기하는 "해도의 상상력"과 발상 면에서 유사한 것이라고 생각된다.

푸른 도마뱀떼 같이
재재발렸다.

꼬리가 이루
잡히지 않었다.

힌 발톱에 찢긴
산호보다 붉고 슬픈 생채기!

가까스루 몰아다 부치고
변죽을 둘러 손질하여 물기를 시쳤다.

이 앨쓴 해도에
손을 싯고 떼었다.

찰찰 넘치도록
돌돌 굴르도록
회동그란히 바쳐 들었다!
지구는 연닢인양 옴으라들고······펴고······

「바다 9」 전문9

9 『정지용전집1』, 134~135쪽.

총 7연으로 구성된 이 시에서 전반부 4연과 후반부 3연은 구조적인 대립을 보인다. 전반부 4연은 관찰자가 파도가 밀려오고 밀려나가는 모습을 묘사한 것이다. 바다를 "도마뱀"에 의인화하여 표현한 점이 특이하다. 1~4연까지가 파도치는 모습에 대한 사실적인 묘사에 해당한다면, 4연은 파도의 결과로 발생한 특수한 상황에 대한 묘사라고 할수 있다. "흰 발톱"이 파도의 포말에 대한 비유라면, 그 포말에 의해 난 "생채기"의 정체는 무엇인가? 기존 연구자들은 이에 대해 여러 가지 해석을 내놓고 있지만 해석의 타당성 여부보다 중요하게 고려해야할 점은 4연까지의 사실적인 이미지가 기실은 해도 관찰자의 상상의 산물이라는 점이다. 이런 사실을 고려하지 못할 때 4~5연은 시적 화자의 사실적 행위에 대한 비유처럼 해석될 여지가 있다.[10] 1~4연은 해도를 들여다보는 관찰자의 상상이고, 5연은 그러한 상상으로부터 관찰하는 현실로의 회귀를 나타낸다. "변죽"을 두르고 "물기"를 씻는다는 것은 해도 관찰에서 빚어진 상상을 거두고 현실로 돌아온다는 것을 암시한다. 시적 화자는 상상 속에서 자신의 손에 묻었던 물기를 말리는 것처럼 말하고 있다. 그러므로 1~4연에서 상상으로 펼쳤던 것은 해도를 통한 바다의 상상이었던 셈이다. 정지용은 시적 화자가 해도를 접는 행위를 "연닢"이 수축하고 팽창하는 모습에 비유하고 있다.

정지용의 초기시에서 드러난 바다는 관찰자가 무매개적으로 바라본 바다 이미지가 아니라 해도를 바라보는 관찰자의 상상의 산물이다. 이처럼 정지용 시에서 묘사 대상으로 놓인 바다와 관찰자이자 시

---

10 이 시에 대한 사실주의적 해석의 예로는 민병기의 글을 들 수 있는데, 그는 이 시의 1~3연을 밀물, 4~7연을 썰물에 대한 묘사로 파악하고 있다(민병기, 「정지용의 「바다」와 「鄕愁」」, 『시안』 4호, 1999, 258~263쪽.).

적 화자의 관계는 직접성을 가진 것 같은 외양을 보인다. 그러나 주체
와 대상 사이에 매개체로 놓인 것은 직접성의 과학적 추상이자 입체
상의 평면화인 "해도"이다. 이와 같은 형식은 시 「지도」로 이어진다.

> 지리교실전용지도는
> 다시 돌아와 보는 미려한 칠월의정원.
> 천도열도부근 가장 짙푸른 곳은 진실한 바다 보다 깊다.
> 한가운데 검푸른 점으로 뛰여들기가 얼마나 황홀한 해학이냐!
> 의자우에서 따이빙자세를 취할수있는 순간,
> 교원실의 칠월은 진실한 바다보담 적막하다.
>
> 「지도」 전문[11]

　정지용이 휘문고보(徽文高普) 교사로 재직하던 경험에 기반을 둔 이
시는 그의 '바다시편'이 '해도의 상상력'이라고 칭할 만한 것에 기반을
둔 것임을 보다 더 뚜렷하게 보여주고 있다. 시적 화자는 교원실에 걸
린 지리 수업용 지도를 바라보면서 상상력을 발동한다. 교원실에 내
걸린 지도는 현실의 세계를 축소한 일종의 모형이다. 그 모형은 세계
를 균질한 성분의 관계로 평면에 투사해 놓은 것이다. 지도가 현실의
재현이기는 하나 물리학적 지식으로 변용된 것이라는 점을 승인한 바
탕에서 근대의 질서는 작동한다. 그러나 이 시의 시적 화자는 평면이
억압한 입체로의 환원을 시도한다. 지도상에서 진한 바다색이 칠해진
곳을 응시하는 시적 화자는 그것이 실제의 바다, "진실한 바다"보다

---

11 『정지용전집1』, 128쪽.

더 깊다고 말한다. 이것은 실제보다 실제의 모형인 가상이 압도하는 근대 사회에 처한 주체의 자연스러운 반응이다. 모형의 바다, 가상의 바다를 두고 상상을 펼치는 그에게 있어 그 상상은 "황홀한 해학"으로 존재한다. 그러한 상상이 극에 도달한 지점을 시적 화자는 "따이빙자세를 취할수있는 순간"이라고 말하고 있다. 이 시가 주목되어야 할 이유는 이 시를 통해 그의 시의 상상력의 원천이 어디에 있는가를 우리가 확인할 수 있다는 점에 있다.[12]

정지용이 내놓은 '바다시편' 중 가장 인상적인 이미지가 돋보이는 이들 시에서 우리는 그 이미지들이 관찰자의 시선이 고정되고 특권화된 위치에 놓여 있지 않음을 알 수 있다. 그것은 정지용의 '바다시편'이 그 감각적 선명함과 다채로움에도 불구하고 그 기본적인 구도가 인상주의풍의 회화적인 것과는 다른 것임을 알게 된다. 이들 시에서 구현되는 것은 김광균이 보여준 이미지즘의 풍경과는 다른 것이다. 김광균의 「외인촌」이 인상주의 회화의 풍경에 근사한, 말 그대로 언어로 그려낸 풍경화라면, 정지용의 '바다시편'에서 바다는 순전히 시인의 상상력이 만들어낸 이미지들의 조합체라고 할 수 있기 때문이다. 그 이미지들은 최남선과 같은 개화기 지식인들이 불안과 희망을 갖고 바라본 타자로서의 바다가 아니라 주체의 의지와 상상력에 의해 짜 맞춰진 조합체로서의 바다인 것이다.

---

12 이숭원은 이 시를 정지용 시의 해학성이 잘 드러나는 작품으로 꼽고 있다(이숭원, 「정지용 시의 해학성」, 김종태 편저, 『정지용 이해』, 태학사, 2002, 246쪽.). 그러나 이 작품에서 해학성은 정지용 시가 보여주는 "해도의 상상력"의 결과로서 나타난다는 점을 고려할 때, 이 시가 정지용의 '바다시편'의 맨얼굴을 내보인 것이라는 점에 오히려 주목할 필요가 있다.

3. 근대의 공포와 신경증적 징후

정지용의 시가 이룬 성취의 주요소로 자주 거론되는 청신한 감각은
초기의 '바다시편'처럼 시세계가 밝고 명랑한 시편들에서 선명하게 드
러난다. 거기에는 근대 사회가 개인에게 부여하는 고통이나 압박의
흔적은 잘 드러나지 않는다. 그러나 감각에 대한 지나친 강조는 후기
시의 정신에 대한 지나친 강조와 쌍을 이루어 마치 초기시에는 후기
시에 있다고 가정되는 '정신'이 없다는 식의 논의를 합리화하는 근거
로 작용하기도 한다. 『백록담』에 수록된 시편들을 두고 거론되는 정
신이란 대체로 "동양적 은일의 정신"으로 요약된다.13 대부분의 논자
들은 후기시를 이와 같은 정신으로 요약하면서 이때에 이르러서야 정
지용 시가 초기시의 결함을 극복하고 득의의 경지를 이루었다고 본
다.14 산을 소재로 하고 있다는 점, 그리고 동양 고전의 세계를 방불케
하는 수사와 문채를 엿보게 한다는 점, 그리고 자연과 합일된 인간의
마음을 드러내고 있다는 점, 그리고 일련의 시론에서 성정론(性情論)
과 고전론을 펼치고 있다는 점 등은 정지용의 후기시를 평가하는 주
근거가 된다.15 그럼에도 불구하고 지속적으로 고민해야 될 문제는 그

---

13 최동호, 「정지용의 산수시와 은일의 정신」, 『민족문화연구』 19집, 고려대 민족문화연
구소, 1986; 이상오, 「정지용의 산수시 고찰」, 『한국시학연구』 6집, 한국시학회, 2002.

14 오세영, 「지용의 자연시와 성정(性情)의 탐구」, 『한국현대문학연구』 12집, 한국현대문학
회, 2002, 265~275.

15 정지용 시와 동양미학의 상관성을 다룬 대표적인 논의는 다음과 같다.
최승호, 「정지용 자연시에 나타난 정(情)·경(景)에 대한 고찰」, 『한국현대문학연구』 4
집, 한국현대문학회, 1995. 2.
김용직, 「주지적 태도에서 "思無邪"까지」, 『한국시학연구』 7집, 한국시학회, 2002.

의 시가 내보인 미학적 성취의 수준뿐만 아니라 그러한 미학적 성취가 근거하고 있는 미학의 성격이다. 단적으로 말해서 그의 후기시가 과연 근대 이전의 미학세계로의 후퇴인가, 아니면 근대적 성격을 가진 미학적 변용인가 하는 문제가 논의의 요체가 될 것이다. 「장수산 1」은 그러한 논의의 적절한 대상이다. 겨울 산 속의 적막을 견뎌내는 시적 화자의 태도는 동양의 재래 문사들이 펼친 '은일'의 정신세계를 방불케 한다. 초기시에서 재기 넘치는 기분에 따라 펼쳐진 감각은 후기시에서는 한층 차분해진 채 유지되고 있다.

정지용이 작품의 주 대상으로 놓은 '바다'의 밝음과 명랑성이 거세된 '산'의 세계에서 발견하는 것은 근대를 앓은 주체의 슬픔이다. 그 슬픔은 그가 견딘 1930년대의 근대성일 터이다. 근대성의 요람으로서의 도시는 피로와 상실의 공간이다. 일상의 번잡과 규율성에 대한 이질감은 그의 시에서 시간에 대한 공포로 노출 되거나 현실과 환상의 유동이라는 특성으로 나타난다. 시간에 대한 공포가 「황마차」에서는 "네거리 모퉁이에 씩 씩 뽑아 올라간 붉은 벽돌집 탑에서는 거만스런 XII시가 피뢰침에게 위엄있는 손까락을 치여 들었소. 이제야 내 모가지가 쭐 뼷 떨어질듯도 하구료"라는 표현으로 나타난다. 또 동시풍의 시 「무서운 시계」에서처럼 어두운 밤 홀로 남겨진 소녀의 공포로 나타난다. 정지용이 이 시에서 시적 화자를 소녀로 설정한 것은 그가 근대 사회를 앓으면서 느낀 공포의 어떤 특질을 암시하는 것이다. 그 공포가 「시계를 죽임」에서는 다음과 같이 표현된다.

최동호, 「한국 현대시와 산수시의 미학」, 『비교문학』 28집, 한국비교문학회, 2002.
윤해연, 「정지용 후기시와 선비적 전통」, 『시와 시학』 2003년 여름.

한밤에 벽시계는 불길한 탁목조!
나의 뇌수를 미신바늘처럼 쫏다.

일어나 쫑알거리는 「시간」을 비틀어 죽이다.
잔인한 손아귀에 감기는 간열핀 목아지여!

「시계를 죽임」 부분16

 누구나 한밤중에 괘종시계 소리를 들으면 불길한 느낌을 갖게 된
다. 그런 느낌을 시적 화자는 "탁목조"가 자신의 뇌를 쪼는 것처럼 느
끼고 있다. 2연에서 시적 화자는 "「시간」을 비틀어 죽이다"라고 말하
고 있는데, 구체적 사물인 "벽시계"가 아닌 추상적 개념인 "시간"의 목
을 조른다고 표현한 것은 시적 화자가 느끼는 공포가 한밤에 듣는 불
길한 소리에 대한 공포가 아님을 말해준다. 시간을 죽인다는 것은 시
간의 흐름을 멈추고 싶다는 욕망의 표현이다. 시간은 규율화된 삶이
반복될 수 있는 단위이다. 그것의 멈춤은 규율화된 시간이 유발하는
피로로부터 회복을 가능케 한다. 그러나 기계적인 일상의 파열을 욕
망하는 시적 화자의 손을 "잔인한 손아귀"라고 표현하고 있는 점, 그
리고 시간의 흐름을 매개하는 괘종의 형상을 "간열핀 모가지"라고 표
현하고 있는 점을 고려할 때, 시적 화자의 욕망은 단순하지 않다. 시
간의 흐름 앞에 당황하는 심리, 그것이 시적 화자가 내보이는 신경증
일 것이다.17

---

16 『정지용전집1』, 113쪽.
17 이수정, 「정지용 시에서 '시계'의 의미와 '감각'」, 『한국현대문학연구』 12집, 한국현대
  문학회, 2002, 300~310쪽.

정지용 시에서 주체의 신경증적 징후는 현실과 환상을 가르는 선의 불투명함으로 나타난다. 정지용 시에서 자주 등장하는 "유리창"의 이미지가 중요한 것은 이와 같은 측면에서이다. 「유리창 1」에서 시적 화자가 마주하고 있는 "유리창"은 부재하는 존재에 대한 그리움을 강조하는 매개체이다. 천상과 지상, 죽음과 삶의 매개로서의 "유리창"은 현실에서 상실한 것이 현현하는 경계선이다. 「유리창 1」에서 "유리창" 앞에 선 시적 화자가 발견하는 보석인 "별"은 시적 화자의 욕망이 만들어낸 환상적 이미지이다. 그러한 욕망이 상실감의 재확인으로 끝난다는 점에서 "유리창"은 순간적으로만 현현하는 환상을 매개한다.[18] 그러한 환상의 현현이 성에가 꼈다가 사라지는 자연현상에 대한 신경증적 관찰의 결과라는 점을 주목할 필요가 있다. 근대 자연과학에서 가정하는 관찰자의 시선을 빗겨간 점에서 정지용의 관찰은 새로운 시적 이미지의 창조에 기여한다. 관찰자의 시선은 「유리창 2」에서도 시적 환상을 만들어낸다. "별도 없"는 "아조 캄캄한 밤" 방안의 시적 화자는 갑갑함을 느낀다. 그 갑갑함의 정도를 정지용은 "항안에 든 금붕어"에 빗대고 있다. 칠흑같이 어둡고 "쉬파람"만 부는 정밀한 밤 시적 화자는 "쉬파람"에 의해 흔들리는 창을 본다. 그런데 그 창의 흔들림이 시적 화자에게는 "소증기선"의 흔들림처럼 큰 파장으로 느껴진다. 그가 그렇게 느낀 것은 방안의 갑갑함이 그의 신경증적 욕망을 자극하고 있기 때문이다. 이 시의 후반부의 시작을 알리는 이 흔들림은 일상적 세계를 파괴하며 솟아나는 환상의 매개체이다. 갑자기 쏟아지는 "누뤼알"로 인해 그의 욕망은 격렬해진다. 어항을 탈출하려

---

18 신범순, 「정지용 시에서 '詩人'의 초상과 언어의 특성」, 『한국현대문학연구』 6집, 한국현대문학회, 1998, 150쪽.

는 "금붕어"의 몸놀림처럼 그는 욕망을 행동으로 분출시킨다. 그러나 그가 마주치는 것은 다음과 같은 것이다.

쓰라리, 알연히, 그싯는 음향…
머언 꽃!
도회에는 고흔 화재가 오른다.

「유리창 2」 부분19

인용 부분은 「유리창 2」의 종결부로, 이숭원은 1행을 시적 화자가 담뱃불을 붙이는 모습을 묘사한 것으로, 그리고 2행과 3행은 시적 화자가 담뱃불을 붙일 때 창밖으로 보이는 화재의 현장을 묘사한 것으로 파악한다.20 이렇게 파악할 때 이 부분은 시적 화자가 격렬한 감정을 가라앉히려는 의지의 표명으로 읽힌다. 그러나 이 부분은 앞부분에서 드러난 시적 화자의 욕망이 해소되고 시적 긴장이 가라앉는 부분이 아니라 그러한 욕망이 환상으로 연결되는 부분으로 보는 것이 더욱 자연스럽다. "그싯는"의 주체를 시적 화자로 보게 되면 이 장면에서 왜 굳이 그가 담배를 피워 물어야 하는지, 그리고 담배를 피워 물며 관찰한 화재를 "머언 꽃"이나 "고흔 화재"라고 표현해야 하는지 납득이 잘 가지 않는다. 여기서 "그싯는"의 주체는 창밖에서 일어나는 모종의 불꽃이다. 그러니까 "그싯는"을 자동사로 이해할 때 이 부분에 대한 이해는 새로운 차원으로 전개될 수 있다. 이 구절에 대한 이해가 쉽지 않은 이유는 정지용이 "그싯는 음향"이라는 표현을 사용하고 있

19 『정지용전집1』, 94쪽.
20 이숭원, 『정지용 시의 심층적 탐구』, 태학사, 1999, 101~102쪽.

기 때문이다. 또 이 구절이 마치 시적 화자가 근거리에서 지각한 소리
의 묘사처럼 생각되는 이유도 여기에 있다. 그러나 인용 부분의 첫 행
을 2~3행에 연결 지어 이해할 때 이 소리는 시적 화자의 환각의 일종
이다. 시각을 청각과 연결 짓는 방식은 정지용 시의 감각 구사가 가지
고 있는 특이성이다.21 "머언"이라는 수식어가 암시하듯 관찰의 대상
으로 놓인 그 무엇은 시적 화자가 위치한 시점으로부터 상당한 거리
에 놓여 있다. 이처럼 거리가 떨어진 대상을 그것도 음향의 전파가 차
단된 "유리창" 안에서 파악할 때 시각의 영역으로 수축될 수밖에 없는
지각의 가능성을 확장함으로써 "유리창" 안의 시적 화자가 느끼는 폐
쇄감은 허물어지고 그는 개방된 영역에 놓인다. 그 영역에서 그가 발
견하는 "불"은 도시에서 일어난 실제의 화재나 불꽃놀이가 아니라 환
상의 "불"이다. 그 "불"은 "오른다"는 표현이 말해주듯 폐쇄적이고 기
계적인 근대성의 상징인 "도시"를 파괴하는 해방의 불이다. 그 불은
시적 화자의 내면에서 움트는 탈출의 열락과 등가의 것이다. 이처럼
"유리창"은 현실로부터 환상으로 연결시켜주는 매개체 역할을 한다.
"유리창" 너머로부터 시적 화자가 발견하는 것은 부재와 상실이 만들

---

21 정지용 시가 드러내는 감각의 절정은 개별적 이미지들에서뿐만 아니라 그 이미지들의
통합에서도 드러난다. 정지용 시에서 공감각적 이미지는 그러한 것을 보여준다. 시각
이 우위에 놓이면서도 시각은 청각이나 촉각과도 상호 교통하는 양상을 보인다. 그것
은 인간의 지각에 있어서 각 신체 기관별로 분화되어 있다고 믿는 감각이 실은 그다지
개별적이지 않음을 보여준다. 인간의 시각은 눈에만 한정되는 감각 기능이 아니라 생
리학적으로 통합된 것이다. 정지용 시에 나타나는 공감각적 이미지는 생리학적 관점에
서 볼 때 일종의 감각적 혼란의 증상이라고 할 수 있다. 감각의 개별화와 시각의 우선
권 확보로 특징지어지는 근대 사회는 "소유의 감각"이 지배하는 사회일 수밖에 없는데,
공감각적 이미지는 근대 사회로부터 탈출하고자 하는 주체의 교란이다. 감각적 혼란과
관련된 논의는 조나단 크래리 저, 임동근 외 역, 『관찰자의 기술』, 문화과학사, 1999,
143~144쪽 참고.

어낸 주체의 욕망이다.

「시계를 죽임」, 「유리창 1」, 「유리창 2」가 정지용이 본격적인 도시 생활을 하면서 창작된 것임에도 불구하고 그런 단면이 작품 속에 잘 드러나지 않는다. 그러나 우리는 이런 작품들이 근대 생활의 파괴적인 단면에 대한 시적 대응임은 어렵지 않게 이해할 수 있다. 우리는 이들 작품에서 규율화되고 기계화된 일상의 피로와 상실감, 공포에 떠는 주체의 모습을 발견할 수 있다. 특히 유리창을 사이에 둔 주체와 세계의 만남을 묘사하고 있는 「유리창 1」, 「유리창 2」는 정지용의 근대성에 대한 독특한 대응 양상이 돋보이는 작품들이다. "보석", "꽃"으로 드러나는 환상의 이미지는 천상으로의 상승이나 천상적인 것의 탐구와 맞물린다는 점에서 정지용이 보여준 가톨릭주의와 연관되는 것이다. 그러나 천상적인 것의 탐구로 요약되는 그의 욕망은 그것이 대지에 고착된 존재로서 탐구 대상과 일정한 거리를 형성할 때 미학적 긴장을 획득하게 된다. 만약 주체가 대지를 떠나 그 천상적인 것을 직접 찾아 나선다면 정지용 시의 시적 화자에게 남는 것은 주체 붕괴의 경험으로서의 환상뿐일 것이다. 그러한 환상 찾아 나서기의 과정이 정지용의 후기시의 탄생 배경을 이루는 산행 체험이다.[22]

---

22 신범순은 정지용의 산행 체험을 병적인 신경증의 치료 여행이라고 전제하고, 산행을 통해서 정지용이 병적인 신경증과 연관된 예민한 감각주의로부터 벗어날 수 있는 계기를 마련한 것으로 보고 있다. 신범순, 「정지용의 시와 기행산문에 대한 연구」, 『한국현대문학연구』 9집, 한국현대문학회, 2001.6, 188쪽.

4. 무력화된 주체와 상징적 죽음

정지용에게 있어 산행 체험23이 단순한 취미의 차원을 넘어선 것임
은 그가 해방 후 발표한 「조선시의 반성」이라는 글을 통해 그 일단을
확인할 수 있다. 물론 그러한 발언이 사후적인 변명에 지나지 않을 수
도 있겠지만, 1930년대 후반부터 그가 시나 산문을 통해 지속적으로
산행 체험을 표현하고 있다는 점을 감안하면 그러한 발언의 진정성을
애써 외면할 필요는 없을 듯하다. 정지용 시에서 흔히 '세속과 고립된
공간으로서의 산', '정신적 극기의 상징으로서의 산'이 제시되는 것도
바로 그러한 이유라 할 것이다. 그러나 산에 있다고 가정된 그 무엇,
즉 그로 하여금 산행을 하게 한 욕망의 대상은 존재하지 않고, 분열된
욕망의 주체로서의 자신만을 자각하게 되는 것은 그의 시의 필연적인
과정이다.

　(……) 초침 소리 유달리 뚝닥 거리는 낙엽 벗은 산장 밤 창유리까지에
구름이 드뇌니 후 두 두 두 낙수 짓는 소리 크기 손바닥만한 어인 나븨가
따악 붙어 드려다 본다 가엽서라 열리지 않는 창 주먹쥐어 징징 치니 날
을 기식도 없이 네 벽이 도로혀 날개와 떤다 해발 오천척 우에 떠도는 한
조각 비맞은 환상 호흡하노라 서틀리 붙어있는 이 자재화 한폭은 활 활
불피여 담기여 있는 이상스런 계절이 몹시 부러웁다 날개가 찢여진채 검

---
23 정지용 문학에서 산행 체험의 의미에 대해서 송기한은 정지용의 후기시들을 국토기행
　이라는 창작 외적 조건과의 관계 속에서 살피고 있다. 송기한, 「산행체험과 시집 『백록
　담』의 의미」, 『한국문학이론과 비평』 19집, 한국문학이론과 비평학회, 2003.6.

은 눈을 잔나비처럼 뜨지나 않을가 무섭어라(······)

「나븨」 부분24

이 작품은『문장』종간호에 실린 산문시 중 한 편이다. 가을 산행 길에서 하룻밤 묵어가기 위해 산장에 여장을 푼 시적 화자는 산장의 밤을 맞이한다. 시적 화자가 머무는 산장은 "초침" 소리까지 또렷이 들릴 만큼 고요하고, 창문에 구름이 드리워 창에 물방울이 맺혀 흐를 정도로 높은 곳에 위치한, 그야말로 "적멸"의 공간이다. 정지용은 산 장의 적막을 청각적 이미지를 통해 강조하고 있다. 여기까지가 풍경 에 대한 이미지즘적 소묘인데 반해 바로 이어지는 그 다음 부분에서 는 느닷없는 장면이 연출된다. 손바닥만 한 몸집의 "나븨"가 출현한 것이다. 이 시에 등장한 "나븨"는 몸집이 손바닥만 할 뿐만 아니라 "해발 오천척"위에서 서식하는 "나븨"이다. 그리고 날개는 찢어졌고 검은 눈은 보는 이에게 두려움을 준다.25 그 "나븨"는 따뜻한 산장 안 을 그리워하는 것처럼 보인다. 시적 화자가 유리창을 쳐도 날줄 모르 고 날개를 떨고 있다. 그 "나븨"는 적막한 공간 위에 펼쳐진 산장안의

24『정지용전집1』, 174쪽.

25 이와 같은 정황으로 인해 많은 연구자들은 이 시의 나비를 시적 화자의 환상이라고 본 다. 그러나 이런 근거들을 이유로 이 시의 나비를 순전히 시적 화자의 환상으로 돌리는 것에는 문제가 있다. 왜냐하면 이 시의 나비는 생태나 형태상 매우 특징적인 나비의 일 종인 산굴뚝나비로 보이기 때문이다. 이 종은 한라산 정상과 같은 고산지대에 서식하 는 특이한 종이다. 이 종은 빛깔이 검을 뿐만 아니라 양쪽에 두 개씩의 날개가 있는데, 어떻게 보면 찢어진 것처럼 보인다. 또 양 쪽 날개에는 원숭이의 눈을 연상케 하는 무 늬가 있다. 이런 점을 고려할 때, 정지용이 이 시에서 묘사한 나비가 마치 현실에 존재 하지 않는 나비, 즉 환상의 나비라고 보는 것은 자연 생태에 대한 무관심의 고백일 뿐 이다.

기이한 풍경을 관찰하고 있다. 시적 화자에게 있어 이 "나븨"는 "자재
화 한폭"이지만 "나븨"에게도 이 산장의 풍경은 "한 조각 비맞은 환
상"이다.

특이한 점은 정지용 시의 주체가 시적 화자의 위치에만 놓여 있지
않다는 점이다. 시적 화자의 입장에서 볼 때 이 시에 등장하는 "나븨"
는 환상의 대상이다. 그러나 "나븨"의 입장에서 볼 때 시적 화자는
"나븨"가 추구하는 환상의 대상이다. 이처럼 이 시는 "나븨"의 환상과
시적 화자의 환상을 교묘히 뒤섞어 놓고 있다. 이것은 장자의 호접몽
모티프에 대한 정지용 식의 변용이라고 할 것이다.[26] 이 작품을 통해
서 비로소 정지용은 주체와 객체, 사유와 대상이라는 엄격한 이분법
에서 놓여나고 있다. 그러한 이분법으로부터의 해방은 풍경의 관찰
자로서 그 풍경을 명징하고 단단한 언어로 표현하고자 하는 그 나름
의 결벽주의로부터의 이탈을 의미한다.[27] 그러한 "탈결벽주의"는 그
의 시의 최후를 장식하는 작품들, 즉 「도굴」, 「호랑나븨」, 「예장」으
로 드러난다.

이 작품들이 정지용의 후기시 중에서 독특한 위치를 점하는 이유에
대해서는 다음과 같이 설명할 수 있다. ① 첫째, 이들 작품은 그의 초
기시뿐만 아니라 후기시와도 다른 서사적 경향을 보여주고 있다는 점
이다.[28] 「장수산 1」, 「장수산 2」, 「백록담」 같은 후기시에서 산문시

---

26 윤의섭, 「정지용 시에 나타난 시간성의 수사학적 의미」, 『한국시학연구』 9집, 한국시
  학회, 2003, 229쪽.
27 황종연은 정지용의 심미주의를 구성하는 두 가지 요소로 "결벽스런 반속주의"와 "삶의
  감각적 풍요를 향한 욕망"를 제시한 바 있다. 이 두 가지 요소야 말로 그의 후기시를 형
  성하는 추동력이라고 할 것이다. 황종연, 「정지용의 산문과 전통에의 지향」, 『한국문
  학연구』 10호, 동국대 한국문학연구소, 1987, 250쪽.

형을 주로 사용한 그는 위의 작품들에서는 기존의 산문시가 보여준 언어의 정제된 구사를 포기하고 있다. 사건 서술 중심의 진술로 된 위의 작품들에서 정지용 시다운 맛이 사라지고 있다. 그리고 ② 둘째, 이들 작품에서 서사의 주인공이 모두 죽음에 이르는 것으로 귀결된다는 점이다. 「예장」에서 장년 신사인 주인공은 금강산 만물상에서 투신자살한다. 이 작품에서의 서사적 요소는 겨울에서 봄으로 이어지는 시간의 흐름에 따라 주인공의 자살과 발견을 설명하고 있다는 점이다. 이 작품은 기지를 띤 서술로 인해 죽음의 죽음다운 심각성이 드러나지 않는다. 이 작품에 비해 「도굴」, 「호랑나븨」는 죽음을 둘러싼 분위기가 사뭇 다르다.

백일치성 끝에 산삼은 이내 나서지 않었다 자작나무 화툿ㅅ불에 확근 비추우자 도라지 더덕 취쌌 틈에서 산삼순은 몸짓을 흔들었다 심캐기늙은이는 엽초 순쓰래기 피여 물은채 돌을 벼고 그날밤에사 산삼이 담속 불거진 가슴팍이에 앙징스럽게 후취감어리 처럼 당홍치마를 두르고 안기는 꿈을 꾸고 났다 모래ㅅ불 이운듯 다시 살어난다 경관의 한쪽 찌그린 눈과 빠안한 먼 불 사이에 총견양이 조옥 섰다 별도 없이 검은 밤에 화약불이 당홍물감처럼 곻았다 다람쥐가 도로로 말려 달어났다.

「도굴」 전문29

화구를 메고 산을 첩첩 들어간 후 이내 종적이 묘연하다 단풍이 이울고 봉마다 찡그리고 눈이 날고 영우에 매점은 덧문 속문이 닫히고 삼동내…

---

28 임상석, 「정지용 후기시의 시적 상황」, 『우리문학연구』 15집, 우리문학회, 2002, 368쪽.
29 『정지용전집1』, 172쪽.

열리지 않았다 해를 넘어 봄이 짙도록 눈이 처마와 키가 같었다 대폭 캔
바스 우에는 목화송이 같은 한떨기 지난해 흰 구름이 새로 미끄러지고 폭
포소리 차츰 불고 푸른 하눌 되돌아서 오건만 구두와 안ㅅ신이 나란히 노
힌채 연애가 비린내를 풍기기 시작했다 그날밤 집집 들창마다 석간에 비
린내가 끼치였다 박다 태생 수수한 과부 흰얼골 이사 준양30 고성사람들
끼리에도 익었건만 매점 바깥 주인 된 화가는 이름조차 없고 송화가루 노
랗고 뻑 뻑국 고비 고사리 고부라지고 호랑나븨 쌍을 지여 훨 훨 청산을
넘고.

「호랑나븨」 전문31

「도굴」은『문장』종간호에 실린 신작 11편 중 시집으로 묶일 때 유
일하게 제외된 작품이다.32 우선 이 작품은 그 제목에서부터 남다른
데가 있다. 당시의 정치적 상황을 연상시키는 "도굴"이라는 제목은 작
품의 내용과 결부된 것으로 보인다. 서사 속의 주인공인 심마니는 갖
은 치성과 노력 끝에도 산삼을 캐지 못한다. 그러던 어느 날 산에서
잠이 든 그는 산삼 꿈을 꾼다. 그런데 깨어보니 그는 경관의 표적이

---

30 회양(淮)陽의 오기. 최동호,『정지용사전』, 고려대 출판부, 2003 참고.
31 『정지용전집1』, 175쪽.
32 왜 이 작품만 시집에 묶이지 않았는가를 놓고 여러 가지 의혹이 제기되고 있다. 작품성
　의 문제나 검열의 문제 이 둘 중 하나라고 생각되지만 가장 큰 이유는 검열의 문제가
　아닌가 생각된다. 왜냐하면 이 작품은 정지용의 대표작과는 성격이 다르지만 이 작품
　과 성격이 유사한 「예장」, 「호랑나븨」가 시집에 수록된 것으로 보아 작품성의 문제 때
　문인 것은 아니라고 볼 수 있기 때문이다. 대부분의 논자들이 추측하듯이 이 작품이 검
　열의 문제를 불러일으킨 것은 이 작품의 알레고리적 성격 때문이라고 할 수 있다. 그러
　나 이 작품을 둘러싼 검열이 자율적인 것인지 타율적인 것인지에 대해서는 단정하기
　어렵다.

되어 있었다. 경관의 총에 그는 죽고 만다. 어떤 심마니의 꿈과 현실을 교묘하게 뒤섞은 이 작품은 심마니와 경관의 대립, 그리고 심마니의 염원의 상징으로서의 산삼 등 알레고리적인 해석을 뒷받침할만한 충분한 근거가 내재해 있다.[33] 그러나 이런 알레고리적인 내용은 "도굴"이라는 제목과 부합되지 않는다. 왜냐하면 "도굴"이라는 표현은 고분이나 굴을 파헤쳐 훔쳐가는 행위를 가리킬 때 쓰는 것이기 때문이다.

그렇다면 왜 정지용은 작품의 정황과 부합하지 않는 "도굴"이라는 표현을 사용한 것일까. 제목과 내용 사이의 이와 같은 불일치는 심마니 노인이 산삼과 경관의 찌그러진 눈 사이에서 겪는 정신적 고투, 즉 정지용이 겪어낸 정신적 고난의 일그러진 표현이라고 볼 수는 없을까. 산삼을 바로 곁에 두고서도 그것을 얻지 못하고 불의의 죽음을 맞이하는 심마니야말로 천상적인 것의 탐구에 바쳐진 산행 체험의 종결을 의미하는 것은 아닐까.[34] 정지용의 산행이 내포한 정신사적 의미는 「호랑나븨」[35]에서 여인과의 정사와 뒤이은 "청산"을 넘는 "호랑

---

33 김승종, 「비극적 아이러니와 그 초월」, 『시와 시학』, 1996.6, 126~132쪽.

34 김종태는 이 시에 나타난 죽음의 양상이 「예장」이나 「호랑나븨」의 그것과 다를 바 없다고, 즉 이 세 편의 시들에 나타난 죽음이 한결같이 "죽음의 심미화", "황홀한 죽음"에 속하는 것이라고 파악하고 있다. 그러나 이는 자살과 타살의 차이를 섬세하게 고려하지 않은 주장이라고 생각된다. 김종태, 『정지용 시의 공간과 죽음』, 월인, 2002, 160~167쪽.

35 권영민은 이 작품의 해설에서 "이 시는 일본의 어느 산장 매점에서 있었던 남녀의 정사 (情死) 사건을 시적으로 형상화하고 있다."고 말한 바 있다(권영민, 『정지용 시 126편 다시 읽기』, 민음사, 2004, 625쪽.). 그는 "박다 태생 수수한 과부 흰얼골"이라는 구절에 주목한 듯 하다. 그러나 그의 설명은 다음 구절인 "준양 고성사람들 끼리에도 익었건만"을 적절히 설명하지 못한다. 이 작품의 실화와의 관련성에 대해서 일본인 학자 사나다 히로코(眞田博子)는 이 작품이 일본 작가 아리시마 다케오(有島武郎)의 정사 사건과 연관이 있지 않나 추측하고 있다. 사나다 히로코, 「정지용 후기 산문시의 상징성과 사회성에 대한 고찰」, 『어문연구』110권, 한국어문교육연구회, 2001.6, 212쪽.

나븨"의 이미지를 통해 어떤 귀결에 이르게 된다. 이 시에서 금강산
깊숙한 곳으로 들어간 화가가 죽어서 겨울 내내 발견되지 않다가 봄
이 되어서야 발견된다는 설정은 「예장」의 그것과 유사하다. 그러나
「예장」과는 달리 이 시에서의 죽음은 한층 비극적인 면모를 보인다.
화가와 과부의 죽음은 그들이 이루지 못한 꿈을 동반하고 있기 때문
이다. 화가는 그림을 그리지 못했고, 과부는 사랑을 이루지 못했다.
그들은 「예장」의 사내와는 달리 지상에 고착되지 않고 "호랑나븨"가
되어 "청산"을 넘어간다.

위에서 살펴본 것처럼 정지용은 후기시에서 모종의 억압과의 정신
적 대결을 서사적인 방법으로 표현하고 있다. 여타 시에서와 달리 이
들 시에서 시적 화자와 주인공은 엄격하게 분리되어 있고, 서사적 얼
개도 어느 정도 갖추어져 있다. 그리고 이들 주인공은 한결같이 죽음
을 맞이하는 것으로 되어 있다. 그 죽음은 자살인 경우(「예장」, 「호랑
나븨」)와 타살(「도굴」)인 경우로 나뉜다. 자살인 경우도 두 가지로 나
뉘는데, 단독 자살을 묘사한 「예장」과 여인과의 동반자살을 묘사한
「호랑나븨」가 바로 그것이다. 그런데 이들 시에 등장하는 남성 주인
공은 서술자인 정지용과 여러 모로 비슷한 인물들이다. 그러므로 이
들 주인공은 그의 페르소나(persona)라고 보아도 무방할 것이다. 그렇
다면 그는 이들 시를 통해 자신의 죽음을 상징적으로 표현한 것이라
할 수 있다. 상징적 죽음을 서술하는 그는 일말의 감정도 드러내지 않
고 사건만을 제시한다. 감정의 엄격한 절제와 통어를 통해 그는 죽음
의 여운을 깊이 있게 갈무리한다.

그 죽음은 혼의 죽음에 다름 아니다. 그 혼은 "호랑나븨"가 되어 "청
산"을 넘어간다. 이 순간 그동안 정지용 시에서 엄격한 거리를 형성하

고 있던 주체와 객체, 현실과 환상은 포개진다. 그것은 정지용 시를 두고 '산수시'의 자연합일을 이야기한 논자들이 파악한 정신적 초월의 순간이지만, 그것이 상징적 죽음의 과정을 통과해 이뤄낸 초월이라는 점에서 '은일'의 유유자적함과는 다른 것이라 할 것이다.[36]

5. 결론

이 글에서는 그동안 수많은 논급이 이뤄진 정지용 시를 근대적 주체의 비극이라는 측면에서 검토해 보았다. 그동안 정지용 시 연구가 다양한 관점에서 이루어졌다. 최근 들어서는 초기와 후기를 함께 아우를 수 있는 실마리를 찾는 쪽으로 연구자들의 관심이 집중되고 있다. 그 과정에서 논자들은 대체로 후기시가 내보이는 동양적 자연관과 미학관, 정서관을 중심으로 초기시를 통합하려는 경향을 내보이고 있다. 한 시인의 정신적, 방법론적 탐색의 통합성을 확보하려는 시도는 필수적인 것이긴 하나 정지용 시에 있어서 그와 같은 방법은 종종

---

36 김용희는 정지용 후기시에 나타난 죽음을 삶의 허무가 아니라 삶과 죽음의 통합에서 비롯되는 "비극적 황홀"의 성취로 보고 있다. 이는 정지용 시에 나타난 죽음이 궁극적으로는 주체와 자연의 통합 욕망에서 비롯된 것임을 암시하는 것이다(김용희,『정지용 시의 공간과 고독』,『정지용 시의 미학성』, 소명출판, 2004, 270~276쪽.). 김신정 역시 김용희와 비슷한 관점을 취하고 있다. 김신정은「예장」,「호랑나븨」에 나타나는 죽음의 의미를 "자아와 자연, 그리고 시와 삶이 일체가 되는 경험"으로 요약하고 있다. 김신정,『정지용 문학의 현대성』, 소명출판, 2000, 186~199쪽.

정지용 시의 근대성이라는 문제를 등한시하는 결과를 초래하기도 했다. 그 결과 정지용 시가 특정한 근대적 문맥에서 탄생한 근대성의 담론이라는 관점이 제대로 견지되지 못하였다.

이 글에서는 정지용 시가 1920~30년대라는 근대 사회에서 형성된 주체의 담론이라는 시각에서 초기시에서 후기시까지를 검토해 보았다. 정지용 시에서 드러나는 주체성을 단계별로 검토하면서 주체의 담론적 힘이 어떻게 쇠퇴하였는가를 보여주고자 하였다. 그 과정에서 정지용 시의 특징적 국면을 형성하는 풍경, 공포와 신경증, 환상, 죽음 등의 테마들이 기실 주체의 변화와 맞물리는 과정에서 드러나는 근대적 주체성의 담론이었음을 환기하고자 하였다.

앞으로의 정지용 시 연구는 필자를 비롯한 많은 연구자들의 최근 관심사처럼 초기와 후기를 통합적으로 해명하는 방향에서 이루어질 것이다. 그러나 그와 같은 방향 감각만으로 연구의 질적 성과가 확보될 수는 없을 것이다. 정지용 시가 근대성과 길항하는 주체의 담론이라는 점에 대한 확고한 인식과 더불어 그러한 담론을 해명할 수 있는 다양한 테마를 발굴해야 할 것이다.

2장

근대적 피로와 미적 초월의 욕망

1. 서론

1930년대 중반 정지용은 『카톨닉청년』 편집을 맡으면서 일련의 종교시를 썼던 것으로 알려져 있다. 그러나 그가 그 당시 '종교시'만 썼던 것은 아니라는 사실은 흔히 간과되고 있다. 그는 1935년 『정지용 시집』에 묶일 시들을 마무리하고 1941년 『백록담』에 묶일 시들을 써나가고 있었다. 특히 주목되는 것은 '종교시'가 갈무리된 후 일명 '산수시'가 시작되는 시점에 쓰인 「유선애상」, 「파라솔」 같은 작품들이다. 이 시들은 통상 정지용 시를 분류하는 몇 가지 갈래에 포함되지 않는, 일종의 '경계선상의 시'라고 할 수 있다.

특히 「유선애상」은 여러 연구자들이 자기 나름의 분석 결과를 내놓으며 현재까지도 논란이 지속되고 있는 작품이다. 이 작품이 논란의 대상이 되는 것은 정지용의 이전 시들과는 달리, 이 작품이 매우 비유기적이고 파편화된 양상을 보여주고 있기 때문이다. 박상동은 이 작품의 모호성을 정지용이 '종교시'를 마감하고 '산수시'를 모색하는 과정에서 빚어진 것으로 이해하고 있다.[1]

이처럼 어떤 작품을 두고 다양한 해석이 도출되어 논란의 대상이 되는 것은 다양한 잠재적 의미들이 적절한 것으로 보이게 하는 복합적 상황을 그 시가 내포하고 있기 때문이다.[2] 애매성을 '훌륭한 시'의 준거로 평가한 윌리엄 엠프슨(William Empson)의 견해에 비추어볼 때, 다양한 해석 가능성을 허락하는 시는 비평가의 활발한 해석 작업을 유도한다는 점에서, 좋은 시라고 하기는 어려울지 몰라도 흥미로운 시임은 분명하다.

「파라솔」역시 「유선애상」과 비슷하게 난해한 작품이기는 하지만, 「유선애상」과는 달리 거의 주목을 받지 않았다. 이 작품이 「유선애상」과 같은 수준의 논란의 대상이 되지 않았던 것은 작품의 상황 설정이 비교적 명료해 보이기 때문이다. 그러나 수월하게 이해될 수 있어 보인다는 첫인상과는 달리 이 작품 역시 「유선애상」만큼이나 난해한 구석이 많다.

시 해석에는 여러 가지 고려가 개입될 수밖에 없다. 작품의 상황이 재연되는 시간이나 공간, 시어의 사전적 혹은 비유적 의미, 방언과 같은 시인만의 독특한 언어 습관, 그리고 이전의 시들이 보여주는 특정한 경향 등을 종합적으로 고려할 때 한 편의 시에 대한 적절한 해석에 도달할 수 있다.

---

1 박상동, 「정지용 시의 난해성 연구」, 고려대 석사논문, 2004, 60쪽.

2 William Empson, *Seven Types of Ambiguity*, New York: W. W. Norton & Co Inc, 1966, p.234.

1930년대 중반 정지용은 유학생활을 마무리하고 근대 도시 경성에 안착하여 일상을 영위하고 있었다. 교사로서, 잡지 편집자로서, 또한 시인으로서 살면서 그는 근대 도시의 생리를 느끼고 이해해 나가며 이를 시나 산문으로 표현했다. 1930년대 후반 '산수시'의 세계를 탐색 하면서 군국주의에 물든 식민지적 근대의 일상에서 벗어나고자 할 때 까지에 해당되는 이 시기에 그는 시를 통해서 근대 세계의 부정성을 표현하고 여기서 벗어나고자 하는 시들을 쓴 바 있다. 그러나 이 시기 의 특수성이나 이 당시 시의 성격에 대해서 뚜렷하게 구명된 바 없다. 이 글은 「유선애상」이나 「파라솔」처럼 기존 분류 시각으로는 적절한 해석에 도달하기 어려운 작품들을 중심으로 정지용 시 연구에서 공백 지대라고 생각되는 1930년대 중반 정지용 시세계의 일 특성을 구명하 고자 하는 목적을 가지고 있다.

이를 위해서 우선 시집 『백록담』의 구성상 특징을 살펴볼 필요가 있다. 이를 통해서 분석 대상이 되는 작품들과 다른 작품들 간의 내 적 연관성을 확인하고 난해한 작품을 이해하는 실마리를 얻을 수 있 을 것이다. 이후 이를 바탕으로 『백록담』의 2, 4부 수록 시들을 근대 세계에 대한 피로와 낭만적 초월의 욕망이라는 측면에서 검토하고 자 한다.[3]

---

3 계절감을 표현한 3부의 시들은 소품에 지나지 않는 것이기 때문에 이 글에서는 제외한다.

2. 『백록담』 소재 시들의 내적 연관성

한 권의 시집은 통상 몇 개의 부로 구성된다. 각 부는 시인 나름의 분류 감각의 산물이라고 할 수 있다. 부를 나누는 객관적인 기준은 있을 수 없다. 시집의 구성은 시인이 느끼는 독특한 판단에 의해 이루어지기 마련이다. 그렇다면 일제 강점기 가장 큰 찬사를 받은 시집 중 하나인 정지용의 시집들은 어떤 과정을 거쳐 탄생했을까. 이런 질문을 던지는 이유는 시집 구성상의 특징을 검토함으로써 시들 사이의 내적 연관성을 짐작할 수 있으리라는 판단에서이다.

첫 시집인 『정지용시집』(1935)은 주지하다시피 시문학 동인 박용철의 시문학사에서 간행되었다. 흔히 시집에 시인의 서문이 포함되는 것과는 달리 이 시집에는 정지용의 서문이 보이지 않는다. 그 대신 박용철이 "독자적 심원이 이루어지는 기쁜 일"을 맞아 "서문(序文)스러운 소리"로 시집 발간의 경위를 소개하고 있다.

> 제이부에 수합된 것은 초기시편들이다 이 시기는 그가 눈물을 구슬같이 알고 지어라도 내려는 듯 하든 시류에 거슬려서 많은 많은 눈물을 가벼이 진실로 가벼이 휘파람불며 비누 방울 날리든 때이다.
> 제삼부 요(謠)는 같은 시기의 부산으로 자연 동요의 풍조를 그대로 띤 동요류와 민요풍 시편들이오.
> 제일부는 그가 가톨릭으로 개종한 이후 촉불과 손, 유리창, 바다·1 등으로 비롯해서 제작된 시편들로 그 심화된 시경과 타협 없는 감각은 초기의 시작이 손쉽게 친밀해질 수 있는 것과는 또 다른 경지를 밟고 있다.

제사부는 그의 신앙과 직접 관련 있는 시편들이오.

제오부는 소묘라는 제를 띠었든 산문 이편이다.[4]

『정지용시집』은 총 5부로 구성되어 있다. 1~4부는 시, 5부는 산문
인데, 박용철은 창작 시점을 기준으로 각 부에 수록된 작품들의 창작
시기와 특징을 간략하게 설명하고 있다. 창작 시점을 고려하여 설명
은 '2-3-1-4-5' 순서로 진행되고 있다. 그의 이와 같은 설명은 사실 관
계에서 그다지 어긋남이 없는 것으로 대체로 현재 이 시집에 대해 우
리가 이해하는 바와 큰 차이가 없다. 다만 여기서 주목을 요하는 것은
시집 구성을 주도한 이가 누구인가 하는 점이다. 평소 정지용에 대한
애정이 남달랐던 그의 주선으로 이 시집이 발간되었다는 것은 주지의
사실이다. 그는 여기저기 흩어져 있던 정지용의 시와 산문들을 수집
하는 수고를 아끼지 않았다. 그렇다고는 하나 그가 저자인 정지용과
의 협의를 거치지 않았을 리는 없다. 그 자세한 사정을 알 수 없으나
그런 작업을 통해서 이 시집은 현재 우리가 보는 것과 같이 5부 구성
의 편제를 갖게 된 것이다. 그 당시 여타 시집과 다른 점이라면 산문
몇 편이 하나의 부로 구성되어 있다는 점이다.

『정지용시집』의 경우 박용철의 발문을 통해서 우리는 작품들 사이
의 내적 연관성을 이해할 수 있다. 그러나 『백록담』의 경우는 사정이
다르다. 이 시집은 정지용이 편집 책임자로 있었던 『문장』을 발간한
문장사에서 간행되었다. 그런데 사장 김연만은 경영책임만 지고 있었
을 뿐, 『문장』이나 문학 단행본 출판에 적극적으로 관여한 것 같지는

---

4 박용철, 「발」, 『정지용시집』, 시문학사, 1935.

않다. 물론 정확한 근거가 있는 추측은 아니지만 문학 중심의 출판사
이니만큼 그 당시 『문장』 편집의 책임자들인 이병기, 정지용, 이태준
의 영향력이 컸으리라는 짐작은 충분히 할 수 있다. 문단과 『문장』
내에서의 정지용의 위상을 고려할 때 『백록담』은 그의 의사에 따라
편집되었으리라는 추측 역시 가능하다.

『백록담』은 『정지용시집』과 마찬가지로 총 5부 구성으로 되어 있
다. 1~4부는 시, 5부는 산문으로 『정지용시집』과 똑같다. 그런데 두
시집 사이에 두드러진 차이는 각 부를 이루는 작품 수의 불균등성이
다. 『정지용시집』의 경우 1부 16편, 2부 39편, 3부 23편, 4부 9편으로
되어 있다. 반면 『백록담』의 경우 1부 18편, 2부 2편, 3부 2편, 4부 3
편으로 되어 있다.

『정지용시집』의 경우 각 부에 수록된 시편들은 앞에서 살펴본 박용
철의 발문이 말해주듯이 창작 시점이나 시적 경향이라는 뚜렷한 기준
을 설정한 분류였기 때문에 외면적인 정합성을 느낄 수 있다. 그러나
『백록담』의 경우는 겉으로 볼 때 뚜렷한 기준을 발견하기가 쉽지 않
다. 1부는 소위 '산수시'라고 분류되는 시편들로 구성되어 있어 작품
들 사이의 유사성이 뚜렷하다. 이들 작품은 시집 발간 시점을 기준으
로 비교적 최근작들이다. 그런데 문제적인 것은 2~4부의 구성이다.
2~4부는 1부와는 현격하게 차이가 날 정도로 적은 수의 작품들을 수
록하고 있다. 2~4부의 총 작품 수는 일곱 편으로 1부의 1/3 수준이다.

이처럼 숫자 면에서 한 개의 부로 구성하기에는 매우 적은 수의 작
품들이 하나의 부로 묶인 것은 왜일까. 이 시집의 목차를 훑어본 독자
라면 누구라도 한 번쯤 의문을 품어보았을 것이다. 이 시집에는 이런
의문에 대한 답이 되어줄 실마리가 보이지 않는다. 저자의 서문도 문

우의 발문도 생략된 채 정지용의 글만 수록되어 있기 때문이다. 그렇기는 하나 이와 같은 불균등한 부 구성에는 독자들이 간파하기 어려운 그 나름의 의도가 개입되어 있다고 보아야 할 것이다.

2~4부에 수록된 시 목록을 제시하면 아래와 같다.

- 2부: 「선취」, 「유선애상」
- 3부: 「춘설」, 「소곡」
- 4부: 「파라솔」, 「별」, 「슬픈 우상」

위의 일곱 편은 1부에 수록된 '산수시'와는 분명 다른 경향의 시들이라고 할 수 있다. 그런데 흥미로운 것은 2부와 4부에 흔히 정지용의 난해시라고 분류되는 「유선애상」과 「파라솔」이 포함되어 있다는 사실이다. 이는 이 두 편의 시가 '산수시'와는 다른 부류의 시라는 사실을 그가 간접적으로 언급한 것으로 이해해도 무방하다는 것을 말해준다. 그렇기는 하나 이들 시가 어떤 것으로 이해될 수 있는가는 또 다른 문젯거리이다. 다만 기존에 난해시로 분류된 시들을 이해하는 데 이와 같은 부 구성이 일정한 암시를 줄 수 있다는 점에 주목할 필요가 있다. 부를 구성하는 각 작품들은 한 작품을 해석하는 데 있어서 일정한 가능성을 암시하고 있지만 그와 동시에 그 해석이 과잉해석이 되지 않도록 하는 제어 장치 역할을 할 수 있다는 점도 생각해 보아야 한다.

3. 근대적 탈 것의 신경증

2부는 「선취」, 「유선애상」 두 편으로 구성되어 있다. 「선취」는 정지용이 초기에 쓴 소위 '바다시'와 유사한 모티프를 가지고 있다. 이 시는 발표지가 확인되지 않은 작품이지만 정지용이 김영랑, 김현구 등 시문학 동인들과 제주도 여행을 하던 당시에 씌어진 것으로 보인다. "우리들의 짐짝 트렁크에 이마를 대고/ 여덜 시간 내 − 간구(懇求)하고 또 울었다."라는 표현이 그 증거라고 할 수 있다. 일본 유학에서 귀국한 후 정지용은 "여덜 시간" 거리의 바다를 건넌 적이 없기 때문이다. "여덜 시간" 거리의 뱃길이라면 목포에서 제주도까지의 거리일 것이다. 이보다 더 중요하게 고려할 사항은 "우리들의 짐짝 트렁크"이라는 표현이다. 일본 유학 와중의 뱃길이라면 "우리들"이라는 복수 1인칭 대명사를 썼을 리 없다. 이는 시 속의 뱃길이 일본 유학의 뱃길이 아니라 여행의 뱃길이고, 그 당시 정지용의 전기적 사실을 고려할 때 시문학 동인들과의 제주도 여행이라는 점을 알려준다. 정지용이 『조선일보』(1938.8.23~30)에 「다도해기」를 연재한 것으로 보아 이 뱃길을 간 것은 그 이전의 일일 터인데, 윤재웅은 이 시점을 8월 중순경으로 짐작하고 있다.[5]

이 시는 뱃길에서 풍랑을 만나 뱃멀미를 하며 고생했던 체험을 정지용 특유의 절제된 유머 감각으로 묘사하고 있다. 따라서 초기의 '바다시'에서 흔히 보게 되는 바다 풍경의 감각적 묘사는 일절 찾아볼 수

---

5 윤재웅, 「1941년, 정지용과 서정주, 상이한 재능의 두 국면-『백록담』과 『화사집』의 비교 검토를 중심으로」, 『한국시학연구』 14호, 한국시학회, 2005.12, 157쪽.

없다. 시적 화자의 시선은 철저히 배 안의 풍경으로 제한되어, 시적
화자의 내면이나 다른 사람들의 행동 묘사로 일관되어 있다.

「선취」와 같은 부에 묶여 있는 「유선애상」은 기존 연구자들 사이에
논란이 된 유명한 작품이다. 이 작품의 묘사 대상에 대해서는 기존에
악기, 오리, 자동차, 자전거, 담배 파이프, 축음기, 안경 등 다양한 의
견이 제시된 바 있다.6 이 시가 연구자들의 관심을 불러일으키는 이유
는 이 시가 다양한 문맥적 해석을 가능케 하는 요소를 가지고 있기 때
문이다. 이런 극단적인 해석은 온건한 해석이 주지 못하는 연상이나
함축을 조명할 수 있는 더 많은 기회를 준다7는 측면에서 긍정적으로
평가할 수 있다. 그런데 최근 들어서는 대체로 자동차 같은 탈 것에
대한 묘사로 의견이 어느 정도 수렴되는 듯한 인상을 준다.8

설령 이 시를 자동차에 대한 묘사로 본다고 하더라도 이 시가 직접

---

6 기존의 「유선애상」 해석의 역사에 대해서는 최근에 발표된 한숙향의 논문(「정지용의 시
「유선애상」 고찰」, 『비평문학』 40호, 한국비평문학회, 2011.6, 351~353쪽.)에서 체계
적으로 정리하고 있으므로 이 글에서는 상론을 피하고자 한다.

7 조너선 컬러, 「초해석의 옹호」, 움베르트 에코 편저, 손유택 역, 『작가와 텍스트 사이』, 열
린책들, 2009, 153쪽.

8 최근 발표된 글에서 박호영(「「유선애상」에 대한 시 해석의 방향」, 『한국시학연구』 31
호, 한국시학회, 2011.8, 171~172쪽 참고)은 기존에 제기된 다양한 해석 방향과 관련하
여 특히 작품의 내용 중 "연미복 맵시를 지닌 것, 아스팔트 위로 곤돌라인 듯이 몰고 다
니는 것, 열게 되어 있는데 반음 키가 하나 남아 있는 것, 철로판에서 밴 소리를 내는 것,
벼랑길을 냅다 달리는 것, 몇 킬로를 휘달리는 것"과 연관시켜 볼 때 결과적으로 수많은
해석 가능성 중에서 자동차와 자전거만 남는다고 말한다. 그런데 이들 중에서 "자전거는
열게 되어 있지도 않고, 곤돌라인 듯 몰고 다니는 대상으로서도 적합치 않다. 무엇보다
춘천까지 삼백리인 먼 길을 냅다 휘달리기 위해 자전거를 타고 출발했다는 자체도 상식
적으로 납득이 되지 않는다."는 이유로 그는 '자동차'를 옹호하는 의견을 펼치고 있다. 이
런 견해는 이 시를 자동차 체험의 표현으로 이해할 수밖에 없는 근거를 잘 보여주고 있
다고 하겠다.

운전의 경험을 묘사한 것인지 아니면 합승자동차 승차의 경험을 묘사
한 것인지, 그리고 어디까지가 사실이고 어디까지가 환상인지, 만약
이 시가 사실과 환상의 조합이라면 어디에서 환상이 시작되는지 등등
풀어야 할 문제는 많아 보인다. 그러나 이 글에서는 이 문제에 대해서
새로운 의견을 제시하면서 이 논쟁에 개입하려는 목적을 가지고 있
지는 않다. 작품의 특성에 대한 세밀한 분석이 구구하게 진행되면서
이 작품에 대한 이해를 진전시킨 것은 분명히 성과라고 할 수 있지만
그 과정에서 정지용이 표현하려고 한 것에 대해서는 덜 주목하게 된
아쉬움이 있다. 그는 단순히 독자들의 쇄말적인 호기심을 자극하기
위해서 이런 작품을 쓰지는 않았을 것이다. 이런 측면에서 보면 이
작품이 궁극적으로 표현하고자 한 정서를 이해하고자 하는 노력이
요구된다.

　이런 검토를 가능케 할 한 가지 방법은 이 시가 '동일 구역'을 점하
고 있는 작품인 「선취」를 내적 연관성의 측면에서 분석해보는 일이
다. 정지용이 이 두 편의 시를 한 부(2부)에 배치한 것은 이 두 작품을
비슷한 모티프의 변형으로 이해하였기 때문일 것이다.

　앞에서 언급한 것처럼 「선취」에서는 근대적 탈 것인 배에서의 뱃멀
미를 표현하고 있는데, 「유선애상」 역시 근대적인 탈 것인 자동차 승
차에서의 아찔한 느낌을 표현하고 있다. 「선취」에서 시적 화자는 당
대 보통의 시선에는 여전히 신기한 대상으로 여겨졌을 여객선의 위용
이나 화려함에는 관심이 없다. 그는 오히려 그 여객선이 자신에게 안
겨준 고통스러운 경험에 집중하고 있다. 뱃멀미를 견디면서 "우리들"
은 "간구(懇求)"할 뿐이다. "간구"는 말 그대로 "살려달라고 간절히 비
는 행위"이다. 이와 같은 면모는 「유선애상」에서도 동일하게 드러난

다. 「유선애상」의 시적 화자 역시 자동차 그 자체에 대해서는 감탄이
나 찬미 같은 긍정적인 반응을 보이지 않는다. 그는 단지 자동차의 속
도감으로 인한 고통을 토로할 뿐이다. 그래서 그는 "징징거리는 신경
방석우에 소스듬 이대로 견딜" 수밖에 없었다.

  '유선애상'이라는 제목에서 "유선(流線)"은 1930년대 문화 감각에서
보자면 좁게는 자동차와 같이 "운동하고 있는 유체에서 각 점에 대한
접선의 방향이 유체가 흐르는 방향과 일치하도록 그은 가상적인 곡선"
이 적용된 탈 것을, 넓게는 이와 같은 원리가 적용된 근대 문물 일반을
지칭하는 것이라고 할 수 있다. 유선형 물체는 운동 방향으로 가장 적
은 저항을 받으면서 움직이도록 설계된 것으로 궁극적으로는 고속,
효율을 추구하는 것이다. 「유선애상」은 정지용 당시 유선형의 대표
주자인 자동차를 묘사하고 있다. 그러나 그는 러시아 미래파처럼 기
계와 속도를 일방적으로 찬미하지 않는다. 반대로 그는 유선형이 일
으키는 부작용에 주목하고 있다. 그는 자동차 경험에서 느낀 불편함
을 표현하기 위해서 '애상'이라는 표현을 사용하고 있다. 그런데 그
가 '哀想'이 아니라 '哀傷'이라는 표현을 사용한 사실에 주목할 필요
가 있다. '哀想'은 그냥 막연하게 '슬픈 생각'을 의미하지만, '哀傷'은
"죽은 사람을 생각하고 마음이 매우 상함", "슬퍼하거나 가슴 아파
함" 등을 의미한다. 강도라는 면에서 '哀傷'은 '哀想'보다 훨씬 강한
슬픔을 의미한다. 이렇게 보면 일부 해학적 표현에도 불구하고 「유
선애상」에서 시인이 표현하고자 하는 감정은 보다 심각한 것이라고
할 수 있다.

  이처럼 이 두 편의 시는 공통적으로 근대적 탈 것이 시적 화자에게
주는 불편함을 토로하고 있다. 정지용이 일본 유학 당시 현해탄을 오

가며 탄 연락선이나 일본 내 여행을 하면서 탄 기차의 경험에서 표출했던 경쾌함, 밝음과는 대조적인 모습이다. 이는 이들 시가 근대적인 제도가 이미 일상으로 침투해 더 이상 신기할 것도 없는 일상의 한 부분으로 정착해 있던 시점에서 씌어진 것이기 때문이다.

4. 피로한 일상과 낭만적 동경

4부는 「파라솔」, 「별」, 「슬픈 우상」[9] 세 편으로 구성되어 있다. 2부, 3부가 각각 두 편인 것과는 달리 세 편인 점이 특이하다. 앞에서 우리는 『백록담』 2부에 수록된 작품이 공통적으로 근대적 탈 것에서 느끼는 불편함을 표현하고 있다는 점을 확인하였다. 이에 반해 4부를 구성하는 세 편은 외관상 뚜렷한 유사성을 발견하기가 힘들다. 언뜻 제목만으로 인상을 말하자면, 「별」, 「슬픈 우상」은 '종교시'에, 「파라솔」은 「유선애상」 류의 시에 포함될 것처럼 생각된다. 그러나 이는 첫인상에 불과하다.

---

9 이 작품은 「조선일보」(1937.6.9)에 「수수어(愁誰語)·4」라는 제목으로 최초 발표되었고, 이후 산문시형으로 가다듬어진 다음 『조광』에 발표된 것이다.

1) 근대적 일상에 대한 저항

　「파라솔」은 1936년 6월『중앙』에 발표될 때「명모」라는 제목으로 길진섭의 삽화와 함께 수록되었다. "명모"는 "맑고 아름다운 눈동자"라는 의미로 흔히 미인을 비유한 표현으로 사용된다. 그러던 것이 시집에 수록될 때 시 원문의 변화 없이「파라솔」이라는 제목으로 바뀌었다.

　　　연닢에서 연닢내가 나듯이
　　　그는 연닢 냄새가 난다.

　　　해협을 넘어 옮겨다 심어도
　　　푸르리라, 해협이 푸르듯이.

　　　불시로 상긔되는 뺨이
　　　성이 가시다, 꽃이 스사로 괴롭듯.

　　　눈물을 오래 어리우지 않는다.
　　　윤전기 앞에서 천사처럼 바쁘다.

　　　붉은 장미 한가지 골르기를 평생 삼가리.
　　　대개 흰 나리꽃으로 선사한다.

　　　월래 벅찬 호수에 날러들었던것이라

어차피 헤기는 헤여 나간다.

학예회 마지막 무대에서
자폭스런 백조인양 흥청거렸다.

부끄럽기도하나 잘 먹는다.
끔직한 비─으스테이크 같은것도!

오예스의 피로에
태엽 처럼 풀려왔다.

람프에 갓을 씨우자
또어를 안으로 잠겄다.

기도와 수면의 내용을 알 길이 없다.
포효하는 검은밤, 그는 조란처럼 회다.

구기여지는것 젓는것이
아조 싫다.

파라솔 같이 채곡 접히기만 하는것은
언제든지 파라솔 같이 펴기 위하야─

「파라솔」 전문10

---

10 『백록담』, 1941, 문장사, 66~69쪽(이하 정지용 시 인용은 "『백록담』, 쪽수"로 약칭함).

이 시는 두 행을 한 연으로 하는 13연 작품이다. 정지용의 시에서 후기로 갈수록 2행 1연 구조의 시가 많이 보인다는 점을 생각하면 이런 구조는 정지용 후기시의 전형적인 모습이라고 할 것이다. 시적 화자의 행위에 대한 서술이 이루어지고 있는 5연을 제외한 나머지 연은 묘사 대상에 대한 서술로 채워져 있다. 이 시는 세부적으로 1~3연, 4~13연으로 구분된다. 1~3연은 대상의 외면적 모습을, 4~13연은 대상의 행동을 묘사하고 있다. 4~13연은 또 세부적으로 시간의 경과를 기준으로 4~8연, 9~13연으로 세분할 수 있다.

1~3연에서 시적 화자는 "그"의 외면적 모습을 묘사하고 있다. 시적 화자에 의하면, "그"에게서는 "연닢내"가 나고, "그"는 "불시로 상긔되는 뺨"을 가지고 있다. 이로 보아 묘사 대상이 되고 있는 "그"는 어떤 여성으로 짐작된다. 그런데 "그"는 일제 강점기 대표적인 여성상 중 하나인 '모던걸'과는 다른 인상을 준다.

4연에서부터는 이 여성의 행동에 대한 묘사가 본격적으로 진행된다. 4연에서는 3연까지의 가녀린 이미지와는 달리 강인한 이미지가 제시된다. 세상사에 시달리기는 하지만 고통에 좌절하기보다는 그 고통을 극복하려는 모습이다. 시적 화자는 "그"가 "윤전기 앞에서 천사처럼 바쁘다."라고 말한다. 이런 표현을 고려하여 권영민은 "그"를 "윤전기"와 관련된 일에 종사하는 여성으로 규정한 바 있다.[11] 그러나 정지용이 '모던걸'을 묘사하기 위해서 "윤전기"를 제시한 것은 다소 의외라고 생각된다. "윤전기"가 아무리 근대적인 기계라고는 하지만 그 당시 상황을 고려할 때 여성이 직접 "윤전기"를 다루지는 않았을 터이기

---

11 권영민, 『정지용 詩 126편 다시 읽기』, 민음사, 2004, 662쪽.

때문이다.

3연까지만 해도 묘사 대상인 "그"가 여성이라고 자연스럽게 생각되다가 4연에 이르면 과연 "그"를 여성으로 볼 수 있을지 다소 의아스러워진다. 그러나 5연에서 시적 화자가 "그"에게 "흰 나리꽃"을 "선사"한다고 말한 것으로 보아 "그"가 여성일 것이라는 추측이 그럴 듯하게 보인다.

그런데 하필이면 "장미"가 아니라 "나리꽃"일까. "장미"가 흔히 사랑이나 정열을 의미한다고 볼 때, 시적 화자가 "붉은 장미 한가지 골르기를 평생 삼가리"라고 한 것은 시적 화자가 "그"에게 사랑을 고백하는 것을 조심하겠다는 뜻으로 비쳐진다. 그 대신 시적 화자는 "나리꽃"을 "대개" 선사한다고 말하고 있다. 이는 시적 화자와 "그"가 일정한 관계를 형성하고 있지만 무슨 이유에서인가 이성 관계로 발전하지 않거나 못하고 있다는 뜻이다. "나리꽃"은 흔히 백합으로 통하는 것으로 기품 있는 꽃 모양 때문에 여성의 순결을 상징한다. 그런데 흥미로운 점은 "나리꽃"이 기독교에서는 성모 마리아를 상징하는 꽃이기도 하다는 사실이다. 물론 "장미"도 성모의 상징이라고 할 수 있다. 그러나 "장미"는 세속적인 사랑의 상징이기도 하다는 점에서 정지용 자신이 이 두 꽃의 상징적 의미를 그 나름으로 구분하여 사용한 것이 아닌가 생각된다.

시적 화자가 "그"에게 "장미"가 아니라 "나리꽃"을 선물한다는 것은 시적 화자에게 있어 "그"가 세속적 사랑의 대상이기보다는 천상적 숭배의 대상 즉 "천사"로 자리하고 있음을 의미한다. 그러나 "그"는 "윤전기" 앞에 있는 "천사"라는 표현이 암시하듯이 일상과 이상의 괴리를 경험할 수밖에 없는 운명을 가진 존재인 것이다.

6연에서는 "그"가 처한 현실을 "벅찬 호수"에 비유하고 있다. 이 표현 앞에 붙어 있는 "월래"라는 표현에서 우리는 시적 화자가 삶에 대해 가지고 있는 인식을 엿볼 수 있다. "그"는 이런 현실을 "헤기는 헤여 나간다"라고 말하고 있다. 여기에도 "어차피"라는 표현을 덧붙이고 있는데, 이 표현은 "월래"라는 표현과 조응하면서 시적 화자의 운명론적 현실 인식을 한층 강화하고 있다.

7~8연은 근대적 삶에 대한 비유적 표현으로 볼 수 있다. 7연에서 시적 화자는 동작의 주체를 생략한 채 "학예회 마지막 무대에서/ 자폭스런 백조인양 홍청거렸다."라고 말하고 있다. 문맥상 "그"의 행위에 대한 묘사로 보인다. 그런데 "학예회"라는 표현에는 당혹스러운 측면이 있다. 앞에서 묘사한 "그"의 이미지와 어긋나는 부분이 있기 때문이다. "학예회"란 학교에서 학생들의 예능 발표와 전시회를 주로 하는 교육 발표회로, 근대적 학교 제도의 탄생과 같이 하는 학교 고유의 행사이다. 그런데 '직업부인'인 "그"가 "학예회" 무대에 선다는 것은 상식적으로 납득하기 어렵다. 이 부분을 묘사한 것에 대해서 이숭원은 이 장면을 "여학교 졸업 학예회 때의 그녀의 모습을 묘사한 것"이라고 보고 있는데[12], 시상 전개상 갑자기 과거가 개입되는 것은 아무래도 어색하다. 그리고 그 무대에서 "자폭스런 백조처럼 홍청거렸다."라는 묘사도 마찬가지이다. "자폭스럽다"라는 표현은 그 당시에 일반적으로 사용하는 표현이 아니었다.[13] 따라서 "자폭스런 백조"는 "홍청거렸다"와 연관 지어 이해할 수밖에 없다. "홍청거리다"는 "홍에 겨워서 마음껏 거드럭거리다"라는 뜻이다. 따라서 "자폭스런"이라는 표현은 자신

---

12 이숭원, 「정지용 시의 해학성」, 김종태 편저, 『정지용 이해』, 태학사, 2002, 251쪽.

의 평소 태도를 스스로 무너뜨리는 파격적인 양상을 의미한다고 해석
하는 편이 적절하다. 그러므로 7연은 일상과 이상의 괴리를 경험하는
"그"가 일상의 한 구석에서는 그런 모순이나 불화를 잊고 흥겹게 즐길
때도 있다는 사실을 암시하는 부분이다.

7연까지 검토한 결과, 일단 이 시는 여성으로 짐작되는 "그"에 대한
묘사를 중심으로 일상과 이상 사이의 모순과 불화를 극복하며 살아가
는 근대인의 모습을 그려내고 있다는 사실을 알 수 있다. 그런데 4연
의 "윤전기", 7연의 "학예회" 같은 표현을 접하면 이 시가 소설처럼 대
상에 대한 거리 둔 관찰의 결과인가 하는 의문을 갖지 않을 수 없다.
시가 근본적으로 시적 화자의 내면 표현이라는 점, 정지용 시 전편을
놓고 볼 때 소설적 관찰의 시가 매우 드물다는 점 등을 고려할 때, 이
시의 묘사 대상인 "그"는 본질적으로 정지용의 자기반영이라고 볼 수
밖에 없다. 이런 관점에서 보면 4연의 "윤전기" 앞의 "천사"나 "학예
회"의 "자폭스런 백조"를 우리는 그 당시 정지용의 모습과 겹쳐서 이
해할 수 있을 것이다.

정지용은 「파라솔」을 발표하던 당시 『카톨릭청년』의 편집 업무를
맡아보고 있었다. 그는 휘문고보 교사라는 본업 외에도 매월 발간되
는 이 잡지를 위해서 바쁜 나날을 보냈을 것이다. 그렇게 살아가면서

---

13 이상화의 「가장 비통한 기욕(祈慾)」(『개벽』, 1925.1)의 2연에 '自暴'이라는 표현이 등
장한다. "아, 사노라, 사노라, 취해 사노라/ 自暴 속에 있는 서울과 시골로/ 병든 목숨
행여 갈까, 취해 사노라(……)" 여기서 '自暴'은 "자포자기하다"와 같이 사용하는 용어
이다. 정지용의 「파라솔」의 해당 부분을 이런 측면에서 해석하면 의미가 통하지 않는
다. 오히려 여기에는 "자기가 지닌 폭발물을 스스로 터뜨림"의 의미로 사용되는 '自爆'
이라는 표현이 더욱 적절하다. 잡지와 시집에서 모두 이 표현을 사용하고 있는 것으로
보아서 식자공의 실수는 아닌 듯해 보이지만, 시인의 의도를 정확히 이해하는 데는 어
려움이 있다.

"눈물"을 "어리우"는 날도 많았겠지만, 슬픈 일들은 빨리 털어버리고 일상에 매진했을 것이다. 그러면서도 그는 "장미"가 환기하는 세속적 사랑보다는 "나리꽃"으로 상징되는 성스러운 사랑, 즉 성모 마리아에 대한 순결성을 지키며 살아가고자 했다. 그는 일상이란 원래 "벅찬 호수"라는 사실을 깊이 인식하고 "헤여 나간다" 그러나 때로는 일상의 중압에서 벗어나기 위해서 남들이 보기에는 우스꽝스러운 행동도 서슴지 않는다. "학예회"란 그 당시 상황을 고려하면 그가 종종 참석한 "좌담회"나 술자리를 의미하는 것으로 보인다. 공식적인 자리인 좌담회에서 그는 특유의 해학과 기지를 담은 언행으로 좌담회에 활기를 보탰고, 술자리에서는 때때로 도가 지나친 언행으로 문제가 되기도 했다. 이런 경험들이 언뜻 보기에는 시상의 전개에서 벗어나는 표현들을 가능케 한 것이다.

4~8연이 일과 시간 내의 묘사라면 9~13연은 일과 후 취침까지의 묘사라고 할 수 있다.

9연에서 시적 화자는 "오퍼스의 피로에/ 태엽 처럼 풀려왔다."라고 말한다. 이 구절은 일과 후 피로에 지친 그의 모습을 묘사하고 있다. "태엽 처럼 풀려왔다"라는 표현은 애매한 표현이다. 잘 짜인 체계에 따라 움직이는 직장의 일과를 우리는 흔히 "태엽"에 비유한다. 그렇게 보면 9연의 표현은 어색하다. 하루 종일 사무실의 일과 때문에 지쳐서 퇴근했다는 의미로 읽을 수 있기 위해서는 "태엽처럼"이 아니라 이런 상태를 묘사할 더 적절한 표현이 필요하기 때문이다. "긴장 따위가 풀려 몸과 마음이 느슨해지다"라는 의미라면 '태엽이 풀리다'라고 표현해야 할 것이다.

여하튼 일과 후의 묘사는 이전에 비해 간단하다. 저녁 식사나 여가 활동 등 가정 내 활동에 대한 묘사를 일절 생략한 채 시적 화자는 수면의 시간을 묘사한다. 10연에서는 "람프"에 "갓"을 씌우고 "또어"를 잠그는 행위를 묘사하고 있다. 11연은 기도를 마친 후 수면을 취하고 있는 "그"의 모습을 묘사하고 있다. "포효하는 검은 밤"의 이미지와 상반되게 "그"의 모습은 흰 "조란(鳥卵)"으로 비유되고 있다. 일과 중의 다사다난을 잊고 잠든 모습에서 우리는 "천사"의 본래적 이미지를 발견하게 된다.

12연에는 시적 화자의 목소리인지 "그"의 목소리인지 구분하기 어려운 직설적 표현이 등장한다. "구기여지는것 젖는 것이/ 아조 싫다." 구김이나 젖음은 어떤 사물의 본래적 모습이 훼손된 상태를 의미한다. 그렇다면 이런 언급은 시적 화자나 "그"의 성격이나 지향을 암시하는 것이라고 봐도 좋을 것이다. 구김이나 젖음으로 비유되는 일상의 고뇌에서 벗어나 살고자 하는 지향을 우리는 정지용이 가진 종교적 순수성으로 이해해도 좋을 것이다. "그"는 "파라솔" 같은 삶 즉, 비록 접히기는 할망정 구겨지지도 않고 비가 와도 그 자체는 젖지 않는 그런 삶에 대한 의지를 표백하고 있는 것인지도 모른다.

기존에 이 시를 다룬 바 있는 연구자들은 이 시를 어떤 사무직 여성에 대한 묘사라고 단순하게 보았다.[14] 그러나 이 시는 서술시처럼 시적 화자가 어떤 인물을 거리를 두고 관찰한 결과물은 아니다. 정지용의 여타 시가 그렇듯이 이 시는 외부 대상과 교묘하게 자신을 겹쳐가면서 자신의 내적 상황을 묘사하고 있다. 물론 최초 발표 시점에서 이 시의 제목이 「명모」였다는 점은 이 시를 해석하는 데 있어 필수적으

---

14 이숭원, 앞의 글; 권영민, 앞의 글 참조.

로 고려해야 할 요소이다. 「명모」라는 제목이 이 시를 외부 대상에 대한 관찰과 묘사의 시로 보게 한 결정적인 근거였기 때문이다. 어쩌면 애초에 이 시는 정지용이 관찰한 어떤 여성에 대한 관찰과 묘사의 시였지도 모른다. 그러나 중요한 점은 그가 이 시를 시집에 수록하면서 제목을 수정함으로써 이 시의 성격을 최초와는 달리 규정하려고 했다는 사실이다. 그에게는 단순히 미인을 암시하는 "명모"보다는 이상적 자아를 암시하는 "파라솔"이 근대적 일상을 영위하는 인간의 고뇌를 표현하기에 한층 적절한 표현으로 보였던 것이다.[15]

이처럼 「파라솔」은 일본 유학에서 귀국한 후 경성이라는 근대 도시에서 일상을 영위하던 정지용이 도시적 삶에서 느끼는 희로애락을 표현한 시이다. 일상과 이상이 괴리된 상황에 처한 자신의 모습을 "그"라는 가상의 인물에 의탁해서 표현한 이 시는 『카톨릭청년』을 주재하면서 쓴 여러 편의 일상이 배제된 기도문 투의 '종교시'가 가질 수 없는 긴장을 가지고 있다는 점에서, 어떻게 보면 '종교시'가 끝난 후에 시작된 '진정한 종교시'라고 할 수 있을 지도 모른다.

---

15 소래섭은 정지용이 이 시의 제목을 변경한 이유에 대해서 "명모"가 고전적 여성상을 연상시키는 데 반해 "파라솔"은 신여성을 표현하는 데 보다 적절하기 때문이라고 설명한 바 있다.(소래섭, 「정지용의 시 「유선애상」의 소재와 의미」, 『한국현대문학연구』 20집, 한국현대문학회, 2006.12, 276~277쪽.)

2) 이상적 추구의 대상으로서의 별

『백록담』 4부에는 위에서 살펴본 「파라솔」 외에 「별」, 「슬픈 우상」
이 수록되어 있다. 나머지 두 편 역시 「파라솔」과 상통하는 면모를 가
지고 있다.

「별」은 어느 날 밤 창을 열고 바라본 별에서 느끼는 감회를 표현한
작품이다. 1~4연은 별을 관찰하기 전 준비 과정을 묘사하고 있다.

> 창을 열고 눕다.
> 창을 열어야 하눌이 들어오기에.
>
> 벗었던 안경을 다시 쓰다.
> 일식이 개이고난 날 밤 별이 더욱 푸르다.
>
> 별을 잔치하는 밤
> 흰옷과 흰자리로 단속하다.
>
> 세상에 안해와 사랑이란
> 별에서 치면 지저분한 보금자리.
>
> 「별」 1~4연[16]

---

16 『백록담』, 70쪽.

창을 열고 누운 시적 화자는 별을 바라보기 위해 안경을 다시 쓴다. 한층 푸르게 보이는 별은 그로 하여금 새삼 자신을 단속하게 한다. 별을 바라보는 환희를 그는 "잔치"라는 표현으로 드러내고 있다. 그 환희는 세속적인 것과는 거리가 먼 것이기에 그는 별을 대하는 자신을 "흰옷과 흰자리"로 단속한다. 여기서 단속의 대상이 외부 세계가 아니라 내부 세계라는 점이 특징적이다.17 그리고 "안해와 사랑"을 "지저분한 보금자리"라고 표현하기도 한다. 이 시에서 "별"은 그에게 가장 신성한 존재로 자리매김 된다. 이는 이전 정지용 시에서 보지 못한 현상이다. 그는 「유리창 2」에서 "항안에 든 금붕어처럼 갑갑"함을 느끼면서 "별도 없다"라고 말한 바 있다. 그리고 『정지용시집』에 수록된 「별」에서는 누워서 별을 바라보다가 잠이 든 경험을 표현하고 있다. 이들 시에서 별은 시적 화자가 지향하는 세계의 비유로 작용하고 있다.

5~12연은 시적 화자가 별을 관찰한 내용을 묘사하고 있다. 그의 관찰 행위는 "항해"에 비유되고 별은 각각 다양한 양상으로 묘사된다. 이 과정에서 별을 묘사하는 그의 태도에는 감탄과 그리움이 묻어 있다. 바람이 불어 흐려지다가 되살아나는 별의 이미지를 묘사하면서 "회회 돌아 살어나는 촛불!", 금가루를 뿌린 듯한 은하계를 묘사하면서 "사금을 흘리는 은하!"처럼 감탄사를 사용하기도 한다. 밤하늘의 별을 마치 항구를 찾아 대해를 가로지르는 배처럼 묘사하면서 "별들은 우리 눈섭기슭에 아스름 항구가 그립다."라고 말하고 있다. "그립

---

17 여태천은 "단속하다"에서 속되고 더러운 세상과의 단절 의식이 극단적으로 표현된 것으로 보고 있다. 여태천, 「정지용 시어의 특성과 의미」, 『한국언어문학』 56집, 한국언어문학회, 2006, 266쪽.

다"라는 표현은 별의 세계에 가 닿고자 하는 그의 지향과 그 불가능성을 암시한다.

밤하늘의 별에 대한 이와 같은 묘사는 이 시의 시상 전개에서 절정을 이룬다. 밤하늘의 별은 지상의 낮 시간이 결여한 것들을 상기시키는 존재이다. 그렇기 때문에 시적 화자는 마치 신성한 존재를 마주한 듯 자신의 주위를 단속하고 경탄의 심정으로 별을 관찰하며 "항해"를 떠난 것이다. 그러나 이러한 기쁨은 다음과 같이 마감된다.

> 청려한 하늘의 비극에
> 우리는 숨소리까지 삼가다.
>
> 이유는 저세상에 있을지도 몰라
> 우리는 제마다 눈감기 싫은 밤이 있다.
>
> 잠재기 노래 없이도
> 잠이 들다.
>
> 「별」 13~15연[18]

"청려한 하늘의 비극"은 무엇을 가리키는 것일까. 이 표현이 등장하기 전 시적 화자는 밤하늘의 별을 다양하게 묘사한 바 있다. 다른 별보다 "획지"게 큰 별, "갓 낳은 양" "여릿 여릿"한 별, "발열하야/ 붉고" 떠는 별, "바람"에 쓸리어 죽은 듯 살아나는 "촉불" 같은 별, "사금" 같

---

18 『백록담』, 73쪽.

은 찬란한 별 등 정지용이 묘사한 별의 세계는 인간 삶의 축도처럼 보인다. 시적 화자는 밤하늘의 별을 관찰하면서 인간사의 슬픔을 되새겼을 것이다. 그래서 그는 그 모습을 "비극"이라는 단적인 표현을 통해 묘사한 것이다. 또 그는 그 "이유"가 "저세상에 있을지도" 몰라서 잠을 자기 싫은 밤도 있다고 말한다. 고단한 일상을 마무리하면서 잠 들어야하지만 밤하늘의 별로 상징되는 이상 세계에 대한 그리움 때문에 잠 들 수 없는 것이다. 그럼에도 불구하고 일상의 고단함 때문에 "잠재기 노래 없이도/ 잠이 들"19 수밖에 없는 것이 근대인의 운명이다.

3) 미적 초월의 좌절

「슬픈 우상」은 언뜻 보면 성모 마리아에 대한 찬양을 표현한 작품처럼 보인다. 시적 화자가 극존칭 표현을 사용하여 어떤 지고한 대상에 대해 이야기하고 있기 때문이다. 정지용의 입장에서 그가 극존칭을 사용할 만한 대상이란 성모 마리아 같은 존재밖에는 없을 것이다. 남기혁은 이런 관점에서 이 시를 해석한 바 있다.20

이밤에 안식하시옵니까.

내가 홀로 속에ㅅ소리로 그대의 기거를 문의할삼어도 어찌 홀한 말로

---

19 강호정은 이 "잠"을 "고통과 갈등을 초극한 경지"에서 "시적 화자가 얻게 되는 심리적 안정"으로 해석한 바 있다. 강호정, 「〈여기〉와 〈저기〉의 변증법」, 『다시 읽는 정지용 시』, 최동호·맹문재 외 지음, 월인, 2003, 338쪽.

20 남기혁, 「정지용 중·후기시에 나타난 풍경과 시선, 재현의 문제」, 『국어문학』 47집, 국어문학회, 2009.8, 121~125쪽.

붙일법도 한 일이오니까.

무슨 말씀으로나 좀더 높일만한 좀더 그대께 마땅한 언사가 없사오리까.

「슬픈 우상」 1~2연[21]

위는 「슬픈 우상」의 1~2연이다. "-시옵니까", "-이오니까", "-사오
리까" 등 시적 화자와의 관계에서 절대적 우위에 있는 존재에게나 사
용할 법한 어투를 사용하고 있다. 이런 표현은 이전 '종교시'에서 한
번도 사용한 적이 없는 표현으로, 정지용 시에서는 매우 이채롭다.
　시적 화자는 대상에게 말을 거는 형식으로 진술을 시작한 후 그 대
상을 묘사할 "마땅한 언사"를 늘어놓는다. 상당히 장황하게 전개되는
찬양은 그 대상의 신체 각 부위에 대한 묘사가 주를 이룬다.

눈감고 자는 비달기보담도, 꽃그림자 옮기는 겨를에 여미며 자는 꽃봉
오리 보담도, 어여삐 자시올 그대여!

그대의 눈을 들어 푸리 하오리까.
속속드리 맑고 푸른 호수가 한쌍.
밤은 함폭 그대의 호수에 깃드리기 위하야 있는 것이오리까.
내가 감히 금성노릇하야 그대의 호수에 잠길법도 한 일이오리까.

「슬픈 우상」 3~4연[22]

---

21 『백록담』, 74쪽.
22 『백록담』, 74~75쪽.

위로 미루어보아 시적 화자가 잠 든 대상을 찬양을 하고 있음을 알 수 있다. 여성을 대상으로 한 듯한 묘사의 시작점은 눈이다. 시적 화자는 이 여성의 눈을 "푸른 호수 한쌍"에 비유하고 있다. 잠 든 여성의 성스러움을 표현하기 위해 "밤"이 이 여성을 위해 존재하는 것처럼 묘사하고 있다. 그리고 그는 이 여성의 세계에 안길 수 있는 "금성" 노릇을 하고 싶다고 말한다. 여기서 "금성"은 "호수"로 비유되는 대상과의 합일 욕망에 대한 비유이다.

이후 눈을 시작으로 입술, 코, 귀, 심장, 가슴 등등에 대한 길거나 짧은 묘사가 이어진다. 대상을 묘사하는 시적 화자는 자신을 "미궁에 든 낯선 나그내"라고 표현하기도 한다. 이런 묘사를 따라가다 보면 이 시가 묘사하는 대상이 성모 마리아라기보다는 종교적 순수성을 추구하는 일상인이라는 인상을 받게 된다.

거듭 말슴이 번거러우나 월래 이세상은 비인 껍질 같이 허탄하온데 그
중에도 어찌하사 고독의 성사를 차정하여 계신것이옵니까.
그리고도 다시 명철한 비애로 방석을 삼어 누어 계신것이옵니까.

이것이 나로는 매우 슬픈 일이기에 한밤에 짓지도 못하올 암담한 삽살
개와 같이 창백한 찬 달과 함께 그대의 고독한 성사를 돌고 돌아 수직하
고 탄식하나이다.

불길한 예감에 떨고 있노니 그대의 사랑과 고독과 정진으로 인하야 그
대는 그대의 온갓 미와 덕과 화려한 사지에서, 오오,
그대의 전아 찬란한 괴체에서 탈각하시여 따로 따기실 아츰이 머지않

어 올가 하옵니다.

　그날아츰에도 그대의 귀는 이오니아바다ㅅ가의 흰 조개껍질 같이 역시
듣는 맵시로만 열고 계시겠옵니까.

　흰 나리꽃으로 마지막 장식을 하여드리고 나도 이 이오니아바다ㅅ가를
떠나겠옵니다.

「슬픈 우상」 25~29연[23]

　위의 인용문은 이 시의 마지막 부분이다. 시적 화자는 "월래 이세상
은 비인 껍질 같이 허탄하"다고 말한다. 이런 표현은 「파라솔」의 6연
의 "월래 벅찬 호수에 날러들었던것이라"와 비슷한 의미를 표현한 것
으로 이해된다. "고독의 성사", "명철한 비애로 방석을 삼어 누어 계"
신 것 등의 표현이 더해져 이 시의 여성이 천상적 성격을 가진 존재임
이 암시되고 있다. 이런 사실을 시적 화자는 "매우 슬픈 일"로 여기면
서 그는 자신이 "암담한 삽살개"[24]처럼 이 여성을 생각하고 있다고 말
하고 있다. "불길한 예감"이란 "괴체에서 탈각" 즉 이 여성의 죽음을
의미하는데, 시적 화자는 이 여성의 죽음을 두려워하고 있다. 그때는

23 『백록담』, 81~83쪽.
24 이 시에 등장하는 "삽살개"는 님을 지키는 존재라는 측면에서 「삽사리」에 등장하는 "삽
사리"와 비슷한 이미지이다. 우리는 여기서 "각기의 모든 작가는 그 자신만의 고유한
이미지와 언어, 그리고 상상의 끈을 갖고 있기 때문에, 패턴들은 스스로를 반복하는 방
법을 지니고 있는 것"이라는 레온 에델(레온 에델 저, 김윤식 역, 『작가론의 방법』, 삼
영사, 2005, 89쪽.)의 말을 상기할 필요가 있다. 세속적인 여성을 대상으로 한 「삽사리」
와 「슬픈 우상」이 비슷한 상상과 표현의 패턴을 보인다는 점은 「슬픈 우상」에서 표현
하고자 한 대상을 성모 마리아라고 보기 어려운 이유가 된다.

그 역시 이 여성에게 "흰 나리꽃"[25]을 바치고 이 여성의 공간인 "이오
니아바다ㅅ가"[26]를 떠나겠다고 말하고 있다. 이오니아는 그리스와 이
탈리아 사이의 바다인데 고대 그리스·로마 문명의 상징이다. 이곳에
존재하는 이 여성은 예술의 신 뮤즈라고 보아도 좋을 것이다.

이 시는 예술의 신 뮤즈를 찬미하면서 그 죽음에 대한 불길한 예감
을 노래하고 있는데, 이 작품이 식민지 조선에 전시 기운이 감돌던 때
발표된 것을 고려하면 이 시에서 정지용은 자신의 예술을 옥죄어 오
는 현실의 중압감이나 아니면 '종교시' 이후 추구해야 할 자기 예술의
진로에 대한 불안감을 암시하고자 한 것은 아닐까.

지금까지 살펴본 것처럼, 『백록담』 4부를 구성하는 「파라솔」, 「별」,
「슬픈 우상」은 현대인의 일상으로부터 초월하고자 하는 낭만적 동경
을 표현한 삼부작이라고 할 수 있을 것이다. 비록 창작된 시점이 다르
기는 하나 정지용이 이 세 편을 군이 여타의 시편들과 분리해서 독립
된 부로 구성한 데는 이와 같은 이유가 있어 보인다.

---

25 「파라솔」에서 시적 화자가 묘사 대상인 여성에게 "흰 나리꽃"을 선물한다고 했던 점과
「슬픈 우상」에서 시적 화자가 묘사 대상인 여성의 임종 순간에 "흰 나리꽃으로 마지막
장식을" 하겠다고 한 것은 이 두 편의 관계를 유추할 수 있는 근거가 된다.

26 "이오니아바다ㅅ가"는 정지용 시에서 신앙심의 상징인 갈릴레아 바다(「갈릴레아 바다」)
와는 다른 의미를 갖는다. 권영민은 「슬픈 우상」을 "『백록담』에 실린 유일한 종교시"
라고 규정한 바 있는데(권영민, 앞의 책, 677쪽), 이는 두 바다의 의미상 차이를 섬세하
게 고려하지 않은 결과라고 생각된다.

5. 결론

통상 한 시인의 시 세계를 몇 개의 양상으로 구분해서 살피는 방식을 우리는 이용한다. 그러나 이런 구분법은 섬세한 그물망이 될 수 없다. 이런 그물망에 걸리지 않는 작품들은 보통 중요하지 않은 것으로 치부되어 논의의 대상에서 제외되기 마련이다. 그러나 연구의 관점을 달리 하면 자명해 보였던 시 세계가 파괴되고 새롭게 조직될 수밖에 없다. 그러기 위해서는 통념의 그물망에 의존하기보다는 작품들이 맺고 있는 관계를 정밀하게 검토할 필요가 있다.

이 글은 최근 정지용 시 중 논란이 되는 「유선애상」이나 「파라솔」처럼 그 정체가 모호한 작품에 접근할 수 있는 적절한 방법을 탐색하고자 하는 목적에서 시작되었다. 이런 목적을 갖고 이들 작품이 수록된 시집을 검토하던 중 이들 작품이 적게는 한 편, 많게는 두 편의 작품과 같이 묶여 있다는 사실을 발견하게 되었다.

본론에서는 『백록담』에서 '산수시'가 수록된 1부, 계절감을 가볍게 표현한 3부, 산문이 수록된 5부를 제외한 2부, 4부를 대상으로 각 부에 수록된 작품들 사이의 내적 연관성을 구명하고자 하였다. 이런 작업을 통해서 고립적으로 고찰해 온 탓에 정체가 모호하게 느껴진 「유선애상」과 「파라솔」 같은 작품에 접근할 수 있는 또 하나의 해석 통로를 열고자 하였다. 물론 논의의 초점이 「유선애상」보다는 「파라솔」에 맞춰진 탓에 전자에 관해서는 기존 쟁점에 대한 진전된 논의보다는 하나의 암시를 던지는 데 그쳤지만, 후자의 경우 기존의 단순한 해석을 넘어설 수 있는 관점을 제시했다고 생각된다.

이런 작업을 통해서 궁극적으로 1930년대 중반 '종교시'라는 상투어에 가려져 잘 보이지 않은 정지용 시세계의 일단이 뚜렷이 부각되었으리라고 생각한다. 그 세계는 근대적 경험이 내포한 부정성과 그것을 미적으로 초월하려는 욕망이 길항하는 공간이다. 그런 노력이나 욕망이 긴장을 상실할 때 정지용 시는 '산수시'라는 전근대적 세계로 이탈하게 되는 것이다. 따라서 1930년대 중반이야말로 정지용 시의 근대성이 가장 확연히 드러나는, 앞으로도 더욱 진전된 논의가 이루어져야 할 영역이라고 할 수 있다.

3장

김기림 수필에 나타난 대중의 의미

1. 서론

근대를 제도화하는 기제로서의 근대문학은 1930년대에 들어서면서 결정적인 변화의 물결에 휩싸인다. 1930년대가 한국의 근대문학에 있어서 결정적인 계기가 되는 것은 그 시점이 식민지 조선의 경우 자본주의적 성숙기였다는 역사적 사실과 무관하지 않다. 일제 주도하의 공업화 정책과 더불어 경성을 중심으로 한 대도시화 정책은 비록 제한적이나마 식민지 대중이 조선의 자본주의를 서구 자본주의에 근접한 하나의 제도로 감각할 수 있는 계기를 마련해 주었다. 그에 따라 한국의 근대문학도 그와 같은 사회경제적 변화와 어떤 측면에서 길항과 타협을 모색하는 시점에 들어서게 된 것이다.

근대 초창기에 문인들이 받아들였던 문학적 이념은 1930년대에도 여전히 문인들의 의식을 사로잡고 있었지만 그들의 의식과는 무관하

게 1930년대는 그들에게 문학이 놓인 새로운 조건에 대해서 고민하도
록 만들었다. 대중사회 속에서 문학이란 무엇인가, 그들이 설 자리는
무엇인가 등등 문학과 문학인의 존재조건에 대한 새로운 고민이 등장
하게 되었는데, 그와 같은 고민이 명백한 담론으로 등장한 적은 없다.
문학인들의 새로운 고민은 그들의 문학 속에서 징후적으로만 드러날
뿐이다.

　1930년대 문학인들에게 문학은 그들이 일상생활에서 수행하는 다
양한 실천 행위 중 하나에 불과하다는 의미로 축소된다. 그들은 더 이
상 문학의 장에만 자신을 놓지 않는다. 그는 문학 작품의 창작과 더불
어 다양한 잡문을 생산하는 '문필가'의 위치를 부여받는다. 그가 상대
해야 할 상대는 더 이상 일군의 고급독자가 아니라 최소한의 문자해
독력만을 가진, 상대적으로 저급한 인식과 다소 천박한 취미를 가진
대중이었다. 1930년대가 한국의 근대문학에 있어서 하나의 기점이 된
다고 할 때, 가장 큰 이유는 문학의 폭이 이전에 비해 상대적으로 확장
되었다는 사실에 있다. 독자층의 비약적 확대는 문학인의 활동 영역
을 고급과 저급, 문학과 비문학 등 기존에는 완강하게 유지되던 층위
를 벗어날 것을 요구했다. 대중이 주도하는 대중사회는 문학을 대중
문화적 시각으로 정향시켰던 것이다. 이 과정에서 문학인은 당대를
구성하는 다양한 제도와 타협하고 길항할 것을 근본적으로 요구받게
된 것이다.

　당대 문학인이 겪은 이와 같은 위기는 문학 제도의 심급에서도 발
견된다. 유교적 '문인주의(文人主義)' 전통이 강한 사회에서 문학은 교
양과 지성을 강화시키는 엘리트주의의 발현이라는 성격을 내포하고
있었다. 문학은 교양의 최상급 표현이자 휴머니즘의 구심으로 존재했

다. 이는 이광수와 최남선이 주도한 1920년대의 민족주의 담론에서 쉽사리 확인할 수 있다. 고급문화의 최상급이자 공동체 유지와 강화를 뒷받침하는 유용한 도구로서의 문학은 문학의 전근대적 위상을 보여주는 것이다. 이런 측면에서 볼 때 3·1운동 이후 식민지 사회 전반에 만연된 문화주의는 전래의 이념형 문학 모델의 마지막 불꽃이라 할 것이다.

카프(KAPF) 역시 근대 문학 모델과는 어울리지 않는, 근대 이전이나 이후(만약 상상할 수 있다면)의 모델이라고 할 것이다. 1920년대 문학을 카프 중심으로 서술함으로써 그 이념적 원광 밑에서 수많은 문학들이 희미한 그림자로만 남게 되었다.

카프 중심주의에 대한 은밀한 반발은 모더니즘에 대한 발굴 내지는 복권 현상을 일으켰다. 김기림, 이상, 박태원 등 구인회 문학이나 최명익, 허준 등의 심리주의 계열 문학에 대한 관심의 확대는 이처럼 카프 중심주의에 대한 은밀한 비판으로 이해될 수 있다. 그러나 기존의 연구들에서 '모더니즘'은 특정 문예사조라는 맥락에서 편협한 의미를 부여받았던 한계를 안고 있다.

기존의 연구 모델을 크게 두 가지 흐름으로 정리할 수 있다고 할 때, 필자가 견지하는 입론의 요지는 다음과 같다. 1930년대는 1920년대와는 달리 새로운 패러다임의 문학 실천들이 본격화된 시기로서 문학 행위의 성격과 다양성이 뚜렷해진 시기이다. 이 같은 변화는 문학이 하나의 제도로서 뚜렷한 변별점과 정체성을 확보하게 된 사정과 관련되는 것이다. 그리고 문학 제도는 1930년대 들어 더 이상 고급문화의 엘리트주의를 확보하는 틀로서 확고한 정체성을 가질 수 없게 되었다.

문학의 위기는 비단 최근의 현상이 아니라 자본주의적 근대 이후 사회에서 보편화되는 현상이라고 할 수 있다. 이는 상업적 출판 시스템의 형성과 근대적 교육의 확대에 힘입은 바 크다. 특히 국어국문 교육의 대중적 확대는 문자 해독과 구사 능력의 대중적 확대를 가져왔고, 문자에 대한 비판적 접근이 가능한 교양인들의 수를 급격히 확대시켜 놓았다.[1] 이와 더불어 대중 사회의 등장과 더불어 신문, 잡지와 같은 문자 매스미디어뿐만 아니라 비교적 근래의 과학기술에 힘입은 영화와 라디오 같은 최신의 매스미디어의 영향력을 확대시켜 놓았다.

문학 행위는 더 이상 수양의 방법이나 '재도지기(載道之器)'로서의 성격을 탈각하게 되었다. 전통적 문학 행위를 뒷받침 해주는 사회 구조는 해체되고 근대적으로 재편된 사회 구조 속에서 문학 행위의 유일한 보증자는 대중과 매스미디어가 되어 버렸다. 그리고 대중의 보증을 구하는 실천으로서의 문학 행위는 문학적 실천의 유일무이한 지반을 확보하게 되었다.

여기에서는 1930년대 식민지 사회에 형성되기 시작한 도시 문화가 배태한 다양한 측면을 검토하고, 그 의미를 살펴보고자 한다. 1930년대에 활동한 수많은 작가 중에서도 이 글에서 김기림을 논의의 대상으로 선택한 것은 그의 문학적 실천이 도시 문화의 일상적 실천과 가장 긴밀한 관련성을 갖는다고 판단했기 때문이다. 저널리즘과 영문학이라는 기제를 통해 당대 사회의 흐름을 누구보다 정확하고 민감하게 받아들였던 그는 수필을 통해서 이와 같은 문제의식을 드러내고 있다.

---

1 권영민, 『한국현대문학사1』, 민음사, 2004, 185~194쪽.

2. 대중의 등장과 시선의 위기

1930년대 문인들 중에서 자의식적으로 대중을 사고한 사람은 김기
림이다. 대중은 무정형의 타자적 세계이며, 근대화와 산업화가 만들
어 낸 정체를 파악하기 힘든 집단이다. 그러나 이 대중이라는 말은 산
업화로 진전된 문화의 성격을 한층 명확히 부각시키는 개념이기도 하
다. 대중은 어리석음, 변덕, 집단적 편견, 저속한 취미와 습관에 사로
잡힌 타자들을 지칭하는 개념이며, 바라보는 자의 차별화 욕구를 내
포한 말이다. 이런 측면에서 대중은 바라보는 자의 문화 감각에 대한
부단한 위협으로 작용한다.[2]

저널리스트이자 시인으로 활동한 김기림에게 있어 이제 막 대도시
의 면모를 드러내던 경성은 그가 '군중'[3]이라고 지칭한 존재들이 점령
한 기괴한 공간으로 이해된다. 비교적 초창기의 글에 해당하는 다음

---

2 레이몬드 윌리암스 저, 나영균 역, 『문화와 사회』, 이화여대 출판부, 1988, 397쪽.
3 김기림이 글에서 '군중'이라는 표현을 실제로 사용한 경우는 매우 미미하다. 그의 수필은
  현재의 시각에서 '군중(crowd)'이나 '대중(mass)'이라고 지칭할 만한 존재들에 대한 관
  찰의 결과만을 드러내고 있다. 20세기의 인문사회과학에서는 이 두 가지 개념은 넓은 맥
  락에서 비슷한 의미를 갖는 것으로 통용되고 있다. 그러나 '군중'이라는 개념은 심리학적
  인 측면에서 주로 사용되고, '대중'이라는 개념은 사회학적인 측면에서 활용된다. '군중'
  이라는 개념을 사용한 중요 저서로는 세르주 모스코비치의 『군중의 시대(L'âge des
  foules)』(이상률 역, 문예출판사, 1996)를, '대중'이라는 개념을 사용한 중요 저서로는 오
  르테가 이 가세트의 『대중의 반역(La rebelion de las masas)』(황보영조 역, 역사비평
  사, 2005), 엘리아스 카네티의 『군중과 권력(masse und macht)』(강두식·박병덕 공역,
  바다출판사, 2002)을 꼽을 수 있다. 엘리아스 카네티의 경우 번역본에서 원저 제목 중
  'masse'를 '군중'으로 번역해 놓고 있다. 이 글에서는 이하 논의에서 편의에 따라서 '군중'
  과 '대중'을 혼용할 것이다.

글에서 우리는 그에게 경성과 대중이 어떤 인상으로 다가왔는지 보다
선명하게 이해할 수 있다.

> 이국풍속의 「그로테스크」한 행렬이 본정 3정목을 흘러간다. 파리 떼와
> 같이 잡답하고 도발적인 가장행렬(…)정열과 어지러운 사람들의 홍수의
> 흥분이 식은 뒤의 자정이 가까운 밤거리는 「죽음」과 같이 고요하다.
> 불길한 침묵이 올빼미의 눈동자처럼 어둠의 저층으로 스며들 뿐이다.
> 어둠을 향하여 짖는 얼빠진 주정군도 있다.
>
> 「찡그린 도시풍경」(『조선일보』, 1930. 11.11)[4]

가을밤 경성의 거리를 나선 김기림에게 도시의 풍경은 낯설게 느껴
진다. 경성의 거리 풍경에 대해서 그는 "이국풍속의 「그로테스크」한
행렬"이라는 표현을 사용하고 있다. 지금도 가장 많은 유동인구를 자
랑하는 경성의 번화가에 나선 그가 마주친 것은 여전히 우리 것으로
수용되지 못한 박래품들로 자신을 치장한 일군의 사람들이다. 더 정
확히 말하자면 그가 마주친 "「그로테스크」한 행렬"의 주도자는 여성
들이다. 그들을 지켜보는 그의 시선은 차갑고 비관적이다. 가장행렬
을 보는 듯한 신기함은 지저분하고 성가신 "파리 떼"에서 느끼는 불편
함과 착종되어 있다. 두 시간 여가 흘러 거리를 메운 인파가 홍수처럼
빠져나갈 때까지 어슬렁거린 뒤 그가 마주하는 것은 죽음과 같은 침
묵이다. 그 침묵은 그에게 마치 "올빼미"의 눈과 마주쳤을 때 받게 되
는 기괴함으로 다가온다. 불과 두어 시간 만에 화려하고 번잡한 도시

4『김기림전집5』, 심설당, 1988, 383~384쪽.(이하『김기림전집』 권수와 쪽수로 약칭함.)

는 갑자기 유령이 배회하는 죽음의 공간으로 변한다. 그에게 도시 이미지의 이와 같은 급격한 변화는 시선의 권력을 소유한 주체가 아무것도 볼 수 없음, 보는 것에서 어떤 의미도 발견하지 못하는 텅 빔을 경험할 때의 당혹스러움을 유발한다. 이 글에서 그는 그와 같은 시선의 전복을 "파리 떼"와 "올빼미"의 은유를 통해서 보여주고 있다.

이처럼 김기림은 당대 어느 문인보다도 대도시 경성의 삶을 주도하는 주체가 대중이라는 사실을 선구적으로, 그리고 가장 섬세하게 파악한 사람이다. 그러나 그에게 대중은 긍정적이지도 부정적이지도 않은 존재로 그려진다.

> 「쇼윈도우」의 화사한 인형과 박래품의 모자와 「넥타이」에 모여 서고 있는 불건전한 몽유병자의 무리들은 옆집 악기점에서 흘러 나오는 「레코드」의 「왈츠」에 얼빠져 있다.
>
> 오– 심장과 뇌수를 「보너스」와 월급에 팔아버린 기계인간이여, 「부르조아」가 빚어놓은 향락의 회색지를 반추하는 기갈한 「로맨티시스트」….
>
> 「도시풍경」(『조선일보』 1931. 2. 21~24.)[5]

김기림이 묘사하는 대중은 상품진열장 속의 상품에 정신이 팔려 사는 "불건전한 몽유병자"일 뿐만 아니라 상품에 대한 욕망을 위해 영혼을 팔아버린 메피스토펠레스와 같은 존재들이다. 그런 점에서 그의 시선은 차갑지만 다른 한편으로 그와 같은 풍경들에 끊임없이 착목하며 언어화하는 주체 역시 그런 상황에서 전적으로 자유롭다고 할 수

---

5 『김기림전집5』, 389쪽.

는 없다. "오- 심장과 뇌수를 「보너스」와 월급에 팔아버린 기계인간
이여"와 같이 감탄형으로 표현된 대목에서 우리는 대중과 명확한 경
계선을 그을 수 없는 자기연민을 느낄 수 있다.

김기림은 쇼윈도 속의 여자 마네킹에 넋을 잃고 바라보고 있는 사
람들의 모습에 은밀한 시선을 보낸다. 그 시선은 사물을 자신의 의식
속으로 완전히 포섭하는 권위적인 "시선(look)"이 아니라 보이는 것
속에서 불안과 기괴함, 묘한 이끌림을 되받는 "응시(gaze)"로서 드러
난다.6 쇼윈도 모티프라고 불릴 수 있을 이러한 광경은 근대 도시의
소비문화의 특징을 단적으로 보여주는 것이다. 길거리의 대중과 그가
시선을 보내는 사물 사이에 가로놓인 유리는 주체와 대상간의 미묘한
거리의 은유이다. 주체는 대상에 시선을 보내지만, 대상은 주체 내에
서 완전히 해소되지 않는 잔여를 남긴다. 대중과 상품 사이의 이와 같
은 관계는 상품 형식으로 물신화된 자본주의의 전도된 인간관계를 담
지하고 있다. 모더니즘적 주체에게 있어 근대 도시는 계급, 성, 인종
사이의 차이가 "내파(內波)"7된 대중의 공간으로 이해된다. 그의 시선
에 대중은 소비문화의 열렬한 탐닉자, 소비문화의 쾌락에 자신을 온
전히 던지는 존재로서만 존재한다. 대중은 가시성의 영역에서는 뚜렷
한 실체로 각인되나 불가시성의 영역에서는 불가해한 존재로서 다가
온다.

이와 같은 균열은 모더니즘적 주체에게 있어 분열적 세계 인식을

---

6 라캉과 지젝의 논의 체계에서 "시선"이 주체의 권력을 암시한다면, "응시"는 주체가 "시
선"의 능력을 잃는 순간을 암시한다. 더 자세한 논의는 슬라보예 지젝 저, 김소연·유재
희 공역,『비딱하게 보기』, 시각과 언어, 1995, 185~187쪽 참고.

7 이 용어는 장 보드리야르의 저서 『시뮬라시옹』(하태환 역, 민음사, 1999)에서 가져온 것
이다.

심화시킨다. 이와 더불어 이와 같은 현상을 목도하는 모더니즘적 주체 자신 역시 자신이 대중이라고 호명한 일군의 사람들 속에 하나의 불가해한 존재로 녹아 들어감을 인식한다. 그는 대중이 바라보는 것들로부터 비판적 인식을 기도하지만, 그 역시 대중들의 일상을 지배하는 문화 형식 밖에서는 존재할 수 없는 존재라는 사실을 인식한다. 자신 역시 도시에서 기능화된 일상의 한 부분을 담당하는 존재라는 인식은 그의 글쓰기를 조정하는 기제로 작용한다.[8]

이처럼 김기림은 소비 도시로 변화해 가는 경성을 둘러싼 경험의 의미를 글쓰기를 통해 끊임없이 반추하는 양상을 보인다. 그러한 양상은 일상성의 영역이자 사적 체험의 장인 수필을 통해서 자주 드러난다. 그는 신기성과 새로움, 기이함으로 뒤섞인 경성의 다양한 세부들을 들여다보며 경쾌함과 우울이 뒤섞인 묘한 어조로 소비 도시의 명암을 드러낸다.

도시는 복잡한 미로처럼 뻗어 나가고 대로를 중심으로 형성된 각종 상점과 백화점은 폭발적으로 증가하는 대중의 시선을 붙잡기 위해 현란한 광채를 빛내고 있다. 자본주의적 산업화로 형성된 대량 소비의 공간을 거닐면서 그는 소비의 유혹에 깊이 침윤된 대중의 모습, 그리

---

8 이 글은 기본적으로 문화 연구론적 시각을 견지하고 있으나 이 같은 방법론은 학제적 접근법을 추구하고, 문학 텍스트 생산의 다양한 층위에 대한 수평적 이해를 시도한다는 측면에서 새로운 의미로 부각될 수 있다. 그러나 문학 텍스트에 대한 문화 연구적 접근법의 적용은 문학 텍스트 비평을 위해 개발된 광범위하고 특수한 비평 용어의 효과를 무화시킴으로써 문학 텍스트들을 문학 외적 실재를 예증하는 사료의 일종이나 그런 예증 자료로는 활용하기에는 적절치 않은 "언어의 파편(a piece of language)"로 전락시킴으로써 문학의 인식적 가치와 심미적 가치 중 전자만이 가시화될 우려가 있다. 문화 연구론적 시각은 분명히 장점을 가지고 있지만, 문학 텍스트 비평의 전문성이 내포한 유효성을 쉽사리 폐기할 수는 없을 것이다. 스탠리 피시 저, 송홍한 역, 『문학연구와 정치적 변화』, 동인, 2001, 160쪽.

고 그 대중의 시선을 포착하기 위한 현란한 광고 사이를 오가면서 그 시선들 사이의 변증법을 포착하기 위해 은밀한 시선을 보낸다.

김기림의 눈을 가장 먼저 사로잡는 것은 변화의 상징적 표상으로 등장한 '모던걸'의 육체적 관능성이다. 감추어져 있던 육체들이 부분적으로 노출됨으로써 육체는 가시성과 불가시성의 변증법을 작동하기 시작하며, 소비문화 속의 욕망의 문제를 제기한다. 소비 도시 속의 육체는 이제 더 이상 정신을 담지하는 빈 껍질이 아니라 육체 그 자체가 정신을 압도하는 가치의 영역으로 전도되기 시작한다.

김기림에게 있어 대중은 경성이라는 도시 공동체를 움직여 가는 강력한 행위자이다. 모더니즘적 주체는 더 이상 바라보는 자가 가지게 되는 일원적이고 독점적인 시선의 권력을 확보하지 못한다. 이런 인식적 혼란은 도시 공동체의 문화를 조정하고 규율하는 엘리트 집단의 문화적 영향력의 결정적 쇠퇴를 반영하는 것이다. 엘리트적 인식과 시선은 더 이상 도시와 대중에 대한 해석적 지배력을 확보하지 못한다. 대상을 전유하던 인식의 특권화된 위치에 서 있던 자는 대상으로부터 불가해한 잔여나 잉여를 되돌려 받을 뿐이다. 이런 변화는 대중이 공동체의 주도권을 가지고 움직여 나가는 근대 세계의 특징이다.[9]

---

9 수잔 디잔, 「E. P. 톰슨과 나탈리 데이비스의 저작 속의 군중, 공동체, 그리고 종교 의식」, 린 헌트 편, 조한욱 역, 『문화로 본 새로운 역사』, 소나무, 1996, 104쪽.

3. 스펙터클로서의 백화점과 고급문화의 위축

시장의 법규에 종속된 예술, 다른 형태의 생산품과 같은 조건에 구속받는 특수 생산품으로서의 예술은 근대적인 환경 변화에 따른 문학의 새로운 존재 조건으로 등장한다.10 이런 변화에 맞서 근대의 예술가들은 크게 두 가지 태도로 대응하였다. 예술을 천재의 소산이자 상상력의 산물로 보고 대중을 예술가 자신과는 변별적 위치에 놓인 열등한 존재로 보는 인식 체계가 그 하나다. 이와 같은 패러다임 내에서 문학을 비롯한 예술 일반은 대중의 감수성을 고양하는 유효한 수단으로 위치 지워진다. 예술에 대한 이와 같은 낭만주의적 관념은 한국 근대문학 초창기부터 카프 시기까지 일관된 패러다임으로서 지속되어 왔다.

그러나 근대적 삶의 제반 제도 속에 예술가 자신마저도 속박 당하고 그 과정에 깊이 침윤되어 감에 따라 예술가와 대중을 구분하는 변별점은 희미해지고 예술가는 자본주의 사회 속에서 특수한 생산품을 만들어 내는 기능인으로 변화되어 간다. 따라서 글쓰기는 더 이상 시간과 생존의 속박을 벗어난 자유로운 영감의 산물이 아니라 제한된 시간적 속박 속에서 일상을 영위하기 위해 산출해야 할 상품 생산의 일종으로 둔갑하게 된다.11

이와 같은 변화를 가장 뚜렷하게 보여주는 존재가 바로 김기림이라고 할 수 있다. 그의 모더니즘이 전대의 "감상주의"와 "편내용주의"로

---

10 레이몬드 윌리엄스, 앞의 책, 65쪽.

부터의 탈피를 욕망할 때, 이것은 문학에 부여된 과도한 신화적 환상
으로부터의 탈피라고 해석할 수 있다. 1920년대 문학의 주류를 형성
한 패러다임으로부터의 탈피를 통해 그는 자신을 새로운 문학 개념의
수행자로 명확히 규정하고자 한다. '자라는 것'으로서의 문학에서 '만
들어지는 것'으로서의 문학으로의 변화는 모더니즘이라는 기호 아래
에서 실천되었지만, 이는 근대문학의 생성 과정에 있어 하나의 획기
적인 의미를 지닌다. 그와 같은 인식 속에서 문학은 더 이상 신화적인
아우라 속에서 진행될 수 있는 창조가 아니라 범속한 일상의 포괄적
인 제도화 속에서 하나의 기능적인 축을 구성하는 세부 영역으로 자
리매김 된다.

　김기림이 모더니즘을 도시 문명의 소산이라고 했을 때, 그는 도시
문명이 대중문화의 다른 이름이며 모더니즘이 대중문화와의 길항 관
계를 내포한 문학의 다른 이름이라는 사실을 강조하고자 한 것으로
보인다. 대중문화는 자본주의의 대량 생산 체제가 우위를 점하고 사
회 전반을 규율하는 사회의 문화이다. 이때 대중은 대량 소비 사회를
뒷받침하는 존재이다. 그러나 그들에게 생산의 영역은 감춰지고 소비
의 영역만이 가시화된다. 따라서 대중은 항상 부득이하게 상품 물신
주의에 탐닉할 수밖에 없고, 예술가들은 대중의 상품 물신주의를 수

---

11 1930년대 들어 독서계에 불어 닥친 야담, 탐정소설, 실화 등 그로테스크한 이야기에 대
한 대중적 관심은 기존의 문학 담당자들로 하여금 새로운 환경 속에서 문학의 정체성을
고민하게 만들었다. 1920년대까지 예술지상주의의 기치를 내걸고 탐미적 단편들을 창
작해 온 김동인이 1930년대 들어 『야담』이라는 잡지를 창간하여 야담 창작가로 전락한
사실은 1930년대 들어 문학과 문인에게 불어 닥친 변화의 양상을 단적으로 보여주는
것이다. 채석진, 「제국의 감각:"에로 그로 넌센스"」, 『페미니즘연구』 5집, 동녘, 2005,
67~74쪽 참고.

수께끼 같은 것으로 인식하게 된다. 근대도시로 변모해가는 1930년대 경성의 풍경을 묘사한 다음 글에서 우리는 그에게 비춰진 도시의 풍경과 그 속을 활보하는 대중이 그에게 어떤 의미로 다가왔는지 그 일단을 파악할 수 있다.

여러 가지 축복 받지 못한 조건으로 인하여 부득이 시대진전의 수준에서 밀려나올 수밖에 없었던 봉건적 도시인 경성도 차츰차츰 첨예한 근대도시의 면모를 갖추기 시작한다.

서울의 복판 이곳저곳에 뛰어난 근대적 「데파트멘트」의 출현은 1931년도의 대경성의 주름 잡힌 얼굴 위에 가장하고 나타난 「근대」의 「메이크업」이 아니고 무엇일까.

「근대」는 도처에 있어서 1928년 이후로 급격하게 노후하여 가고 있다. 이 「메이크업」한 「메피스트」의 늙은이가 온갖 근대적 시설과 기구감각으로써 「젊음」을 꾸미고 황폐한 이 도시의 거리에 다리를 버리고 저물어 가는 황혼의 하늘에 노을을 등지고 급격한 각도의 직선을 도시의 상공에 뚜렷하게 부조하고 있다.

밤하늘을 채색하는 찬란한 「일류미네이션」의 인목을 현혹케 하는 변화… 수백의 눈을 거리로 항하여 버리고 있는 들창….

거대한 5, 6층 「빌딩」체구 속을 혈관과 같이 오르락내리락하는 「엘레베이터」(승강기), 옥상을 장식한 인공적 정원의 침엽수가 발산하는 희박한 산소….

「도시풍경」(『조선일보』, 1931. 2. 21~24.)[12]

---

12 『김기림전집5』, 386쪽.

1920년대 후반부터 경성의 중심가로에는 근대적 건축 형식의 백화점이 등장하기 시작했다. 김기림에게 경성을 진정한 근대도시로 보이게 한 것은 중심가로를 채운 백화점이었다. 그는 위의 글에서 백화점을 "황폐한 이 도시"의 "메이크업"이라고 말하고 있다. 이 "메이크업"이라는 말속에는 다소 경멸의 감이 없지 않으나, 그에게 있어 백화점은 부정할 수 없는 매력을 발산하는 공간이다.

야경을 받아 휘황찬란하게 빛나는 백화점 건물의 들창은 김기림의 눈을 현혹시킨다. 그리고 옥상정원을 포함한 6층 규모의 백화점13을 수직 이동할 수 있게 설치된 엘리베이터가 그에게는 피를 온몸으로 공급하는 "혈관" 같은 인상을 심어준다. 여기서 그가 "혈관"의 이미지를 연상하고 있다는 점에 주목해볼 필요가 있다. 백화점을 "체구"에 비유하면서 시작된 이런 연상은 "혈관"인 엘리베이터를 타고 백화점을 오르내리는 대중에 대한 연상으로 귀착되는 것이다. 이 대중이야말로 백화점이라는 거대한 "체구"의 생명을 보증하는 "혈액"인 셈이다. 그에게 있어 도시풍경의 중심에 항상 백화점이 놓일 수밖에 없는 것은 백화점이야말로 대중의 탄생과 맞물리는 현상이기 때문이다. 백화점이라는 말 자체가 암시하듯이, 상품의 대량생산과 유통을 가능케한 자본주의 체제가 다른 한편으로는 대중의 탄생을 배태한 메커니즘이기도 한 것이다.

김기림은 상품에 대한 물신숭배를 불러일으키고 대중의 "「센시블」한 도시인의 마음"을 유혹하는 도시의 거대한 물신인 백화점을 "무형

---

13 백화점의 층수나 이 글의 발표 연도에 비추어 볼 때 김기림이 이 글에서 대상으로 삼고 있는 곳은 미쓰코시(三越) 경성지점으로 보인다. 김승구, 『이상, 욕망의 기호』, 월인, 2004, 103쪽.

의 촉수를 도시의 가정에 버리고 있는 마물", "밤의 아들딸들을 향하여 달큼한 손질"을 하는 "창부"라고 조롱하고 있다.

위에서 살펴본 것처럼 백화점은 김기림에게 "대경성"의 상징으로 비춰지고 있다. 그러나 그에게 백화점은 도시의 황폐를 감추는 가면이기도 하다. 백화점은 늙은이의 꺼칠한 살가죽을 위장하는 화장이다. 그러한 위장술의 촉수에 걸려든 대중에 대해서 김기림은 연민 어린 시선을 보낸다. 그는 상품세계의 화려함에 넋을 잃은 대중을 "음분한 어족"이라고 표현하고 있다. 먹이를 찾아 헤매는 물고기에 비유된 대중의 맹목성은 그로 하여금 그런 풍경을 다소 비판적으로 보게 하지만 그 역시 백화점이 제공하는 감각적 풍요로움의 포로가 되어 있음이 이 글 속에 드러난다.14

이처럼 김기림은 백화점 풍경에 전적으로 동화되지도 비판적 거리를 유지하지도 못하는 혼란을 드러낸다. 이와 같은 혼란이 불어넣은 긴장과 불안이야말로 그가 도시와 대중에 대한 감각과 사유를 지속할 수 있는 동력이 된 것이다.15 그러나 이와 같은 긴장과 불안은 수필의 영역, 즉 일상성의 영역에서만 유지될 뿐, 그의 시로 이어지지는 못한다.

---

14 김기림이 백화점 풍경에서 느끼는 향락을 묘사한 예를 「도시풍경 1」에서 찾자면 다음과 같은 구절이 보인다. 표현상 대체로 감각적인 묘사가 두드러지는 특징을 보인다. "둥그런 얼굴을 가진 다람쥐와 같이 민첩한 식당의 「웨이트레스」와 자극적인 음료와 강한 「케이크」의 냄새…/ 최저가로 아니 때때로는 무료로 얼마든지 제공하는 여점원들의 복숭아빛의 감촉…"

15 김기림의 문학 활동은 사회적 모더니티와 상응하는 미학적 모더니티의 문학적 실현으로 이해되며, 그는 도시생활, 과학기술의 진보, 예술 사이의 일원성 모델을 추구한 모더니스트로 평가할 수 있다. A. 아인스테인손 저, 임옥희 외 역, 『모더니즘 문학론』, 현대미학사, 1996. 30쪽.

김기림의 초기시에는 바다와 태양, 오전처럼 가능성으로서의 근대에 대한 과도한 긍정이 드러난다. 근대적 풍속에 대한 그와 같은 과도한 신뢰는 근대가 내포한 혼란과 불안을 말끔히 제거한 기표에 대한 전적인 신뢰에 기반을 둔 것이다. 초기 시론과 시에서 보이는 이와 같은 신뢰는 그가 배운 모더니즘 이론의 층위에서만 가능한 것이었다. 그와 같은 한계를 깨닫게 되었을 때, 김기림은 「기상도」와 같은 새로운 시풍으로 이동할 수밖에 없게 된다. 언어의 조형으로 근대 세계를 명확하게 부조할 수 있다는 믿음은 그의 시를 이전 선배시인들의 시풍에서 벗어난 새로운 시가 되게 한 동력이었지만, 그가 내놓은 새로운 시들은 언어 물신주의의 한계마저 감안한 것은 아니었다.

모든 것들의 가시화야말로 새로운 문화적 흐름이다. 언어의 회화성에 대한 관심이 이미지즘으로 표면화되었을 때, 그리고 회화에서 인상주의가 압도적인 흐름으로 인식되었을 때, 그리고 신문과 영화, 라디오를 통해 사유의 이미지화가 주도하는 근대 사회에서 김기림의 시가 한 편의 풍경화나 사진, 스틸 컷과 같은 모습을 취할 수밖에 없는 것은 당연하다.

김기림의 시에 낭만적, 천재적 자아의 영감과 상상력이 말끔히 제거되고 언어에 대한 인위적이고 기계적인 구성미가 느껴지는 것은 바로 이와 같은 이유에서이다. 이것은 패러다임의 변화를 반영하는 것이다. 이 패러다임의 변화는 몇 가지의 가시적 근거로 설명될 수 없는 것이다. 그럼에도 불구하고 패러다임의 변화는 그에 의해 가시화되었고, 이전까지는 자연스럽던 요소가 새로운 패러다임 속에서는 낯선 것으로 인식되게 된다.

김기림의 모더니즘과 더불어 문학에 씌워졌던 고급문화의 주도자로서의 문학의 기능은 쇠퇴하고, 새로운 패러다임이 지배적인 것으로 부상하게 된다.16 이제 문학은 더 이상 천재적 자아의 상상력과 감수성의 산물이 아니라 여타의 상품과 더불어 상품으로 존재하게 되고, 그 수행자인 문인은 대중 소비 사회의 상품들 중 하나를 제작하는 기능인으로 자리매김 된다. 그리고 문학은 자아의 내적인 상상력을 자연스럽게 투사하는 과정이 아니라 자본주의 사회의 다양한 문화 형식과 긴밀한 조응 관계를 형성하는 과정을 필연적인 조건으로 등에 업고 나아가게 된다.

「청중 없는 음악회」라는 글은 문인이 처한 사회적 조건의 변화를 잘 드러내고 있다. 이 글은 음악회와 청중의 관계를 들어 갈수록 쇠퇴해가는 고급예술의 위상을 우려 섞인 시각으로 거론하고 있다. 김기림이 굳이 음악회를 글머리에서 거론한 이유는 음악이 전통적으로 고급예술, 고급문화의 대명사로 이해되어 왔기 때문일 것이다. 그는 현대에 들어 갈수록 고급예술의 "고객"이 사라지고, 그에 따라 또 하나의 고급예술인 시의 독자도 사라져간다고 진단한다. 그에 따르면 이런 현상이 발생하는 주요한 원인 중 하나는 현대의 예술가들이 그들의 예술을 대중으로부터 스스로 고립시키는 고립주의 전략을 취하고

---

16 기존 문학 연구 패러다임 내에서 문학 작품은 작가가 상상력이 발휘된 유기적 구조물로 이해되어왔다. 이와 같은 문학 규정 내에서 상상력은 문학을 포함한 예술 일반의 근원이자 목적이자 시금석이다. 그 당연한 결과로서 상상력은 문학연구의 장과 대상을 선별하고 구체화한다. 이런 맥락에서 대중문화 텍스트는 상상력을 결여한 것으로 여겨지기 때문에 문학 장의 정전에서 배제된다. 사무엘 콜리지의 말처럼 상상력은 "진실한" 문학작품을 특권화하는 통일성을 구성한다. (안토니 이스트호프 저, 임상훈 역, 『문학에서 문화연구로』, 현대미학사, 1994, 13~24쪽). 이런 패러다임을 넓게 보아 낭만주의 패러다임이라고 규정할 수 있다면, 모더니즘 문학이 실천하는 패러다임은 적어도 이와는 상반되는 특성을 가지고 있다고 볼 수 있다.

있기 때문이다. 그리고 다른 하나는 대중에게 있어 그들이 고급예술을 감식할 만한 충분한 교양과 여유를 갖지 못했기 때문이다. 이와 같은 문제점은 근대 이후 예술의 변화를 규정하는 필연적 요인이다. 그러나 무엇보다도 그에게 있어 고급예술의 저변을 침식하는 대중예술, 특히 영화의 위상 변화는 시의 몰락을 가져올 가장 큰 재앙으로 인식된다.

시를 위하여 지극히 불행한 일이 또 있습니다. 문학의 각 분야 중에서 시보다는 매우 연령이 어린 소설이 그보다는 「키네마」가 시의 존재를 위협하는 일이 그것입니다.

(……)

그런데 지극히 최근까지도 예술비평가나 미학자가 예술로서 취급하는 것을 불유쾌하게 생각하고 있던 「키네마」가 오늘날 시뿐이 아니라 소설까지를 능가하려는 의기는 가경할 형세에 있습니다.

소설이 사람의 의식 위에 「이미지」(영상)을 현출시키려고 애쓸 때 「키네마」는 「이미지」 그것을 관중에게 그대로 던집니다.

「읽을 수 있는 일」 이상으로 더 보편적인 사람의 시각에 「키네마」는 소하는 것이외다.

그것은 시의 세계를 유린하고 진탕하기에 충분한 조음으로 충만합니다. 시가 대영제국의 「란스베리」 공작부인과 담소할 때에 「키네마」는 「칼캇타」의 무식한 방직여공의 가난한 마음을 위로하고 있습니다.

시는 결국 귀족과 승려의 문학이었고, 소설은 시민의 문학이었으며, 「키네마」는 더 한층 내려가서 제4계급의 반려가 되고 있습니다.

그래서 민중이 시의 문전에 도달하기 전에 소설과 키네마는 중로에서 고객의 전부를 빼앗아 버렸습니다.

「청중 없는 음악회」(『문예월간』, 1932.1.)[17]

김기림은 위의 글에서 대중이 시보다 소설을 더욱 선호하고, 문학보
다 영화에 더욱 깊은 매력을 느낀다고 말하고 있다. 그러나 이러한 판
단을 단순히 구매자의 취향 변화를 염려하는 상인의 우려 섞인 인식
으로 치부할 수는 없을 것이다. 그는 이 글에서 취향의 저급화, 대중
의 타락을 조롱하는 고급예술 옹호자의 상투적인 자기옹호를 넘어 읽
기로부터 보기로의 문화의 구조적이고 심층적인 변동을 읽어내고 있
다. 시인으로서 활발한 활동을 모색하고 있던 그에게 있어 영화는 결
코 무시할 수 없는 상대자로 자리하고 있었다. 저널리즘을 무대로 글
쓰기를 일관해 온 그에게 영화는 일종의 위협이었던 셈이다. 그러나
1930년대에 활동한 문인들이 대체로 그러했듯이, 그도 대중의 일원으
로 영화를 감상하고 그 편린을 몇 편의 수필 속에 드러낸 바 있을 정도
로, 1930년대 경성에서 지식층, 중산층의 영화보기는 보편적인 취미
영역으로 자리 잡고 있었다.[18]

1930년대 경성의 영화 문화는 당대의 미국과 비교할 때 비교가 되
지 않을 정도로 빈약한 수준이지만, 영화가 던져 준 새로운 감수성은
사회 전반의 지각 체계를 급속도로 재편하였다.[19] 그리고 광고는 한
때는 특정 계층의 전유물이던 욕망을 광범위한 대량생산 상품에 투사

---

17 『김기림전집5』, 413쪽.

18 김기림은 그의 수필에서 종종 영화를 언급하고 있다. 「여행」이라는 글에서는 "「르네·
크레르」의 「유령」", 「동양의 미덕」에서는 "「페페르·목코」"가 등장한다. 모두 프랑스
감독의 영화로 그의 영화적 취향을 엿보게 한다.

19 김승구, 앞의 책, 221~226쪽.

함으로써 상품에 대한 접근이 용이해진 대중의 욕망을 일깨우는 역할
을 하였다. 광고와 더불어 영화 속에 등장하는 이미지들은 대중이 자
신의 육체를 규율하는 기준으로 작용했다. 영화 산업은 영화와 광고
를 통해 세련된 자아의 이미지를 홍보함으로써 상품 소비를 촉진하고
새로운 유형의 소비 패턴을 유도한다.[20] 영화 속 배우의 이미지는 곧
바로 거리의 쇼윈도를 채운 마네킹으로 전이되고 여성들은 여배우의
이미지를 거리에서 재현한다. 경성 거리를 주름잡은 당대의 '모던걸'
이야말로 이와 같은 메커니즘의 체현자들이라고 할 수 있다.[21]

---

20 영화와 상품소비주의의 공모 관계에 대한 논의로 참고할 만한 것은 찰스 엑커트가 쓴 「
메이시 백화점 쇼윈도우 속의 캐롤 롬바드」와 샬럿 코넬리아 헤르조그와 제인 마리 게
인즈가 같이 쓴 「티타임 앞의 부풀린 소매」가 있다. 이 두 편의 글은 모두 크리스틴 그
레드힐이 편집한 『스타덤: 욕망의 산업1』(박현미·조혜정 공역, 시각과 언어, 1999)에
수록되어 있다.

21 모던걸의 경성 중심가 활보는 김기림에 의해 비판적 인식의 대상으로 드러나고 있다.
그러나 그의 비판에 내재한 심층 논리에 대해서는 깊이 사유되지 못한 듯하다. 모던걸
의 시내 중심가 활보는 당대 모더니즘 문학이 포착한 도시 문화의 특징적 국면에 속한
다. 모던걸은 만인의 시선에 노출된 가운데, 그 바라보여짐의 욕망을 드러내고 있는 것
이다. 모던한 외양 가꾸기로 자신의 육체의 가치를 한껏 과시하는 모던걸의 행동은 경
성 중심가의 특징적인 외양이다. 이를 통해 대중은 그 속에서 자신이 추구해야 할 문화
적 규범을 일상적으로 재확인하게 된다. 이와 같은 반복적 메커니즘 속에서 도시의 근
대 문화는 근대인의 외양과 내면을 정립하는 규율로 내면화된다.

4. 일상생활의 감각과 여성 담론

　개화 계몽기로부터 문인을 비롯한 지식인들은 모더니티를 향한 끊임없는 열망 속에서 다양한 담론을 생산하였다. 그 담론들의 궁극적 귀결점은 봉건적이고 전근대적인 문화의 탈피와 서구의 진보된 과학기술 문명 수용을 통한 부국강병이라는 문제로 귀결되는 것이다. 그러나 이러한 담론 생산에 있어 특이점이라고 할 것은 시간이 흐를수록 물질의 문제보다는 정신의 문제에 담론의 중심이 형성된다는 점이다. 여기에는 식민지라는 조건 하에서나마 물질 층위에서의 근대화가 어느 정도 이루어졌다는 사실이 개입된다. 그러나 물질문화의 발전과 항상 불균형을 이룰 수밖에 없는 정신문화는 하루아침에 개변하는 그러한 성질의 것이 아니라는 점을 감안할 때 근대 초기 지식인들이 감당해야 했던 균열은 지금으로서는 쉽게 상상하기 힘든 성격의 것일 수도 있다.

　이러한 사정과 더불어 일본이라는, 같은 동양권의 국가가 어느 순간 타자로서 조선을 강점하면서부터 조선 지식인의 타자 의식은 이제 단순히 양의 동과 서라는 단순화된 논리를 벗어나 동양 내의 타자와 맞닥뜨려야 하는 곤혹스럽고 복잡한 사정 앞에서 논리화를 서둘러야 하는 지경에 처하게 되었다. 이제 하나의 생활 단위로 조선을 단자로 놓고 이와 비슷한 생활 단위로서 일본, 그리고 여타 서양 제국주의 국가들을 단자들로 상정하는 민족 담론은 예각화되어 갔다.

　이러한 민족 담론은 1930년대 들어 더 이상 저항 담론으로서의 기능을 상실해 간다. 전대 민족 담론의 열렬한 선전가로 자처한 이광수의 모습은 민족 담론의 기능 상실을 여실히 보여주는 좋은 예이다. 1920년대 가장 유력한 민족주의자였던 그마저도 1930년대에는 더 이상 민족이라는 "상상적 공동체"22의 주민이 되기를 거부하고 내지(內地)와 조선이라는 현대화된 신화에 기반을 둔 "상징적 공동체"23의 주민으로 살고 있었다. 1930년대 이광수가 계몽주의 이데올로그의 위치에서 벗어났을 때 그는 내지의 신화를 글쓰기를 통해 수행하는 유명한 잡문가로 전락한다.24 이것은 내선일체라는 신화화된 이데올로기와 무관하지 않은 민족 담론의 역편향이라고 할 수 있다. 하나의 상상적 공동체에 대한 편집증적 집착의 귀결은 또 하나의 상상적 공동체에 대한 급속한 동화를 가능케 하는 것이다.

1930년대는 적어도 1937년 중일전쟁으로 사태가 악화되기 이전까지의 1930년대 경성은 억압적 타자인 일제에 대한 저항과 극복을 문제 삼기보다는 자본주의에 대한 적응과 비판적 화해가 문제되는 일상생활의 공간이었다.25 일제의 지배권이 순일하게 관철되는 한반도 내에서 일제라는 문제는 이제 더 이상 외면으로 뻗어 나오지 못하고, 다른 문제들 사이에 미묘하게 얽혀 들어가는 내면성의 문제가 되었다.

---

22 이 용어는 주지하다시피 베네딕트 앤더슨의 민족주의론에서 따온 것이다.(베네딕트 앤더슨 저, 윤형숙 역,『상상의 공동체』, 나남, 2003, 25~27쪽.)

23 여기서 말하는 상징적 공동체라는 것은 일본의 식민지로서의 한정적 조건을 영구적인 조건으로 믿고 일본이라는 타자의 질서를 일종의 외상적 침입으로서 자신에게 각인하지 않는, 마치 원래부터 그러했던 것인 양 믿는 것처럼 행동하는 자의 공동체이다.

24『조광』1936년 11월호에 게재된 이광수의「동경 구경기」라는 글은 이광수의 정치적 입장 변화를 잘 보여주는 글이다. 이 글에서 그가 묘사하고 있는 동경은 신기한 공간이기는 하지만 거기에는 낯선 곳을 관찰하는 방외자의 이국취향과 발전된 수도를 바라보는 촌민의 감각이 뒤섞여 있다. 특히 후자의 전면적 표출은 한반도에 사는 조선인이라는 상상의 공동체를 넘어서고 있음을 명백히 보여주는 것이라 할 수 있다.

1930년대 모더니즘 문학은 타자의 문제가 외견상 해소된 시대의 대중화된 문학 감각이라 할 수 있다.

근대성과 관련한 김기림의 수필 쓰기가 1930년대 내내 첨예한 긴장력을 가지고 지속될 수 있었던 것도 이와 같은 사정과 무관하지 않다. 가장 영향력 있는 저널리즘인 『조선일보』를 중심으로 왕성한 필력을 자랑한 김기림의 글에서 드러나는 타자는 일제라는 정치적, 억압적 규율체제는 아니었다. 오히려 그가 글쓰기 속에서 문제 삼은 타자는 서양으로 통칭되는 근대 세계였다. 그는 서양의 근대를 거멀못으로 놓고 조선에서 서양 근대의 수준에 육박하는 문화를 창조할 수 있는 방법에 대해 고민하고 있다. 그가 등단 초기에 주창한 '모더니즘', '모더니티', '주지주의'는 기실 질병과 지체 상태에 놓인 후진적 문화를 극복하고자 하는 열정에서 나온 구호라고 할 수 있다. 또 경성의 번화한 거리와 그곳을 점령한 대중에 대한 문학적 착목은 1930년대의 조선 사회를 문학적 감각으로 분석하고 비판하고자 한 노력의 산물이라고 할 것이다. 따라서 그가 상품 물신주의에 빠져 경성의 거리를 허우적거리던 여성을 비판의 대상으로 삼게 된 것은 어찌 보면 당연한 일로 여겨진다.[26] 남성의 타자로서 여성이 가지는 정신분석학적 의미에 덧

---

25 일제 강점기를 고통과 참담한 현실만이 펼쳐져 있는 공간으로 보는 민족주의적 상상력이 오랫동안 우리의 의식과 상상력 위에 군림해왔다. 그런데 이와는 반대로 대중적 감수성과 일상생활의 향유라는 관점에서 일제 강점기를 바라보는 시선이 조심스럽게 제기되고 있다.(강심호, 『대중적 감수성의 탄생』, 살림, 2005, 3~4쪽 참고.) 그 동안 민족주의 사상이 억압한 의식과 상상력을 개방한다는 측면에서 이런 흐름은 긍정적으로 평가할 수 있다. 그러나 그렇다고 식민지 조선의 삶이 일본 제국주의의 거대한 규율 체계 속에서 작동할 수밖에 없었다는 사실이 간과될 수는 없을 것이다.

26 군중과 여성의 관계, 군중의 여성적 속성에 대해서 모스코비치가 귀스타브 르 봉의 견해를 인용하면서 설명한 바 있다. 세르주 모스코비치, 앞의 책, 183~186쪽.

대어 여성의 주체성 확립이라는 당대의 사회적 이슈는 김기림에게는 최후이자 최고의 담론 영역으로 부상한다.

1930년대 문학인 중 김기림만큼 '여성 문제'에 집요한 관심을 가지고 계몽주의적 열정을 발산한 문인도 드물 것이다. 그의 문학적 사유에서 우리가 다시 한 번 검토해야 할 것은 바로 여성 문제라고 할 수 있다. 우리의 근대 담론 자체 그 자체가 어찌 보면 여성주의 담론이라고 할 정도로 '여성'은 근대를 기호화하는 중심 표상이었다. 그런데 우리만의 특이점이라면 서구와는 달리 여성주의 담론의 지배자가 남성이라는 사실이다.[27] 1930년대 조선에서 여성주의 담론은 철저히 남성 지식인들의 몫이었다고 말할 수 있다. 그들은 여성을 위해, 여성을 대신해서 말하면서, 여성 억압의 서사와 여성 해방의 서사를 구성함으로써 잃어버린 저자의 권위를 재전유한다.

1930년대 잡지들에 지식인 여성들의 목소리가 상당수 등장하나, 그것은 "담론 형성적인 글"이라기보다는 "담론 반복적인 글"의 성격이 짙다. 즉, 하위 주체 입장에서의 목소리가 글속에 드러나지만 그 글들이 담고 있는 내용은 "진보적 남성 저자"의 억압 서사를 단순 반복하는 "가부장적 복화술"을 수행하는 수준의 것이다. 그것마저도 남성의 억압 서사에 인용 부호 안의 목소리로 제한된다.[28]

---

27 물론 서구에서도 J. S. 밀과 같은 공리주의 사상가들의 여성주의 담론을 접할 수 있지만, 그것은 담론 초기의 상태에 국한되고 서구 근대사에서 여성주의 담론은 의식화된 여성들이 담론 수행자로 중심 위치를 확보하고 있었다.

28 토릴 모이 저, 임옥희 외 역, 『성과 텍스트의 정치학』, 한신문화사, 1994, 78쪽.

누구인가 현대를 3S시대(「스포츠」·「스피드」·「섹스」)라고 부른 일이
있었지만 나는 차라리 우리들의 세기의 첫 30년은 단발시대라고 부르렵
니다. 「봅브」(단발)는 「노라」로서 대표되는 여성의 가두 진출과 해방의
최고의 상징입니다. 「호리즌탈」·「싱글커트」·「보이쉬커트」 등 단발의
여러 모양은 또한 단순과 직선을 사랑하는 근대감각의 세련된 표현이기
도 합니다. 지금 당신이 단발하였다고 하는 것은 몇 천 년 동안 당신이 얽
매어 있던 「하렘」에 아주 작별을 고하고 푸른 하늘 아래 나왔다는 표적
입니다.(…) 새 시대의 제일선에 용감하게 나서는 「미스·코리아」는 선
인장과 같이 건강하고 「튜립」처럼 신선하여야 합니다. 그는 벌써 모든 노
예적 미학에서 자유로울 것이며 그의 활동을 구속하는 굽 높은 구두, 「크
림」빛 비단 양말, 긴 머리채는 벗고 끊어 팽개칠 것입니다.

「「미스·코리아」여 단발하시오」(『동광』, 1932.9)[29]

위의 인용문은 당시 김기림이 쓴 중 한 부분이다. 다소 부드러운 어
조이기는 하지만 그는 이 글에서 마치 선생님이 학생을 훈육하는 듯
한 어투를 드러내고 있다. 엄격함이 확연히 드러나는 이런 어투는 남
성 필자가 쓴 글이라면 그 당시 저널리즘에서 드물지 않게 확인할 수
있는 것인데, 정작 중요한 문제는 이런 어투가 1930년대 여성주의 담
론의 지배자로서 남성이 가진 확고한 권위를 드러내고 있다는 점이
다. 여느 잡지나 수시로 여성 문제 특집 기획을 마련하여 남성 문인들
에게 담론 수행자의 권위를 부여하고 있다. 이들은 여성이 전근대적
인 의식과 관행에서 벗어날 것을 요구하면서도 근대적인 병리나 탈선

---

29 『김기림전집6』, 116~117쪽.

에 대해 경계하는 이중적인 의식을 보여주기 마련이다.

김기림 역시 여성 문제를 논하는 담론 장에 자주 호명된 문학인이다. 당대 그 누구보다도 여성 문제에 대해 뚜렷한 관심과 명철한 견해를 가진 그는 수많은 글을 통해서 여성 주체성의 고양에 대한 공리주의적 관심을 표명하고 있다. 「정조문제의 신전개」, 「직업여성의 성문제」, 「「미스·코리아」여 단발하시오」, 「가정론」, 「여성과 현대문학」 등이 대표적인 글들인데, 그가 이들 글에서 보여주는 논의의 수준은 당대 지식인들의 최대치를 보여주고 있다고 해도 과언이 아니다.

그럼에도 여성의 주체성이 가장 능동적으로 발현되기 마련인 성의 문제에 국한해서는 그의 자유주의적 사고는 유교적 가부장주의로 후퇴한다. "직업여성"이라는 우회적인 용어를 통해 당대 매춘 여성의 문제를 다루면서 문제 타결의 해법을 제시하면서도, 여성이 가진 상품 소비와 섹슈얼리티 욕망에 대해서는 보수적인 태도를 드러낸다. 이와 같은 혼란과 모순은 전통적 가부장주의와 근대적 양성평등주의의 틈바구니에 낀 주체인 1930년대 지식인 남성 일반이 가질 수밖에 없는 것이라고 할 수 있다. 김기림은 대중이 점령한 소비주의의 거리에서 상품물신주의의 비밀이 여성과 어떤 관련이 있는가를 확인하고자 하였지만, 그에게 있어 여성은 존재의 핵심을 알 수 없는 기괴한 존재였다.

5. 결론

이 글에서 탐구하려고 한 중심 과제는 1930년대의 문학이 근대 도시로 면모를 탈바꿈하기 시작한 경성의 소비 자본주의와 그에 부수된 대중문화와 모종의 관계를 맺고 있다는 가정을 확증하는 것이다. 이와 같은 목적에 따라 당대 문학인들의 문학담론 속에서 이러한 관계의 양상을 담론의 수준에서 확인하고, 이런 논의가 일제 강점기에 가질 수 있는 의미를 탐구하고자 한 것이다.

좀 더 구체적으로 정리하자면 본론에서는 먼저 1930년대에 대중이 하나의 확고한 실체로 등장한 과정을 김기림이 어떻게 바라보았는가의 문제를 살펴본 다음, 대중이 주도하는 사회에서 주도적인 문화 형식으로 부상한 각종 매스미디어의 의미와 이것이 문학의 개념과 문인의 존재감에 끼친 영향을 검토해 보았다. 그리고 마지막으로는 역사 교과서적 통념과는 달리 일본이라는 타자와는 무관하게 흘러간 1930년대 사회에서 그가 주력한 여성 담론의 양상과 그 의미를 검토해 보았다.

본론에서 살펴본 이와 같은 문제들은 새로운 문화로서의 모더니즘을 주창하며 1930년대 문단에 진출한 김기림이 고민했던 문제들의 목록이라고 할 수 있다. 이러한 문제들에 관한 담론이 초기에는 대중이라고 범칭된 무정형의 존재들에 대한 탐구로부터 시작되어 후기에는 여성이라고 지칭된 성별적 주체에 대한 탐구로 이행되어갔다는 사실을 확인할 수 있다. 이 과정에서 그의 문제의식은 한층 예각적으로 드러나고 있지만, 이 과정에서 드러나는 남성 지식인의 주체성은 그 의도와 목적과는 달리 불안한 주체, 흔들리는 주체의 모습을 드러내고 있음을 확인하게 된다.

김기림은 1930년대 지식인들 중 그 누구보다 시대의 흐름에 민감한 촉수를 가진 존재였다. 그러나 하루가 다르게 범람하는 새로운 상품과 유행이 장식한 경성 거리는 그 정체를 쉽사리 드러내지 않는다. 그의 시선은 타자의 응시로 인해 가로막힌다. 그의 글에서 보이는 이와 같은 시선과 응시의 변증법은 갈수록 현란하게 뒤바뀌는 현대 사회 속에 놓인 주체의 진실을 드러낸다는 점에서 시사적이다.

4장

1930년대 비평계와 김기림의 실제비평

1. 서론

김기림은 1930년대 시단이 배출한 시인 중 한 사람이지만 그가 훌륭한 시인이라고 말하는 데는 여러 가지 논란이 있다. 그러나 그를 그 시대의 가장 뛰어난 이론가이자 비평가로 꼽는 데는 별다른 이의가 없을 것이다. 그가 등장하기 이전까지 우리 시론이나 시비평의 수준을 놓고 볼 때 그의 등장은 매우 중요한 의미를 갖는 것이 분명하다. 상징주의나 낭만주의와 같은 시대에 뒤떨어진 담론을 운위하던 시단에 그가 모더니즘이라는 동시대적 담론을 도입함으로써 우리 시단은 시에 관한 새로운 인식을 갖게 되었던 것이다. 그리고 정지용의 등장은 그의 담론이 구체적인 효력을 가질 수 있는 계기가 되었다. 그 후 김기림의 모더니즘론은 1930년대 중반 임화와의 기교주의 논쟁을 거치면서 변모하지만 그의 내심에는 모더니즘에 대한 신념이 사라지지

않았던 것으로 보인다. 1930년대를 결산하는 자리에서도 그는 모더니
즘이야말로 우리 시가 개척해나갈 밑거름일 것이라는 당초의 신념을
그대로 드러내고 있기 때문이다.

　1930년대 김기림이 거쳐 온 일련의 변화는 당대의 문인 일반이 겪
은 심통한 정신적 위기를 보여주고 있다. 일본 유학을 통해 인문주의
적 교양을 획득한 자유주의적 지식인인 그는 국내의 식민지적 현실이
부여하는 특수성의 압력과 부단히 갈등을 겪어야 했고 그런 갈등은
전체시론이라는 형태로 드러났다. 그리고 식민지 파시즘이 또 한 번
의 특수성의 고통을 강요하였을 때, 그는 서구적 보편성과 식민지적
특수성 그 어느 쪽으로도 쉽게 방향을 정하지 못했다.[1] 이렇게 볼 때
김기림이 1930년대 후반부터 본격적으로 내세우기 시작한 과학적 시
학이라는 담론에는 시대적 격변 앞에서 방황했던 지식인의 고뇌가 담
겨 있다고 할 것이다. 이러한 고뇌는 모더니즘을 통한 근대성의 추구
를 결산할 수밖에 없는 외적 상황이 강제한 결과라고 할 것인데, 이 과
정에서 그가 견지하게 된 과학적 사고에 대한 믿음은 부득이한 상황

---

[1] 정희모는 식민지 말기 김기림의 행보를 근대의 기술합리성에 대한 맹신과 식민지 체제에
대한 이해 부족이 빚어낸 이론상의 혼란으로 평가하고 있다.(정희모, 「김기림 모더니즘
론의 전개와 근대성의 문제」, 『현대문학의 연구』 12집, 한국문학연구학회, 1999, 299
쪽.) 그의 지적대로 1930년대 초반의 김기림에게는 식민지 체제에 대한 문제의식이 거
의 보이지 않는 게 사실이다. 그러나 1930년대 중후반으로 넘어가면서 식민지 근대성은
그에게 심각한 문젯거리로 대두되었고, 신체제로의 재편 시점에 와서는 그에 대한 문제
의식이 좀 더 첨예화된 듯한 인상을 보여준다. 물론 그와 같은 문제의식은 근대에 대한
반성, 모더니즘에 대한 반성과 '동양'에의 강제 사이에서의 길항으로 드러나고, 최종적으
로는 '과학'에 대한 확고한 신념으로 자신의 입장을 간접적으로 표명함으로써 일단락된
다. 이와 같은 선택은 식민지 체제에 순응했던 대부분의 근대적 지식인과 김기림을 변별
하는 중요한 기준이라고 할 것이다. 따라서 정희모의 주장은 적어도 1940년을 전후한 시
점의 김기림에게는 가혹한 평가라는 느낌을 준다. 만약 이와 같은 잣대로 평가한다면 당
대의 문인 중 누가 식민지 체제의 그물망을 벗어났다고 할 수 있을까?

과의 치열한 고투의 결과였다고 할 수 있다.[2]

최근 들어 김기림에 대한 논의의 방향에 변화가 감지된다. 해금 이
후인 논의의 초창기에는 모더니즘 도입기부터 전체시론까지가 주 논
의 대상이었다. 그의 활동 시기상 전반부라고 할 수 있는 등단기부터
전체시론기까지가 논자들의 관심의 대상으로 자주 부각되었고, 모더
니즘에서 전체시론에 이르기까지 그의 이론적 변화가 논의되었다. 물
론 이와 더불어 해방기의 돌연한 변신의 의미에 대해서도 관심이 모
아졌다. 기존의 논의들은 1930년대 후반의 김기림이 추구한 사유에
대한 탐구에 대해서는 상대적으로 덜 주목했고, 그로 인해 해방기의
김기림과 그 이전의 김기림 사이에는 공백이 생기게 되었다. 그러나
최근 들어 1930년대 후반의 김기림에 대한 논의들이 왕성해지면서 김
기림이 지식인으로서 가졌던 고민의 정체가 조금씩 드러나기 시작했
고[3], 그가 추구한 과학적 시학의 정체도 상당 부분 해명된 것으로 보
인다.[4]

---

2 이혜원, 「근대성의 지표와 과학적 시학의 실험」, 『상허학보』 3집, 상허학회, 1996.9,
277쪽.
3 식민지 말기의 김기림의 행보를 다룬 대표적인 논의로는 다음 글들을 들 수 있다.
임명섭, 「김기림 비평에 나타난 근대의 추구와 초극의 문제」, 『한국근대문학연구』 창간
호, 한국근대문학회, 2000.4; 엄성원, 「김기림 시와 시론의 근대성 연구」, 『한국문학이
론과 비평』 제23집, 한국문학이론과 비평학회, 2004.6; 김재용, 「동시성의 비동시성과
침묵의 저항」, 『협력과 저항』, 소명출판, 2004; 고봉준, 「모더니즘의 초극과 동양 인식」,
『한국시학연구』 13집, 한국시학회, 2005; 방민호, 「김기림 비평의 문명비평론적 성격에
관한 고찰」, 『우리말글』 34호, 우리말글학회, 2005.8; 조영복, 「김기림의 예언자적 인식
과 침묵의 수사」, 『한국시학연구』 15집, 한국시학회, 2006.
4 김기림의 시론의 성격과 특징을 다룬 최근의 대표적인 글로 문혜원(「김기림 시론에 나
타나는 인식의 전환과 형태 모색」, 『한국문학이론과 비평』 23집, 한국문학이론과 비평
학회, 2004.6.)을 들 수 있다.

이러한 논의들을 통해서 우리는 김기림이 상당한 식견을 가진 시론가였다는 사실을 새삼 실감하게 된다. 그가 등단 초기부터 주장한 모더니즘은 이론으로만 그친 것이 아니라 그의 시를 통해서 구체화되었다. 그에게 있어 모더니즘은 비평방법론일 뿐만 아니라 창작방법론이기도 했기 때문이다. 만약 그의 모더니즘론이 창작적 실천과 무관한 이론에 그쳤다면 그의 논의는 공소함을 면치 못했을 것이다.

그렇다면 과학적 시학의 경우는 어떠한가. 과학적 시학은 창작방법론이기보다는 비평방법론이었다. 김기림은 기회 있을 때마다 비평은 과학적 시학에 기반을 두어야 한다고 말한 바 있는데, 그렇다면 과학적 시학이라는 것도 비평적 실천으로 연결되지 못하면 힘을 얻을 수 없는 공론에 지나지 않을 것이다. 물론 실천 여부와 무관하게 이론은 이론으로서의 지위와 독자성을 가질 수 있지만, 그 자신이 비평가이기도 했다는 점을 생각하면 그의 과학적 시학이 단순히 아카데미즘의 산물만은 아닐 것이다.

최근에 김기림의 과학적 시학을 다룬 연구들은 과학적 시학을 아카데미즘의 영역에 놓고 다루는 듯한 인상을 받게 된다. 그러나 창작방법론적 성격이 짙은 그의 모더니즘론과는 달리, 과학적 시학은 비평가로서 활동했던 그의 실천적 관심과 무관하지 않을 것이라는 것이 필자의 문제의식이다.

시인이나 시론가 김기림보다 비평가 김기림의 인상이 약한 것이 사실이다. 그의 활동을 전반적으로 살펴보면 그는 시를 쓰거나 시론을 연구하는 데 비해 실제 비평을 하는 데 그다지 큰 에너지를 쏟지 않았던 것처럼 보인다. 이것은 현재 남아 있는 그의 비평 저작 분량을 보면 잘 알 수 있다. 여기에는 그 당시 시 비평이 안고 있었던 모종의 한계 상황이 관여되어 있는데, 이는 그를 포함한 당대 비평가 전반이 안고 있던 문제였다. 시 비평을 할 수 있는 전문적인 비평가의 부족, 실제비평에 대한 인식 미비와 저널리즘의 한계와 같은 조건하에서 1930년대 시 비평은 이루어지고 있었다. 그러한 결과인지는 몰라도 그 당시 저널리즘에 발표된 시 비평은 본격적인 의미에서 시 비평이라고 할 수 없는 모습을 보인다. 지극히 제한된 지면도 문제이거니와 그 지면을 차지하고 있는 시 비평이라는 것도 대개는 작품에 대한 치밀한 분석에 근거하지 못한 주관적 감상이나 이론일변도의 강변이라는 점에서 문제적이다.

비평가로서 김기림의 인식과 활동이 중요한 의미를 가지는 것은 바로 이러한 문제적 상황 속에서 그런 한계를 극복하기 위해 부단히 노력했다는 사실 때문이다. 과학적 시학으로 대표되는 그의 비평론은 1930년대 시비평의 현실을 타개하려는 그의 노력이 집산된 결과물로 볼 수 있다. 그러나 이론적 모색만으로 그의 노력을 긍정적으로 평가할 수는 없을 것이다. 그의 모색이 갖는 의미는 이론적 모색이 실천적 활동으로 연결되어 부단한 갱신의 과정을 지속하고 있다는 데 있다. 주지하다시피, 비평 담론 차원에서 본다면 1930년대는 다양한 비평적 세계관의 전람회장과 같은 면모를 보여주었지만, 당대 비평가들이 과연 얼마나 비평가의 직분에 충실한 비평문을 산출해 내었는지를 생각해 볼 때 쉽게 수긍할 수 없는 것이 사실이다. 특히 시로 한정할 경우 그러한 회의는 증폭되는데, 그러한 상황을 전제할 때, 그의 실제비평 활동은 현대적인 맥락에서의 비평의 현대화에 기여하였음을 부정할 수 없을 것이다.

이 글에서는 김기림이 1930년대 추구한 비평의 성격을 실제비평의 측면에서 모색하는 것을 목표로 설정한다. 이를 위해서 그의 비평이 백철 비평과 어떤 대결의 과정을 거쳐 본격화되었는지를 살펴보고자 한다. 흔히 김기림 비평은 조선일보사 입사 후 이루어졌다고 보는 것이 상식적 견해이지만, 비평가로서 김기림의 진정한 출발은 재입사 후라고 볼 수 있는데 이 과정에 백철 비평과의 투쟁이 개입되어 있다는 사실은 흔히 간과되고 있다. 이런 투쟁은 비단 그가 비평적 자의식을 확립하는 초기에만 국한되는 것이 아니라 구체적인 비평관을 확립하고 실제 비평 활동을 하는 데까지 이어진다는 점에서 의의가 있다.

2. 백철 비평과 비평적 자의식의 형성

김기림은 비교적 이른 시기부터 비평의 문제에 대해서 관심을 가지고 있었다. 조선일보사에 입사하여 사회부 기자로 활동하면서 그의 문학 활동이 시작되었다는 사실은 잘 알려져 있다. 그는 입사(1929년)한 후 2년 만인 1931년에 휴직하고 그 2년 후인 1933년 복직하게 된다.[5] 조선일보사에 복직하면서 그는 본격적으로 비평 활동을 시작하게 되었던 것으로 보인다.

---

5 조영복, 「김기림의 언론활동과 초기 글들의 성격」, 『한국시학연구』 11집, 한국시학회, 2004, 361쪽.; 조영복, 「김기림의 연구의 한 방향」, 『우리말글』 33호, 우리말글학회, 2005.4, 420쪽 참고.

1933년 그는 「시평의 재비평」(『신동아』, 1933.5)이라는 글을 발표한다. 이 글은 이후 그의 비평적 자의식을 엿보게 한다는 점에서 중요한 글이라고 할 수 있다. 이 글은 그와 비슷한 시점에 비평 활동을 시작한 백철의 비평을 비판적으로 조망하는 성격을 가지고 있다. 백철은 그와 동갑내기인 데다가 그와 비슷한 시점에 동경 유학을 했다는 점, 그리고 국내 문단에 진입하여 주목을 받은 신진인사라는 점 등 그는 김기림과 비슷한 이력을 가진 일종의 문단 라이벌이었다고 할 수 있다.6 그럼에도 불구하고 문학 이념이나 장르 면에서는 서로 달랐다. 백철이 카프 쪽이었고 소설비평 쪽인데 반해 김기림은 구인회 쪽이었고 시 비평 쪽이었던 것이다. 여하튼 김기림에게 있어 백철은 점검과 비판의 대상이었다. 그 당시는 김기림이 임화와의 기교주의 논쟁을 벌이기 이전으로 모더니즘을 강하게 주창하고 있던 시점이므로 카프 쪽을 대표하는 비평가로서 백철이 극복의 대상으로 비춰졌을 것임은 충분히 짐작 가능하다.

비평가로서의 백철씨의 특성은 어디까지든지 양적 광범성에 있다. 이 일은 보는 사람을 따라서는 비평의 장점이기도 하나 동시에 단처일는지도 모른다. 왜 그러냐 하면 양적으로 항상 확대하려는 의욕이 불타고 있

---

6 나이나 유학 경험, 등단 시기 등 모든 면에서 비슷한 면모를 가진 이 두 비평가는 저널리즘적 감각에 있어서도 비슷한 민감성을 가지고 있었다. 김기림이 모더니즘 수용에 있어서 그랬던 것처럼 백철 역시 사회주의 수용에 있어서 민감했다. 전향론이 펼쳐진 A.지드의 『소련서 돌아오다』를 국내에 제일 먼저 소개한 것도 백철이었다. 김기림은 이에 대해 "백선생은 언제부터 그렇게 지드를 알고 있었소?"라고 비아냥거린 바 있다. 백철의 이와 같은 민감성을 김윤식은 저널리즘과 연계된 처세술이라고 평가한다. 김윤식, 『백철 연구』, 소명출판, 2008, 141쪽.

는 까닭에 그 비평은 평면적으로 흘러버릴 위험을 다분히 가지게 되는 것
이다.

「시평의 재비평-「딜레탄티즘」에 항하여」(『신동아』, 1933.5.)[7]

김기림이 백철의 비평을 비판하는 요지는 위의 인용문에 단적으로
잘 드러난다. 백철은 자신의 비평에서 많은 작품들을 왕성하게 읽고
비평을 하지만[8] 그 비평에는 깊이가 없다는 것이 김기림이 본 백철 비
평의 문제점이다. 이러한 특징을 김기림은 단적으로 "호적부와 같은
비평"이라고 말하고 있다. 양적 확대에 비해 질적 깊이를 확보하지 못
했다는 점을 전제하고 그는 백철 비평이 가진 문제점을 두 가지 측면
에서 상술하고 있다. 첫째, 비평할 가치가 있는 작품과 그렇지 못한
작품 사이에 구별이 없다는 점[9], 둘째, "공리의 색안경"을 끼고 모든
작품을 전면적으로 한 가지 잣대로 비평한다는 점이다. 이러한 비판
을 통해서 우리는 그의 비평관을 간접적으로 추출할 수 있다. 그에 의
하면, 비평가는 강한 가치 의식을 가지고 비평할 가치가 있는 것을 선
별하여야 하며, 선별한 작품에 대해서는 비평가 자신이 주관적 가치
관을 지나치게 개입시켜 판단하기보다는 부여된 사물을 냉정하게 분
석하여 개개의 의미를 발견하는 데 비평의 역점을 두어야 한다.

---

7 『김기림전집2』, 심설당, 1988, 349쪽.(이하 『김기림전집2』, 쪽수로 약칭함.)

8 1933년도만 하더라도 백철은 무려 28편의 평론을 발표한 바 있다. 김윤식, 앞의 책,
176~177쪽.

9 1936년도 비평계를 결산하면서 홍효민은 백철을 가장 정력적인 활동을 한 평론가로 꼽
으면서 양적인 다산성에도 불구하고 우수한 것은 10 편 중 1, 2편에 지나지 않는다고 혹
평하고 있다. 홍효민, 「문예평단 회고와 전망」, 『조선문학』, 1937.1, 김윤식, 앞의 책,
142~143쪽에서 재인용.

이러한 비판은 우선적으로 이데올로기 비평이 횡행하던 당시 카프 주도의 비평 관행에 대한 비판이라는 점에서 의의가 있다. 그리고 폭넓게 보면 그 이전까지 비평방법론에 대해서 무자각적이고 초보적인 상태에 놓여 있던 조선 문단에 대한 통시적인 비판이라는 측면에서 보다 심층적인 것이라 할 수 있다. 작품 자체에 대한 정밀한 분석에 기반을 두지 않은 비평 관행에 대한 비판과 새로운 비평방법론의 창출은 김기림이 1930년대에 지속적으로 추구한 하나의 길이라 할 것인데, 그는 비평이 작품에 대한 실제적인 분석에서 시작되며 그 과정은 과학의 정신과 방법에 의해 이루어져야 한다는 신념을 드러낸 것이다. 그는 작품에 근거하지 않은 외재적 비평의 실효성에 대해 회의적인 태도를 보인다. 그러나 그가 외재적 비평을 전면적으로 부정한 것은 아니며, 다만 내재적 비평의 방법론이 부재한 상태에서 행하는 외재적 비평을 부정한 것이다. 특히 그가 백철 비평을 문제 삼은 것은 그의 비평이 내재적 비평의 방법론을 갖추지 못한 상태에서 자신의 주관적 신념이나 가치에만 일방적으로 기대서 비평하고 있다고 생각했기 때문이다.

이처럼 김기림은 백철 비평을 통해서 자신의 비평관을 상당 부분 드러내고 있다. 위에서 살펴본 것처럼 그는 비평가가 비평할 가치가 있는 작품을 선별하는 안목을 갖추어야 한다는 점과 비평의 기준을 획일화해서는 안 된다는 주장을 하고 있다. 이런 주장은 백철 초기 비평이 가진 문제점을 어느 정도 명료히 지적한 것으로 볼 수도 있을 것이다. 그러나 백철의 입장에서 본다면 김기림의 이와 같은 비판은 설득력을 가질 수 없다. 왜냐하면 어떤 비평가에게 있어서도 자기의 비평이란 실존적 선택이며, 비평의 기준이 작품마다 다를 수는 없기 때문이다. 기실 김기림이 백철 비판에서 내세운 기준은 그 자신에게도 되돌려질 수 있는 것이다.

다만 우리가 김기림의 백철 비판에서 확인하게 되는 것은 객관성의 외피를 두른 불안정한 비평적 자의식이다. 그는 백철을 비판함에 있어서 객관적 태도라는 외피를 두르고 있지만 기실 그 외피에 가려져 있었던 것은 자신의 비평 입지를 위협하는 타자로 군림한 백철로 인한 위기의식이라고 할 수 있다. 영미의 부르주아 이데올로기와 실증주의에 기반을 둔 김기림으로서는 독일식 프롤레타리아 이데올로기와 형이상학적 관념론에 근거한 백철 비평이 조선 문단에서 입지를 확보해가는 상황은 커다란 불안 요인일 수밖에 없었다.

김기림의 비평은 이처럼 백철이라는 타자에 대한 위기의식으로부터 활성화된 것이다. 김기림의 비평적 모색은 백철을 비롯한 카프 비평과의 명확한 선 긋기 방식으로 진행된다. 그는 영미의 부르주아 이데올로기 하에서 형성된 실증주의의 과학성과 객관성에 대한 믿음을 바탕으로 당시 조선 문단을 횡행하던 카프 비평의 약점을 공격하고자 했다. 이런 활동의 출발점은 비평의 위상을 어떻게 설정해야 하는가 하는 것이었다. 그는 비평이 지적 활동을 통하여 위대한 문학이 탄생하는 데 조력해야 한다는 관점을 제시하는데, 이에 대해 그는 "조력자로서의 비평"이라는 표현을 사용하고 있다. 이를 통해서 그는 백철 비평의 "지도비평"적 측면을 비판한 것이다. 그는 "지도비평"이 횡행하는 당대의 비평 상황을 "비평의 휴식"이라는 표현을 써서 비판하기도 한다. 이런 표현은 백철 비평에 대한 냉소와 조롱을 담고 있다고 보아도 될 만큼 강한 대결 의식을 내보인 것이라고 할 수 있다.[10]

3. 비평의 독자성과 방법론의 모색

위에서 언급한 것처럼 김기림의 비평적 모색은 백철 비평에 대한
대타의식에서 비롯된 것으로 그에게 있어서 1930년대 조선 문단의 상
황은 결코 낙관적인 것은 아니었다. 그의 비평은 카프 비평과 동일한
식민지적 근대성의 제한된 조건 안에서만 이루어질 수 있었기 때문이
다. 카프 비평이 총독부의 검열이라는 식민지적 억압과의 투쟁이라는
상황에서 영위될 때, 그의 비평은 식민지 자본주의의 열악한 물적 토
대와의 투쟁이라는 상황을 전제조건으로 할 수밖에 없었다.

> 첫째 비평은 그 독자성을 획득하여야 할 것이었고 또한 그것은 문학의
> 다른 각 분야와 평등하게 차라리 더 왕성하게 행하여져야 할 것이었다.
> 그러함에는 우선 그것은 소설이나 시에의 추수(追隨)에서 해방되어야 할
> 것이다.
> 비평의 가장 비속한 형식으로 월평이라는 것이 있다. 그것은 흔히 「저
> 널리즘」의 수요에 의하여 되는 급조품이며 또는 기술비평이나 부분비평
> 에 그치는 일이 많다. 그러한 것이 비평의 전부인 것처럼 통용되는 곳에서
> 는 그 무용론을 주장하는 작가들의 편에도 당연한 논거가 있는 것이 된다.
> 　　　　　　「새 인간성과 비평정신」(『조선일보』, 1934.11.16~11.18)[11]

---

10 당대 비평계에 대한 김기림의 비판은 이 글이 발표된 이후에도 계속된다.
　"우리 평단의 통폐가 있었다고 하면 그것은 너무나 수많은 문학원칙론이나 창작방법론
　이 쓰여지는 대신에 실제로 구체적 작품에 대한 과학적 분석과 그것을 기초로 한 비평
　이 지극히 드물었다는 일이라고 생각한다. 신시운동이 있은 후 20년 가까운 동안 수천
　편 발표된 시에서 거푸 두 편이 과학적으로 분석 비평되었다는 소문을 우리는 듣지 못
　하였다." 「과학과 비평과 시」, 『조선일보』, 1937.2.21~2.26, 『김기림전집2』, 27쪽.
11 『김기림전집2』, 91쪽.

위의 인용문에서 김기림은 당대 비평의 문제점을 비평의 독자성이라는 측면에서 제기하고 있다. 이때의 독자성이란 시나 소설과 같은 동등의 분과적 제도성을 말한다. 분과적 제도성의 미비로 인해 비평이 활발하게 이뤄지지 못한다는 것이다. 그에 의하면 월평은 "가장 비속한 형식"의 비평인데, 그 이유는 월평이 근본적으로 저널리즘의 요구에 끼워 맞춘 주문 상품의 형식을 띠고 있기 때문이다.12 식민지 조선의 저널리즘은 제한된 지면만을 비평에 할당했기 때문에 비평가가 자신의 이야기를 전개할 만한 공간이 부족했고, 이와 더불어 일정한 시간적 제약을 받으며 비평을 할 수밖에 없었기 때문에 당대의 비평은 부실할 수밖에 없었다. 그나마 지면이나 시간상에 있어서 여유가 있다고 할 잡지마저 거의 다 월간지였기 때문에 계간 평이 주류로 인식되는 요즘과는 달리 당대의 비평가에게 허여된 시간적 여유도 상대적으로 부족했다고 할 수 있다.

이와 같은 제도적 한계는 분명 그 당시 비평이 본격적으로 전개되기 힘든 이유의 하나였다고 할 것이다. 그리하여 대부분의 비평은 김기림의 말마따나 "급조품"의 신세를 면치 못했고 "기술비평"이나 "부분비평"처럼 작품의 극히 일부분만을 언급하고 지나치고 마는 양상을 드러냈던 것이다. 이로 인해 식민지 조선 문단에서 비평은 시나 소설에 비해 상대적으로 허약할 수밖에 없었던 것이다.

비평의 부진이라는 현상에는 위에서 살펴본 것처럼 제도상의 문제

---

12 그 당시 나온 시 비평의 형식 중 많이 등장한 것들은 한 해 시단의 성과를 결산하는 총평이나 신간 시집 서평이라고 할 수 있다. 물론 월평도 없지는 않지만 김기림의 말처럼 총평이나 서평에 비해 상대적으로 우세였다고 할 수 있을 것 같지는 않다. 여하튼 이러한 비평문들이 김기림의 말마따나 철저히 저널리즘의 요구를 수용한 것들임은 분명하다.

가 분명히 간여되어 있지만 그것만으로 그러한 현상이 완전히 타개될 수 있는 것은 아니었을 것이다. 왜냐하면 당대의 여타 비평가에 비해 상대적으로 비교적 많은 지면을 할애 받았던 백철의 경우를 보더라도, 그의 비평이 당대 작품들의 전람회장과 같은 양적 광범위함을 보여주었지만 질적 깊이를 확보하지는 못했기 때문이다.13

이처럼 김기림은 비평의 활로를 개척하는 데 있어서 저널리즘 제도가 안고 있는 한계를 타파하는 것이 중요하다는 사실을 인식하고 있었지만, 이는 그의 노력만으로 가능한 것은 아니었다. 그는 이와 더불어 비평가 스스로 비평방법론을 확보하는 작업 역시 중요하다는 사실을 인식하고, 비평방법론의 확보를 비평적 실천의 유력한 노선으로 설정하게 된다. 그가 우선적으로 해결해야 할 문제로 생각했던 것은 외재적 비평 관행을 배제하고 내재적 비평의 풍토를 조성하는 것이었다. 내재적 비평의 요체가 작품 자체에 근거하여 작품을 판단하는 것이라고 할 때, 당대의 비평들은 대체로 작품 자체에 대하여 주목하는 일에 대해서는 별다른 관심을 보여주지 않았다고 할 수 있다. 이러한 관점에서 볼 때 다음에서 볼 수 있듯이 백철 비평의 약점이기도 한 딜레탕티슴에 대한 비판은 김기림의 비평론 전개에서 중요한 의미를 지닌다.

비평이 부여된 것 이상의 것-외재적인 것을 가지고 그 시의 평가에 원용하는 것은 부당하다. 그 작자가 「레닌」이라든지 「못솔리니」라고 해서 그 시가 더 가치가 있다고 해서는 아니 된다.

한 작품이 가진 가치를 사회적·윤리적·정치적 기타 여러 가지 제도로

---

13 다른 비평가들과의 실증적인 비교를 통해 정확한 수치를 제시할 수는 없지만, 백철의 비평문은 당대의 다른 비평가들의 그것에 비해 상당히 긴 것이 특징이다.

부터 바라보는 것은 좋으나 부여된 작품의 기술과 또 그것을 통하여 제시
된 상 이전의 다른 일-예를 들면 의도가 좋았다는 등 하는 일을 가지고
어떠한 시의 유치를 옹호하는 것과 같은 일은 아니 된다.

「속 오전의 시론」(「조선일보」, 1935.9.17~10.4)[14]

사실 우리의 손으로 된 평론의 대부분은 「작품에 관하여」 있지 않고 그
자체에 관해서 있었으며 따라서 작품에 대하여 말해야 할 비평의 제1차
적인 임무를 떠나서 그 자체의 준비운동에 몰두하였다. 우리는 실질적 비
평을 가져본 일이 지극히 드물다.

「비평과 감상」(『조선일보』, 1935.11.29~12.6)[15]

첫 번째 인용문은 외재적 비평의 불합리성을 비판한 글이다. 김기
림은 여기에서 외재적 가치 기준을 작품의 평가에 원용하는 일의 부
당성을 지적하고 있다. 작품이 아니라 작가에 대한 평가가 그 작품의
가치와는 무관할 수 있음을 말하고 있는 것이다. 그렇다고 그가 작품
의 평가에 다양한 외재적 근거를 끌어들이는 방식을 전적으로 부정하
는 것은 아니다. 다만 그는 "작품의 기술과 또 그것을 통하여 제시된
상"을 근거로 하지 않고 지극히 주관적이어서 모호하기 마련인 "의도"
만을 근거로 해서 작품을 평가해서는 안 된다는 논지를 펼치고 있는
것이다. 그는 철저히 한 작품 내에 작가가 사용한 방법이나 기술, 그
리고 그것의 구현체인 작품의 실제 양상에 근거해서 평가할 것을 요
구하고 있는 것이다. 이런 방법에 의거할 때, 비평가가 유치한 수준의

---

14 『김기림전집2』, 189쪽.

15 『김기림전집2』, 38쪽.

작품을 고평하는 오류를 범하지 않을 수 있다는 것이다. 두 번째 인용
문에서 그는 작품 자체에 주목하는 일이야말로 "비평의 제1차적인 임
무"라고 말하고, 그와 같은 임무에 충실한 "실질적 비평"이 부재한 조
선 비평계의 현실을 개탄하고 있다.

   그렇다면 작품에 대한 실제비평을 수행하는 데 있어서 요구되는 절
차나 방법론, 혹은 요건은 무엇일까. 그는 비평에 있어서 무엇보다도
과학적 태도를 요구한다.16

   비평은 철학이기 전에 과학이라야 할 것이다. 다시 말하면 비평가는 대
   상으로서 제공되었거나 선택한 작품을 판단하기 전에 그것을 구성하고
   있는 뭇 계기를 분석하여 그 상호간의 관계와 전체와 그 각 부분과의 관
   계를 구명해야 할 것이다. 분해한 다음에는 해명해야 할 것이다.
                          「비평과 감상」(『조선일보』, 1935.11.29~12.6)17

----

16 김기림의 글에서 과학에 대한 언급이 시작되는 시점은 「비평과 감상」(『조선일보』,
   1935.11.29~12.6)에서부터가 아닌가 한다. 과학적 시학에 대한 문제의식은 그가 제2
   차 유학을 떠나기 이전 시점부터 가지고 있었던 듯하다. 따라서 그의 글에서 과학을 강
   조하게 된 시점을 1937년부터라고 본 것을 제외하고 과학적 시학의 본격적 검토가 동
   북제대 유학과 관련이 있다고 주장한 윤대석(「김기림 시론에서의 "과학"」, 『한국근대
   문학연구』 7권 1호, 한국근대문학회, 2006. 4, 236쪽.)의 언급은 이 글의 논의에 시사
   점을 준다고 하겠다. 그리고 이원조의 언급("작금 양년―형이 선대에서 돌아온 뒤에 발
   표한 형의 시론은 주로 시의 과학성을 주장하려는 의미에서……)(이원조, 「시의 고향」,
   『문장』 종간호, 1941.4, 196쪽.) 역시 김기림의 과학적 시학이 동북제대 유학과 연관
   이 있음을 시사한다. 따라서 앞으로의 연구에서 동북제대 유학 시절 김기림이 어떤 부
   분을 집중적으로 탐구했는지를 밝혀낼 필요가 있다. 현재로서는 그가 I. A. 리처즈나
   그의 제자인 W. 엠프슨 등 영미 신비평 계통을 공부했을 것으로 짐작된다. 김유중에
   의하면, 동북제대 유학 시절 김기림의 졸업논문 주제가 I. A. 리처즈에 관한 것이었다
   고 한다. 동북제대 시절의 김기림에 대해서는 김유중, 『김기림』, 문학세계사, 1996,
   171~174쪽 참고.
17 『김기림전집2』, 39쪽.

그에 따르면 실제비평에서 가장 먼저 해야 할 일은 작품을 분석하
고 해명하는 일이다. 작품에 대한 분석은 작품을 구성하고 있는 다양
한 계기를 분석한 다음 그러한 계기들 사이의 관계를 해명하고 그것
들을 작품 전체의 통일성이라는 측면에서 해명하는 일이다. 이 과정
은 작품을 쓴 작가나 외재적 요소와는 독립적으로 이루어지는 것으로,
이 과정에는 철학적으로 따지면 현상학적 환원의 실재주의와 유사한
정신이 개입된다.[18] 이처럼 작품 내적 계기들의 분석과 해명의 과정
을 거치고 난 이후 비평가가 할 일은 그 작품을 창작한 작가나 시인의
의도를 파악하는 것이다.

　　또한 비평가는 그의 분석과 해명의 과정을 거쳐서 그 작가나 시인의 입
　　장을 추출해야 할 것이다. 예를 든다면 한 작품이 어떠한 의도에서 쓰여
　　졌다는 것을 제시하고 그러한 의도로서는 그 작품이 얼마나 성공하고 실
　　패했다는 것을 보여주는 것이 좋을 것이다. 그 다음에는 그는 그러한 것
　　까지 통틀어 넣어서 그 작품에 대한 자기 일류의 판단을 내릴 것이다.
　　　　　　　　　　　「비평과 감상」(『조선일보』, 1935.11.29~12.6)[19]

의도의 판별과 평가라고 할 두 번째 과정에서 우선 할 일은 작품 내
적 계기와 작가의 의도를 연결시키는 것이다. 이 과정에서 비평가는
그 작품을 창작할 때 작가나 시인이 노렸을 것으로 추측되는 의도나

---

18 오세영은 일체의 형이상학적이거나 관념론적인 질문을 배제하려는 김기림의 이와 같
　은 논리가 현상학적 관점과 유사한 것임을 밝힌 바 있다. 오세영, 「김기림의 "과학으로
　서의 시학"」, 『한민족어문학』 41집, 한민족어문학회, 2002, 270쪽.
19 『김기림전집2』, 40쪽.

가치관 등을 추출해야 한다. 비평가는 작가나 시인의 문학관에서 연역한 의도와 작품 자체에 대한 이해 내용을 겹쳐놓는 작업을 해야 하고, 이런 작업을 통해서 작가나 시인의 의도가 작품 속에 어떻게 반영되고 있는지를 확인할 필요가 있다. 그리하여 의도와 작품이 얼마나 긴밀한 연관성을 보여주고 있는가를 검토하는 것이다. 이 과정까지는 아직 비평가의 평가가 개입되지 않는다. 순전히 제작자나 제작물의 측면에서 이루어지는 객관적인 과정이라고 할 것이다. 그 과정 이후 비평가 자신의 주관적 개입이 이루어진다.

> 비평가는 그의 판정을 보일 뿐 아니라 그 판정의 이유를 보여주어야 한다. 비평은 분석과 판정을 그 일의 부분으로 삼는다. 그러면서도 분석은 그 일의 가장 중대한 대부분을 차지한다. 우리는 이유를 보여주기 전에는 어떠한 판결도 신용할 수 없다.
>
> 「과학과 비평과 시」(『조선일보』, 1937.2.21~2.26)[20]

비평가가 작품을 비평하는 궁극적인 목적은 해당 작품의 가치를 평가하는 일이다. 가치 평가에는 비평가 자신의 가치관이 반영될 수밖에 없어서 다소 주관적인 측면이 없지 않다. 그런 탓에 비평은 주관적인 왜곡으로 흘러서 독자의 신뢰를 얻기 어려울 수도 있는데, 그때 필요한 것이 가치 판단뿐만 아니라 그러한 판단의 이유를 제시하는 일이다. 김기림은 판단의 근거를 제시하지 않는 비평에 대해서 부정적이다. 근거를 제시하는 판단이란 논증의 기본이라고 할 것이다. 이런

---

20 『김기림전집2』, 29쪽.

원칙을 비평에도 고스란히 적용하고자 했다는 점에 김기림의 비평론
이 가지는 의의가 있다.

문학 작품에 대한 면밀한 관찰과 분석, 깊은 통찰이 밑바탕을 이루
지 못한 채 문학 원론적인 기준에 따라 막연한 논리를 제시하는 데 그
쳤던 당대 비평의 한계를 극복하기 위해 김기림이 제시한 비평론이
지금의 관점에서 볼 때 대단히 상식적임에도 불구하고 그가 이를 역
설하지 않을 수 없었다는 점은 당대 비평의 실상을 반증하는 것이라
할 수 있다.

그는 "분석은 그 일의 가장 중대한 대부분을 차지한다."라고 말하고
있는데, 비평이 크게 분석과 판단으로 이뤄진다면 판단보다 오히려
큰 비중을 분석 쪽에 두고 있음을 알 수 있다. 분석의 과정이야말로
비평이 객관성을 확보할 수 있는 영역이기 때문이다. 앞서 지적한대
로 분석의 과정은 작품에 대한 사실의 확인과 해명의 과정으로, 여기
에 개입되는 것은 엄밀한 논증의 구조이다. 비평에 논증의 구조를 확
립하는 일이야말로 김기림이 과학적 시학을 요구하게 된 계기라고 할
수 있다. 그가 말하는 과학적 시학은 작품의 내적 구조를 해명할 수
있는 방법론으로서 요청된 것이다.

> 과학이란 실재에 대한 객관적 인식을 일반적 정식으로 체계를 세운 것
> 임에 다름없다. 그렇다고 하면 이러한 과학으로서의 약속을 진 시학은 시
> 의 사실을 더 깊이 파헤치고 더 널리 모아서 될 수만 있으면 그것을 일반
> 적 정식으로 종합하는 일일 것이다. 그러한 과학적 시학 또는 시의 과학
> 만이 비평의 기초로서 이용되어야 할 것이다. 비평 행동의 대부분은 어떤
> 특수한 작품에 대하여 일반적인 시학을 적용한 실례라 하겠다.
> 『시의 이해』(백양당, 1947)[21]

해방기에 출간된『시의 이해』에서 김기림은 과학적 시학이란 개별적 작품들의 광범위하고 깊이 있는 분석을 통해서 얻어지는 일반적 정식이라고 규정하고 있다. 그가 사용하고 있는 "과학적"이란 표현에서 우리는 그의 사유가 경험론적이고 귀납적인 측면을 가지고 있음을 알 수 있다. 형이상학적 관념론과 대척점에 놓인 영미 계통의 실증주의 풍토에서 성숙한 김기림의 과학관이 지금의 관점에서 보면 일정한 한계를 가진 것이 분명하지만, 각종 형이상학적 관념론의 무대처럼 보였던 당대 비평계에서 김기림이 자기 나름의 과학론을 주창한 것은 필수불가결한 것이었다고 할 수 있다.[22]

이처럼 김기림은 과학적 시학을 바탕으로 해서만 실제비평이 제대로 될 수 있고 또한 왕성하게 이루어지리라고 생각했다. 그의 주장은 당대의 상황을 염두에 둘 때 시의적절한 것이었다고 할 수 있다. 그는 형이상학적 관념론과 딜레탕티슴, 그리고 저널리즘의 지배하에 있는 비평의 혁신과 활성화를 욕망하였다. 그러한 욕망과 더불어 과학적 시학의 확립은 더욱 절실한 과제가 되었던 것이다.

이러한 계기를 생략한 채 김기림의 과학적 시학에 대해 논하는 것은 김기림의 문제의식을 제대로 읽어내지 못하는 것이다. 그는 비록 한 편의 작품이라 할지라도 철저히 분석하기를 원했고, 분석을 통해

---

21 『김기림전집2』, 271~272쪽.
22 진순애는 김기림이 1930년대 후반에 "신비와 마술의 세계인 시의 본질적인 면을 도외시하고" "과학신봉자 같은 태도"를 취했다고 비판한 바 있다.(진순애, 「1930년대 모더니즘 문학론 연구」, 『한국시학연구』 창간호, 한국시학회, 1998, 371쪽.) 그러나 이는 논자의 시관을 드러낼 뿐 김기림 비판으로서의 힘은 없어 보인다. 왜냐하면 김기림은 가급적 시에서 "신비와 마술"을 걷어내고자 한 모더니스트였기 때문이다. "신비와 마술"을 "시의 본질적인 면"이라고 보는 관점을 김기림은 애초에 배제하고 있기 때문에 이와 같은 비판은 효력을 갖기가 힘들다.

"구조와 전개와 작자가 거기서 시험한 새 기술과 거기 구체화된 작자의 사상과 그것들이 독자에게 주는 효과의 신선도와 심도와 그것들 전체의 밑에 흐르는 사회적인 지반의 힘과 계기마저를 될 수 있는 대로 주관을 섞음이 없이 우선은 작품이 주는 대로 받아서 제시하고"(「시의 르네상스」, 『조선일보』, 1938. 4. 10)[23]자 하였던 것이다. 이런 과정은 작품 자체에 철두철미 주목하고, 거기서 많은 것들을 끌어내려는 성실성과 가급적 대상에 대한 자신의 선입견을 철저히 배제하려는 객관성을 비평가에게 요구한다. 그렇다고 해서 그가 비평을 철저히 객관주의적 태도의 산물이라고 생각한 것은 아니다. 그가 과학적 정신과 태도를 요구했음에도 불구하고 비평의 최종심급에서 문제가 되는 것은 역시 비평가 자신의 주관적 가치 의식이라고 생각했기 때문이다.

가치란 어떻게 성립되나 하는 문제는 어디까지든지 일반성을 좇아가는 시학의 영역일 것이며 어떠한 특정한 시대와 사회에 나타난 어떤 작품이 좋고 나쁜 것을 뽑아내는 일은 비평에게 미는 것이다. 비평의 이러한 특수한 기능 때문에 즉 평가 행동인 데가 있기 때문에 비평 속에는 피할 나위 없이 비평가의 「모랄」이 들어오게 되는 것이다. 비평가란 그러므로 40「퍼센트」의 과학자와 30「퍼센트」의 감상자와 또 30「퍼센트」의 감정인이 한데 섞인 기이한 존재라고 할 것이다.

『시의 이해』(백양당, 1947)[24]

---

23 『김기림전집2』, 127쪽.
24 『김기림전집2』, 272쪽.

가치란 인간의 주관적 욕망이 개입되는 영역이므로 비평가의 가치 판단은 비평가 자신의 주관적 욕망에 영향을 받게 된다. 김기림은 이 점에 대해서 인정하면서 비평이 궁극적으로는 "비평가의 「모랄」"의 결과물이라고 말하고 있다. 그래서 그는 위의 인용문에서 비평가를 "40「퍼센트」의 과학자와 30「퍼센트」의 감상자와 또 30「퍼센트」의 감정인이 한데 섞인 기이한 존재"라고 규정하고 있다. 즉 비평가는 작품에 대해서 충분히 감상한 후 과학적 이론에 근거해 작품을 분석한 후 자신의 가치 의식에 따라 작품을 평가하는 존재라는 것이다. 그런데 여기서 주목할 것은 그가 비평가의 성분 분석을 하면서 과학자적 측면에 좀 더 높은 비중을 두고 있다는 사실이다. 그는 비평의 주관적 측면을 부정하지 않으면서도 비평의 객관적 측면을 상대적으로 강조하고 있는 것이다.25

---

25 김기림이 사실의 차원과 가치의 차원을 다르다고 인정하면서 양자를 비평의 요소로 아우르려 한다는 점에서 이것을 김기중처럼 난점으로 볼 수도 있을 것이다.(김기중, 「김기림의 〈과학적 비평론〉 연구」, 『한국문예비평연구』 13집, 한국현대문예비평학회, 2003, 151쪽.) 이러한 비판에 대해서 김기림 자신이 전혀 염두에 두지 않았다고는 생각되지 않는다. 다만 그는 가치의 근거를 밝히는 차원에서만 과학적 방법을 필요로 했던 것이다. 따라서 순전한 의미에서의 객관적 비평이란 것이 외형상 가능하다 하더라도 그것은 더 이상 가치 평가를 포함하지 않는다는 점에서 작품에 대한 단순한 분석물로 남을 것이며, 본격 비평의 전 단계에 지나지 않을 것이다.

4. 실제비평의 양상과 성격

위에서 살펴본 것처럼 김기림은 비평의 과학화를 통해 실제비평의 방법론적 혁신을 모색하고 있다. 비평의 과학화는 우선적으로 과학적 시학의 확립을 통해서 가능한 것으로, I. A. 리처즈의 이론에 대한 그의 지속적 탐구는 이와 같은 문제의식 하에서 이루어진 것이다. 그러나 이와 같은 노력이 당대의 비평계에 실제적으로 얼마나 큰 반향을 일으켰는가에 대해서는 정확한 판단을 내리기 힘들다.[26] 그의 비판에는 당대의 시 비평계가 수긍할 만한 점이 없지 않지만 실제비평으로 감당하기에는 지적인 간격이 너무 컸던 것이 아닌가 생각된다. 이런 사정과 더불어 그 당시에는 김기림 외에는 시 비평을 전문적으로 할 수 있었던 비평가가 소설비평에 비해 상대적으로 적었다는 점도 염두에 두어야 할 것이다. 물론 선배 비평가로서 김억이 1930년대에도 지속적으로 비평을 하고 있었고, 기교주의 논쟁을 벌였던 임화나 박용철 같은 동료 비평가들도 비평 활동을 활발히 전개하고 있었지만, 이들과 김기림 사이에는 사상적, 지적 격차가 있었던 것이 사실이다. 이로 인해 1930년대 시 비평계를 향해서 그가 제기한 주장들은 실질적

---

[26] 배호남은 "과학으로서의 시학"이 당대의 한국시에서 어떠한 실례도 찾을 수 없었다는 점이 "김기림 시론의 치명적인 결함"이라고 비판하고 있다(배호남, 「김기림의 『시론』 연구」, 『한국시학연구』 16집, 한국시학회, 2006, 147쪽.). 그런데 이는 과학적 시학이 김기림에게 있어 창작방법론이 아니라 비평방법론이었다는 사실을 염두에 두지 않은 부적절한 비판이다. 김기림은 자신의 논리 체계 안에서 시론과 시학을 엄밀히 구분해서 사용하고 있기 때문이다. 물론 전체시론의 경우에는 그것이 창작과 비평을 아우르는 성격의 것이라는 점에서 이와 같은 식의 비판을 제기할 여지는 있어 보인다.

으로는 그 자신의 비평적 실천 밖으로는 뻗어나가지 못한 느낌이 없지 않다. 따라서 우리에게 남은 과제는 그의 비평론이 그의 비평 활동 속에서 어떻게 실천되었는가를 확인하는 작업이다.[27]

비평을 이론비평과 실제비평으로 구분할 수 있다면, 김기림 역시 다른 비평가들과 마찬가지로 이론비평에 치중하였다고 할 수 있다. 그의 경우 이론비평은 모더니즘론을 중심으로 전체시론, 과학적 시학 등으로 전개되는 양상을 보인다. 그의 이론비평에 관해서 지금까지 많은 논의들이 전개되어온 것도 바로 이러한 이유에서이다. 그러나 그의 이론비평은 여타의 비평가들과는 달리, 이론과 논리를 통해 문단에 군림하고자 하는 지배의 욕망과는 먼 것이었다. 그에게 있어서 비평적 이론의 탐색은 자신의 시와 여타 시인들의 시 창작에 있어서 "조력자"로서 기능하고자 하는 바람에서 추동력을 얻었던 것이다. 이런 관점에서 볼 때, 비평가 김기림에게 있어서 이론비평 못지않게 실제비평은 중요한 영역이라고 할 수 있을 것이다. 그러나 지금껏 실제비평에 대한 조명이 부족했던 것은 그의 비평과 여타 카프 비평이 가진 입장의 차이를 간과한 탓이라고 할 것이다.

김기림의 실제비평 역시 당대 저널리즘의 주문 상품의 형식으로 발표된 것들이 대부분이다. 이러한 방식으로 그는 1930년대 초부터 해

---

27 신재기는 김기림이 실제비평을 강조했음에도 불구하고 그의 비평 중 이론비평이 차지하는 비중이 컸다는 지적을 한 바 있다.(신재기, 「김기림 문학비평의 근대성 연구」, 『어문학』 60집, 한국어문학회, 1997, 376쪽.) 이와 같은 지적은 현재 남겨진 그의 비평문을 일별할 때 타당성이 있는 지적이다. 그와 같은 양상을 보이게 된 데는 새로운 시학관이나 비평관의 주창을 통해서 비평계를 쇄신해야 한다는 지적 조급증이 작용했다고 생각된다. 그러나 이와 같은 비판에도 불구하고 김기림은 당대의 시 비평계 전체를 놓고 볼 때 실제비평의 실천에 있어 가장 뚜렷한 활동 양상을 보여주고 있다는 점에서 신재기의 주장이 이 글의 논지를 약화시키지는 않는다.

방기까지 간헐적이기는 하지만 지속적으로 실제비평을 해왔다. 그의
실제비평은 형식상으로 한 해 시단의 성과를 결산하는 시단 총평이나
신간시집 서평의 형식을 취하고 있는 경우가 다수를 차지하고 있다.
이러한 방식의 비평이 작품에 대한 치밀하고 차분한 분석에 기반을
둔 비평이 되기에는 지면의 분량이나 저널리즘의 요구 등의 제약이
컸던 것이 사실이다. 시인의 작품 세계를 평가할 때도 작품 원문을 거
론하는 경우는 대체로 드물다. 이는 김기림이 자신의 비평을 읽는 독
자가 그 작품을 읽어서 알고 있거나 필요하면 그 즉시 작품을 찾아볼
수 있다는 암묵적 전제 하에서 비평을 한 것이 아닌가 생각된다. 물론
필요에 따라서 작품의 일부분을 인용하는 경우도 있기는 하지만 이
역시 지면의 제약을 감안해서 최소한에 그치고 있다. 그가 시단 총평
을 쓴 경우는 「1933년 시단의 회고」(『조선일보』, 1933.12.7~12.13), 「신
춘의 조선시단」(『조선일보』, 1935.1.1~1.5), 「을해년의 시단」(『학등』,
1935.12), 「30년대 도미의 시단 동태」(『인문평론』, 1940.12) 이 네 편에
지나지 않는다.

시단 총평은 대상 시인의 광범위하다는 장점도 있지만 그만큼 치밀
하지 못하다는 한계도 안고 있다. 이로 인해 시단 총평을 진정한 의미
에서 실제비평의 한 예로 인정할 수 없을 것이다. 이에 비해 한 시인
의 신간 시집을 대상으로 한 신간 서평의 경우에는 시단 총평보다는
한층 섬세하고 구체적인 면모를 보인다. 김기림이 1930년대에 발표한
실제비평 중 지금까지 시연구의 자료로 종종 활용되는 글 대다수는
이와 같은 서평 형식의 글이다. 제한된 지면임에도 불구하고 그는 서
평들 속에서도 자기가 다루는 시인에게서 받은 인상을 섬세하게 제시
할 뿐만 아니라 해당 시집의 세계를 압축적이고 선명하게 드러내는

경우가 많다. 또한 그는 자신의 주관적 잣대나 인상에 치우치기보다
는 가급적 해당 시인이나 시집이 보여주는 세계에 대한 충분한 감상
과 공감을 바탕으로 그 시집의 특징을 포착하고자 하는 태도를 보인
다. 이는 이론비평을 통해서 그가 종종 피력한 객관주의적 태도가 실
제비평에도 비교적 일관되게 발현된 결과라고 할 것이다.

　해방 이전 김기림이 서평을 쓴 시인28들로는 모윤숙(「모윤숙씨의 「리
리시즘」: 시집 「빛나는 지역」을 읽고」, 『조선일보』, 1933.10.29~ 10.31),
정지용(「정지용시집을 읽고」, 『조광』, 1936.1), 백석(「「사슴」을 안고-백
석시집 독후감」, 『조선일보』, 1936.1.29), 오장환(「「성벽」을 읽고: 오장환
씨의 시집」, 『조선일보』, 1937.9.18), 신석정(「촛불을 켜놓고: 신석정 시집
독후감」, 『조선일보』, 1939.12.25) 등이 있다. 모윤숙에 대해서는 대체
적으로 부정적으로 평가한 반면 정지용, 백석, 신석정, 오장환에 대해
서는 긍정적으로 평가하고 있다. 정지용이나 신석정은 1930년대 이래
교우를 계속해 온 절친한 사이였다는 점, 백석은 『사슴』 발간 당시 조
선일보사 출판부에 근무하고 있었다는 점 등을 감안하면 이들에 대한
그의 서평에는 문학적, 직업적 동료에 대한 예우하는 태도가 작용했
다고 할 것이다. 이는 이후 그가 정지용이나 백석에 대해서 더 이상
언급하지 않는다는 사실을 비추어 보아도 어느 정도 짐작이 간다. 그

---

28 해방 이후 김기림은 『전위시인집』(김광현·김상훈·박산운·유진오·이병철, 노동사,
　　1946)에 서평(「「전위시인집」에 부침」, 『경향신문』, 1946.10.31)을, 『포도』(설정식,
　　정음사, 1948)에 서평(「분노의 미학-시집 「포도」에 대하여」, 『민성』 4권 4호,
　　1948.4)을, 『소백산』(박문서, 백우사, 1948.11))에 서문을 쓴 것으로 알려져 있다. 이
　　중 『소백산』(박문서)에 대한 서문은 김학동 편 『김기림전집』에는 수록되어 있지 않아
　　서 지금까지는 잘 알려져 있지 않았으나 조영복의 글(「김기림의 예언자적 인식과 침묵
　　의 수사」, 『한국시학연구』 15집, 한국시학회, 2006, 28~29쪽)을 통해 그런 글이 있다
　　는 사실이 알려지게 되었지만 필자가 아직까지 확인해보지는 못했다.

러나 오장환과는 사적 관계가 없었던 사이임에도 불구하고 그가 오장
환의 『성벽』에 대해서 호평한 것은 백석의 경우보다 순수한 평가였다
고 할 수 있다. 그리고 그 후에도 오장환의 시들에 대해서 계속적으로
평가하고 있었다[29]는 점을 생각해 보아도 그가 오장환에 대해서 남다
른 관심을 가지고 있었다는 사실을 짐작하게 한다. 이처럼 그가 오장
환에 대해 비상한 관심을 가지고 있었던 것은 1930년대 후반 김기림
이 "심각한 고민"의 시적 구현자로 오장환을 인식했던 것이 아닌가 생
각된다.

여하튼 김기림은 앞에서 살펴본 것처럼 비평이 "조력자로서의 비
평"이어야 한다는 신념을 일관되게 유지하고 있었는데, 그의 서평들
은 대체로 이런 태도를 잘 반영하고 있다. 비교적 체계적인 논리를 보
이고 있다는 점, 시인의 작품 세계에 대한 공감과 이해에 바탕을 두고
있다는 점을 고려할 때, 그의 비평은 그 당시 시 비평계에서는 두드러
진 것이었다고 할 수 있다.

위에서 말한 것처럼 김기림의 서평이 긍정적인 점들을 많이 가지고
있기는 하지만, 서평 형식이 그가 추구했던 실제비평의 궁극적인 상
은 아니었을 것이다. 그는 비평이 작품에 근거한 과학적 분석에서 시
작되어야 한다고 믿었기 때문이다. 이런 측면에서 볼 때, 그의 서평이
의미 있는 작업이기는 하지만 그의 비평관에 비추어볼 때 여전히 불
완전한 비평에 지나지 않는다. 그럼에도 불구하고 그는 저널리즘의
테두리 안에서만 활동할 수밖에 없었다. 그 테두리 안에서 비평 활동
을 지속하던 그는 한때 그가 가장 비속한 비평 형식이라고 비판했던

---

29 김기림, 「감각·육체·리듬」, 『인문평론』, 1940.2; 김기림, 「30년대 도미의 시단 동
태」, 『인문평론』, 1940.12 참조.

월평에서 그의 이상에 가장 근접한 실제비평의 기회를 갖게 되었다. 1940년 2월 『인문평론』에 수록된 「감각·육체·「리듬」」이라는 글이다. 이 글은 전달인 1940년 신년호 각 잡지에 수록된 시들을 중심으로 한 비평이다. 이 글이 대상으로 삼고 있는 작품은 김광섭의 「백합」(『인문평론』, 1940.1), 유치환의 「내 너를 내세우노니」(『문장』, 1940.1), 노천명의 「사슴처럼」(『인문평론』, 1940.1), 오장환의 「신생의 노래」(『인문평론』, 1940.1) 등이다. 이 작품들에 대한 김기림의 평은 외양적으로 볼 때 시단 총평과 크게 다르지 않은 듯한 인상을 준다. 작품을 구체적으로 인용하지 않은 채 논의를 펼쳐가고 있기 때문이다. 그럼에도 불구하고 이 글은 단 한 편의 작품만을 대상으로 하고 있다는 점에서 시단 총평 류의 글이 가지게 되는 두루뭉술함을 벗어나고 있다. 그는 유치환의 시에 대해서는 "석일의 용광로파의 시인들"과 유사한 "조절되지 않은 「리듬」의 격류"를 통해 허장성세를 부림으로써 "설교"로 떨어질 위험성을 가진 "형이상적인 색채를 가진 시"라고 평가하고 있다.[30] 그리고 그는 노천명의 시에 대해서는 "비소법(比小法)"의 난점을 지적하면서 시가 체험에서 오는 솔직함을 가지고 있지 못한 점, 어휘와 어법 면에서 자기 세계를 개척하지 못한 점을 더 큰 문제로 지적하고 있다.[31]

김기림은 유치환, 노천명에 대해서 부정적으로 평가한 반면 김광섭, 오장환에 대해서는 긍정적인 평가를 하고 있다. 김광섭의 시에 대해서는 시가 상징파적 환상의 세계를 보여주고 있다고 전제하고, 그는 시적 화자가 밤에 안타까운 심정으로 "상함이 없는 별"을 쳐다본다는

---

30 『김기림전집2』, 380쪽.
31 『김기림전집2』, 380~381쪽.

구절에 주목한다. 그리고서는 그는 그 구절에서 "상함이 없는 신의 것들과 상함이 많은 인간(시인)의 대립에서 오는 비극감"을 느낀다고 말하고 있다. 또한 그는 "서양시의 교양"을 가진 시인이 "자연에 대한 동양인적 애수"를 잘 표현하였다고 평가하고 있다.32 여기서 주목할 것은 김기림이 1930년대 초 부정하였던 전(前)모더니즘적 세계에 대한 융합 내지 재평가의 움직임을 보여주고 있다는 점이다. 물론 1920년대의 지나친 감상적 경향은 제외하고 말이다. 김광섭의 시에 김기림이 공명33했던 데에는 1930년대 내내 지속적으로 누적된 근대 도시 혹은 식민지 수도 경성에 대한 그의 피로감이 작용한 것이 아닐까.

김광섭에 대한 평가가 부분적임에 반해 오장환에 대한 평가는 전면적이라고 할 수 있는 면모를 보인다. 김기림은 오장환의 시에 대해서 "정신의 비극을 육체로써 체험"한 면모를 보여줌으로써 "지적인 현대가 잃어버렸던 육체"가 회복되고 있다고 평하고 있다. 그리고 오장환의 시에서 그는 "일종의 운명감"을 느끼기까지 한다.34 물론 이와 같은 평가는 구체적인 근거가 다소 약한 면이 있지만, 오장환의 시가 거쳐 온 정신적 진화 과정을 정확하게 뚫어보는 통찰력을 가지고 있다는 점에 남다른 의미가 있는 것이다. 『성벽』에 대한 서평에 이은 이러한 최상급의 평가는 이 글이 발표된 그 해 12월의 시단 총평인 「30년대 도미의 시단 동태」(『인문평론』, 1940.12)로 이어진다. 이 글에서 그

---

32 『김기림전집2』, 379쪽.

33 김기림과 김광섭은 사실 유파적 차원이나 시의 스타일 차원에서 그다지 큰 관련이 없다고 할 수 있다. 그럼에도 불구하고 그가 김광섭에게 관심을 가졌던 것은 김광섭이 그와 비슷한 연배의 시인이고 동향(그의 고향은 함북 학성이고, 김광섭의 고향은 함북 경성이다.)이라는 사실이 작용하지 않았나 추측된다.

34 『김기림전집2』, 379~380쪽.

는 오장환을 "현대인의 정신적 심연을 가장 깊이 체험하고 그것에 적
응한 형상을" 부여한 시인으로 "「센티멘탈리즘」"의 요소를 갖추고 있
으면서도 감동을 주는 시를 쓰는 시인으로 평가하고 있다.[35]

김광섭에 대한 평가에서와 마찬가지로 오장환에 대한 평가에서도
김기림은 "「센티멘탈리즘」의 요소"와 같은 감상주의적 요소를 경계하
고는 있지만 1930년대 초반 모더니즘을 주창할 때와 같은 열도를 더
이상 보여주지 않는다. 그는 오장환의 시적 행보에서 근대적 지성의
심연 앞에서 곤혹스러움을 느끼게 된 1940년경 그의 자화상을 보게
된 것이다.

「감각·육체·「리듬」」(『인문평론』, 1940.2)은 비록 월평의 형식을 띠
고 있기는 하나 저널리즘의 제약 속에서 나온 가장 뚜렷한 모습의 실
제비평이라는 측면에서 김기림에게는 대단히 의미 있는 작업이었다
고 할 수 있다. 또한 이 글이 식민지 저널리즘이 통폐합되고 지식인의
체제 협력을 강요당하던 시점에 발표된 것이라는 점에서 의미심장한
구석이 없지 않다.

이 글 외에도 작품에 근거한 비평을 시도한 경우가 없는 것은 아니
다. 그는 1934년 7월 12일부터 22일까지 『조선일보』에 「현대시의 발
전」이라는 글을 발표한 바 있는데, 이 글은 독자를 위한 하기문예대학
강의 형식을 띤 것이다. 이 글 속에서 그는 정지용의 「귀로」, 장서언)
의 「고화병」, 그리고 자작시 「서반아의 노래」를 논한 바 있다. 정지용
과 장서언의 시에 대해서는 연 단위의 분석 방식과 이미지와 메타포
같은 비평 개념을 동원하여 비교적 상세하게 분석하고 해석하고 있

---

35 『김기림전집2』, 70~71쪽.

다. 그리고 자작시에 대해서는 자신이 작품을 쓸 때의 동기를 중심으로 그 동기가 창작에 어떻게 구현되고 있는가를 설명하고 있다. 이는 1960년대 이후 우리가 자주 보게 되는 시인의 자작시 해설의 전례라고 하겠다. 이런 예들을 통해서 우리는 그가 과학적 시학에 기반을 둔 실제비평을 본격적으로 주장하기 이전부터 그러한 비평을 실천했었다는 사실을 알 수 있다.

위에서 살펴본 것을 종합적으로 정리하자면, 김기림은 1930년대 초중반까지는 정지용, 신석정, 김광균, 장서언 등 자기 주변의 모더니스트 시인을 중심으로 비평 활동을 하다가 그 후로 가면서 모더니스트 일변도에서 탈피하여 김광섭, 유치환, 노천명, 오장환 등 다양한 경향의 시인들을 대상으로 비평 활동을 전개했다. 1930년대 초반에 자주 거론하던 정지용에 대한 언급이 후기에는 거의 보이지 않고 그와 동등한 비중이 오장환에게 실리고 있는 특징을 보여주는데, 이러한 변화는 그의 비평정신을 포함한 시대의식의 변화를 암시한다는 점에서 그의 지적 행보를 탐구하는 데 있어서 시사점이 된다고 할 수 있다.

5. 결론

김기림은 한국현대시의 발전 과정에 중요한 영향을 미친 시인이자 이론가, 비평가였다. 그의 시와 시론에 대한 최근의 논의 열도는 이런 주장에 대한 충분한 증거가 될 수 있을 것이다. 그러나 시창작과 시론 작업에 못지않게 그는 비평 작업에 대해서도 많은 노력을 기울였던 것이 사실이다. 물론 분량으로 따진다면 그의 전체 저작 중 큰 부분을 차지하는 것은 아닐지라도 그는 1930년대 내내 비평방법론의 확보와 비평의 활성화를 위해 뚜렷한 성과를 보였다고 할 수 있다. 이 글은 그의 1930년대 비평 활동을 보다 실증적인 차원에서 확인하여 그가 가지고 있던 고민의 정체가 무엇이고 그러한 고민이 실제비평 활동에 어떻게 반영되었는지, 그리고 그 한계가 무엇인지를 조명하고자 하는 의도를 가지고 시작되었다.

　김기림의 실제비평 활동은 1930년대 초반부터 시작되었지만 그의 비평 활동이 자각적인 차원에서 시작된 것은 백철 비평에 대한 비판으로부터 시작되었다. 카프의 주요 비평가였던 백철의 비평이 가지고 있었던 외재적, 딜레탕티슴적, 지도비평적 성격은 그의 비평적 자의식과는 상반되는 것이었다. 그는 내재적 비평의 객관주의적 방법론의 필요성을 강조함과 더불어 "조력자로서의 비평"이라는 뚜렷한 비평태도를 확립하게 되었다. 이러한 자각에 기반을 두어 그는 비평에 있어서 과학적 태도를 요구하기에 이르렀는데, 이때의 과학적 태도란 작품에 대한 충분한 향수와 공감에 바탕을 두고 작품에 나타난 상과 시인의 의도가 어떻게 연관되는지를 확인하고, 그 작품에 대한 평가에 있어서도 그 평가의 근거를 제시하기를 요구하는 것이다. 그의 논리는 어떻게 보면 대단히 상식적인 차원의 논리라고 하겠는데, 그가 이런 논리를 펼칠 만큼 당대의 비평계가 논증의 태도를 확보하지 못하고 있었다는 반증이 될 것이다. 실제비평보다 이론비평의 요구가 강했던 당대의 풍토도 이런 현상에 일조했던 것으로 생각된다.

　여하튼 결과적으로 김기림의 비평방법론에 대한 모색은 당대 비평계로 확산되지 못했던 듯하다. 그는 자신의 비평 활동을 통해서 이와 같은 모색의 구체화를 위해 노력하게 되었다. 그는 1930년대 이래 저 널리즘의 요구에 맞춰 적지 않은 분량의 실제비평을 생산하게 되었다. 형식상으로 그것을 구분해 보면 시단총평, 월평, 신간서평 등인데, 이러한 형식은 1930년대 비평의 일반적 형식들이다. 저널리즘에 종속된 비평 현실에 대한 강한 회의를 가지고 있었음에도 불구하고 그 자신 역시 이러한 제도에서 조금도 벗어날 수 없었던 것이다. 편수로 따지면 신간서평이 가장 많고 그 뒤를 시단총평, 월평이 따른다. 보통 신간서평의 경우에는 동료에 대한 예우 차원에서 쓰이는 것이어서 객관성을 갖기 어렵다는 점, 시단총평의 경우 한 해의 시단을 아울러야 하기 때문에 상세하게 언급할 수 없다는 점 등의 한계를 가지고 있다. 그도 비슷한 한계를 안고 있었다고 생각되는데, 그가 쓴 신간서평의 경우 비교적 짧은 글임에도 불구하고 해당 시인의 시세계를 압축적이고 선명하게 드러내는 경우가 많다는 점에서 대단히 인상적인 성과라고 하겠다.

김기림의 신간서평이 인상적인 성과임에도 불구하고 개별 작품에 대한 구체적 평가를 지향하는 그의 비평방법론적 차원에서 보면 부족한 것이 사실이다. 우리가 발견할 수 있는 가장 구체적인 실제비평은 아이러니하게도 그가 가장 비속한 비평 형식이라고 비판한 바 있는 월평에서 찾을 수 있다. 1940년 2월『인문평론』에 게재된「감각·육체·「리듬」」이 바로 그것인데, 이 글은 비록 시인 당 한 편씩의 작품을 논하고 있기는 하지만 과학적 시학에 기반을 둔 비평방법론을 적용하려는 태도를 실천하고 있다는 점에서 평가할 만하다.

김기림의 비평방법론은 그가 활동하던 시대의 제약으로 인해 큰 반향을 가질 수는 없었다. 그러나 그의 비평방법론은 비평의 객관성과 성실성이라는, 현대 비평에서도 부정할 수 없는 미덕을 가지고 있었다는 점에서 중요성을 띠고 있다. 1950년대 이후 시 비평계에서 도입된 신비평도 넓게 보자면 그의 지속적인 논의가 그 밑바탕을 형성하고 있다고 할 수 있을 것이다.

제**2**부

향수의 미학과 정치학

식민지시대 시의 이념과 풍경

5장

노천명 시와 향수의 문제

1. 서론

노천명은 모윤숙과 더불어 본격적인 의미에서 한국 최초의 여성시인으로 손꼽힌다. 물론 그들이 활동을 시작하기 이전인 1920년대에도 나혜석, 김명순, 김원주 같은 몇몇 사람들이 시를 발표한 적이 있지만 그들을 본격적인 의미에서 여성시인으로 평가하기는 어려운 게 사실이다. 1920년대에 활동한 이들을 여성시인으로 보기에는 그들 활동이 창작보다는 여성운동 쪽에 치우쳐 있고, 창작 중에서도 시가 차지하는 비중은 상대적으로 높지 않은 편이다. 그리고 그들의 시는 대체로 개인적 정한에 대한 감상적 탄식을 남발하는 소박한 성향을 보여주고 있다. 이런 사정을 감안할 때 1930년대 들어 등단한 노천명이야말로 한국 최초의 여성시인이라는 칭호를 받을 만한 인물이라고 하겠다.

노천명은 이화여전 영문과 재학 당시부터 학교 회지인 『이화』에 작품을 발표하기 시작하였고, 졸업과 동시에 조선중앙일보사에 입사하면서부터 본격적으로 창작 활동에 들어간다. 노천명에게 있어 저널리즘계의 입문은 그가 여성문인으로서 활발한 활동을 펼치고 명성을 얻는 데 있어서 큰 역할을 하게 된다.[1] 이후 조선중앙일보사를 퇴사한 이후에도 노천명은『조선일보』,『매일신보』, 해방 이후에는『서울신문』,『부녀신문』등 일평생 저널리즘계에 종사하게 된다. 조선중앙일보사 입사 이후 노천명은 시, 소설, 수필 등 희곡을 제외한 전방위적인 글쓰기를 시도하였다. 노천명은 생전에 3권의 시집, 2권의 수필집을 냈다. 지금까지 여러 번 전집이나 나왔으나 1997년 솔출판사에서 시와 산문 2권으로 간행된『노천명 전집』이 결정본으로 인식되고 있다.[2]

지금까지 노천명에 대한 평가는 '향수'나 고독이라는 테마를 중심으로 이루어져왔다. 그것은 그녀의 시가 보여주는 시의 핵심에 들어있는 특질이다. '향수'는 일제 강점기 시의 단골 제재가 될 만큼 보편성을 갖는 것이다. 그리고 고독은 독신으로 일관한 그녀의 개인사에서 비롯된 것이다. 고향을 떠나 도시에서 일생을 살아간 여성시인에게 있어 '향수'와 고독은 등가의 것이라 할 만하다. 물론 그녀가 일제 강점 말기에 보여준 친일 행적은 부정적 평가의 대상이 되기도 한다. 그러나 일제 강점 말기의 친일 행적이 그녀의 문학적 성과 전체를 부정할 정도인가는 여전히 의문이다. 우리는 지금까지 노천명에 관한 구

---

1 여성 문인의 탄생 과정에서 저널리즘은 중요한 장이었다. 저널리즘은 근대 교육을 통해 비약적으로 확대된 여성의 문식성(literacy)을 대중적으로 유통시키는 장이었다. 여성의 문식성 확대와 저널리즘의 관계에 대해서는 김연숙,「저널리즘과 여성작가의 탄생-1920~30년대 여기자집단을 중심으로」,『여성문학연구』14권, 한국여성문학학회, 2005, 91~92쪽 참고.

설수나 풍문, 그녀가 얽혔든 정치적 사건 등 여러 가지 선입견에 의해
착색된 시선으로 그녀의 문학을 보지 않았나 생각된다.[3]

노천명은 6·25전쟁 초기 부역 행위와 관련되어 수감 생활을 하고
1957년 독신으로 병사하는 등 고난의 생활을 계속하였다. 이 시기에
그녀는 '향수'와 고독을 절제미 있는 형식으로 드러내던 이전 시 세계
에서 후퇴하여 주로 영어 생활의 심적 고통을 표출하거나 여러 모로
위축된 생활의 고독을 노래하는 등 정서적 절제미를 상실한 시를 발
표하게 되었다.

---

2 솔출판사에서 간행된 『노천명전집』은 기존 전집에서 빠진 새로운 작품이나 글을 몇 편
추가하였다. 그러나 일제 말기의 친일 관련 시나 글이 빠져 있고 친일과 무관한 시나 수
필도 빠져 있어 엄밀한 의미에서 전집이라고 할 수는 없다. 솔출판사판 『노천명전집』에
빠진 시와 산문의 목록은 다음과 같다.

• 시:「그리운 바다로」,『중앙』, 1934.8(역시, 엘스·사-겐 作), 「병실」,『삼천리』, 1940.
4;「「악쓰포드」의 첨탑-Winfred M.Letts」,『삼천리』, 1941.12(역시, Winfred
M.Letts 作);「늙은 말을 데리고-세계평화가 깨여지는 때」,『삼천리』, 1941.12(역
시, Thomas Hardy 作).

• 소설:「결혼전후」,『중앙』, 1934.12;「사월이(하)」,『여성』, 1937. 7.(솔출판사판 『노천
명전집』의 편자는 이 작품을 미완성작이라고 소개하고 있으나("『여성』(1937.6)
에 실렸는데 미완성작품이다."(『사슴』, 솔, 1997, 418쪽의 각주)) 『여성』 1937
년 7월호에 하편이 수록되어 있다.).

• 수필:「결혼? 직업?-교문을 나오면서 그대들의 설계는?」,『중앙』, 1935.4;「샘ㅅ골의 천
사-최용신양의 반생」,『중앙』, 1935.5;「미덤성 잇는 순정의 눈-첫사랑이라도
주고 십흔 로바-트·테일라-에게」,『조선일보』, 1937.10.15;「수수」,『조선일보』,
1940.10.16;「진달래」,『민성』, 1949.6;「아펜셀러 박사」,『아메리카』, 1950.5;
「화려지장을 전개」,『동아일보』, 1955.1.11.

위에서 제시한 시나 산문은 친일과는 무관하게 배제되거나 미발굴된 것들이다. 친일 관
련 글을 논외로 하면 필자가 찾아낸 시와 산문은 이 정도이지만 이 외에도 더 많은 글이
발견될 가능성은 얼마든지 있다.

3 이숭원,「노천명의 생애와 문학에 대한 연구」,『인문논총』 7집, 서울여대 인문과학연구
소, 2000, 25쪽.

노천명은 확실히 '향수'와 고독의 시인이라고 칭할 만큼 그녀의 시 세계에서 '향수'와 고독은 중요한 시적 테마이다. 이것은 그녀가 활동을 시작한 시기의 사회적 상황과 긴밀한 연관을 가진 것이다. 만주사변 이후 서서히 전시체제로 재편되어 가던 식민지 사회의 암울한 공기는 그녀를 비롯한 문학인들의 의식을 지배하는 것이었음이 분명하다. 일제 주도의 근대화 정책으로 인해 문화적 성숙이 고도화되고 파시즘이 전세계적으로 득세하던 1930년대에 시인으로 활동하던 이가 노래할 수 있는 시적 대상의 폭은 그다지 넓지 않았을 것이다. 기껏해야 자기 주변의 일상생활에서 느끼는 감상이나 과거의 회고를 통해 불러 일으켜지는 주관적 충족과 상실의 모순된 감정을 표출하는 것 정도가 가능할 뿐이었다.4 노천명 역시 초기시에서 이미 사라진 과거의 기억을 반추함으로써 주관적 충족과 상실의 모순된 감정을 노래하고자 했는데, 이는 그와 동시대에 활동했던 백석의 시세계와 맞닿은 것이었다.5 백석과 노천명은 비슷한 시기에 비슷한 지역에서 출생했다는 공통점을 가지고 있을뿐더러 활동 시점과 작품 세계에서도 비슷한 면모를 보여준다. 이에 대해서는 이미 비교

---

4 노천명이 한편으로는 친일시를 쓰면서도 다른 한편으로는 고향의 세계를 노래한 시를 쓴 이중성에 대해 이희경은 노천명에게 있어 향수 관련 시는 당대의 시대적 요구였던 친일적 글쓰기를 수용할 수밖에 없는 시인의 비참함을 극복하기 위한 내면적 글쓰기였다고 평가하고 있다. 이희경, 「노천명론: 순응과 거부의 이중적 글쓰기」, 『문예시학』 11집, 충남시문학회, 2000, 45~46쪽.

5 노천명은 1938년 10월 『삼천리』 주재 「여류작가 회의」라는 제하의 대담에 참여한 바 있다. 사회자 김동환(金東煥)이 최근 읽은 것 중 수작이라고 생각하는 작가가 누구인지를 묻자 노천명은 백석을 거론한 바 있다.("백석 시집에서 산나물 냄새 같은 향토미를 찾아서 조았고(…)"『삼천리』, 1938. 10, 209쪽) 이 발언은 백석과 노천명 시세계 사이의 영향 관계에 대한 중요한 언급이라고 할 수 있다.

연구의 성과가 있다.[6] 두 시인이 공유하는 시세계에 대해서는 어느 정도 밝혀진 것으로 보이지만 노천명의 시세계가 가진 고유성에 대해서는 별 다른 주목이 이루어진 것 같지는 않다.

이 글에서는 백석과 노천명의 시세계가 일견 매우 유사하다는 통상적 가정에 대한 의문에서 시작한다. 과연 그들의 시가 공유하는 지점이 있다면 그것이 무엇인지, 그리고 차이가 나는 부분이 있다면 그것이 무엇인지를 밝히는 것이 필요하다. 이와 같은 탐구 결과로 드러나는 차이를 기반으로 해서 흔히 '향수'의 시인으로 알려진 노천명 시의 특질을 좀 더 상세하게 검토할 필요가 있다. 이런 논의를 바탕으로 우리는 1930년대 여성시인의 대명사인 노천명이 문학사에서 놓인 위치를 가늠할 수 있을 것이다.

본론에서는 식민지 사회에서 '향수'가 가지는 사회심리학적, 미학적 특질을 살펴본 후 당대 대중에게 '향수'가 시적 제재로 어떻게 이해되었는지를 저널리즘에 투고된 일반 독자의 시를 통해 살펴보고자 한다. 그리고 이러한 검토 결과를 배경으로 하여 노천명이 그려내는 고향의 풍경이 지닌 의미를 해석해 보고자 한다. 여기서는 그녀의 시 중에서 특히 고향의 풍경을 집중적으로 형상화하고 있는, 초기시의 세계를 잘 보여주는 시집 『산호림』(1938)과 『창변』(1945)을 논의 대상으로 한다.

---

6 정구향, 「한국 현대시에 나타난 토속의 세계-백석과 노천명시를 중심으로」, 『새국어교육』 51집, 한국국어교육학회, 1995.

2. 향수의 등장과 대중성

1) 향수의 사회심리학적 배경

흔히 영어 '노스탤지어(nostalgia)'와 등가로 취급되는 '향수'라는 말은 고향을 그리워하는 마음 정도로 풀이된다. 그러나 영어사전에서 '노스탤지어'는 단순히 고향을 그리워하는 마음의 차원을 넘어선다. 대개의 영어사전들은 '노스탤지어'를 특별히 행복했던 시절에 가졌던 것에 대해 집착하는 마음으로 풀이하고 있다. 이 두 가지 풀이를 비교해 볼 때 우리가 통상적으로 가지고 있는 '향수'에 대한 정의가 영어권에 비해 상대적으로 제한된 것임을 알 수 있다. 흔히 우리는 고향을 완전한 충족의 공간을 지칭하는 기표라고 생각한다. 이런 풀이는 공간지향적인 성격이 짙다. 그러나 영어권에서 '노스탤지어'는 시간과 주로 관계하는 시간 지향적 개념이다. 즉 주체가 고향에 있었던 때인지 여행지에 있었던 때인지가 문제되지 않는다는 것이다. 공간의 여하를 막론하고 '노스탤지어'는 주체의 행복이나 만족과 관계된 것이다.

이런 차이점이 있는가 하면 '향수'와 '노스탤지어'는 공통점도 가지고 있다. 과거의 충족된 시간 속에서 주체가 확보하고 있던 대상의 상실이나 거리감이라는 심리적 작용이 '향수'나 '노스탤지어'의 발생 조건이 된다는 점이다. 상실이나 거리감의 대상이 되는 것은 다양할 수 있다. 과거 특정 시간대에 주체가 기거했던 공간이나 사람일 수도 있고, 특정한 관습적 행위나 풍속이 될 수도 있다. 그리고 먹고 마시는 음식물 역시 이런 대상에 포함될 수 있다. 시간의 흐름과 대상의 상실 이야말로 '향수'의 발생론적 조건인 것이다.

이와 같은 논의를 통해서 우리는 '향수'의 의미를 좀 더 구체화할 수 있을 것이다. '향수'는 주체가 자신의 행복을 유지하고자 하는 심리적 지향이다. 주체가 현재의 일상생활에서 불만족을 느낄 때 '향수'는 작동하게 된다. '향수'는 현대 도시인에게는 불가피한 것이다. 대부분의 도시인은 상급학교로의 진학이나 취직, 결혼 등등으로 인해 자기의 고향을 떠나게 된다. 이것이 '향수'의 사회적 조건이다. 일제 강점기야 말로 전국적이고 대규모적인 인구이동이 최초로 시작된 시기라고 할 수 있다. 그 당시에는 일제의 농업정책으로 인해 남도의 소작농이 만주로 대규모로 이주하였다. 이런 현상과 더불어 대도시의 면모를 갖추기 시작하던 경성은 거대한 이주민의 집성지라고 할 만큼 수많은 타관 사람들이 모여 이룬 도시였다. 그들은 성공의 꿈을 안고 경성을 찾아왔지만. 그들에게 경성은 상실감과 피로만을 안겨주는 패배의 도시이기도 했다. 1920년대 이후 저널리즘의 학예면을 종종 장식하던 시들은 전국적이고 대규모적인 인구 이동과 대도시 경성의 성립이라는 조건을 바탕으로 '향수'를 대중적으로 전파하였다.[7]

---

7 '향수'의 탄생 배경에 근대적 산업화라는 사회학적 사건이 가로놓여 있으며, 그것의 확대 재생산에 대중매체가 중요한 역할을 하고 있다는 사실을 오성호는 정지용의 시를 분석하는 글에서 적절히 지적하고 있다. 오성호, 「「향수」와 「고향」, 그리고 향토의 발견」, 『한국시학연구』 7집, 한국시학회, 2002, 163~166쪽.

2) 향수의 대중적 확산

'향수'는 이와 같은 사회문화적 조건에서 성립한다. 시인이 처한
사회문화적 조건에 따라 시의 내용을 달라질 수 있지만, 어느 누구를
막론하고 고향의 시간을 이상적 시공간으로 설정하여 낭만적 동경
을 표출한다는 점에서 동일하다. 시간의 흐름과 대상의 상실을 핵심
으로 한 '향수'의 시가 1920년대 초반 시단을 달군 감상적 낭만주의
의 연장선상에 놓인다는 점에서 문제적이다. 물론 '향수'의 시는 감
상적 낭만주의의 시처럼 지적 절제를 통한 감상의 간접적 표백으로
승화될 때는 별다른 문제가 되지 않는다. 그러나 막연한 정서가 무
절제하게 표백될 때 '향수'는 값싼 감상으로 저락할 수밖에 없다. 일
제 강점기에 시를 쓴 이치고 '향수'를 노래한 시 한 편 쓰지 않은 시
인은 없을 것이다. '향수'라는 제명을 가진 시뿐만 아니라 그 내용상
'향수'를 소재로 한 시까지 포함하면 수많은 시인들이 '향수'를 노래
했다고 볼 수 있다.

이런 현상은 비단 전문 시인들뿐만 아니라 신문의 학생란이나 학예
면에 시를 투고한 학생 문사들의 경우에도 해당한다. "학생문예",
"학생페이지", "동아문단"이라는 난을 운영하였던 『조선일보』, 『동
아일보』를 살펴보면, 일제 강점기 신문 투고 작품 중 적지 않은 수가
'향수'를 소재로 한 시를 발표하고 있음을 볼 수 있다. 이 당시 이 난
에 투고한 독자의 상당수가 학생이었음을 감안한다면 '향수'라는 것
이 당시 대중적인 공감대를 형성하고 있다는 사실을 확인할 수 있다.
또한 '향수=시'라는 등식이 초보 시인들의 내면을 지배하고 있음을 알
수 있다.

아래에서는 '향수'를 소재로 한 신문 독자 투고란에 실린 시의 내용
과 그 특징을 살펴보기로 한다.

고향이그리워요

봄이나여름이나

산호의붉은넝굴에

동경의열매가좀내짜는

그러한고향이그리워요

고향이그리워요

가을이나겨울이나

황감빗저녁하눌

七色의무지개에노래가곱은

그러한고향이그리워요

김사초, 「향수」 전문[8]

이 시는 비교적 단순한 형태를 가진 작품이다. 2연 10행으로 구성
된 이 시는 각 연이 5행씩으로 구성되어 있고, 각 연의 서두와 마지
막을 장식하는 행이 매 연 동일하게 처리되어 있다. 그리고 매 2행에
서는 시간을 제시하고, 3~4행에서는 그 시간대를 강렬하게 기억하
게 하는 이미지를 제시하고 있다. 1연에서는 시각적 이미지와 후각
적 이미지를, 2연에서는 시각적 이미지와 청각적 이미지를 결합시키

---

8 『동아일보』, 1925.1.21.

고 있다.

시작법에 대한 그 나름의 의식을 엿보게 하는 이 작품은 짜임새 있는 구성이 돋보이는 작품이지만, 정작 '향수'라는 정서가 내포한 고향의 이미지가 단순 처리되어 있다. 1920년대 초에 쓰인 것으로 알려진 정지용의 「향수」라는 작품에 비할 때, 이 작품의 수준은 떨어진다고 볼 수밖에 없겠지만, 독자 투고라는 점을 감안하면 이 작품의 수준을 낮게 볼 것만은 아니다. 내용적으로 이 작품은 매우 단순소박해서, 공식화된 작법에 맞춰 창작 연습을 해 본 수준으로 보인다.

이번에는 김사초의 「향수」보다 13년 후에 씌어진 또 다른 독자 투고작 한 편을 살펴보기로 하자. 이 작품의 투고자는 호세이(法政)대학 일학년생 오석환으로 되어 있다. 아마도 투고자는 일본 도쿄 소재 사립대인 법정대학의 유학생인 것으로 보인다. 고국을 떠나 식민지 수도로 유학길을 떠난 만큼 고국이나 고향을 그리워하는 정서가 발생할 것임은 당연하다.

　　　눈물에 저즌
　　　향수가어린다
　　　아! 여치뛰노는 들판에는
　　　송아지 우름도 처량햇다

　　　달두엄는 그믐밤
　　　풀버레 설게우는 논두렁을
　　　초롱들고 거러가면서
　　　풍기는 도향에 취하든고향,

안개처럼 아득한

북녘하늘을 우러러보며

피리불든 봄철에는

동경의 도회가 나를울렸다

눈물에저즌 향수가 어린다

향수가어린다

오! 여치뛰노는 들판에는

송아지 우름두 처량햇다.

「향수」 전문[9]

　이 시 역시 앞에서 살펴본 김사초의 시와 비슷한 형태미를 엿보인다. 첫 연과 마지막 연을 수미상관식으로 구성한 것이 그러하다. "눈물에 저즌 향수가어린다"를 1연에서는 두 행으로 처리한 것과는 달리 4연에서는 한 행으로 처리하고, 감탄사 "아"를 "오"로 바꿈으로써 약간의 변화를 준 것을 제외하고 첫 연과 마지막 연은 동일한 양상을 보인다.

　그리고 이 시의 본 내용을 이루는 3연과 4연은 각각 과거와 현재를 대비시켜 정서적 거리감과 상실감을 드러내고 있다. 3연에서는 칠흑같이 어두운 밤 초롱을 들고 가는 장면을 시각적 대조의 방법으로 제시하고 여기다가 풀벌레 소리와 "도향(稻香)"을 포갬으로서 시각적, 청각적, 후각적 이미지로 밤 풍경을 그려내고 있다. 다양한 이미지들

---

9 『조선일보』, 1938.6.6.

을 압축적으로 제시하고 있으나 이 부분이 보여주는 풍경은 다분히 시적 화자의 현재 심리 상태인 "처량"에 의해 착색되어 있어 고향이 풍기는 안온하고 풍족한 이미지와는 거리가 있다. 고향과 합일될 수 없는 시적 화자의 정서적 거리감은 3연의 첫 두 행인 "안개처럼 아득한/ 북녁하늘을 우러러보며"에서 확연히 드러난다. 고향을 생각하는 그에게 고향이 존재하는 공간인 "북녁하늘"은 "아득한"이나 "안개"라는 시어가 암시하듯이 결코 그 모습을 투명하게 드러내지 않는다. "동경(憧憬)의 도회"에서 시적 화자에게 가능한 것은 "피리부는" 행위로 은유되는, 즉 '향수'의 파괴성을 극복하려는 미적 행위로서의 시 쓰기이다.

위에서 살펴본 2편의 작품 외에도 '향수'를 노래한 수많은 작품들이 신문 학예면을 채우고 있다. 이런 경향은 1930년대 후반으로 갈수록 더욱 짙어진다. 이런 경향이 일제의 군국주의 정책과 조선적인 것의 해체 정책과 무관한 것일 수는 없을 것이다. 그러나 다른 한편으로는 '향수=시'라는 등식이 문법화되어 독자의 의식을 좌우했다는 사실도 무시할 수 없을 것이다. 노천명의 창작 활동 역시 이와 같은 분위기에서 이해될 필요가 있을 것이다.

3. 도시 생활과 향수

1) 향수의 정치성과 미학성

노천명은 황해도 장연군이 고향인 서도 출신이다. 그녀는 어린 시절 고향을 떠나 서울로 왔고, 6·25전쟁으로 인해 부산에 몇 년 간 거주한 것을 제외하고는 줄곧 서울 생활을 하였다. 그녀는 진명여고보 시절부터 창작 활동을 시작해 이화여전 재학 당시에는 본격적인 창작 활동을 펼쳤다. 그러나 그 당시의 작품은 시조 형식에다 회고적 정서를 반영한 것으로 자신만의 특색을 찾기 어려운 것들이다.

노천명의 작품 경향을 우리가 '향수와 고독의 시'라고 규정할 때, 고독한 생활 배경이 이러한 시의 창작을 가능케 했다고 볼 수 있다. 비교적 어린 시절부터 타향살이를 해야 했고, 20세 이전에 부모를 잃는 경험을 한 것은 그와 같은 성향을 조장하는 데 적지 않을 영향을 미쳤을 것이다. 그리고 이화여전 졸업과 동시에 시작한 신문사 생활은 스스로 고백하고 있듯이 그다지 원만한 것은 아니었다. 또한 그녀가 배운 영문학은 고독을 하나의 문학적 테마로 삼는 데 주요한 영향을 미쳤다고 하겠다. 그 중에서도 그녀가 관심을 두었던 C. 램, H. 아미엘의 수필은 노천명의 정신 형성에 적지 않은 영향을 미친 것으로 보인다. 특히 램의 경우 누이 메리를 보호하며 평생을 미혼으로 살아간 독신의 경험은 그녀의 문학과 삶에 영향을 미쳤을 것으로 보인다.

노천명의 대표작으로 알려져 있는 「사슴」은 자아의 고독을 절대적 경지로 부상시켜 놓은 작품으로 이 계열에는 「국화제」, 「반려」, 「귀뚜라미」, 「야제조」 등이 포함된다. 이들 작품은 사슴, 국화, 당나귀, 귀뚜라미, 새 등 자연물을 매개로 하여 자신의 고독과 슬픔을 의탁하고 있다.

고독은 노천명으로 하여금 상실감과 슬픔을 자기 작품의 지배적 정조로 내려앉게 하였을 것이다. 그러나 그녀는 감정의 절제를 통해서 상실감을 삭여낼 수 있는 장점을 가지고 있다. 상실감을 극복하기 위해 그녀는 낭만적 동경의 자세로 이국풍경을 상상하기도 한다. 「교정」, 「황마차」, 「동경」 등의 작품은 이러한 경향을 잘 보여준다. 흔히 일제강점 말기의 친일시와 더불어 그녀의 시에 대한 비판 대상으로 자주 등장하는 이 작품들은 식민지 시기 지식인 여성의 현실 무감각을 보여주는 작품으로 거론된다. 전문학교 교실의 나른한 오후를 배경으로 수업보다 이국 동경에 도취되었던 학창시절을 회고하며 그리움에 젖고 있는 「교정」은 잦은 감탄사와 더불어 호격 조사 "여!"로 인해 차분히 과거를 회상하는 것으로 시작되었던 이 시의 분위기를 들뜬 감상으로 종결짓는다. 또 간도 여행 체험을 바탕으로 쓴 것으로 보이는 「황마차」에서 시적 화자는 현실에 대해 무심한 듯 모든 것을 이국적 시각으로만 바라본다. "내 땅"에 대한 엄밀한 개념도 없고 만주 여행을 "아이들의 세간 놀음"보다 못한 것이라고 생각한다. 중일전쟁으로 전시체제가 형성되어가던 무렵의 시치고는 현실 무자각의 도가 지나친 감이 있다.

현실에 대한 이와 같은 무자각은 노천명이 일제 강점 말기 쓴 친일시의 배경이 될지도 모른다. 상실과 고립의 느낌이 가속화될 때 주체가 이를 보완하는 방법은 그 결핍감을 무엇으로든지 채우거나 타자와의 결속을 상상적 차원에서 확보하는 것이다. 그것이 한 편으로는 '향

수'의 상상적 대상으로 나타난 고향이고, '향수'의 상징적 대상으로 나
타난 국가(皇國)인 것이다. 흔히 파시즘을 고향과 국가의 동일성이라
는 측면에서 논의하기도 하지만 고향이라는 표상은 파시즘과 민족주
의 공히 그들의 공통 근거로 삼는 것이기도 하다. 이렇게 볼 때, 1930
년대 시에 무수히 등장하는 고향 이미지에 대해서는 섬세한 조망이
요구된다.

고향과 국가의 이와 같은 동일성은 노천명의 시에 대한 대립적 평
가를 산출하는 공통된 지반이라 할 것이다. 그러나 상실과 고립에 놓
인 주체가 모두 그녀와 같은 길을 걷는다고 볼 수는 없다. 그녀는 당
시에는 보기 드문 인텔리 여성으로서 국가에 의해 호명되기 쉬운 위
치에 놓여 있었다는 상황적 조건이 이에 결부된 것이다.

다만 여기서는 노천명 시에 대해서 대립된 평가를 가능케 하는 창
작의 지반을 보여주는 것이 요구될 뿐이다. 그렇다면 그녀의 시세계
에서 '향수'가 가지고 있는 정치적 함의를 밝히기 위해서라도 그 미학
적 지반을 살펴보는 것이 필요하지 않을까.

노천명은 고향을 둘러싼 과거의 풍경이나 사건, 인물, 풍속을 드러
낸다. 그것은 백석의 시에서와 마찬가지의 면모를 가지고 있다. 주관
적 감상과 동일시의 정조를 드러내기보다는 객관적 시점으로 구체적
인 면모를 객관적으로 서술하고자 한다. 따라서 서술시제도 과거형이
주로 나타난다. 감상을 최대한 배제한 과거형 시제로 표현된 고향의
풍경은 비록 그녀가 자란 황해도 장연에서의 기억을 복원한 것이지만
당대인 누구나 공감할 수 있을 정도로 보편화된 것이다. 「장날」, 「연
자간」, 「분이」, 「생가」, 「저녁」, 「수수 깜부기」, 「촌경」, 「잔치」, 「돌
잡이」 등의 작품이 그것이다. 물론 '향수'를 소재로 한 시의 다른 한편

에는 앞장에서 살펴본 것과 동일한 경향의 작품, 현재의 정서에 기반을 두어서 고향의 과거를 회상하며 감상에 젖는 시들도 있다. 「바다에의 향수」, 「술회」, 「성지」, 「망향」, 「향수」, 「저녁 별」 등의 작품이 그 것이다.

고향의 모습을 객관적으로 형상화하려는 시도를 보인 작품은 노천명의 시 중에서도 자주 주목을 받고 있다. 이것은 백석의 시가 주목받는 이유와 비슷하다. 고향의 이미지를 복원해냄으로써 민족공동체의 기반이 허물어지던 시대에 공동체적 연대와 일체감에 대한 시적 응전을 보여주었다는 것이다.[10] 백석의 경우 가장 두드러지는 것은 방언의 활용이다. 서북 사투리의 광범위한 활용은 해체되어 가는 공동체의 감각을 청신하게 일깨워주는 구실을 하였다. 그리고 각종 풍속과 음식을 둘러싼 공동체의 놀이 감각은 황국신민화 정책을 수동적으로 수용할 수밖에 없었던 당대 조류에 대한 강력한 반작용으로 이해될 여지가 있다.

백석과 비슷한 출신 지반을 가지고 있던 노천명 역시 서사적인 문체로 사라진 고향의 풍경을 주조해냈다. 그녀의 시세계에서 과거는 현재나 미래와 동일한 시간 선상에 놓인 것이 아니다. 과거는 철저히 과거로서 고립되어 있고, 현재는 과거에 고착되어 있다. 따라서 참다운 의미에서 현재는 존재하지 않는다. 현재는 고립과 상실의 시간이다. 그리고 현재는 미래와의 의미 있는 결합으로 발전하지 않는다. 이처럼 철저한 고립과 상실은 시인이 놓인 장소 역시 무화시킨다. 그녀의 시에서 시적 화자가 서 있는 장소는 배제되어 있다. 그것은 시적

---

10 김현자, 「노천명 시의 양가성과 미적 거리」, 『한국시학연구』 2집, 한국시학회, 1999,
   34~35쪽.

화자가 머물고 있는 공간이 안락하고 편안한 공간이 아니라는 사실을
의미하는 것이다.

2) 고립된 자아의 풍경

　노천명 시에 자주 등장하는 시간과 공간으로서의 고향은 부재하는
정체성의 회복을 욕망하는 자아의 지속적 운동으로 이어진다. 급격
한 사회문화적 변화의 시대를 살았던 그녀로서는 세속화되어 가는
세계의 혼돈을 극복할 수 있는 유일한 방법은 자기 나름의 방식으로
개인적 과거를 탐구하고 그곳에서 자아의 정체성을 회복하는 길이
다. 1930년대와 같은 혼돈의 시기는 타락과 불투명으로 이해되는 현
재 이후의 삶을 전망할 길이 보이지 않는 시기였으므로 그와 같은 대
응 방식은 비단 그녀뿐만 아니라 많은 사람들에게 지속적인 영향을
주었다. 노천명과 비슷한 전략을 취했던 백석이 우선 그러하고 서정
주와 김동리 같은 반근대주의자들 역시 그러했다. 1930년대 후반 맹
위를 떨쳤던 전통론은 사상적 혼돈에 대한 시대적 요구에서 비롯된
것이라 하겠다. 이런 흐름들은 1930년대 식민지 사회 속의 개인들을
스티븐 컨이 말한 "과거에 붙들려 사는 사람들, 그래서 현재와 미래
를 희생하며 살아가는 사람들"[11]에 비유하는 것을 가능케 한다.

　　대추 밤을 돈사야 추석을 차렸다
　　이십 리를 걸어 열하룻장을 보러 떠나는 새벽

---

11 스티븐 컨 저, 박성관 역, 『시간과 공간의 문화사 1880~1918』, 휴머니스트, 2005, 105쪽.

막내딸 이쁜이는 대추를 안 준다고 울었다.
절편 같은 반달이 싸리문 위에 돋고
건너편 성황당 사시나무 그림자가 무시무시한 저녁
나귀 방울에 지껄이는 소리가 고개를 넘어 가차워지면
이쁜이보다 찹쌀개가 먼저 마중을 나갔다.

「장날」 전문12

「장날」은 추석을 앞둔 어느 날 새벽부터 그날 저녁까지의 풍경을 그려내고 있다. 이 시에서 시간은 두 부분으로 나뉜다. 첫 3행까지가 새벽의 풍경이라면, 나머지 행은 그날 저녁의 풍경이다. 노천명은 서술 대상과의 거리를 엄격히 유지한 채 행동과 분위기를 객관적으로 묘사하고 있다. 모든 행위의 시제를 과거형으로 서술함으로써 서술 대상인 풍경은 선명히 드러난다. 추석을 앞두고 대추나 밤 같은 작물을 장에 내다팔아서 명절을 나던 전근대의 농촌 풍습을 이 시는 압축적으로 잘 묘사하고 있다. 이 시에서 어른들의 행위가 지닌 사회적 의미를 이해하지 못하고 순수한 욕심에 투정을 부리는 막내딸 "이쁜이"의 모습은 교환관계로부터 자유로운 순수의 상징이다. "이쁜이"는 투정을 부리다가도 아버지가 돌아오는 저녁엔 어느새 투정부렸던 기억조차 잊고 "아버지"를 반갑게 맞이한다. 가난과 인정이 어우러진 과거 풍경의 하나를 노천명은 "장날"이라는 특정한 시간에 맞춰 묘사하고 있다.

특성 없는 시간이 아닌 풍성한 풍속의 시간으로 묘사의 시점을 놓

___
12 『노천명전집1』, 솔, 1997, 51쪽. (이하 『노천명전집1』, 쪽수'로 약칭함.)

았다는 것은 노천명에게 있어 기억은 M.프루스트 풍의 무의지적인 기억이 아니라 대단히 의지적인 기억이라는 점을 암시한다. 그러나 이 시에서 시적 화자의 역할은 철저히 객관적이다. 주관적 정서를 표출한 부분이 보이지 않을 정도로 시적 화자는 시적 공간 속을 벗어나 있다. 따라서 시적 화자에게 있어 그녀가 바라본 풍경이 어떤 위상을 가지고 있는지는 단정할 수 없다. 그녀가 그려낸 이런 풍경이 유토피아적인 것인지는 모호하다.13 다만 그녀는 이 시에서 고립된 개인으로서 가질 수 없었던 타자와의 연대성을 희미하게나마 회복하려는 시도를 보여주고 있다. 작품 속에 "아버지"로 추정되는 존재가 그 모습을 보이지 않고 희미한 흔적으로만 드러나는 것은 "이쁜이"가 선명하게 부각된 것과는 묘한 대조를 이룬다. 이것은 그녀에게 있어 회고의 작용이 가진 유토피아가 부성의 결락이라는 가족사적 어둠을 완전히 몰아내지 못한 것임을 보여준다.

이처럼 노천명의 시에 등장하는 인물은 흥성스러운 연대의 풍경을 연출하는 집단의 일원이 아니라 고립된 개인으로서 고독을 운명적 조건으로 거느린 인물로 등장한다. 그녀의 대표작으로 꼽는 「남사당」에 등장하는 주인공 역시 그와 같은 존재이다. 그것은 어쩌면 그녀가 자신의 존재감을 드러내기 위해 설정한 페르소나 같은 것일지도

---

13 김은정은 노천명의 시에 등장하는 고향을 유토피아적 공간이라고 보고, 그 원인으로 노천명의 현실부적응을 꼽고 있다.(김은정, 「노천명 시의 창작방법 연구-전반기 시를 중심으로」, 『비평문학』 18호, 한국비평문학회, 2004, 38쪽.) 현실부적응이 과거로의 지향을 유도할 수는 있겠지만, 과거의 고향이라고 해서 그것이 고립과 상실의 반대 표상, 즉 연대와 회복의 표상이라고 단정할 수는 없지 않을까. 왜냐하면 의식이 과거로 향한다는 것과 의식이 포착해내는 대상이 어떠한 것인가는 서로 다른 문제라고 할 수 있기 때문이다. 과거로 향한 의식이 포착하는 대상을 전적으로 유토피아적 표상이라고만 할 수는 없다.

모른다.

　나이 갓마흔에도 장가를 못 간 칠성이가
　엄백이 짚신을 삼는 사랑 웃구들에선

　저녁마다 몰꾼들이 뫼고
　고담책 읽는 소리가 들리고

　밤이 이슥해 찹쌀개가 짖어서 보면
　국수들을 시켰다

「저녁」 전문14

　이 시에는 농촌 저녁의 풍경이 그려져 있다. 농촌의 하층민들은 고된 노동을 끝낸 뒤 사람들과 모여 이야기의 세계에도 빠지고 밤늦어 출출하면 국수로 시장기도 달랜다. 시적 화자의 시선에 포착되는 농촌 사랑방의 풍경은 매우 평온하면서도 은근히 정이 묻어나는 아늑한 공간이다. "저녁마다"라는 시어는 이와 같은 풍경이 일시적인 것이 아니라 지속적인 것임을 드러내준다. 이로써 고향의 저녁 시간은 시간적인 흐름과 무관하게 지속되는 항구적인 시간, 즉 일상의 기계적 시간이 멈춰버린 영원의 시간이 된다. 그 시간을 구성하는 것은 "고담책"과 "국수"로 표상되는 무시간적인 연속성의 세계이다. "고담책"은 전설이나 설화의 세계, 즉 인간사의 변천과 무관하게 인간의 삶을 규

14 『노천명전집1』, 85쪽.

정하는 원형적 사건의 세계이다. "국수" 역시 인간의 원초적 생명력의 회복을 가능케 하는 먹을거리다. 이들은 모두 풍요와 생명의 상징이다. 그러나 마흔 살이 넘은 노총각 "칠성이"는 그와 같은 풍요와 생명으로부터 일정 거리를 둔 위치에 있다. "고담책"과 "국수"는 "몰꾼들"의 것일 뿐, "칠성이"는 풍요와 생명의 축제를 벌이는 공간에서도 "엄백이 짚신을 삼는" 노동과 고립을 지속하고 있기 때문이다. "칠성이"의 이와 같은 고립된 노동은 노천명 자신의 현재적 상황을 암시적으로 드러낸 것이라고 볼 수 있다.

　노천명의 시에 등장하는 고향의 풍경은 전적으로 충족된 상황에 대한 묘사는 아니다. 위에서 살펴본 것처럼 그녀의 시를 구성하고 있는 두 개의 대립된 표상은 항상 화합이나 합일의 지향과 고립된 현실이 충돌하는 지점을 동시에 드러내고 있다. 따라서 그녀의 시에서 고향의 풍경은 "비극적 현재/행복했던 과거"라는 단순한 이항대립으로 단정할 수 있는 성질의 것은 아니다. 과거 고향의 풍경 속에서 우리는 그녀의 '현재'를 규정하는 전제 조건인 고립이 새로운 표상으로 자리하고 있음을 알 수 있다.

3) 일상의 평화와 회상의 순간성

　노천명에게 있어 고향의 기억을 상기하는 행위가 가지는 의미는 위에서 본 것처럼 현재의 조건을 상징적으로 투사하는 행위인 것만은 아니다. 그녀는 자신과 등치될 수 있는 페르소나를 등장시켜 자신의 고립이 타자와의 연대를 통해 어떻게 극복될 수 있는 것인가를 탐구한다. 그것은 인위적인 상징적 조작을 가하지 않고 과거를 회상하는

방식이다. 기억은 현재의 관심에 따라 인위적으로 조작될 때 그 순수
성을 잃고 만다. 무의지적 기억의 순간에서야말로 기억의 가치는 빛
나는 것이기 때문이다. 프루스트가 마들렌 과자의 기억을 통해 과거
를 자신의 현재 속으로 포섭할 수 있었듯이 노천명에게 있어서도 기
억의 순수성은 감각의 무의지적 회복을 통해서만이 가능하다. 그리고
그 과정에서 회상의 주체인 자신을 철저히 배제함으로써 감각적 회복
은 활성화된다.

> 삼밭 울바주엔 호박꽃이 회한한 마을
> 눈 가린 말은 돌 방아를 메고
> 한종일 연자간을 속아 돌고
> 치부책을 든 연자지기는 잎담배를 피웠다
>
> 머언 아랫말에 한나절 닭이 울고
> 돌배를 따는 아이들에게선 풋냄새가 났다
> 밀을 찧어가지고 오늘 친정엘 간다는 새댁
> 대추나무를 쳐다보고도 일없이 좋아했다
>
> 「연자간」 전문15

이 시에는 서술하는 주체로서의 나는 철저히 시적 화자의 기능에
머물러 있다. 시적 화자는 의식의 한편에 남아 있는 과거 고향 마을
연자간의 풍경을 묘사하고 있다. 1연에서는 눈을 가린 채 연자방아를

---

15 『노천명전집1』, 52쪽.

돌리는 말, 그리고 그 말을 놀리며 한가롭게 담배를 피우는 "연자지기"가 만들어내는 고향 마을의 평화로운 일상이 단적으로 드러나고 있다. "한종일"이라는 시어는 그와 같은 평화가 지속적인 성질의 것임을 강조하고 있다. 2연에서는 1연에서 제시된 평화로운 일상의 고요를 깨트리는 몇 가지 이미지나 사건을 제시하고 있다. 2연 1행의 닭울음은 "머언"이라는 거리감과 "한나절"이라는 시간 감각으로 인해 고향 마을의 일상적 고요를 확대하고 있다. 노천명에게 있어 고향 마을의 평화로운 일상은 자신이 유년기에 경험했던 원초적 평화의 풍경으로서 그것은 숨 가쁘게 돌아가는 현재의 부산스러움과 대비되는 이미지이다. 돌배를 따는 아이들에게서 맡을 수 있었던 "풋냄새"는 그 장면을 바라보아야만 했던 자신의 고립감을 강하게 환기시킨다. 천진한 아이들의 순수한 놀이와 근친에 대한 설렘을 안고 있는 새댁의 모습은 한때 시적 화자의 일상을 차지했으나 더 이상 볼 수 없게 된 것들을 강렬하게 상기시킨다.

이 시의 또 다른 특징은 이 시가 그려내는 풍경이 생명과 풍요의 이미지를 내재하고 있다는 점이다. 초반부의 연자간 풍경은 자연으로부터 거둬들인 수확물을 생명의 자양분으로 가공하는 장소이다. 따라서 연자간은 고향 마을에 있어 생명의 중심 장소이다. 담뱃대를 한가롭게 물고 있는 "연자지기"는 생명을 주관하는 신의 모습이다. 1연이 이처럼 상징화된 성스러운 공간이라면 2연은 그와 같은 생명이 평범한 촌민에게 전이되어 결실을 누리는 모습이 드러나고 있다. 돌배를 따는 "아이들"이나 밀을 찧어 근친할 기대에 설렌 "새댁"의 모습이 바로 그것이다.

노천명이 이 시에서 그려낸 풍경은 적어도 그녀 자신으로서는 더 이상 접촉할 기회를 잃어버린 경험의 공간이다. 여기에는 장영희의 지적처럼 "전통적인 민중의 삶의 현장에 대한 애틋한 연민의 정"16이 드러나지 않는 것은 아니다. 그러나 노천명이 민중적 삶에 대한 "연대 의식"의 소유자라고 판단할 만한 것은 잘 드러나지 않는다. 앞에서 살펴본 「저녁」 같은 시에서도 그 시에 등장하는 인물들은 분명 당대의 민중으로 불릴 수 있는 존재들이지만 그녀에게 있어 중요한 것은 "칠성이"로 표상되는 자아의 고독이었다. 그러할 때 "몰꾼들"은 "칠성이"의 고독을 드러내는 배경으로서의 의미 이상을 가지지 못한다. 이런 점이 백석과 그녀의 시세계를 차이지우는 양상이라고 할 것이다.

노천명 시에서 공간적 상상력의 핵심은 아무래도 시적 화자가 한때 정주했던 공간인 고향집이라고 할 것이다. 누구나 고향을 떠올릴 때면 고향집부터 떠올리게 된다. 「생가」는 노천명 시에서 이와 같은 특징을 잘 드러내 준다.

뒤 울안 보루쇠 열매가 붉어오면
앞산에서 뻐꾸기 울었다
해마다 다른 까치가 와 집을 짓는다는
앞마당 아라사 버들은 키가 커 늘 쳐다봤다

아랫말과 웃동리가 넓어뵈던 촌에선
단오의 명절이 한껏 즐겁고……
모닥불에 강냉이를 튀먹던 아이들

---

16 장영희, 「노천명 시의 전통성 연구」, 『청람어문학』 16권, 청람어문교육학회, 1996, 63쪽.

곧잘 하늘의 별 세기를 내기했다

강가에서 개(川) 비린내가 유난히
풍겨오는 저녁엔 비가 온다던
늙은이의 천기 예보는 틀린 적이 없었다

도적이 들고 난 새벽녘처럼 호젓한 밤
개 짖는 소리가 덜 좋아
이불 속으로 들어가 묻히는 밤이 있었다

「생가」 전문17

1연은 생가의 구체적 모습보다는 생가 앞뒤의 모습을 주로 묘사하고 있다. 자연의 섭리를 알 리 없는 순진한 시적 화자에게 있어 "보루쇠 열매"와 "뻐꾸기"의 상관성, "까치"와 "아라사버들"의 상관성은 이해 밖의 일처럼 서술되어 있다. 이와 같은 순진무구한 시선은 회상의 가능성을 열어놓는 전제조건이다. 2연에서는 생가라는 공간에 대한 묘사로부터 갑자기 고향 마을의 시간에 대한 서술로 변한다. 노천명은 단오가 있는 늦봄과 늦여름의 마을 풍경을 서술적으로 묘사하고 있다. 2연 2행에서 그녀는 단옷날의 풍경을 선명하게 묘사하지 못하고 "한껏 즐겁고……"라는 다소 서술적인 표현으로만 묘사하고 있다. 그리고 그 표현마저도 제대로 끝맺지 못하고 있다. 이는 단옷날의 풍경을 선명하게 묘사하기에는 그것이 그녀의 이해와 표현력을 넘어서

---

17 『노천명전집1』, 68쪽.

기 때문이다. 노천명은 시적 화자의 순진무구한 시선을 이 시에서 일
관되게 유지하고 있다. 3연에서 시적 화자는 늙은이의 천기예보가 가
진 신비한 판단력에 대한 어린이다운 놀라움을 드러내고 있다.[18] 이
부분은 1연의 "해마다 다른 까치가 와 집을 짓는다는/ 앞마당 아라사
버들"처럼 순진무구한 시선을 드러냄으로써 시적 화자가 펼쳐내는 세
계의 순수성을 강화시키는 기능을 하고 있다. 4연에서는 2연의 한낮,
3연의 저녁에 이어 밤을 시간적 배경으로 설정하여 어린이가 갖는 천
진한 공포가 드러나고 있다.

　이처럼 노천명 시 중 특정한 공간을 시적 대상으로 설정한 경우에
도 시상 전개에 있어서는 시간적 변화를 그 고리로 삼고 있음을 알 수
있다. 이것은 '향수'가 공간적 지향이라기보다는 시간적 지향에 가까
움을 보여주는 것이다. 지금까지 그녀의 시에서 드러난 시간은 전통
적 농경 사회의 일상을 반영하는 보편적인 시간대에 해당한다. 거기
에는 특별한 기쁨이나 흥분은 드러나지 않으며, 지속적인 행위의 평
화로움이 시적 정조로 드러나고 있다. 그러나 그녀의 시에서 시간적

---

18 이 부분은 노천명이 애독했던 작가 중 한 사람인 도쿠토미 로카(德富蘆花)의 수필에 나
오는 부분과 매우 유사하다. 그는 동양적 자연미를 테마로 한 수필을 많이 쓴 작가로서
노천명의 문학 세계를 형성하는 데 있어서 적지 않은 영향을 미친 것으로 보인다. 그의
글 중 노천명의 이 시와 관련된 부분은 그가 1900년에 발간한 수필집『자연과 인생』중
"사생첩"이라는 제하에 수록된「여름의 흥」의 6이다. 관련된 부분을 인용하면 다음과
같다. "그날도 어른, 아이 해서 3, 4명이 바다낚시를 나갔다. 때가 지나자 후지의 이편
에서 맴돌던 구릿빛 뭉게구름 속에서 우르릉 하고 우렛소리가 울려나왔다. 그러면서도
바다는 조용하고 물결하나 움직이지 않는다./ 소나기가 올 것 같다고 사공이 말을 해서
오오시마(大島) 쪽을 돌아보았으나 우리 눈에는 아무것도 보이지 않는다. 사공은 여전
히 지평선 쪽을 바라보다가 "온다, 온다, 비가 와요, 비가 와"하고 말한다./ 과연 지평선
쪽이 캄캄해지고, 십 리쯤 저편을 달리고 있던 배가 낭패하여 돛을 끌어내리고 있는데
보니 그 근처의 바다는 구름이 꽉 잡혀있다.(…)" 도구토미 로카 저, 진웅기 역,『자연
과 인생』, 범우사, 2003, 64~65쪽.

지향은 일상적이고 지루한 시간에만 한정되지 않는다.

4) 축제의 시간과 위장된 풍경화

　노천명은 노골적으로 '향수'의 정서를 독자에게 강요하지 않는다. 그것은 저널리즘에 실린 독자 투고 시에서 보이는 감탄사와 현재시제와는 달리 그가 서사적 문체와 과거시제를 고집한 결과이다. 그러나 그가 그려낸 시간과 공간, 인물은 분명 '향수'의 매개체 역할을 하고 있다. 다만 '향수'라는 정서적 상태는 시적 대상의 매개를 거쳐 내면화된 울림을 통해 독자에게 전해질 뿐이다. 이것은 백석과 노천명이 공유하는 시세계의 특징이다. 그들은 모두 세련된 문화의 도시 경성에서 고향을 노래했다. 그들이 노래한 고향은 도시가 부가하는 신경쇠약과 피곤으로 조락하는 근대문화의 파괴성을 극복할 수 있는 유토피아적 표상이다. 백석은 유토피아적 공간에다가 자신을 동참시킴으로써 원시성에 흥겹게 동참할 수 있었으나, 노천명은 원시성을 철저히 인류학자의 냉정한 시선으로 포착하고 있다.[19] 고향의 풍경 그 어디에도 그의 자아는 흥겹게 동화될 수 없다.

　노천명 시에서 마을이나 친족 공동체의 구성원들이 한 자리에 모여 흥겹게 즐기는 축제의 순간에도 노천명 시의 시적 화자는 고립되어 있다. 흔히 공동체적 연대의 풍속을 그려낸 시로 평가받는 「잔치」나 「돌잡이」 같은 시는 기존의 시각과는 새로운 자리에서 주목해볼 필요

---

19 노천명 시에 드러나는 이와 같은 성격에 대해서 이인복은 노천명이 "문화인의 자세와 의식으로 원시성의 시골을 하나의 정신적 사치로 거느리려는 의도"라고 설명한 바 있다. 이인복, 「노천명론」, 『비평문학』 창간호, 한국비평문학회, 1987, 255쪽.

가 있는 시들이다. 노천명이 그려내는 축제의 시공간이 교묘하게 자
아의 고립을 은폐하면서도 드러내고 있기 때문이다.

> 호랑 담요를 쓰고 가마가
> 웃동리서 아랫몰로 내려왔다
>
> 차일을 친 마당 멍석 위엔
> 잔치 국수상이 벌어지고
>
> 상을 받은 아주마니들은
> 이차떡에 절편에 대추랑 밤을 수건에 쌌다
>
> 대례를 지내는 마당에선
> 장옷을 입은 색씨보다도 나는
> 그 머리에 쓴 칠보족두리가 더 맘에 있었다.
>
> 「잔치」 전문[20]

「잔치」는 전통 혼례의 모습을 서사적 필치로 그려낸 시이다. 1연에
서는 혼례를 치르기 위해 신부가 가마를 타고 혼례장으로 이동하는
모습을 묘사하고 있다. 우리나라에서는 예로부터 신부가 탄 가마 위
에 호랑이 그림을 수놓은 담요를 덮는 관습이 있었는데 1연에서는 호
랑담요를 두른 가마의 모습이 인상적이다. 그리고 2~3연은 축하객들

---

20 『노천명전집1』, 89쪽.

로 부산하고 각종 음식들이 그득한 혼례장의 풍성하고 흥분된 광경을 그려내고 있다. 4연은 혼례를 치르는 순간 신부의 모습에 대한 시적 화자의 시선을 묘사하고 있는데, 신부를 바라보는 시적 화자의 관심을 사로잡은 것은 신부의 고운 자태나 혼례에 대한 환상이 아니라 신부의 머리를 장식한 "칠보족두리"이다.

이 시는 혼례의 과정을 '신부의 이동-혼례장의 풍경-혼례 순간의 신부 모습' 이 세 장면으로 압축적 묘사를 시도하고 있다. 시적 화자 역시 혼례장 한편에서 그 장면을 구경하고 있다. 대개의 경우라면 혼례의 당사자인 신부에 주목하는 것이 당연하겠지만, 이 시의 시적 화자는 "칠보족두리"에만 온통 관심을 쏟고 있음을 두드러지게 드러내고 있다. 이와 같은 서술은 노천명 시의 기축을 형성하는 하나의 갈등, 즉 공동체로 편입되고자 하지만 다른 한편으로 자신만의 고독을 향유하고자 하는 욕망의 길항을 드러내고 있다.

이런 시각에서 볼 때 이 시는 공동체 전체의 집단적 기억으로 상기될 수 있는 것이면서도 자아의 견고한 틀을 유지하는 개인적 기억을 함유한 풍경을 드러내고 있다고 할 것이다. 그것은 독신으로서의 노천명에게 있어 혼례로 상징되는 공동체적 합일을 벗어나 고립의 상징인 "칠보족두리"의 세계에 대한 내면적 지향을 투사한 위장된 풍경화라고 할 것이다. 이와 같은 위장된 풍경화의 세계는 아래에서 살펴볼 「돌잡이」를 해석할 수 있는 새로운 시선이 된다.

수수경단에 백설기 대추송편에 꿀편
인절미를 색색이로 차려놓고

책에 붓에 쌀에 은전 금전
갖은 보화를 그뜩 싸논 돌상 위에
할머니는 사리사리 국수 놓시며
할아버진 청실 홍실을 늘려 활을 놔주셨다

온 집안 사람의 웃는 눈을 받으며
전복에 복건 쓴 애기가 돌을 잡는다

고사리 같은 손은 문장이 된다는 책가를 스쳐
장군이 된다는 활을 꽉 잡았다.

「돌잡이」 전문21

이 시는 유아의 돌잔치 장면을 묘사하고 있다. 각종 음식을 그득히
차려놓은 돌잔치의 절정은 아무래도 유아의 장래를 점쳐 볼 수 있는
"돌잡이"의 순간일 것이다. 아이가 무엇을 집는가에 따라 그 아이의
일생이 결정된다는 믿음을 갖고 있는 돌잔치의 손님들은 그 절정의
순간을 기다리며 갖가지 상징물을 정성스럽게 진열한다. 책, 붓, 쌀,
은전, 금전, 국수, 실, 활 등 다양한 물건들은 그 나름의 상징적 의미를
가지고 있다. 책이나 붓, 먹 등 문방구는 학문이나 명예를, 쌀이나 돈
은 부를, 무명실이나 국수는 무병장수를, 활이나 화살은 무예를 상징
한다. 이 시의 1~2연은 잔치의 준비과정을, 3연은 아이가 물건을 집는
순간을, 그리고 마지막 4연은 아이가 잡은 물건을 서술하고 있다. 주

---

21 『노천명전집1』, 94쪽.

인공 아이는 "문장"을 상징하는 책이 아니라 "장군"을 상징하는 활을 잡는다.

이 시가 묘사하고 있는 "돌잡이"의 풍습은 우리나라 고유의 정신세계를 보여주는 독특한 풍습이다. 그렇다면 이 시의 주인공 격인 "전복에 복건 쓴 애기"는 누구일까. 만약 이 시구에 주목하지 않는다면 이 시는 노천명 자신의 이야기라고 생각할 수도 있다. 그러나 돌잔치상의 아이에게 전복이나 복건을 씌우는 풍습은 사내아이의 경우라는 점을 생각해보면 이 시의 주인공을 단순히 유아기의 노천명이라고 생각하는 데는 무리가 있다. 자신의 돌잔치 풍경을 기억할 수 있는 사람은 있을 수 없기 때문이다. 그렇다면 이 아이는 노천명과 관련 있는 손아래뻘 친족일지도 모른다. 그럼에도 불구하고 이 시가 그려낸 풍경은 마치 노천명의 유아기 기억에 대한 회상이라는 인상을 심어준다. 이것은 잔치의 풍경을 묘사한 「잔치」에서와 마찬가지로 「돌잡이」 역시 노천명 자신의 내면적 지향을 드러내는 위장된 풍경화이기 때문이다.[22] 「돌잡이」에서 그려내고 있는 위장된 풍경화 속에서 우리가 포착할 수 있는 노천명의 내면적 지향은 시상이 절정에 이르는 마지막 연에서 암시적으로 드러난다. 시적 화자의 관심은 주인공 아이가 무엇을 집을까에 집중되고 있는데, 아이는 "책가"를 지나 "활"을 잡는다. 이때 사용된 "꽉"이라는 부사어는 아이의 운명에 부여된 필연성을 강조하고 있다. '문'보다 '무'를 강렬하게 지향하는 아이의 모습은 어찌 보면 노천명 자신이 '문학(文)'을 택했기 때문에 어쩔 수 없이 휘둘리

---

22 구창남은 이들 시를 우리 전통의 숨결을 담아낸 혜원의 풍속화같은 작품이라고 보고 있다.(구창남, 「노천명의 시세계」, 『한민족어문학』 11집, 한민족어문학회, 1984, 10쪽) 이런 시각은 이들 시를 해석하는 지배적인 시각으로 자리 잡고 있다.

게 된 '친일적 글쓰기(武)'의 굴욕을 벗어나고자 하는 내면적 지향을 응축한 가족로망스의 산물이라 할 수 있지 않을까.

4. 결론

노천명은 식민지 시기 대표적인 여성시인으로 주목할 만한 수작을 많이 내놓은 시인이다. 그럼에도 불구하고 그녀의 시에 대한 연구 성과는 그다지 많지 않은 편이다. 한때는 용공 혐의 때문에, 최근 들어서는 일제 강점 말기의 친일적 글쓰기와 행동이 멍에가 되고 있다. 일제 강점기에 주목받는 인사로 나섰던 이들치고 친일의 멍에에 구속받지 않았던 사람이 없었을 정도로 많은 문인, 예술가들이 그와 같은 이력을 지니게 되었다. 그러나 친일 이력이 한 인간의 인생과 예술을 바라보는 색안경이 되어서는 곤란하다. 그것은 또 다른 의미에서의 편견을 노출할 수 있기 때문이다.

이 글에서는 노천명의 시적 성과가 결집되어 있다고 판단되는 고향의 풍경을 다룬 시들을 중점적으로 검토해 보았다. 그녀의 시세계가 지닌 고유성을 해명하기 위해 대중적 차원에서 이해된 '향수'의 의미를 먼저 밝히고, 흔히 비교 연구의 대상이 되는 백석 시와의 차이를 확인한 바탕에서, 그녀의 시에서 표출된 '향수'와 고향의 의미에 대해 집중적으로 검토해 보았다.

우리가 상투적으로 갖고 있는 '향수'의 의미는 본질적으로 확대될 수 있는 성격의 것이며, 고향을 다룬 시가 모두 '향수'의 유토피아적 표상으로 착색된 것은 아니다. 이 글에서는 기존의 연구에서 '고향=향수=유토피아'라는 등식 하에서 다뤄진 노천명 시에 내재된 이중성, 내면과 외면의 불일치에 주목함으로써, 궁극적으로는 그녀가 시에서 그려낸 고향의 풍경이 내면적 지향을 위장한 풍경화의 세계라는 점을 해명하고자 하였다.

이것은 노천명이 가진 사회적 조건인 탈향, 여성, 문인, 피식민지인으로서 가질 수밖에 없었던 정체성의 혼돈에서 기인된 것이다. 이와 같은 조건의 복잡성은 그녀로 하여금 정작 고향의 풍경을 그려내면서도 고향이 줄 수 있는 유토피아적 충족감을 온전히 경험할 수 없는 비극적 비전으로 그의 시를 착색하게 하였다. 따라서 우리는 그녀의 시를 공동체적 연대와 고립 사이에서 길항할 수밖에 없었던 1930년대 여성문인의 위치를 극명히 드러내는 위장된 풍경화로 자리매김할 수 있을 것이다.

6장

김종한 시에 나타난
전쟁의 수사와 경계인의 자의식

1. 서론

　김종한은 일제 강점 말기 대표적인 친일 문학가 중 한 명으로 알려
져 있다. 그는 일제 강점 말기 대표적인 문예지『문장』을 통해 등단한
신세대 시인 중 유일하게 친일 행적을 보인 인물로도 알려져 있다.
『문장』등단 이전인 1930년대 중반부터 꾸준히 각종 지면을 통해서
작품을 발표할 만큼 그는 비교적 이른 시기부터 꾸준히 시 창작에 매
진했다. 그는『문장』추천 이후 평론으로 글쓰기 영역을 확장하여 당
대 대표적인 시인들인 임화, 김기림의 시적 경향을 비판하고 순수시
를 주장하기도 했다. 정지용, 백석은 그가 유일하게 옹호한 몇 안 되
는 시인들로, 특히 그 중 정지용은 그가 굳이 추천 과정을 밟으려 할

만큼 존경하며 사숙했던 시인이다.

김종한은 일본대학 수학과 부인화보사 근무로 이어지는 4년 남짓의 동경 생활을 정리하고 1942년부터 그 이듬해까지 최재서와 함께『국민문학』편집자로 활동한 바 있고, 이후『매일신보』기자로 근무하게 된다. 순수시를 주창한 바 있는 그의 이런 태도 변화는 적어도 1940년 경부터 시작된 것으로 보이는바, 친일 행적은 그가 급서한 1944년까지 지속되었다.

일본과 식민지 조선에서 편집자나 기자로 활동하면서 김종한은 적지 않은 분량의 시편을 남겼다. 그러나 그의 시편들을 살펴보면, 변화 이전인『문장』시대의 작품들은 물론이거니와『국민문학』시대의 작품들 중에 범상치 않은 것들이 많다. 전자의 경우 그것은『문장』추천이 단적으로 암시하듯이 당대 신세대 시인들의 작품들 중에는 수준급에 속하는 것이었다. 그리고 후자의 경우 그것은 전승일지를 방불케 하던 당대의 상투화된 친일시와는 일정한 거리를 두고 있음을 확인하게 된다. 이와 같은 특징은 그의 시가 항상 그 나름의 투철한 시관에 기반을 두어서 씌어졌다는 데서 그 연원을 찾을 수 있을 것이다. 따라서『문장』에서『국민문학』에 이르기까지 펼쳐진 그의 시 세계에 대한 해명은 일제 강점 말기 시문학사의 핵심적 국면인 당대 문학자들의 전시체제 대응 양상에 대한 검토 작업이기도 하다.

일제 강점 말기 시문학사에서 차지하는 김종한의 무게에 비해서 이제까지의 논의는 매우 소략한 편이다. 그동안 그의 글을 체계적으로 수집하고자 하는 국내의 노력은 거의 없었다고 봐도 좋을 것이다. 시와 평론, 수필 등을 비롯해 결코 적지 않은 분량의 글이 발표되었음에도 불구하고 그의 글들은 대표작 중심으로 단편적으로 소개되었을 뿐이다.[1] 그러다가 그의 면모가 제대로 알려지게 된 것은 일본 측의 노력에 의해서이다. 일본의 한국근대문학 연구자들이 중복된 글들까지도 하나하나 서지를 밝히면서 수집한 그의 글들이 한 권의 두툼한 전집으로 묶여져 나온 것은 2005년의 일이다.[2] 그에 대한 이들의 접근 방향이 그 당시 국내의 그것과는 다소 다른 것이 사실이나, 그에 대한 연구가 본격화되는 결정적 계기를 마련해줬다는 점에서 그들의 작업은 높이 평가되어야 할 것이다. 전집 발간 이전 국내 논의는 임종국의 『친일문학론』(1966)을 제외하면 2005년까지 거의 없었다고 해도 좋을 정도다.

2005년부터 현재까지 발표된 김종한에 관련된 본격적인 논의는 국내외를 통틀어 10여 편 남짓에 지나지 않는다. 藤石高代, 고봉준, 박호영, 심원섭, 윤대석, 윤은경, 정종현, 허윤회 등이 그에 관한 글을 발표했다.[3] 기존 연구에 대한 상세한 논평을 할 수는 없지만[4] 전반적으로 살펴볼 때, 『국민문학』 시대의 시와 평론에 초점을 맞춘 논의가 두드러지는 양상을 보인다. 이는 김종한이 시인이자 평론가로 특히 『국민문학』 편집자로 활동하면서 당대 논단을 주도했다는 사실에서 연구자들이 무시 못 할 무게감을 느낀 탓이라고 생각된다.

기존 연구들이 작품 분석을 전혀 시도하지 않는 것은 아니지만 비교적 작품 분석은 소략한 편이며, 작품 분석을 시도하더라도 친일문학이나 국민문학이라는 선입견이 사로잡혀 면밀한 분석 과정을 생략한 채 그런 틀에 작품들을 가두는 듯한 인상을 지우기 어렵다. 이런 현상은 비단 김종한의 경우에만 국한되는 것은 아니며, 대체로 평론

---

1 김광림이 편찬한 『박남수 · 김종한』(지식산업사, 1982)이 대표적이다.
2 藤石貴代 · 大村益夫 · 沈元燮 · 布袋敏博 編, 『金鐘漢全集』, 東京 : 綠蔭書房, 2005.

을 겸한 시인을 다룰 때 흔히 빚어지는 현상이다. 특히 친일문학자라
는 선입견이 강하게 들씌워져 있는 경우 시를 폄하할 가능성은 여타
의 경우보다 한층 높다.

　김종한은 여타의 친일시인과는 달리 순수시의 논리를 가지고 창작
을 시작했고, 『국민문학』 시대에도 이것이 바탕에 깔려 있다. 그의 시
는 실질적인 등단 시점인 1930년대 중반부터 『문장』 추천이 완료된
1939년까지의 시편들과 『국민문학』 시대의 시편들로 구분된다. 전자
의 경우 민요시를 제외하면 이미지즘 계열의 시편들[5]로서 상당한 수
준에 이른 작품들이 다수 있고, 『たらちねのうた(어머니의 노래)』(인문

---

3 심원섭, 「김종한과 김소운의 정지용 시 번역에 대하여: 『설백집』(1943)과 『조선시집』
(1943)을 중심으로」, 『한국문학논총』 41집, 한국문학회, 2005.
　정종현, 「식민지 후반기(1937~1945) 한국문학에 나타난 동양론 연구」, 동국대 박사논
문, 2005.
　藤石高代, 「김종한과 국민문학」, 『사이』 창간호, 국제한국문학문화학회, 2006.
　박호영, 「김종한 연구」, 『한중인문학연구』 18집, 한중인문학회, 2006.
　허윤회, 「1940년대 전반기의 시론에 대하여」, 『민족문학사연구』 32집, 민족문학사학회,
2006.
　심원섭, 「김종한의 초기 문학수업 시대에 대하여」, 『한국문학논총』 46집, 한국문학회,
2007.
　고봉준, 「'동양'의 발견과 국민문학-김종한론」, 『한국문학이론과 비평』 35집, 한국문학
이론과 비평학회, 2007.
　심원섭, 「김종한과 사토 하루오(佐藤春夫)」, 『배달말』 43호, 배달말학회, 2008.
　_____, 「김종한의 일본 유학 체험과 '순수시'의 시론-발레리·브루노 타우트·호프만스
탈 체험과 관련하여」, 『한국문학논총』 50집, 한국문학회, 2008.
　_____, 「김종한(金鍾漢)의 전향(轉向)과정에 대하여」, 『정신문화연구』 114호, 한국학
중앙연구원, 2009.
　윤은경, 「김종한 시학의 미적 자율성 연구」, 충남대 석사논문, 2010.
　심원섭, 「김종한의 친일시와 시론 연구」, 『한일민족문제연구』 19집, 한일민족문제학회,
2010.
4 김종한을 전반적으로 다룬 최초의 학위 논문의 필자인 윤은경은 그 글의 서론에서 김종
한 시 연구사를 자세하게 검토하고 있으므로 이 글에서는 상론을 피하고자 한다.

사, 1943)에 묶인 시들은 당대 여타 시들과는 성격을 달리 하는 독특한 것들이다. 따라서 그의 시에 대한 연구에 있어서 시 작품의 정밀한 분석과 평가는 향후 시도되어야 할 영역이라고 할 것이다.

이 글에서는 이와 같은 시도의 일환으로 김종한이 『문장』 추천을 완료하고 『국민문학』 편집자가 되기까지 발표한 작품 중 「살구꽃처럼」(『문장』, 1940.11), 「항공애가(귀환초)」(『문장』, 1941.4)를 선택해 정밀한 읽기를 시도하고자 한다. 이 두 작품을 논의의 대상으로 삼은 일차적인 이유는 이들 작품이 그의 작품 중에서는 가장 많이 알려졌으면서도 그만큼 부정확하거나 서투르게 이해된 작품들이라는 점이다. 흔히 이들 작품은 그가 내딛은 친일문학의 첫걸음으로 이해되고 있다. 전쟁에 대해서 관심을 표명하거나 당대의 이데올로기에 호응해서 쓴 작품이라는 인식이 일반화되어 있는 듯하다. 그러나 이런 평가가 과연 적절한 것인가에 대해서는 재고의 여지가 있어 보인다. 필자 나름대로 정밀한 독해를 통해서 이런 평가의 타당성을 검토해보고자 한다. 이들 작품을 선택한 또 다른 이유는 이들 작품에 식민지 조선의 지식인으로서 일본인 되기 앞에서 방황하던 김종한의 내면적 초상이 상당히 많이 투영되어 있으며, 또 이들 작품에서 이후 그의 행보에 시사점이 될 만한 요소를 발견할 수 있다는 점이다. 이와 같은 검토를 통해 김종한 문학의 특징과 더불어 전시체제 하 식민지 지식인의 또 다른 내면 풍경을 엿볼 수 있을 것이다.

---

5 심원섭은 이 시들에 대해 "세련된 이미지즘의 구사와 더불어, 조선의 토속적 서정을 기본으로 하고 있다."고 말한 바 있다. 심원섭, 「김종한과 김소운의 정지용 시 번역에 대하여: 『설백집』(1943)과 『조선시집』(1943)을 중심으로」, 『한국문학논총』 41집, 한국문학회, 2005, 390쪽 각주 10번.

2. 전쟁의 수사와 전시의 우울

김종한은 1939년 일본대학 졸업 후 곧바로 『부인화보』 기자로 취직했다. 기자 생활과 병행하여 그는 『문장』에 다수의 작품을 투고하면서 추천 과정을 밟아나갔다. 여타 『문장』 추천 시인들과는 달리 그는 1939년 한 해에 3회 추천 절차를 완료하는, 그야말로 왕성한 창작력과 실력을 보여주었다. 그러나 추천 완료 후 그의 작품 발표는 다소 한산해진다. 『부인화보』 기자로 근무하던 1940년 『문장』에는 그 전 작품과는 성격이 다소 다른 작품이 발표되기에 이르는데, 그 작품이 「살구꽃처럼」6이다.

> 살구꽃처럼
> 살구꽃처럼
> 전광 뉴쓰대에 하늘거리는
> 전쟁은 살구꽃처럼 만발했소
>
> 음악이 혈액처럼 흐르는 이밤,
> 살구꽃처럼
> 살구꽃처럼 흩날리는 낙하산부대
> 낙화ㄴ들 꽃이 아니랴
> 쓸어 무삼하리오

---

6 이 글에서 인용하는 김종한의 시와 글은 藤石貴代 · 大村益夫 · 沈元燮 · 布袋敏博 編, 『金鍾漢全集』(東京: 綠蔭書房, 2005)에 의거하며, 이하 "『金鍾漢全集』, 쪽수"로 표시함.

음악이 혈액처럼 흐르는 이밤,

청제비처럼 날아오는 총알에
맞밤이로 정중선을 얻어맞고
살구꽃처럼, 불을 토하며
살구꽃처럼 떨어져가는 융커기

음악은 혈액처럼 흐르는데,

달무리같은
달무리같은 나의 청춘과
마지노선과의 관련, 말슴이죠?
제발 그것만은 묻지말아주세요

음악은 혈액처럼 흘러 흘러,
고향 집에서 편지가 왔소
전주백지 속에 하늘거리는
살구꽃은
살구꽃은 전쟁처럼 만발했소

음악이 혈액처럼 흐르는 이밤,

살구꽃처럼 차라리 웃으려오
음악이 혈액처럼 흐르는 이밤,

전쟁처럼

전쟁처럼 살구꽃이 만발했소

(유월 삼일)

「살구꽃처럼」 전문(『문장』, 1940.11.)[7]

  이 작품은 김종한 시의 궤적에서 시국에 대한 관심을 최초로 표명한 시로 이해되고 있다. 정종현은 이 작품에 대해서 "전쟁을 예찬하는 미래파적 경향이 느껴지는" 작품이라고 주장한 바 있다.[8] 구체적인 분석이 동반된 언급은 아니지만 이 작품 속에 등장하는 전쟁 관련 표현, 즉 "전쟁", "낙하산부대", "융커기", "마지노선" 등은 그런 주장의 근거가 될 수 있다. 윤은경[9]도 정종현과 비슷한 관점에서 이 시를 전쟁과 죽음을 미화하고 찬양한 작품으로 평가하고 있다. 이 시의 창작 시점인 1940년 6월 3일이 중일전쟁과 제2차 세계대전이 각각 만 3년과 1년을 맞이하는 시점이었다는 점에서 이와 같은 주장은 어느 정도 설득력이 있어 보인다. 이 당시 그는 일본대학 졸업 후 『부인화보』기자 생활을 하면서 동경에 머물고 있었는데, 아무래도 식민지 조선보다는 한층 급박하게 전시체제로 재편되어 가던 곳에 머물고 있었으므로 시국에 대한 긴장감이 상당했을 것이다. 이런 측면들을 고려할 때 이 시가 당시 일본의 시국에 대한 긴장감을 배면에 깔고 있는 작품이라는 점을 추측할 수 있다. 그렇기는 하나 이 작품에서 읽어낼 수 있는 전쟁에 대한 그의 태도에 대해서는 일부 논자들처럼 단언하기 어려운

7 『金鍾漢全集』, 88~91쪽.
8 정종현, 앞의 글, 169쪽.
9 윤은경, 앞의 글, 114쪽.

구석이 있다. 박호영은 이 작품을 시국에 대한 단순한 관심의 표명 정
도로 보는 임종국의 관점10에 동의하면서 이 시를 친일시나 전쟁찬양
시로 볼 수 없다고 주장한다.11 또 심원섭도 이 작품을 전쟁 예찬이나
전향이라는 관점에서 보는 것을 비판하고 "전쟁 속에서 유린되어 가
는 청춘에 대한 애가"라고 평가한 바 있다.12 이 작품에 동원된 전쟁
의 수사가 전쟁에 대한 일정한 가치 의식을 담지한 것인지, 아니면 시
적 화자의 내면을 드러내기 위한 비유적 차원의 것인지가 명확하지
않기 때문이다. 이 작품의 성격을 제대로 이해하기 위해서는 보다 심
도 있고 구체적인 분석이 요구된다.

　이 시의 제목은 "살구꽃처럼"으로 되어 있다. 제목부터가 다소 의외
라고 생각된다. 왜냐하면 살구꽃은 매화나 벚꽃과 여러 모로 유사한
성격을 가진 꽃이기는 하지만 이 둘에 비해 그 상징적 의미는 뚜렷하
지 않기 때문이다. 동양권에서 매화는 사군자의 하나로 오래전부터
중요한 사물로 인식되었다. 매화는 겨우내 매서운 추위를 견디고 이
른 봄에 꽃을 피우는데, 이런 특성 때문에 매화는 어려운 조건에서도
자신을 지키는 군자, 지사, 은자 등에 비유되었다.13 그에 반해 벚꽃은
일본에서 그들의 독특한 미의식을 대표하는 사물로 인식되어왔다. 특
히 러일전쟁 이후 벚꽃은 일본의 군국주의화가 진행되면서 병사의 상
징으로 부각되어 천황에 대한 절대적 충성을 상징하는 꽃으로 인식되
었다.14

10 임종국, 『친일문학론』, 민족문제연구소, 2005, 225쪽.
11 박호영, 앞의 글, 248쪽.
12 심원섭, 「김종한(金鍾漢)의 전향(轉向)과정에 대하여」, 『정신문화연구』 114호, 한국
　학중앙연구원, 2009, 225쪽.
13 이선옥, 『사군자』, 돌베개, 2011, 20~21쪽.

이런 사정을 고려할 때 김종한이 매화나 벚꽃이 아니라 살구꽃을 선택했다는 점은 의미심장해 보인다. 매화가 시기적으로 벚꽃이나 살구꽃에 비해 이르다는 점을 고려하면 그에게 남은 선택지는 벚꽃이나 살구꽃이다. 벚꽃은 흰 색깔의 꽃이 흐드러지게 피어 화사한 느낌을 주지만 살구꽃은 벚꽃과는 달리 색깔이 다소 붉고 꽃잎도 다소 성긴 편이다. 봄꽃들의 이런 상징적·식물학적 특징을 고려한다면 그가 벚꽃이 아니라 살구꽃을 선택할 수밖에 없었던 이유를 어느 정도 추측할 수 있다.

1연에서는 살구꽃이 "전광 뉴쓰대에 하늘거리는 전쟁"과 연결되어 있다. 자연물을 인공물과 결합시키는 비유가 그렇게 낯선 것은 아니지만 그 인공물이 전쟁과 관련된 것이라는 점에서 이런 표현 방법은 다소 충격적이다. 우리는 "전광 뉴쓰대에 하늘거리는 전쟁"이라는 표현에서 전광판이 보편화된 현대 사회의 일 단면을 엿보는 듯한 느낌마저 갖게 된다. 현대 사회에서 전광판은 고층 건물의 외벽에 붙어서 각종 정부 시책이나 상업 광고를 대중에게 전하는 매스미디어의 기능을 하고 있다. 일방향적인 커뮤니케이션 매체라는 점에서 쌍방향 미디어가 일반화된 현대 사회의 전 모델이라고 할 것이다. 그러나 이런 전광판이 과연 그 당시 일본에 보급되어 있었는지는 명확하지 않다. 미국에서는 이미 활용되고 있었다.

그 당시 경성에 전기 조명인 "일류미네이션"이 백화점 외벽을 장식하고 있었다는 사실은 그 당시 잡지 기사[15]를 통해서도 알 수 있지만, 그것은 단지 문자 표시 차원의 수준을 벗어나지 못하는 지극히 단순

---

14 오오누키 에미코 저, 이향철 역, 『사쿠라가 지다 젊음도 지다』, 모멘토, 2004, 220~223쪽 참고.

한 것이었을 것이다. 따라서 이 시에 등장하는 "전광 뉴쓰대"는 전쟁 관련 소식을 간단히 알려주는 정도의 것이라고 할 것이다. 그러므로 "전쟁은 살구꽃처럼 만발했"다는 표현을 우리는 장기전 국면으로 접 어든 중일전쟁 하의 시국에 대한 인상을 표현한 것으로 이해할 필요 가 있다. 김종한은 잡지 기자로 일상을 영위하면서 전쟁이 자신의 일 상에 파고들어오는 어떤 긴박감을 이렇게 표현해 본 것이다.

1연의 "살구꽃"이 시국이나 현실을 드러내기 위한 비유 차원의 것임 에 반해 2연의 "살구꽃"은 1연의 그것과 역전된 위치에 놓인다. "음악 이 혈액처럼 흐르는 이밤"은 시적 화자가 시를 쓰는 순간으로 시국이 나 현실과 일정한 거리를 둔 내면의 시간이다. 2연에도 1연과 마찬가 지로 시국을 암시하는 "낙하산부대"라는 표현이 등장하고 있다. 독자 의 입장에서는 1연에서 형성된 일련의 상상의 궤적을 따라 "낙하산부 대"를 "전광 뉴쓰대"와 연결 지어 상상하게 된다. 비행기로 적지에 침 투하는 공정부대의 모습은 전쟁과 연관된 대표적인 이미지 중 하나일 것이다.

제1차 세계대전이 참호전이라면 제2차 세계대전은 공중전이라고 할 만큼 그 당시 전쟁에서 제공권 장악은 전쟁의 성패를 좌우하는 중 요한 요소였다. 그러나 이런 이미지는 적어도 중일전쟁과는 다소 거 리가 있는 것이다. 중일전쟁은 육지 전투 위주의 전쟁이었다. 따라서 이 시에 등장하는 "낙하산부대"는 김종한이 외신에 근거해 만들어낸 상상적 이미지에 지나지 않는 것이다. "살구꽃처럼 흩날리는 낙하산

---

15 KHH, 「현대어사전: 언파레-드, 파시즘, 일루미네-숀, 스카-트, 센티멘탈」, 『실생활』, 1932.6, 27쪽. 이 글에서는 일류미네이션을 "전광 장식, 점등 조명에 의한 장식"이라고 설명하고 있다.

부대"는 살구꽃이 떨어지는 장면을 목격하면서 자연스럽게 연상한 이미지인 것이다. 이 부분을 가미카제 특공대의 죽음과 연관 지어 해석하려는 유혹이 생길 법도 하다.

이런 해석은 이 시구를 이다음에 등장하는 "낙화ㄴ들 꽃이 아니랴/쓸어 무삼하리오"와 연결 지을 때 한층 더 그럴 듯해 보인다. 그러나 이는 군국주의의 상징으로 유독 벚꽃이 강조된 당시의 맥락에서 볼 때 그다지 적절하지 않다. 만약 김종한이 군국주의적 메시지를 여기서 의도했다면 그 당시 일본에서 통용되고 있던 보편적인 상징으로서의 "벚꽃"을 굳이 거부할 이유는 없어 보이기 때문이다. 2연에서 시적 화자가 포착하고 있는 사건은 살구꽃이 떨어지는 낙화 현상이다. 살구꽃은 마치 "낙하산부대"의 낙하처럼 무서운 속도로 지상에 떨어지고 있는 것이다. 낙화는 시적 화자에게 인생의 조락과 무상을 느끼게 하는 사건으로, "낙하산부대"는 이와 같은 정서를 표현하기 위한 매개 기능을 하고 있을 뿐이다. 즉 1연과는 달리 표면적으로는 매체에 지나지 않아 보이던 살구꽃이 2연에서는 취의로 기능하고 있는 것이다. 이처럼 2연에는 전쟁과 관련된 시어가 등장하기는 하지만 이는 전쟁과 직접적인 관련을 맺을 정도의 위상을 가지고 있지는 않다.

4연도 2연과 비슷한 양상을 보이고 있다. 4연은 공중전 과정에서 전투기가 격추되는 장면을 묘사하고 있다. 2연의 "낙하산부대"가 그러했던 것처럼 4연의 "융커기"[16]도 중일전쟁과는 무관하다. "융커기"는 제2차 세계대전 당시 독일 공군의 수송기 내지 폭격기로 사용된 대표적 기종이다.

그림1. 융커스기(Junkers-JU52 기종)

이 비행기는 휴고 융커스(Hugo Junkers)라는 항공기 기술자에 의
해 개발된 것으로, 정식 명칭은 "Junkers-JU52"이다. 그런데 제2차 세
계대전 당시 주력기 역할을 한 이 비행기는 속도가 느리고 무장 능력
이 약해서 영국 공군에 의해 자주 추락했다. 김종한이 이처럼 고유명
을 거론한 것은 아마도 그 당시 외신을 통해 "Junkers-JU52"의 소식
을 자주 접했던 탓이 아닐까. 그 당시 일본과 동맹관계에 있던 독일[17]
전투기의 격추를 소재로 삼는 것이 어떻게 보면 절대적인 금기는 아
니었다 하더라도 어느 정도 꺼림칙한 것은 사실이었을 것이다. 그럼
에도 불구하고 그가 "융커기"의 격추를 시 속에 끌어들인 이유는 격추
되는 "융커기"의 장렬한 최후가 그의 내면을 표현하기에 적절한 비유

---

16 심원섭이 "융커기"에 대해 설명을 시도한 바 있지만(심원섭, 「김종한(金鍾漢)의 전향
(轉向)과정에 대하여」, 『정신문화연구』 114호, 한국학중앙연구원, 2009, 224쪽 각주
21.), 독일 전투기일 것이라는 추측에 머물렀다. "융커기"는 제2차 세계대전 당시 독일
최대급의 항공기 제조회사인 융커스사에 의해 제조된 항공기를 통칭하는 표현이다. 歷
史群像編輯部 編, 『第二次大戰戰鬪機ガイド-日米英獨』, 學硏パブリッシング, 2010,
197쪽 참조.

로 생각한 탓이 아닐까.

"음악은 혈액처럼 흐르는데"처럼 단 한 행으로 처리된 5연은 김종한의 내면 의식을 포착하는 데 실마리가 된다. "음악은 혈액처럼" 흐른다는 것은 이 시의 시상이 지극히 평온한 상태에서 시작되었다는 점을 암시한다. 그런데 시상의 중간에 다시 한 번 등장한 이 표현은 미묘한 변화를 동반하고 있다. "흐르는데"는 밤의 평온한 분위기와 시적 화자의 내면 사이에 어떤 상충 즉, 내면의 혼란이나 불안이 가로놓여 있음을 암시하는 것이다. 이 부분에서 단적으로 암시된 내면적 불안이 보다 구체적으로 진술되는 부분은 6연이다. 시적 화자는 자신의 상황을 "달무리"에 비유하고 있다. 달무리는 강한 빛 주위에 생긴 동그란 빛의 띠 모양으로 민간에서는 달무리가 생기면 비가 올 징조로 여긴다. "달무리같은 나의 청춘"이라는 시구의 함의를 정확히 파악하기는 힘들지만, 달무리가 비와 연관된다는 점을 고려하면 이 시구는 비가 상징하는 음습함이나 우울함을 내포한 시적 화자의 생을 의미한다고 볼 수 있다. 그렇다면 그가 자신의 생을 "달무리"와 같은 것으로 이해할 수밖에 없었던 이유는 무엇일까.

이 문제에 대한 적절한 답을 얻기 위해서는 이 시구에 이어 등장하는 또 하나의 전쟁 관련 수사인 "마지노선"에 대한 분석이 필요하다.

---

17 일본은 1935년 소련의 공격을 염두에 두고 독일과 방공협정을 맺은 데 이어 1940년 9월 26일 독일, 이탈리아와 삼국 간에 동맹을 맺었다. 이 동맹을 통해서 일본은 유럽에서 독일의 지위를 인정하는 대신 동아시아에서 자신의 지위를 인정받았다. 삼국이 미국에 의해 공격을 받을 경우 각국은 정치적, 경제적, 군사적 방법에 의해 상호원조를 제공할 것을 결의했다. 林 茂, 『日本の歴史(25)-太平洋戦争』, 中央公論新社, 2006, 219~220쪽 참조. 「살구꽃처럼」은 일독이삼국동맹이 발표된 지 한 달 남짓 지난 시점에 발표되었다는 점에 유의할 필요가 있다.

마지노선은 제1차 세계대전 당시 프랑스가 독일의 침략에 대비해서 국경에 건설한 대규모 요새 지대인데, 여기서 시적 화자는 자신의 "청춘"과 "마지노선"을 연결 지으면서 이 관계에 대해서 "제발 그것만은 묻지말아주세요"라고 말하고 있다. 이런 표현은 시적 화자에게 이 관계에 대한 사유가 자신의 내면적 혼란과 직결되어 있음을 암시하고 있다.

6연을 4연의 연장선에서 본다면 추락하는 "융커기"와 "마지노선"의 관계는 제2차 세계대전 당시 독일과 프랑스의 관계처럼 주체와 그 주체가 반드시 극복해야 할 삶의 적대적 요소라고 할 것이다. 시적 화자는 그 관계에 대해서 자신의 입장을 명확히 정리해야 한다는 점을 스스로 이해하고 있지만 그 어떤 이유로 인해서 회피하거나 주저하고 있는 형국이다. 시적 화자의 내면에 놓인 그 혼란의 정체가 무엇인지는 시의 맥락 속에 잘 드러나지 않는다.

당시 김종한의 상황을 고려하면서 이 시를 독해할 때 그가 이 시에서 상징적으로 표현한 고민의 실체는 전시체제하 식민지인의 생존 방식에 관한 것으로 이해될 수 있다. 식민지 조선 출신의 일본인으로 살아가고 있던 그에게 삶은 항상 "달무리"같은 우울함에 싸여 있는 듯해 보였을 것이다. 그것이 그의 청춘을 지배한 내면적 불안의 정체라고 한다면 그러한 불안의 극복 방안으로 제시된 '황국신민'의 길은 여전히 "마지노선" 혹은 철옹성처럼 그의 발걸음을 머뭇거리게 만들었다고 할 수 있다. "맛밤이로 정중선을 얻어맞고/ 살구꽃처럼, 불을 토하며/ 살구꽃처럼 떨어져가는 융커기"의 이미지는 식민지 지식인인 그의 내면적 혼란이 가장 상징적으로 드러난 장면이라고 할 수 있다.

"마지노선 앞의 융커기"라는 표현이 어울릴 법한 이런 내면적 혼란은 밤의 평온과 더불어 깊어진다. 7연을 시작하면서 김종한은 "흘러 흘러"라고 그 고뇌의 시간적 깊이를 표현하고 있다. 그러나 7연에 들어서면서 시상에는 반전이 일어난다. 6연까지 지속되던 시적 화자의 고뇌는 7연에 들어서면서 극적인 방식으로 진정된다. 그 계기는 고향에서 온 편지다. 고향의 누군가로부터 어떤 내용의 편지가 왔는지는 알 수 없다. 다만 그 편지의 발신처가 고향이라는 사실만 제시되고 있다. 현실과의 치열한 긴장 속에서 살아가고 있는 시적 화자에게 고향은 뿌리 뽑힌 자에게 생의 안정감을 부여해주는 근원이다. 편지는 근원과의 재연결을 확인하는, 즉 불안정한 현실과 문명으로부터 안정된 과거와 전통으로의 회귀를 보장해주는 기호라고 할 수 있다. 이는 함경북도 경성(鏡城)이라는 변방으로부터 두 번의 필사적 도약, 즉 경성(鏡城)→경성(京城)→동경(東京)을 거듭한 식민지 지식인이 제국의 수도 동경에서 겪었던 고뇌, 즉 일본인이 되기 위해서 식민지 조선인이라는 사실을 어떻게 할 것인가에 대한 해답의 실마리라고 할 수 있다.

이 시에 등장하는 편지가 고향으로부터 발송된 것이라는 사실 못지않게 중요한 것은 이 편지가 "전주백지"라는 물질성을 가지고 있다는 사실이다. 전주 한지가 한국 전통 종이의 대명사라는 점은 주지의 사실이다. 그 중에서도 백지는 색깔이 희고 큰 종이로 주로 책을 만드는 데 사용했던 종이다. 시적 화자는 그 편지의 메시지보다도 "전주백지"라는 물질성에서 일종의 해답을 얻는다. 그는 "전주백지" 속에서 "살구꽃"을 보는데, 이때 "살구꽃"은 애초 이 시의 서두에 등장하는 "살구꽃"의 이미지와는 다르다. 전자가 전쟁이라는 현실과 맞부딪쳐야 하는 시적 화자의 우울한 청춘을 상징하는 것이라면, 후자는 "고향",

"전주백지"가 연상시키는 과거의 평온함과 아름다움을 상징하는 것
이다.

여기서 잠시 짚고 넘어가야 할 것은 이 시 이전에 살구꽃이 식민지
조선에서 어떤 이미지를 가지고 있었는가 하는 점이다. 살구꽃은 그
당시 전통적인 농촌 마을에서는 흔히 볼 수 있는 것이었다. 일제 강점
기의 시들에서도 배경이나 소재로 종종 등장하곤 했다. 예를 들어 근
대시의 선구적 지위를 점하고 있는 주요한의 「불노리」(『창조』, 1919.
2)에서 사랑에 번민하는 시적 화자의 옆에는 살구나무가 서 있었고,
그의 또 다른 시 「발자취」(『동광』, 1926.5)에서 살구나무는 떨어져 있
는 어머니에 대한 그리움의 매개체로 등장한다. 김억의 「일허진 봄」
(『개벽』, 1923.5.)에서 살구는 죽은 누이를 환기시키는 매개체가 되고
있고, 시인으로 출발한 황순원은 동시 「살구꽃」(『동아일보』. 1932.3.15)
에서 해마다 담 옆에 피는 살구꽃을 어린이다운 감성으로 노래한 바
있다. 그리고 김동환은 「탄실이」(『삼인시가집』, 1929)에서 "살구낭게
꽃필 때/ 살구꽃 필 때,/ 내고향의 강변에/ 압내강변에,/ 그리운 탄실
이는/ 아직섯슬가."라고 노래함으로써 살구꽃을 한때 사랑한 고향 마
을의 여성과 등치시키고 있다. 식민지 조선에서 살구꽃이 고향과 결
부되는 결정적 계기가 된 것은 이원수의 동요 「고향의 봄」(『어린이』,
26.4)을 이듬해 홍난파가 작곡한 동요 「고향의 봄」이 대중화되면서부
터이다. 이후로 살구꽃은 그것이 죽은 누이든, 그리운 어머니든, 한때
사랑하던 여성이든 그 모든 것을 포함하는 식민지 조선의 이미지로
일반화되어, 식민지 조선인의 감성 속에 매우 익숙한 이미지로 자리
잡게 된다. 이를 부추긴 또 하나는 일간지이다. 일간지들은 해마다 봄
철이면 개나리나 벚꽃 등 각종 꽃의 개화 소식을 알리면서 살구꽃의

개화 소식을 빠트리지 않았고 종종 개화 사진을 게재하기도 하였다. 벚꽃이 경성, 평양, 부산 등 근대적 도시의 이미지를 가지고 있었다면 살구꽃은 그와 대척적인 전통적 농촌의 이미지를 가지고 있었다.

이런 점을 고려할 때 「살구꽃처럼」의 1~6연과 7연 이후에서 "살구꽃"의 이미지 사이의 차이를 우리를 확인할 수 있다. 1연의 "전쟁은 살구꽃처럼 만발했소"에서 보듯이 이때의 "살구꽃"은 전쟁이라는 부정적인 현실에 닿아 있지만, 7연의 "살구꽃"은 고향이라는 긍정적인 과거를 함축하고 있다. 8연에서 시적 화자가 "살구꽃처럼 차라리 웃으려오"라는 일종의 해답을 내놓게 되는 데는 7연이 결정적 계기가 되었다고 볼 수 있는데, 그것은 "고향", "전주백지", "살구꽃" 등이 상징하는 근원적 정체성의 내적 수용과 연계된다. 즉 시적 화자는 과거와 현재, 전통과 근대 중 어느 하나를 버리지 않고 통합할 수 있다는 믿음을 갖게 된 것이다.

3. 근원 회귀와 경계인의 자기 긍정

김종한이 「살구꽃처럼」의 말미에서 드러낸 안정감 내지 확신은 식민지 조선인이라는 정체성이 일본인 되기에 있어서 부정해야 할 잔재나 치욕이 아니라 행복하게 통합될 수 있는 긍정적 요소로 자리매김하기 시작했다는 점을 암시한다. 이 시의 창작 시점인 1940년 6월 그는 부인화보사에 근무하고 있었다. 이후 곧 『부인화보』는 "조선특집판"을 그의 책임 하에 발간하게 된다. 그가 일본에서 발행되는 잡지에서 식민지 조선의 이모저모를 소개하는 특집을 기획하고 실행에 옮겼다는 점은 경계인적 정체성[18]에 대한 그의 회의가 어느 정도 극복되면서 현실적 힘으로 전화되었다는 것을 암시한다.

이런 양상은 이후 그가 『국민문학』에 관여하면서 본격적으로 펼친 "신지방주의"론과도 연결된다.

> 단 이 경우 우리가 잊어서는 안 될 것은 이것이 과도기라는 점이다. 즉 작금 동경을 중심으로 이뤄지고 있는 문화의 중앙집권적 동향은 단순히 내일의 문화에의 준비운동에 지나지 않는다는 것이다.
>
> 이 중앙집권적 새로운 문화의 준비운동이 끝나면 순서상 당연히 지방분권적 문화가 싹 트는 시대가 올 것이라고 나는 생각하고 있다.
>
> 「朝鮮文化の基本姿勢」(『삼천리』, 1941.1)[19]

김종한은 『국민문학』에 관여하기 전부터 위와 같은 생각을 공개적으로 드러내고 있다. 국민문화의 수도로서 동경이 현재 중요한 역할을 하고 있기는 하지만, 이는 국민문화 형성의 과도기적 현상일 뿐이고, 문화의 "중앙집권 시대" 이후에는 지방이 국민문화에 있어서 핵심적 역할을 맡게 되는 문화의 "지방분권 시대"가 도래할 것이라는 것이 그의 주장의 취지이다. 그는 전시체제 하 식민지 조선이 수행하고 있는 다양한 역할에 대해서 논하면서 식민지 조선인의 "국민

---

18 허윤회는 김종한의 내면을 감싼 일본과 조선 사이에서의 정체성의 혼란과 야심을 논하는 장의 제목을 "경계인의 초상"이라고 붙인 바 있다. 허윤회, 앞의 글, 260쪽.

19 『金鍾漢全集』, 415쪽.

되기"의 다양한 가능성을 제기하고 있다. 이런 논리는 일본의 제국
주의 판도 하에서 보면 일개의 지방에 지나지 않는다는 일본 쪽의 조
선관을 부정하고 조선을 일본과 동격에 놓는 과감한 논리이다. 또
이런 논리는 식민지 지배를 부정하면서 잃어버린 과거의 회복을 주
장하는 민족주의도 그렇다고 제국주의 모국을 지향하는 전체주의도
아닌, 이질성과 복수성의 공존을 인정하는 논리라고 할 수 있다. 이
런 논리는 이산의 광범위한 경험, 공동체와 문화의 분산에서 흔히 생
겨나는 것이다.[20]

이와 같은 문화 논리는 그 나름의 국민문학관으로 이어진다. 그는
그 당시 식민지 조선의 문학인들이 가진 국민문학관을 아래와 같이
비판하고 있다.

요새 조선서 발표된 시국에 취재한 시편들은 정직히 말하면 하나도 독
자의 감상을 만족시켜주는 작품이 없었읍니다. 모든 시인들의 대시대적
예지에 대하야 우리는 근본적으로 의혹조차 하게 되는 것입니다.

헛되이 지명과 전첩 일부와 감탄사를 나열한 정도의 시편에서는 라디
오의 시국 해설의 십분지일의 감격도 실감도 느낄 수 없었읍니다. 시인이
작시에 있어서 타락한다는 것은 국민으로서 타락하는 것과 동의가 아닐
른지요

「일지의 윤리」(『국민문학』, 1942.3)[21]

20 피터 차일즈·패트릭 윌리엄스 저, 김문환 역, 『탈식민주의 이론』, 문예출판사, 2004,
421쪽 참조.
21 『金鍾漢全集』, 426~427쪽.

　김종한은 위의 글에서 그 당시 식민지 조선 시인들의 시를 "지명과 전첩 일부와 감탄사를 나열한 정도의 시편"라고 비판하고 있다. 그가 이 글을 쓸 당시 태평양전쟁 발발 이후 파죽지세로 미·영군을 격파하던 일본군이 1942년 2월 15일 싱가포르까지 함락시키자 식민지 조선의 시인들이 전승 기분에 휩싸여 그가 거론한 류의 시들을 쏟아내고 있던 시점이라는 점을 고려하면22, 그의 이와 같은 지적은 비교적 이른 시기에 제출된 날카로운 주장이라고 할 것이다. 언제 어디를 점령했다는 사실을 시작으로 '황군'의 무용에 대한 칭찬과 승리에 대한 감격으로 끝을 맺는 류의 시가 마치 국민시인 것처럼 이해되었고 누구도 그런 시들에 대해서 별다른 문제제기를 하지 않았던 시점이라는 점을 고려하면 그의 이와 같은 주장은 다소 돌출적이라는 인상마저 준다.

　김종한이 이와 같은 비판을 감행하게 된 데에는 그 나름의 이유가 있다. 그는 이전부터 주제나 관념에 지배받는 임화나 김기림 류의 시를 비판하고 언어의 기계성에 투철한 순수시를 주장했다는 점을 상기할 필요가 있다. 이런 주장이 등단 초기 문단적 센세이션을 일으켰던 것은 사실이지만, 이후로도 시작의 중심 축 역할을 했다는 점에서 일회성 발언이라고 하기는 어렵다. 그는 국민이 각각의 직역(職域)에 충실할 때 진정한 국민이 될 수 있다고 생각했는데, 이런 생각을 그는 시에도 적용하고 있다. 그가 생각하는 국민시는 전장의 군인의 모습을 다루는 것을 최선으로 하지 않는다. 오히려 그에 못지않게 총후(銃後)

---

22 이런 류의 대표적 작품으로는 「비율빈 하늘 우에 일장기」(김동환, 『매일신보』, 1942.1.12.), 「싱가폴 함락」(노천명, 『매일신보』, 1942.2.19), 「호산나·소남도」(모윤숙, 『매일신보』, 1942.2.21) 등을 들 수 있는데, 대체로 태평양전쟁 초기에 많이 발표되었다.

에서 직역에 충실한 국민의 모습을 다루는 것 역시 중요하다. 이런 태도는 그가 그 당시 국민시의 대표자 격으로 인식되던 김용제의 시를 비판하고 시에 전장이나 군인의 모습을 극력 배제한 채 총후 풍경을 주로 다룬 이유일 것이다.

> 소낙비처럼
> 소낙비처럼 휩쓸리는 사념을
> 하나 하나 후회처럼 갈라버리며
> 기수는 대류권을 돌파했소
>
> 이 사진을 보세요, 어머니
>
> 소낙비처럼
> 소낙비처럼 휩쓸리는 고독을
> 연막처럼 과거로 흘려보내며
> 홀로 듣는 이십칠세의 폭음 소리
>
> 에르롱의 방향에 있는 것을
> 나는 알지만 또는 나는 모르지만
> 당신은 영원한 기지, 어머니
> 백발이 훈장보담도 화려하오
> 당신과 고도계와의 거리 속만에
> 무지개같은 나의 청춘은 공장하려오

이 사진을 보세요, 어머니

여동생이 책상 머리에 오려붙인
멧서·슈미트기의 습성을 보세요
오래잖아 당신의 품을 떠나려는
열두살의 엉뚱한 설계를 보세요

이 사진을 보세요, 어머니

소낙비처럼
소낙비처럼 휩쓸리는 기억을
소낙비처럼 기억으로 갈라버리며
떠나려는 아들의 자세를 보세요
(16·10월)

「항공애가(귀환초)」 전문(『문장』, 1941.4.)[23]

이 시는 『문장』 종간호에 실린 작품이다. 김종한이 『문장』의 대표
적인 추천 시인 중 한 명이라는 점을 생각할 때, 그의 시가 『문장』 종
간호에 발표되었다는 점은 다소 의미심장하다. 『문장』을 통한 등단
이전부터 그는 다양한 매체에 지속적으로 작품을 발표해왔다. 어떻게
보면 굳이 등단 절차라는 것이 불필요하게 느껴질 정도로 그는 이미
비교적 뚜렷한 위상을 확보하고 있었다. 그럼에도 불구하고 굳이 등

---

23 『金鍾漢全集』, 141~142쪽.

단 절차를 거쳤던 것은 그가 "사백"이라는 존칭을 아끼지 않을 만큼 존경했던 정지용으로부터 인정받고자 하는 욕구에서 비롯된 듯하다. 1939년 3회 추천을 완료하여 정식 등단 절차를 완료한 김종한은 부인 화보사 업무 탓인지 다소 시작이 한산해지면서 1940년에는 앞에서 살펴본 「살구꽃처럼」한 편만 『문장』에 발표했다. 그리고 종간호인 1941년 4월호에 「항공애가(귀환초)」를 발표한 후 정지용과의 관계는 소원해졌다. 이는 단지 물리적 거리의 문제에서 비롯된 것이라기보다는 여기에다 김종한이 가진 문학관의 변화가 만들어낸 심리적 거리의 문제도 겹쳐진 결과라고 생각된다.

「살구꽃처럼」에서 희미하게 감지되듯이 1940년경 김종한은 전시체제를 깊이 사유하기 시작했고, 그런 현실에 대해서 적극적인 태도를 보이기 시작했다.[24] 이는 『문장』의 지향과는 상당한 거리를 가진 것이었다. 「살구꽃처럼」이 『문장』에 게재된 것은 아마도 등단 시인에 대한 예우 차원이 아닌가 생각된다. 그러나 이와는 달리 「항공애가(귀환초)」는 전시체제하 정책적 배려에 의해 게재된 것이라는 느낌이 강하다. 이 시에는 「살구꽃처럼」과 유사하게 전쟁의 수사가 동원되고 있지만 「살구꽃처럼」과는 달리 더 이상 식민지 지식인으로 가질 법한 주저와 머뭇거림은 드러나지 않는다.

「항공애가(귀환초)」는 제목부터 전시체제의 기운이 강하게 느껴진다. 얼핏 보면 이 작품은 전쟁에 참여한 전투기 조종사의 모습을 묘사한 것으로 느껴진다. 전투기 조종사가 어머니에게 말을 거는 형식

---

24 중일전쟁으로 시작된 일본 내의 파시즘화 경향은 1940년 7월 2차 고노에 후미마로(近衛文麿) 내각이 출범하면서 시작된 신체제운동으로 더욱 가속화되었다. 林 茂, 앞의 책, 167~204쪽 참고.

은 그 당시 전장의 병사로부터 '총후'의 가족에게 보내졌던 편지 형식
의 차용이라는 점에서 당대 독자들에게는 매우 익숙한 형식이라고
할 수 있다. 시상 전개 과정에서 "이 사진을 보세요, 어머니"라는 동
일 어구를 반복함으로써 독자의 주의를 지속적으로 환기시켜 나가면
서 시적 화자는 전투기를 조종하고 있는 자신의 심정을 담담하게 고
백하고 있다.

1연에는 전투에 임하는 시적 화자의 모습이 그려지고 있다. 그는
"사념"과 "후회"를 물리치며 전투기를 조종하고 있다. 병사라고 해서
전쟁에 열광하는 사람만 있으라는 법은 없다. 때로는 전쟁의 의미에
대해서 회의하고 군인이라는 정체성에 대해 고뇌하는 사람도 있기
마련이다. 특히 그가 대학생 출신의 지식인이라면 이런 회의나 고뇌
는 한층 심할 것이다. 그것도 일본 군국주의 전쟁처럼 허황한 명분밖
에 갖지 못한 전쟁에 참여해야만 하는 지식인이라면 그 도는 더할 것
이다. 중일전쟁과 태평양전쟁 당시 전장에서 지식인 병사들이 쓴 일
기나 편지25 속에서 우리는 이런 회의나 고뇌의 표정을 종종 접할 수
있다.

이 시에 등장하는 시적 화자 역시 그런 "사념"을 가졌으나 그는 회
의를 극복하고 전투에 임하고 있다. 그런데 흥미로운 것은 "기수는 대

---

25 중일전쟁과 태평양전쟁 당시 대학생 출신으로 징병에 의해 전쟁에 동원된 일본 청년들
이 비밀리에 쓴 일기나 가족이나 친구, 스승에게 보낸 편지가 전후 일본전몰학생기념
회에 의해 수집, 정리되어 책으로 발간되어 현재까지 시중에 판매되고 있다. 이 책들에
는 전사한 병사의 간단한 이력과 일기 혹은 편지가 시간 순으로 정리되어 있는데, 이
책을 통해서 그 당시 일본의 지식인 청년들이 전쟁에 대해서 가졌던 삶에 대한 고뇌나
회의를 엿볼 수 있다. 日本戰沒學生記念會 編, 『新版 きけわだつみのこえ―日本戰沒
學生の手記』, 巖波書店, 1995; 日本戰沒學生記念會 編, 『きけわだつみのこえ―日本
戰沒學生の手記「第2集」』, 巖波書店, 2003 참고.

류권을 돌파했소"와 같은 표현이 전투 상황의 재현처럼 보이기는 하
지만 실제로는 그렇지 않을 수도 있다는 점이다. 그 근거는 "대류권"
에 있다. "대류권"은 대기권의 가장 하층 지대인데 보통 10,000m 이
상의 고도에서 형성된다. 따라서 통상 항공전이나 폭격을 목적으로
하는 전투기는 "대류권" 위로 상승할 이유가 없다. 또한 장거리 폭격
기라 할지라도 무거운 폭탄을 탑재하고 "대류권" 위로 상승할 필요는
없다. 군용기가 아니라 민항기의 경우는 순항을 위해 기상 변화가 적
은 고도 비행이 요구되기는 하지만 그 당시 항공기의 경우 기술상 "대
류권" 이상을 벗어나는 것은 불가능했다. 실제 당시 독일 공군기는 평
균 6,000m 이하에서 최고 속도에 이르도록 설계되어 있었다.26 이런
점들을 고려할 때 이 시의 시적 화자가 "기수는 대류권을 돌파했소"라
고 한 말은 현실적 상황과 부합하지 않은 일종의 비유에 지나지 않는
다. 이런 가정에 기반을 두고 이 구절을 다시 읽어보면 시적 화자가
전투기 조종사라고 보기는 어려울 듯하다. 오히려 시적 화자는 전투
기 조종사의 의장을 한 누군가일 것으로 추정 가능하다. 그러나 그의
정체성에 대해서는 확언하기 어렵다.

---

26 1942~1943년경에 개발된 Focke-Wulf Fw-190D-12, Tank Ta152H 계열의 경우 고
도 10,000m에서 최고 속도가 나도록 설계돼 있었지만(歷史群像編輯部 編, 앞의 책,
204~207쪽 참고.), 김종한이 이 시를 쓸 당시 독일 공군기는 미국 공군기에 비해 성능
이 뒤떨어졌는데, 상승 고도에 있어서도 미국 공군기가 앞섰다. 예를 들면 미국 공군기
중 하나인 P-47N thunderbolt기는 실용상승한도가 13,100m이었다.(歷史群像編輯
部 編, 위의 책, 97쪽 참조.) 그러므로 이 시는 현실에서는 존재하지 않는 상상 속의 전
투기 조종사를 시적 화자로 등장시킨 셈이다.

그림2. 제2차 세계대전 당시 독일 공군의 주력 전투기 중 하나인
Messerschmitt Bf 109E

3연 역시 1연과 비슷한 구조로 되어 있다. "사념" 대신에 "고독"이,
"후회" 대신에 "연막"이 그 자리를 차지하고 있다. 또한 전투 상황을
암시하는 "폭음"이 등장한다. 1연의 연장선에서 보면 3연에도 전쟁의
수사는 여전히 등장하지만 그것이 실제 전투 상황과는 무관하다는 생
각을 하게 되는데, 그 근거는 "이십칠세의 폭음 소리"에 있다. 이 시구
에서 우리는 시적 화자의 정체성에 관한 실마리를 얻게 된다. 27세라
는 나이를 고려할 때, 이 시의 시적 화자는 이 시를 쓸 당시27 우리 나
이로 27세였던 시인 김종한 자신이라고 볼 수 있다.

1연과 3연을 종합해 볼 때, 김종한은 전투기 조종사의 의장으로 자
신을 우회적으로 드러내고 있다고 볼 수 있다. 그는 자신이 조종하는
'삶의 비행기'를 "대류권"의 어떤 지점, 즉 현실로부터의 초극점을 상

---

27 이 시의 말미에는 창작 시점으로 추정되는 "16 · 10월"이 부기되어 있다. 쇼와(昭和) 16
년 10월이라고 생각되는데, 쇼와 16년이 1941년이라는 점을 고려하면 이는 쇼와 15년
즉 1940년의 오식으로 보인다.

징하는 방향을 향해 거세게 몰아가고 있는 것이다. 그는 그런 자신의 단호한 의지를 "어머니"에게 내보이고 있다. 이 시에서 "어머니"는 시적 화자가 자신의 정체성을 승인받고 싶어 하는 존재다.

4연에서 시적 화자는 자신이 가진 삶의 의지를 "어머니"에게 고백한다. "에르롱"은 항공기 후미 부분을 지칭하는 것으로, 시적 화자는 목적어를 생략한 채 무언가가 자신의 뒤쪽에 있음을 알고 있다고 이야기하고 있다. 이 진술에서 생략된 목적어가 "어머니"라는 사실은 이내 밝혀진다. 시적 화자는 "어머니"를 "영원한 기지"라고 말하고 있다. 이런 진술은 시적 화자에게 있어 "어머니"가 가진 절대성을 드러낸다. 비행기 조종으로 비유되는 시적 화자의 삶에 있어서 삶의 규율 원리로서 견지해야 할 근본이 "기지"에 비유된 "어머니"라는 점을 강조하고 있다. 이러하기 때문에 "훈장"은 "백발"보다 결코 화려한 것일 수는 없는 것이다. 시적 화자는 "어머니"로 표상되는 근원적 회귀의 지점과 "고도계"로 표상되는 지향점 사이에 자신의 삶을 배치하겠다는 의지를 드러낸다. 그것을 시적 화자는 "공장"이라고 표현하고 있다. 이 부분만을 따로 떼어내서 읽는다면 이 시는 마치 죽음의 결의를 하고 "어머니"를 부르면서 죽어간 어느 전투기 조종사의 최후를 묘사한 것처럼 읽힐 여지도 없지 않다. 그러나 이런 해석은 이 부분만을 떼어냈을 때 가능한 것이고, 지금까지 읽어왔던 부분을 종합적으로 고려하면 이 시에 등장하는 전장의 병사는 시인의 페르소나로 차용된 것에 불과하다.

6연은 시적 화자의 여동생의 모습을 그리고 있다. 그런데 특이한 점은 여동생이 책상위에 "멧서·슈미트기"[28]의 사진을 오려 붙여놨다는 설정이다. 독일 전투기에 열광하는 여동생의 모습은 마치 그

당시 통용되던 "군국 소년"의 이미지를 형상화해놓은 듯한 느낌을
주기는 하지만 전투기에 열광하는 소녀의 이미지는 그 당시 통용되
던 성역할 관념에서는 대단히 예외적인 것이어서 김종한이 "군국 소
년"의 새로운 이미지를 제시하기 위해서 이와 같은 설정을 했다고는
보기 어렵다.

이 부분을 제대로 이해하기 위해서는 이 시구 다음에 등장하는 "오래
잖아 당신의 품을 떠나려는/ 열두살의 엉뚱한 설계"를 유심히 검토해볼
필요가 있다. 이 시구는 전투기 조종사로 자원하기 위해 결의한 소녀의
모습을 그린 것이 아니라 고향을 떠나 근대적 세계로 진입하고자 하는
시골 소녀의 강렬한 욕망을 그리고 있다. 여기에 전투기 이미지가 등장
한 것은 전투기가 가진 추진력과 소녀가 가지고 있는 욕망의 강렬함이
의미상 유사성을 띠고 있기 때문이다. 시적 화자의 상황을 드러내는 데
전투기가 등장한 것과 유사한 맥락에서 이해가 가능하다.

마지막 연인 8연은 1연, 3연과 유사 구조를 이루고 있다. "사념",
"고독"의 자리에 "기억"이 들어섰을 뿐 의미상 반복에 지나지 않는다.
시 전체에 걸쳐 몇 번 등장한 "이 사진을 보세요, 어머니"라는 시구는
"아들의 자세를 보세요"로 대체되어 있다.

위에서 살펴본 것처럼 이 시는 전쟁의 수사를 사용하고 있기는 하
지만 이런 점이 곧바로 김종한의 친일적 색채를 보여준다고 판단하기
는 힘들다. 그는 전쟁의 다양한 측면 중에서도 특히 비행기를 애호하

---

28 "멧서·슈미트기"는 앞에서 등장한 "융커기"와 마찬가지로 제2차 세계대전 당시 독일
군수공업을 대표한 기업 중 하나인 메싸 슈미트 (Messerschmitt Bölkow Blohm
(MBB)) 사에서 제조된 전투기로, 융커스사 항공기에 비해 다양한 기종이 제2차 세계
대전에 투입되면서 당시 독일 공군의 대표적인 전투기 메이커로 인식되었다. 歷史群
像編輯部 編, 앞의 책, 188~238쪽 참고.

는 모습을 보여주고 있는데[29], 이는 비행기가 당시 자신의 삶에 대한 비유적 표현에 여러 모로 적절한 것으로 보였기 때문이다. 「살구꽃처럼」에 등장한 불을 토하며 추락하는 "융커기"가 현실과 대면한 자아의 혼란과 불안을 표현하는 데 적절한 것이었다면, 「항공애가(귀환초)」에 등장하는 정체불명의 비행기와 "멧서·슈미트기"는 내면적 혼란을 극복하고 어떤 지점을 향해 맹렬하게 나아가는 인간의 초상을 표현하는 데 적절한 것이었다고 하겠다. 따라서 이 시는 비행기의 수사에 기반한 내면적 심리의 표백을 의도한 작품이라고 하겠다.

물론 우리는 시인 김종한이 이 시에서 표백하고자 한 삶의 지향점에 대해서 작품 외적으로 유추할 수는 있다. 그는 이미 그 당시 「朝鮮文化の基本姿勢」(『삼천리』, 1941.1) 같은 글을 통해서 전시체제에 대한 동참 의사를 드러낸 바 있다. 그럼에도 불구하고 「항공애가(귀환초)」는 이 작품 자체만 놓고서 볼 때 이 작품이 전쟁 협력 의사를 드러낸 작품이라고 판단할 근거는 없다.[30] 이 작품을 그런 견지에서 보는 논

---

29 전시 하 정오 사이렌에 맞춰 묵념하는 식민지 조선의 새로운 풍경을 포착한 「풍속」에서의 다음 구절 "먼 싸움터에는 꽃잎처럼/ 불을 뿜으며 떨어져 가는 한 대의 비행기가 있겠지/ 그리고 고향에 돌아가는 영령들은/ 새로운 이 풍속에 미소짓겠지"(「풍속」, 22~24쪽.), 그리고 식민지 조선에 징병제 실시가 선포된 1942년 5월 8일 글라이더를 날리는 소년의 모습에서 "군국 조선"의 미래를 상상한 「유년」의 다음 구절 "정오가 조금 지난 무렵/ 어느 대문 옆에서 사내아이 하나가/ 글라이더를 날리고 있었다"에서 김종한의 비행기 애호가 드러난다. 시 원문은 일문이며, 인용은 졸역임.

30 최근 발표한 글(「김종한의 친일시와 시론 연구」,『한일민족문제연구』 19집, 한일민족문제학회, 2010, 172쪽)에서 심원섭은 이 작품을 "「살구꽃처럼」의 연작시처럼 보이"며, "청년기의 인생에서 흔히 볼 수 있는 통과제의적 내면 갈등을 소재로 한 시편, 혹은 자기 연민적인 나르시시즘의 시로 보는 것이 옳다."고 말한 바 있다. 이런 관점에 기본적으로 동의하지만, 필자는 이 두 작품 사이에 있는 자의식의 변화에 좀 더 관심을 가지고 있다.

의가 가능한 것은 앞에서 지적한 것처럼 이 작품 전반이 전쟁의 수사로 감싸여 있고 시어의 표면을 훑을 때 이 작품이 군국주의를 찬양하는 것 같은 인상을 주기 때문이다. 그러나 이런 인상이 표피적인 것에 지나지 않는다는 점은 지금까지의 논의를 통해서 충분히 논증되었다고 생각한다.

다만 이 작품의 제목에 대해서는 추가적인 검토가 필요하다. "항공애가"라는 제목은 군국주의적 텍스트의 상투적 제목 같은 인상을 준다. 그리고 부제격으로 붙어 있는 "귀환초"는 이 시가 마치 전투에 참여한 조종사가 임무를 마치고 귀환해서 쓴 것인 듯한 느낌을 준다. 그러나 이때의 "귀환"은 삶의 혼란을 겪고 있는 시적 화자가 삶의 중심 원리로서 "어머니"를 받아들였다는 것, 삶의 근원에 대한 믿음을 회복하였다는 측면에서의 "귀환"으로 봄이 적절해 보인다.

「살구꽃처럼」, 「항공애가(귀환초)」는 김종한의 시 궤적에서 민요시나 이미지즘 시에서 국민시로 넘어가는 가교 역할을 하고 있음은 분명하다. 다만 이 시들을 임종국[31]처럼 시국에의 관심을 보여주는 차원으로 이해하거나 일부 논자[32]처럼 본격적인 친일시로 이해할 것인지에는 여전히 논란의 여지가 있다. 그러나 한 가지 분명한 것은 이들 시 자체만 놓고 볼 때 이들 시는 통상적인 의미에서의 친일시와는 거리가 멀다는 점이다.[33] 전쟁의 수사가 동원되고 있다는 차원에서 보면 이들 시에 시국에의 관심이 전혀 없었다고는 볼 수 없겠지만, 우

---

[31] 임종국, 앞의 책, 225쪽.

[32] 윤은경, 앞의 글, 114쪽.

[33] 심원섭은 이 작품 역시 「살구꽃처럼」과 비슷한 관점에서 평가하고 있으며, 다만 "시국색이 강화된 느낌은 있"다고 말하고 있다. 심원섭, 「김종한(金鍾漢)의 전향(轉向)과정에 대하여」, 『정신문화연구』 114호, 한국학중앙연구원, 2009, 230쪽.

리가 주목해야 할 것은 표피적인 전쟁의 수사 속에 가려져 있는 그의 내면 의식이다.

4. 결론

지금까지 일제 강점 말기 대표적인 친일문학자로 알려진 김종한의 작품 중 대중적으로 잘 알려진 작품이면서도 정밀한 독해가 이루어지지 않은 두 편을 골라 분석해 보았다. 작품 분석에 있어서는 시어 하나 하나가 가진 의미를 가급적 섬세하게 포착하려고 노력했다. 시 분석에 있어서 특히 신경을 쓴 부분은 표면적으로 이해하고 지나치기 쉬운 시어들을 가급적 상식적 차원을 존중하면서 당대의 현실적 맥락도 수용한 분석이 되도록 했다는 점이다. 그리고 그의 시에 대한 선입견에 사로잡히지 않고 작품의 맥락을 충분히 고려한 분석이 되도록 했다는 점이다. 이를 통해서 대상이 된 두 작품들을 쓰고 발표하던 당시 그의 내면적 드라마를 생동감 있게 포착하고, 이를 그 후 전개된 그의 활동과 일정하게 관련지어 해명하고자 했다.

이와 같은 작업은 시 작품을 상투화된 비평의 국면에서 구제하여 그것을 새로운 맥락에 재배치하고자 하는 의도를 가지고 있다. 특히 김종한과 같이 비난이나 비판의 대상이 되기 쉬운 경우에는 특히나 이런 작업은 필수적이라고 할 수 있다. 이는 군국주의의 후예로서 일종의 죄책감에 사로잡혀 그를 편향되게 옹호하고자 하는 일본 측의 시도와는 일정한 거리를 둔 것이다. 이 글은 식민지 지식인이었던 그의 경계인적 위치가 필연적으로 수반할 수밖에 없었던 정체성의 혼란과 그 귀결을 사심 없이 관찰하고자 했다. 기존 논의들처럼 그를 "무갈등의 존재"로 보지 않고 전시체제의 기운이 본격화된 1940년 그가 대면해야 했던 내면적 불안이나 혼란의 모습을 보다 강조한 것은 이런 이유에서였다. 이 글이 향후 김종한 시 연구의 다면적 확장을 위한 밑거름이 되기를 바란다.

조선적인 것에의 목마름

식민지시대 시의 이념과 풍경

7장

서정주의 자전적 기록에 나타난
행동의 논리와 상황

1. 서론

미당 서정주는 자신의 삶과 시의 언저리를 회고하는 글을 비교적
등단 초기부터 줄곧 써왔다. 1940년 『인문평론』에 발표된 「나의 방랑
기」를 비롯하여 그의 자전적 기록의 결정판이라 할 1994년의 『미당
자서전』은 그 대표적인 예라고 할 것이다. 그리하여 그의 시를 연구할
때 자전적 기록은 종종 연구의 보조 자료로 활용되어오고 있는 형편
이다. 이처럼 그가 여타 문인들에 비해 비교적 상당수의 자전적 기록
을 보유하게 된 데는 생계유지라는 지극히 현실적인 이유가 게재되어
있다. 동국대 교수가 되기 전까지 안정된 수입원을 가질 수 없었던 그
에게 있어 자전적 기록을 포함한 산문 쓰기가 어느 정도 도움이 되었

을 것이다. 또한 비교적 낯선 모습의 시들을 해명할 수 있는 자작 해설이라는 글쓰기 풍토가 우리 출판계에 일시적으로 유행했었다는 출판계의 관행도 여기에 일조했을 것이다. 그러나 이런 이유와 더불어 반드시 고려해야 할 사항은 그에게 있어 특히 자전적 기록이 산문 쓰기의 주류를 이루고 있다는 사실과 그러한 자전적 기록이 시간적 경과를 통해서 지속적으로 써지고 있다는 사실이다.

자전적 기록이란 일개인에게 있어 자기의 정체성을 형성하는 데 있어서 중요한 기제가 된다. 우리가 일반적으로 문학인의 자서전을 주의 깊게 보는 이유도 바로 여기에 있다. W. 딜타이에 의하면, 자서전에는 그 저자가 자신의 일생을 통해서 가장 의의 있게 경험한 순간들이 하나의 통일된 연관 속에서 그 속에 드러난다. 또한 그는 자신의 삶에서 특별한 존엄성을 갖는 것들을 기억 속에서 보존하기 위해, 때로는 그 존엄성에 위해를 가할 수 있는 것들을 망각 속으로 빠뜨리기도 한다.[1] 이러한 점들을 고려할 때, 서정주에게 있어서 자전적 기록은 현재적 삶을 과거의 기억과 통일적으로 연관시켜 자신의 현재와 미래를 기획하려는 시도라고 볼 수 있다. 그리고 그 과정에 자신의 삶의 의의를 부정하려는 외적 저항에 맞설 수밖에 없는 절박함이 내재되어 있음은 당연한 것이다. 그처럼 대한민국 수립 이후 강력한 영향력을 행사해온 문인에게 있어서 자선적 기록은 더욱 중요한 의미를 가지는 것이라 볼 수 있다. 대표적인 친일 시인이면서도 문단의 암묵적인 협조 하에서 시단의 수장 역할을 해온 그에게 있어 임종국의『친일문학론』(1966) 출간은 결정적인 위기의식을 초래했을 것으로 보인

---

1 빌헬름 딜타이 저, 이한우 역,『체험·표현·이해』, 책세상, 2005, 32~33쪽.

다. 단편적인 자전적 기록의 집대성이라 할 1970년대에 나온 『천지유정』의 탄생(『서정주문학전집3』, 일지사, 1972)은 이러한 사정과 무관하지 않을 것이다.[2] 미당의 자전적 기록 중에서도 가장 많은 분량을 차지하고 있는 것이 해방 전후와 6·25전쟁으로 이어지는 10여 년간의 기록이다. 사후의 기록이라고 하기에는 너무나 치밀한 양상을 보이는 이와 같은 기억은 가히 의지적이라고 할 정도인데, 이는 그에게 있어 그 당시가 자신에게 얼마나 큰 의미를 가진 것인가를 짐작하게 한다.

앞에서 말한 것처럼 그간의 서정주 시 연구자들이 그의 자전적 기록을 중요한 텍스트로 인정하고는 있었지만 그것의 독자적인 의미에 대한 인식을 미처 가지지 못해 시의 의미를 해명하기 위한 보조 자료로 활용하는 데 그쳤다. 그러나 그의 자전적 기록은 그 자체로 독자적인 연구 대상으로 설정하여 그 내용을 치밀하게 검토해야 할 필요가 있다고 할 수 있다. 특히 최근의 미당론이 사실의 고증학에서 해석학 쪽으로 이동하면서 일종의 정체 현상을 보이기도 하는 마당에 있어서는 말이다. 특히 친일문학의 관점에서 서정주를 검토하는 과정에서 흔히 드러나는, "식민지적 보편성을 강조하는 일반화의 결함"[3] 내지 논리적 과단성을 볼 때, 서정주 시 연구는 사실의 치밀한 고증과 해석을 통한 검토로 방향을 잡아야 할 것이다. 문인이 지식인의 역할을 겸해온 한국현대문학사에서 윤리의 문제는 비켜갈 수 없는 것이겠지만 그에 대한 판단이 충분한 검토와 해석에 기반을 두지 않을 때 논리적 과단성은 공허한 이상주의로 떨어질 수도 있을 것이기 때문이다.

---

2 1980년대에 나온 『안 잊히는 일들』은 일련의 자전적 기록의 시 버전이라고 할 수 있다.
3 김춘식, 「친일문학에 대한 "윤리"와 서정주 연구의 문제점」, 『한국문학연구』 34집, 동국대 한국문학연구소, 2008.6, 216쪽.

여기에서는 최근의 서정주 시 연구에서 중요한 쟁점이 되고 있는
친일문학의 문제를 재검토하고 서정주 식 영원주의의 형성 과정을 중
점적으로 검토하고자 한다. 이를 위해 일제 강점 말기를 다룬 자전적
기록을 대상으로 하여[4] 그의 그 당시의 행적과 그러한 행적을 둘러싼
논리나 상황에 대해서 치밀하게 검토하는 것을 목적으로 한다.

2. 전이된 생존의 욕구와 영원주의의 형성

중일전쟁에서 비롯된 식민지 조선의 전반적인 경색은 진주만 기습
으로 시작된 태평양전쟁으로 인해 심화되고, 문인 전반의 체제 협조
가 요구되는 상황에 이르게 되었음은 주지의 사실이다. 근대 문학 초
창기를 주도한 문인에서부터 비교적 신진 문인에 이르기까지 사회적
경색 국면으로부터 적지 않은 압박을 겪었음도 충분히 짐작할 수 있
다. 그리고 그러한 분위기에서 자발적으로 체제 협조에 나선 이가 있
었는가 하면 비협조와 도피로 일관한 이도 있었다. 1936년에 등단한
서정주의 경우 체제 협조의 노골적인 대상이 되기에는 아직까지 문인
사회에서의 영향력은 미미했다고 할 수 있다. 그가 1942년까지도 체
제 협조의 강압에서 비교적 자유로울 수 있었던 것도 이와 같은 이유
에서일 것이다. 그에게 있어 전시체제라는 상황이 주는 압박이 있었

---

[4] 이 글에서는 편의상 서정주가 쓴 자전적 기록의 집대성이라고 할 수 있는 『미당자서전』
(민음사, 1994)을 저본으로 한다. (이하 "『미당자서전2』, 쪽수"로 약칭함.)

다면 그것은 정신적인 측면이라기보다는 생활적 측면이라고 할 수 있을 것이다.

등단 이후 비교적 보헤미안에 가까운 방랑 생활을 청산하고 한 명의 '온순한 가장'이 되었던 1938년을 기점으로 해서 서정주에게 있어서 가장 큰 고민은 가장으로서 생계를 책임지고 있다는 생활인으로서의 중압감이었다. 만주로의 단신 이주 역시 문인이나 지식인으로서의 정신적 고뇌와 결단의 산물이기보다는 생활인으로서의 결단이라는 측면이 강한 것이었다. 소위 "대동아공영권" 시대가 개막된 1942년까지 그가 보인 행보는 대부분 그러한 것이었다. 1941년 만주에서 돌아와 동대문여학교에서의 1년 여 간의 교원 생활을 끝으로 해방이 되기까지 그에게 있어 일제 강점 말기는 생활의 불안정에 대한 필사적 몸부림의 시절이었다고 할 수 있다. 『화사집』에서 보인 강렬한 관능의 세계에서 빠져나온 그에게 현실적 고뇌는 생명 유지라는 근본적 차원의 욕망으로 전이되어 나타난 것이다.

소학교 훈장 노릇도 내겐 웬일인지 이어 오래 할 것은 되지 못했다. 나는 꼭 일 년쯤 이것을 하곤 1942년 봄엔 치워버렸다. 그러곤 연희동 궁골이라는 마을에 또 셋방을 하나 얻어 이사를 해갔는데, 호구책은 별다른 아무것도 없고, 그저 인문평론사 사장 최재서한테서 책 한 권 번역할 것을 의뢰받아 있는 것뿐이었다. 시게마쓰라는 일본 사람이 쓴 『조선농촌 얘기』라는 것이 그기였는데, 저자는 금융조합연합회(지금의 농협)의 간부고, 내용을 읽어 보니 그저 무방한 우리 농촌에서의 외국인의 체험담으로, 번역해도 욕될 것 없을 듯하여 그걸 승낙한 것이다.[5]

위의 인용문은 태평양전쟁이 시작된 후 서정주의 초기 행보를 보여
주는 부분이다. 1942년 초 그는 정규직을 작파하고 가족을 이끌고 "연
희동 궁골"로 이주하였다. 정규직을 박차고 나온 그의 앞에 내던져진
가장 큰 문제가 "호구책"으로서의 가정 지키기였다. 그가 할 수 있는
일은 글을 쓰는 것밖에는 없었으나 그것은 애초에 생계유지에는 보조
수단이 될 수밖에 없었던 것인 바, 최재서의 알선으로 번역업에 뛰어
들게 되었다. 이때의 최재서와의 인연은 일제 강점 말기까지 지속될
뿐만 아니라 해방 후 남조선대학(현 동아대) 교수 부임까지 연결된다
는 점에서 큰 사건이라고 할 수 있다. 그와 최재서의 인연은 적어도
최재서가 『인문평론』을 창간하던 1939년까지 거슬러 올라가는 것이
다. 1939년 10월에 창간된 『인문평론』 2호(1939.11)에 서정주가 「봄」
이라는 시를 발표하고 있음이 그 증거라고 할 수 있다. 또한 그와 같
은 시 발표는 『인문평론』이 폐간된 1941년 4월보다 2달 전인 1941년
2월호의 「만주에서」 발표에까지 이어진다. 이로 볼 때 최재서가 서정
주에 대해서 남다른 관심을 가지고 그를 배려하고 있었다고 보아도
좋을 것이다. 그 당시 그가 번역한 책은 일본인 저자의 조선 농촌 체
험기였던 것으로 보이는데, 그가 문학과는 무관한 번역 작업을 결심
하게 된 것도 가정 지키기에 대한 준열한 책임감에서 비롯된 것이라
고 볼 수 있다. 그러나 그러한 작업이 "번역해도 욕될 것은 없을 듯하
여 승낙"하였다는 판단에 따른 것이라고 한 점을 보아 이 시기 그에게
있어서 전시체제 하의 삶이라는 것이 통념과는 달리 무비판적으로 이
루어진 것은 아니었음을 알 수 있다. 이때 그가 말하고 있는 "욕될 것"

---

5 『미당자서전2』, 105쪽.

의 정체가 정확히 파악될 수는 없으나, 그것이 개인적 생존에 우선하는 민족적 도의에 해당하는 것으로 생각될 수는 있을 것이다.

여하튼 이 시기 서정주에게 있어 삶은 욕됨과 생존의 길항에서 빚어지는 설움과 회한으로 얽혀 있는 것이었다. 1942년 6월 『춘추』에 발표한 「거북이에게」라는 작품은 이 시기 그의 내면을 잘 보여주는 작품으로 생각되는데, 그는 이 작품에서 거북이에 자신의 상황을 의탁하여 표현하고 있다. "거북이"는 전통적으로 십장생의 영물로 알려져 있는데, 그는 그러한 상징성에 맞게 이 시에서 "거북이"에게 말하는 형식을 취하고 있다. 첫 연의 "거북이여 느릿 느릿 물ㅅ살을 저어/ 숨 고르게 조용히 갈고 가거라."에서는 "거북이"에게 비록 "느릿 느릿" 하게 갈지언정 어떠한 상황에도 동요하지 않고 "숨 고르게 조용히" "물ㅅ살"에 비유되는 현실을 헤쳐 나갈 것을 요청하고 있다. 이는 "거북이"에 의탁한 자기 자신에 대한 결심이나 의지를 피력한 것으로 볼 수 있다. 그리고 마지막 연의 "그대 쇠먹은 목청이라도/ 두터운 갑옷 아래 흐르는 피의/ 오래인 오래인 소리 한마디만 외여라."는 그러한 결심이나 의지가 현실에서 무력하게 좌절되는 참담함에서 비롯되는 설움의 피력으로 볼 수 있다.

현실로부터의 좌절은 서정주로 하여금 그 전까지는 전혀 관심을 가져본 적이 없는 새로운 세계로 이끈다. 현실로부터의 좌절이나 패배로 인해 위축된 자아에게 있어서 심리적 대상(代償)의 기제를 확보하려는 욕구는 자연스러운 것으로 그것은 일종의 현실 괄호 치기의 방식으로 발현될 수밖에 없다. 서정주에게 있어서 그것은 일종의 골동 취미라고 할 것으로 발현되었다.

나는 어려서부터 골동 취미라는 것을 아직 따로 가져본 일도 없고, 또
이 방면에는 전연 무지한 거나 다름없었다. 그런데도 이때 내 눈에 비친
그 이조 무문의 백자 항아리들의 빛과 선은 이 세상의 무엇보다도 살에
대보고 싶고, 눈에 대보고 싶고, 내 정서의 가장 깊은 곳에 대보고 싶은
매력을 가지고 내 감각에 배어들었다. 이런 것은 무엇인가 책으로 옛 선
인들의 역사나 가르침이나 지혜나 느낌을 읽어 얻는 것보다도 훨씬 더 직
접적으로 곧장 스며들어오는 이런 친근력과 영향력에 무관심했던 것이
새삼스레 이상하게 느껴졌다.6

위의 인용문에서 그는 이조백자의 매력에 대한 기이한 발견 경험을
서술하고 있다. 그러한 경험의 낯섦을 그는 "새삼스레 이상하게 느껴
졌다"고 말하고 있거니와 그에게 있어 이조백자가 매력을 띠고 다가
온 시점이 일제 강점 말기였다는 사실에 우리는 일단 주목할 필요가
있다. 그가 이 당시에 가지게 된 골동 취미는 어려서부터 생래적으로
습득된 문화자본과는 무관한 것이다. 주지하다시피 그는 김성수 집안
의 마름의 장남으로 성장해온 바 있거니와 그 정도의 집안 형편으로
는 이조백자를 완상할 만한 여유는 없었던 것이 사실이다. 그렇다고
해서 그러한 취향이 야나기 무네요시(柳宗悅)와 같은 민예이론가의 담
론에 대한 학습의 결과라고 볼 여지도 없다. 물론 위의 인용문에서 빛
과 선의 관점에서 이조백자의 우수성을 논했던 야나기의 관점이 투영
되어 있기는 하나, 이는 사후적 관점에 지나지 않는 것이다. 그런데도
일제 강점 말기 궁핍과 불안으로 점철된 나날을 보내던 상황에서 그

6 『미당자서전2』, 131~132쪽.

가 이조백자의 매력에 빠져들게 되었던 것이다. "책으로 옛 선인들의
역사나 가르침이나 지혜나 느낌을 읽어 얻는 것보다도 훨씬 더 직접
적으로 곧장 스며들어오는 이런 친근력과 영향력"을 가진 것이었다고
말할 정도로 이조백자에 대한 그의 매혹은 대단한 것이었다. 그 매혹
의 정도가 어떠했는가를 1980년대에 쓴 「학질 다섯 직 끝에 본 이조
백자의 빛」이라는 시에서는 "해일이랄까? 하늘의 소리랄까? 옛 선인
들의 망령들이 합쳐진 것이랄까?/ 나를 감싸 놓지 않던 그 애무서운
습래!"라고 표현해 보이기도 했다.

> 나는 이조백자의 세숫대야 모양의 그릇 속에 세숫물을 담아서 세수도
> 해보고, 어린놈과 함께 산골로 돌아다니며 풀꽃들을 꺾어다가는 백자의
> 항아리에 담아보기도 하고, 또 옛날 이도령이 입던 것과 꼭 같은 쾌자와
> 복건 그런 것의 고물을 사다간 벽에 걸어두기도 하고, 심심하면 그걸 내
> 려 입고 써 보기도 하고, 또 비단실로 굵직하게 꼬아서 끝에 술을 단 그런
> 옛날 같은 끄나풀을 구해 허리띠를 하기도 하고, 전깃불에다가 우리 한지
> 를 씌워 밤이 오면 지등이 되게 하기도 했다. 이런 내가 안심찮았는지 내
> 아내는 귀신집 같다고 못마땅해 하기도 했지만, 이런 식의 한동안은 어쨌
> 든 내게는 그리 않고는 살맛이 하나도 없는 필연적인 것이었다.[7]

서정주는 궁핍한 생활 속에서도 이조백자 사 모으기에 큰 공을 들
였다는 점을 밝힌 바 있다. 그가 수집한 자기로 세수를 하거나 꽃을
꽂기도 하는 등 그에게 있어 이조백자는 단순한 완상물에 그치지 않

---

7 『미당자서전2』, 134~136쪽.

고 그의 피부 속으로 스며들기를 희구하는 연인과 같은 이미지를 띠고 있다. 그는 이조백자와 더불어 전통 양식의 쾌자, 복건, 허리띠를 몸에 수시로 착용하기도 하고, 한지로 전등에 갓을 씌워 지등을 만들어보기도 한다.

이처럼 과거 민중적 향취가 묻어 있는 전통 생활 도구를 한동안 사모으고, 일상생활에서 사용하며 지내는 일이 일제 강점 말기의 그에게 유일한 "살맛"을 주는 것이었다고 회고하고 있다. 그에게 있어 전통 생활 도구를 수시로 수집하고 일상생활에서 사용하는 것과 더불어 매력을 가진 일은 그의 말을 빌면 "오이즈미(小泉八雲)8라는 성명으로 일본에 귀화한 남양인 L. 허언이 중국의『고금기관』이란 소설 속의 어떤 것을 번안해 낸, 그 귀신과 현실과의 교합의 이야기에 심취하다간 그 원본『고금기관』과 그 일본판 완역본을 같이 사들여 대조해 읽"는 일이었다.『고금기관』은 중국 명나라 말기의 소설집으로 알려져 있는데, 서정주는 이 작품에 수록된 이야기들 중에서 "귀신과 현실과의 교합의 이야기"에 심취하였던 것으로 보인다.

이조백자와『고금기관』사이에는 일견 연관성이 없어 보인다. 그러나 이조백자는 그것이 사라진 시간의 흔적이자 그것을 제조하고 사용한 인간의 넋이 깃들어 있는 것이라는 점에서『고금기관』과 연결될 수 있는 것이다. 서정주가 이조백자를 "살에 대보고" 물을 담아서 세수를 하고 쾌자를 입고 복건을 써 본 것은 그것들에서 결코 죽지 않은 끈질긴 생명의 존재를 실감할 수 있었기 때문이다. 일종의 불멸이나 영원이 그에게 있어 귀신의 형상을 취한 것이다. 이처럼 귀신과의 접

---

8 "고이즈미"의 오식.

촉을 시도하는 그에게 아내가 "귀신집 같다고 못마땅해" 한 것은 지극
히 당연한 반응이다. 그는 그러한 행위의 절실함을 다음과 같이 표현
하고 있다.

> 형체도 없이 된 선인들의 마음과 형체 있는 우리와의 교합의 이야기는,
> 내가 언제 국으로 죽어 무형밖엔 안 될지도 모르는 이 막다른 때에 무
> 엇이든지 내게 무엇보다 제일 중요한 일이 되어 있었다.[9]

앞에서 살펴본 「거북이에게」와 골동 취미로 대표되는 일제 강점 말
기 서정주의 변화는 전시체제 하에서 자주 운위된 동양 담론에 대한
정신적 승인[10]과는 일정한 거리가 있는, 다소 개인적인 성격의 것이
다. 그리고 흔히 『화사집』의 대부분을 채우고 있는 강렬한 서구적 육
체성으로부터의 탈주 신호로 이해된 「수대동시」와는 그 성격이 다른
것이다. 그 표면적인 동양 회귀의 몸짓에도 불구하고 이 시는 "임유
나"라는 여성으로부터의 실연 경험의 표백에 지나지 않는 것이다. 그
에게 있어 이러한 변화는 엄혹한 생활환경 속에서 생존의 불안에서

---

9 『미당자서전2』, 134~136쪽.
10 서정주에게 있어서 동양에 대한 자각은 그가 쓴 「시의 이야기」를 대상으로 주로 논의
   되고 있는데, 동양에 대한 자각이 김용회의 언급(김용회, 「서정주 시의 시어와 이데올
   로기」, 『한국시학연구』 12, 한국시학회, 2005, 221쪽.)처럼 대동아공영권론에 대한 심
   도 있는 이해와 결부되었다고 보기는 힘들다. 「시의 이야기」가 미요시 다쓰지(三好達
   治)의 논의를 번안한 것에 불과한 측면이 있고, 이후 그의 행보가 그 당시 적극적인 친
   일 문인들의 행보와는 달리 창작 위주로 진행되고 있기 때문이다. 서정주에 대한 미요
   시의 영향에 대해서는 최현식, 박수연이 이미 자세히 언급한 바 있다. 최현식, 『말 속의
   침묵』, 문학과지성사, 2002, 364쪽, 각주 4; 최현식, 『서정주 시의 근대와 반근대』, 소
   명출판, 2003, 122~133면; 박수연, 「일제말 친일시의 계보」, 『우리말글』 36집, 우리말
   글학회, 2006.4, 221~222쪽 참고.

벗어나 불멸 내지 영원의 형이상학에 안심입명하려는 욕망에서 비롯
된 것이다. 이러한 논리가 시와 생활 안팎에 걸쳐 서서히 배태되기 시
작하면서 서정주 식의 영원주의는 형성된 것이다. 그러나 우리글을
통한 문학 행위의 공간이 사라져 버린 1942년 이후의 상황은 그로 하
여금 문학의 길을 일시 포기하게 만들었다.

3. 오인된 상황과 제국으로부터의 승인 욕망

일말의 자포자기 심정까지를 내비치는 이 당시 서정주의 문학 포기
현상은 어디에서 비롯된 것일까. 그는 그 이유를 다음과 같은 회고하
고 있다.

그러나 이런 때를 당해서 자기나 민족의 장래를 생각해 보는 것은 정말
따분한 일이었다. 일본은 이미 중국에 왕정위의 정권을 세우고, 동남아시
아 전역을 처먹어 들어가고 있어서, 이것이 두 해 뒤에 풀리어 해방이 되
리라는 것은 나 같은 사람으로선 예상도 할 수 없었다.11

왕정위(汪精衛)가 남경에 일본 제국주의의 괴뢰정부를 세운 것이
1940년 3월 30일이고, 일본이 동남아시아 전역을 석권한 것이 태평양

11 『미당자서전2』, 126쪽.

전쟁 발발 이듬해인 1942년 초라는 점을 감안할 때, "두 해 뒤에 풀리
어 해방" 운운하는 그의 회고는 다소 부정확하다. 그 이유의 일단을
태평양전쟁의 전황이 시시각각으로 전환되었고 그의 회고가 사반세
기 후의 것이라는 점에서 찾을 수도 있을 것이다. 그러나 그보다는 그
의 친일 행적이 추동한 전시 인식이 태평양전쟁 이전, 그러니까 중일
전쟁 이후부터 시작되었기 때문이라고 보는 것이 더 타당할 것이다.
실제로 중일전쟁 이후 전시체제적 기운이 식민지 조선을 감싸기 시작
했고, 일본군이 국민당군을 상대로 해서 임시정부의 수도 남경에 이
어 무한삼진을 함락하여 중국 정부를 중국 내륙의 중경으로 몰아낸
것은 1937~1938년의 일이었다.[12] 이후에 식민지 조선의 문인들은 본
격적인 친일 행보를 걷기 시작했다. 그러한 행보는 1939년 김동인, 박
영희, 임학수 3인의 황군위문사절단 파견으로 가시화되었다. 특히 여
기에는 신진시인 임학수도 끼어 있어 이채로운데, 그는 경성제국대학
영문학과 출신으로 최재서의 후배라는 점에서 조선인 시인으로는 최
초의 친일 행적을 보인 사례가 되었다. 적어도 1942년 초, 즉 미·일
양 해군이 1942년 6월 미드웨이 해전에서 조우하기 전까지의 전황은
일본군의 파죽지세였다는 점[13]이 태평양전쟁사의 객관적인 시각이기
에 서정주의 이 당시 상황 인식에는 별다른 하자가 없다. 그러나 그의
결정적 오판을 유도한 것은 전시하의 보도 통제였다고 할 것이다. 식
민지 조선에서의 공식적 보도매체인 『매일신보』, 『경성일보』나 일본
본토에서 발간되어 국내에 배포된 『대판매일』, 『대판조일』 등의 언론
매체[14], 경성방송국을 통한 라디오 방송 그리고 영화관을 통해서 수시

---

12 마리우스 젠슨 저, 김우영 외 역, 『현대일본을 찾아서2』, 이산, 2006, 919~931쪽.
13 위의 책, 961~979쪽.

로 상영되던 전시 뉴스릴을 제외하면 그 당시 일반인이 전황을 객관
적으로 파악할 수 있는 길은 거의 드물었다고 할 수 있다. 물론 극히
일부의 지식인들은 패망 직전 미군이 제작한 라디오 방송을 비밀리에
수신하기도 하였으나, 이것은 어차피 극히 드문 사례에 지나지 않는
것이었다.[15] 대단히 엄격히 통제되고 있던 전시 식민지 조선의 상황을
서정주는 다음과 같이 회고하고 있다.

> 미국 태평양지구 총사령관 맥아더 장군이 일본군에게 포로되어 형편없
> 이 끌려 다니는 영화가 영화관마다 상영되었다. 싱가폴뿐만 아니라 아시
> 아의 전역은 거의 다 일본군에 점령되어가고 있는 소식만이 날이 갈수록
> 번성해 갔다. 중국의 독립정부는 중경 구석으로 몰린 채 재기한다는 기별
> 은 영 캄캄하고, 유럽은 완전히 히틀러와 무솔리니의 손아귀에 들어간 걸
> 로 알려져 왔다. 거기다가 일본 중심의 대동아공영권이라는 것은 벌써 장
> 차의 시베리아 총독엔 한국인을 기용한다는 소문까지가 길거리에 파다하
> 게 퍼뜨려지고 있었다.
> 물론 콧수염을 익살맞게 단 맥아더 장군 포로의 영화를 비롯해서 거짓
> 말이 너무나 많은 보도들이었을 것이지만, 그게 거짓이라는 걸 알게 된
> 건 1945년 8월 15일 해방 뒤의 일이고, 이때엔 나는 이걸 거부할 만한 딴
> 지식을 가지고 있지 못했다.[16]

---

14 1939년 현재 식민지 조선 내 일본신문 구독 부수가 3만 6391부를 기록하고 있다. 이런
수치는 1940년 폐간 시 『조선일보』의 6만 3천부나 『동아일보』의 5만 5천부의 절반을
약간 상회하는 것으로, 그 당시 국내에서 일본신문이 가진 영향력을 추정할 수 있는 자
료가 된다. 강준만, 『한국근대사산책10』, 인물과사상사, 2008, 29; 41쪽 참고.

15 강준만, 위의 책, 127~134쪽.

16 『미당자서전2』, 154쪽.

위의 인용문에서 서정주는 그 당시 영화관을 통해 상영된 한 편의 영화에 대해서 이야기하고 있다. 이 영화가 순수한 허구를 통해 구성된 극영화인지 뉴스릴을 가장한 페이크다큐멘터리(fake documentary)인지는 명확하지 않다. 그러나 "콧수염을 익살맞게 단 맥아더 장군"이라는 표현을 감안할 때, 그 당시 그가 보았던 영화를 순수한 극영화라고 본다면, 이 영화는 서양인 포로를 이용한 군국주의 영화일 가능성이 있다. 그러나 전쟁을 수행 중이라는 그 당시 일본의 여건상 이런 영화를 제작하기는 쉽지 않았을 것이다. 오히려 이 영화는 전황을 전달하는 뉴스릴이었을 가능성이 더 커 보인다. 서정주 자신이 "콧수염을 익살맞게 단 맥아더 장군 포로의 영화를 비롯해서 거짓말이 너무나 많은 보도들"이라고 표현한 것을 감안할 때, 이 영화 역시 일종의 "보도" 즉 뉴스릴임을 시사하는 것으로 보이기 때문이다. 다만 이 뉴스릴은 실제 포로 장면에다 아나운서의 멘트를 조작하거나 포로로 잡힌 미군 고위 장교를 맥아더 장군으로 위장하여 연출하거나 하는 등의 방식으로 제작되었을 것으로 추측된다.17 전시 보도 통제나 보도 조작이 만연한 사회 정황상 "나는 이걸 거부할 만한 딴 지식을 가지고 있지 못했다"는 식의 회고에는 별다른 이의가 있을 수 없다.

　서정주는 보도 통제로 인한 객관적 상황 인식의 미비라는 대의 하

---

17 그 당시 일본에서 서양에 대한 적개심을 앙양하기 위한 영화들이 다수 만들어졌다는 점을 고려할 때 『帝國の銀幕』(ピーターB. ハイ, 名古屋大學出版会, 2001, 386~393쪽 참고.), 서정주가 언급한 영화가 극영화일 가능성도 배제할 수 없다. 만주사변부터 태평양전쟁까지 만들어진 주요한 일본영화들(다큐멘터리 포함)을 가장 상세하게 다루고 있는 『帝國の銀幕』에서도 서정주가 언급한 것과 비슷한 영화가 보이지 않는 것으로 미루어 보아, 그가 거론한 영화가 뉴스릴 즉 그 당시 용어로 '문화영화'의 일종일 가능성이 더 짙어 보인다.

에서 그 당시 만연했던 유언비어에 대해서도 이야기하고 있다. 위의 인용문은 전시 보도 통제라는 상황과 "시베리아 총독" 관련 유언비어를 언급하고 있어 이채롭다. 소련 영토인 시베리아가 운운될 정도로 그 당시의 정보 왜곡 현상은 심했던 것으로 보인다. 독일의 소련 침공으로 개시된 독소간의 전쟁과는 달리 태평양전선에서 소련은 일본과 전쟁을 할 의사가 없었고, 일본 역시 중국 전선에서의 교착 상태로 인해 소련과 비슷한 상황에 처해 있었다. 소련의 대일 선전포고가 불과 해방을 며칠 앞둔 1945년 8월 초였다는 점을 감안할 때, 이 당시 서정주가 진지하게 생각했다는 "시베리아 총독" 운운은 전적인 유언비어라고 할 수 있다. 그러나 굳이 당시의 상황 인식을 회고하는 마당에 그런 언급은 어떤 의미를 가지는 것일까. 그가 굳이 조선인이 시베리아 총독이 될 수 있다는 유언비어까지를 언급한 것은 그것을 민족주의적 입장에서 자신의 불철저한 상황 인식을 도회(韜晦)하는 기제로 이용하고자 하는 의도로 보인다. 어차피 "일본 중심의 대동아공영권" 세계에서 살 수밖에 없다면 그러한 세계 하에서 조선 민족이 이등시민의 지위를 차지하는 것이 바람직하리라는 생각이 서정주가 가진 개량주의적 민족주의의 한계였던 것이다.18

　　미국이나 영국에 대한 적대감정이라는 것은 또 어떻게 해서 일어났나 하면, 확실하다는 일본 측 보도로 영·미국인들은 일본병의 포로들을 불도저 밑에 무더기로 넣고 깔아뭉갠다는 등 그 시체의 뼈로 페이퍼 나이프

18 이러한 인식적 한계는 등단 이후 해방기까지 직간접적으로 영향을 받았던 동아일보 주도 세력의 그것과 별 다를 바 없다. 사주 김성수, 사장 송진우 등 일제 강점기 동아일보 주도 세력은 대체로 개량주의적 민족주의자들이었다고 할 수 있다.

를 깎아 만들어 그걸로 종이를 썰고 있다는 둥 간단히 말해서 그런 것들 때문이었다.

그 페이퍼 나이프에는 우리나라 병정의 **뼈**로 된 것도 더러 있겠다는 생각…그런 생각은 내 적대감정을 일으키기에는 충분한 것이었다.[19]

위의 인용문은 앞에서 살펴본 "맥아더 장군 영화"의 경우와는 약간 다른 측면에서 정보 왜곡 현상을 보여주는 유언비어 사례를 담고 있다. 그 내용인 즉, 미·영군이 포로로 잡은 일본군을 "불도저"로 깔아 뭉갠다거나 시체의 뼈로 "페이퍼 나이프"를 만든다는 등의 것이다.[20] 특히 서정주가 강렬한 적대 감정을 느낀 것은 그 일본군 속에 징병으로 끌려간 조선인들도 있으리라는 이유 때문이었다. "맥아더 장군 영화"가 식민지 조선인들을 상대로 전황을 왜곡함으로써 전쟁 참여 의지를 북돋우려는 의지를 가진 일본군의 공식적인 대응이라면, 미·영군의 잔혹성에 대한 유언비어는 식민지 조선인들의 심리적 공포를 과장함으로써 전쟁 하에서의 운명공동체 심리를 확산시키려는 의도를 드러내고 있다. 1945년 초 미군이 오키나와 상륙 작전에서 마주친 장면은 조선이 미·영군에게 점령되었다면 어떤 행동을 보였을 지를 짐작하기에 충분한 사례라고 할 수 있다. 오키나와인들은 미군이 상륙했을 때 집단적으로 절벽에서 뛰어내려 자살을 한 바 있는데, 그들은 이미 서정주가 듣고서 의심하지 않았던 그런 유언비어의 희생자라고 할 수 있다.[21]

---

19 『미당자서전2』, 162쪽.
20 과달카날 전투에서 미군이 탱크로 일본군 포로들을 압사시켰다는 소문이 당시에 퍼졌다고 한다. 이창위, 『우리의 눈으로 본 일본제국 흥망사』, 궁리, 2005, 214쪽.

특정한 시대적 한계 속에 놓인 개인의 생명이 폐색(閉塞)의 위기에
놓일 때 그에게 생존의 길을 열어주는 것은 그러한 시대성을 새로운
방식으로 수용하는 것이었다. 서정주에게 있어 그 길이란 1942년 이
후의 사회 상황을 긍정하는 일로, 흔히 말하는 친일화의 과정이다. 앞
에서 살펴본 대로 그러한 친일의 길은 식민지 문인으로서 일본 제국
주의에 봉사하는 방식으로 이루어졌다고 할 수 있다. 그 계기를 준 것
은 분명 최재서였다. 『인문평론』 폐간 이후 서정주는 『국민문학』을
창간한 바 있는 최재서의 작업에 적극적으로 관여했던 것으로는 보이
지 않는다. 그러던 그가 1943년 10월호 『국민문학』에 일어시 「항공
일에」를 발표하게 되는데, 그 저간의 사정을 그의 회고를 통해 직접
들어 보면 아래와 같다.

> 그래 둘이 가끔 만나 의견을 교환하고 지내다가, 그의 권유로 그의 경
> 영하던 『국민문학』이라는 일본어 잡지에 내 맨 처음의 일본어 시작의 시
> 「항공일에」라는 것을 9월호엔가 10월호에 냈다.[22]

이처럼 작품 발표는 하지 않았지만 서정주가 최재서와는 지속적으
로 만나고 있었음을 알 수 있다. 『조선 농촌 얘기』의 번역 건도 최재
서의 교섭 결과임을 기억한다면 일제 강점 말기 그가 서정주에게는
중요한 존재였던 것을 짐작할 수 있다. 위의 인용문을 통해서 「항공일에」
의 발표가 최재서의 적극적 권유의 결과임을 알 수 있다. 1941년 2월호
『인문평론』에 「만주에서」를 발표했던 것을 고려하면 「항공일에」의 발

21 강준만, 앞의 책, 191~200쪽.
22 『미당자서전2』, 155쪽.

표는 "대동아공영권" 시대를 맞이한 최재서와의 일체감의 표현이라고
할 수 있다. 물론 그 사이에 서정주가 작품 발표를 전혀 하지 않았던
것은 아니었다. 다만 『국민문학』에 작품을 발표하지 않았던 것인데,
여기에는 일어로 창작을 한다는 기술적인 어려움과 더불어 전시체제
관여의 "욕됨"에 대한 어느 정도의 부정적 인식이 개입된 것으로 볼
수 있다.

「항공일에」는 그 당시 여타 시인들이 발표하던 전쟁 찬양시들에 비
해서는 그 노골성이 덜 하고 가급적 형상화에 주력하려는 양상이 돋
보이는 작품으로서, 조선 시인이 써낸 시로는 비교적 형상화에 완미
함이 엿보인다. 이 시를 두고서 서정주는 "1943년에 내가 쓴 우리말
시 「꽃」의 형이상학하고는 많이 공통하는 것이었다."[23]고 회고하고
있다. 실제로 두 작품을 비교해 보면 비슷한 구절이 눈에 띤다. 「꽃」
의 3연 "오-그 기름 묻은 머리ㅅ박 낱낱이 더워/ 땀 흘리고 간 옛사
람들의/ 노래ㅅ소리는 하늘우에 있어라."와 「항공일에」의 2연 "마늘
과/ 기름때의 형제들이/ 가고 가서 물들인/ 그 하늘이어라."가 바로
그 대목이다. 둘 다 죽은 자들의 넋과 통교(通交)하는 화자의 상황을
노래한 것으로[24], 그의 회고가 사실에서 벗어난 것으로는 보이지 않
는다.

그러나 이 둘의 연관성을 굳이 강조하는 이유는 무엇일까. 그것은
「항공일에」에 쏟아진 비판을 피해가려는 의도의 드러냄으로밖에는

---

23 『미당자서전2』, 159쪽.

24 김재용은 「꽃」이 이조백자의 화문(花紋)에서 동기를 얻은 작품이라고 지적한 바 있다
(김재용, 「전도된 오리엔탈리즘으로서의 친일문학」, 『실천문학』, 2002년 여름, 72쪽).
앞에서 살펴본 것처럼 그 당시 서정주가 골동취미에 빠져있었다는 점을 고려할 때 이
런 지적은 타당성이 있다고 하겠다.

이해할 수 없다. 「꽃」이 이후 전개된 서정주 식의 영원주의 시학의 시
발점이자 정상으로 평가받는 작품이라는 점을 감안할 때, 「항공일에」
가 서정주 식의 순수문학 논리와 시대적 상황의 불가피한 타협에서
비롯된 부득이한 산물임을 강조하고자 하는 것이다. 그는 이러한 논
리의 설득력을 강화하기 위하여 또 하나의 근거를 제시하고 있으니
그것은 일본 문학자로부터의 승인이다.

> 내가 『국민문학』에 발표한 내 맨 처음의 일본어 시 「항공일에」라는 것
> 은 내 예상과는 달리 일본인 문학인들의 눈에도 상당히 좋게 보였던 모양
> 으로, 즉무삼웅(則武三雄)이라는 시인은 내가 인문사에 입사하자 바로
> 찾아와서 [오래 만나기를 기다렸다]고 했다.(…)
>
> 그는 내 「항공일에」라는 것을 그가 근래에 읽은 시 중에 제일 좋은 것
> 이라고 말하고, 자기들한테는 없는 묘한 유통력이 있다고 칭찬해 대더니
> (…)25

위 인용문은 그 당시 서정주에게 있어 「항공일에」가 어떠한 의미를
가진 것인지를 또 다른 측면에서 보여주고 있다. 「항공일에」의 발표
를 계기로 해서 일본 문인으로부터 긍정적인 평가를 받고 있었음을
알 수 있다. 노리다케 카츠오(則武三雄)26라는 시인으로부터 「항공일
에」라는 작품이 "근래에 읽은 시 중에 제일 좋은 것", "자기들한테는
없는 묘한 유통력이 있다"는 평가를 받은 서정주가 모종의 자신감을
느끼고 있었음을 우리는 알 수 있다. 물론 그에게 찬사를 보낸 일본

---

25 『미당자서전2』, 160쪽.

문인이 일본 본토의 일급 시인이 아니라 식민지 조선에 거주하는 "지
방문인", 정창석의 표현을 빌자면 "식민지 한국에 굴러 들어온 일본제
국주의의 삼류 문화인 떨거지들"[27]이었음에도 불구하고 서정주가 그
토록 자부심을 느꼈던 것은 왜일까. 우선 그의 일본어 창작 실력이 본
토인으로부터 인정받을 정도로 수준 높았다는 것, 그리고 그 작품이
비록 일본어로 된 것일지라도 자기만의 독특한 개성을 갖춘 것이었다
는 점에 있을 것이다. 그는 노리다케라는 비교적 낯선 시인으로부터
받은 실력 인정의 보증으로 노리다케가 "미요시 다쓰지(三好達治)의
제자"라는 사실을 덧붙이기를 잊지 않았다.[28]

이처럼 일본 본토인으로부터의 승인이라는 요건은 서정주가 자신
감을 가지고 전시체제에 대한 "봉사"의 길로 나아가는 데 중요한 역할

---

26 노리다케 카츠오는 1909년 톳토리 현 출생으로 1928년 조선으로 건너와 7년간 조선총
독부 경무국 보안과 촉탁으로 근무했다.(정창석,「피해자의 얼굴, 가해자의 얼굴」,『일
본학보』48집, 한국일본학회, 2001.9, 217쪽) 1940년 미요시 다쓰지와 2개월 간 여행
을 한 바 있으며, 1942년에는 압록강변 신의주 생활 체험을 바탕으로 한 시집『사판압
록강(私版鴨綠江)』을 발간한 바 있다. 그는 소설가 다나카 히데미쓰(田中英光)와 더
불어『국민문학』을 무대로 활동한 대표적인 일본 문인으로(김형섭,「『국민문학』의 서
지 및 성격 고찰」,『일어일문학』, 39집, 대한일어일문학회, 2008.8, 163~164쪽.)『국
민문학』에 지속적으로 글을 게재한 바 있다(「夏の鴨綠江」, 1942.8;「くもと空」,
1942.10;「最近の詩作品」, 1943.2;「漢江」, 1943.6;「報道班員の手帖-突擊」, 1943.7;
「現代詩試論」, 1943.11;「海戰」, 1943.12, 「思慕詩篇」, 1944.5;「中隊詩篇」, 1944.9;
「斷想」, 1945.2). 그는『국민문학』외에『조광』에도 다양한 글을 게재한 바 있으나,『국
민문학』보다는『조광』에 수록된 글들에서 체제 협력적 양상을 보인다(와타나베 키이
치로, 심종숙 역,「일본의 한 지방시인과 식민지 한국 체험」,『일본근대문학』, 1호, 한
국일본근대문학회, 2002.4, 241~242쪽.). 1945년 8월 패전 후 귀국하여 후쿠이(福井)
현에 거주하며 지방 문화발전에 기여하다가 1990년 사망하였다.

27 정창석, 위의 글, 216쪽.

28 서정주에게 있어 미요시가 시적 방향 설정에 중대한 영향력을 행사했던 시인임은 이
미 앞에서 거론한 바 있다.

을 하였다. 노리다케와의 인연에 이어 그가 회고하는 일본 본토인은
고다마 킨고(兒玉金五)29와 사토 기요시(佐藤淸)이 있는데, 특히 사토
는 경성제국대학의 영문과 교수이자 최재서의 스승이라는 점과 일제
강점 말기 전시체제하에서 문인의 체제 동원에 적극적인 역할을 한
바 있다는 점에서 검토해볼 만한 인물이다. 최재서가 『국민문학』을
주재하게 된 과정도 사토와 무관하지 않은데, 서정주는 그를 "악기가
없는 좋은 노인"이었다고 회고하고 있다. 서정주가 최재서를 매개로
그와 수시로 접촉했으리라는 것은 능히 짐작할 수 있는데, 서정주의
기억 속에서 가장 뚜렷이 부각되는 일은 사토의 시집 『벽령집』 출판기
념회이다.

> 마침 『벽령집』이라는 그의 시집이 발행되어서 무슨 식당에서 그의 시
> 집 출판 기념회를 가졌는데, 나더러도 그 테이블 스피치라는 것을 한마디
> 하래서 그걸 비교적 남보다 자세히 했더니, 그것은 그의 마음에 들었던
> 모양이다.
> 이 『벽령집』이라는 시집은 한국만이 갖는 것이라고 사토가 생각한 이
> 곳 겨울 하늘의 그 새파랗게 차가운 영적인 공기를 찬양해서 써낸 것들
> 이었다. 이런 것은 이때의 내 기호와도 맞는 데가 있어 칭찬해 주었던 것
> 이다.30

---

29 자세한 이력은 알려져 있지 않으며, 「海軍の生死觀」을 『국민문학』 1944년 12월호에
발표한 바 있다.
30 『미당자서전2』, 161쪽.

『벽령집』은 1942년 인문사에서 간행된 시집으로, 최재서가 출간에 맞춰 장문의 서평을 쓴 바 있는 작품이다.[31] 시집 출판기념회가 1942년의 일이라는 점을 생각해 볼 때, 서정주가 인문사 입사[32] 이후에 만났던 노리다케보다 사토를 더 이전에 만났던 것으로 보인다. 사토가 서정주를 긍정적으로 평가했을 뿐만 아니라 서정주 역시 사토의 시세계를 긍정적으로 평가했던 것으로 보인다. 그는 사토가 "이곳 겨울 하늘의 그 새파랗게 차가운 영적인 공기를 찬양"한 것이었다고 평가하고 있는데, 기념회 좌석에서 그가 한 "테이블 스피치"의 내용도 그 언저리의 내용일 것으로 추측할 수 있다. "이때의 내 기호와도 맞는 데가 있어"라고 한 대목을 보면 그의 시적 지향과 사토의 시적 지향에 유사한 측면이 있었음을 알 수 있다. 특히 "하늘", "영적인 공기" 운운한 대목은 서정주 식 영원주의 시학과 맞닿아 있는 것이어서 주목을 요한다. 출판기념회가 열린 1942년 초는 서정주나 사토도 모두 본격적으로 『국민문학』에 관여하기 이전 시점이고, 이후 그 두 사람이 비슷한 행보를 보여주고 있다는 점에서 사토와 최재서 못지않게 사토와 서정주는 중요한 관계를 맺고 있었음을 추측할 수 있다. 아무래도 사토가 서정주에게 일정한 영향력을 행사한 것으로 보는 것이 타당할 것이다.[33]

---

31 김윤식, 『일제 말기 한국 작가의 일본어 글쓰기론』, 서울대 출판부, 2008, 407쪽.

32 서정주가 인문사에 입사한 시점을 1943년 9월경이라고 보는 견해(김정신, 『서정주 시 정신』, 보고사, 2002, 107쪽)가 있지만, 서정주 자신은 자신의 인문사 입사가 종군 (1943.10.18~22) 이후라고 말하고 있다.(『미당자서전2』, 159쪽.) 서정주의 회고에 일부 오류가 없지 않지만, 인문사 입사는 그에게 있어 중요한 사건이기에 서정주의 회고를 더 신뢰할 만하다.

33 사토와 서정주의 관계에 대해서 주목한 논의는 찾기 쉽지 않다. 다만 여기에서는 논의의 성격상 다루기 어려울 듯하고 차후의 기회를 빌어 본격적으로 논의해 볼 생각이다.

이처럼 최재서와의 밀착과 일련의 일본인들로부터 받은 승인을 계기로 서정주는 본격적으로 전시체제 수용의 길로 나아가게 된다. 「항공일에」를 발표한 것이 직접적인 계기가 되어 그 해 가을 서정주는 최재서와 더불어 경성사단이 김제, 정읍, 군산 등 호남평야 일대에서 실시한 군사훈련에 보도문인 신분으로 종군하게 된다. 그는 이때의 경험을 두 편의 종군기에 남기게 된다.34 이들 종군기에서 그는 비교적 담담한 필치로 종군 과정에서 보고 느낀 것들을 서술하고 있다. 그것은 여타 문인들의 징병 찬양 관련 글들이 보여주는 과장과 섣부른 찬탄과는 사뭇 다른 것으로, 이 당시 그에게 있어서 최재서를 매개로 한 전시체제와의 밀착이 충심에서 비롯된 것이라고 보기를 주저하게 만든다. 이후 자전적 기록에서는 이런 추측을 굳히는 대목이 있어서 인상적이다.

그러나 밤잠도 제대로 못 자고 언덕과 평야를 누비고 다니던 이 기묘한 돌진의 물결 속에서도 내가 거의 전문으로 몰입하고 지낸 건 주검과 허무와 그것들을 담은 그 카랑한 우리나라 하늘이었다. 병정들의 대가리와 대가리 사이마다, 병기 사이마다, 더구나 옆에 있는 최재서의 머리와 내 머리 사이에 육박해 넘쳐나는 이것들의 위력을 어떻게 물리칠 길은 없었다.35

---

34 그는 생전 한편의 종군기를 썼다고 회고한 바 있지만, 실제로는 두편의 글을 썼다. 「보도행」, 「경성사단 대연습 종군기」가 그것들로, 이 두 편의 글은 모두 1943년 가을의 일을 대상으로 한 것으로 전반적인 내용은 대동소이하다. 허윤회는 「보도행」이 1944년 종군 경험의 기록이라고 서술한 바 있으나(허윤회, 「1940년대 전반기의 서정주」, 『한국문학연구』 34집, 동국대 한국문학연구소, 2008.6, 262쪽.), 여러 가지 정황으로 볼 때 서정주의 종군은 한 차례만 이루어진 것으로 보인다.

위의 인용문은 사후 견강부회의 측면이 어느 정도는 있을지 모르나, 실제 종군기와 겹쳐 읽을 때 그 당시 서정주의 내면 심리를 그다지 왜곡한 것으로는 보이지 않는다. 그가 최재서의 『국민문학』에 관여하게 된 배경에 사상적 결심이 아닌 생존의 욕구가 놓여 있다는 점, 그리고 일개 문인이 생전에 상상도 하지 못했던 군복 차림으로 군인들 사이에 끼여서 전쟁 연습을 하고 있다는 상황 등을 감안할 때 군사 훈련 도중 그의 의식에 끼어든 "주검과 허무"는 이제 새로운 세상에서 새로운 모습으로 자신의 존재론적 전환을 맞이할 수밖에 없는 운명을 인식하는 순간의 감정이라고 할 수 있다. 그는 군사 훈련이 단순한 전쟁 연습이 아니라 실전으로 직결될 수 있으며, 자신 역시 전쟁과 무관한 식민지 문인이 아니라 총력전 하에서 목숨을 담보로 싸울 수밖에 없는 존재에 지나지 않음을 절실하게 체험하게 되는 것이다. 그는 군사 훈련을 가득 채운 "주검과 허무"의 이미지와 그 모든 것들을 감싸고 있는 식민지의 "하늘"에서 절망감을 느꼈을 것이다. 따라서 그 "하늘"은 「항공일에」에서 막연한 상상을 통해 노래한 "하늘"과도 다르고, 「꽃」에서 영원한 생존의 욕구를 담아 노래한 "자칫하면 다시못볼 하눌"과도 다른 것이다. 이때 서정주가 느낀 고심참담과 방향 상실의 심정을 그는 "인생에서 아무 목적도 보이지 않고, 어디 갈 곳도 요량할 수 없는 암담한 상태"[36]라고 후일 회고하기도 하였다.

서정주는 「항공일에」를 발표하던 1943년 징병 찬양, 황도 정신의 수양을 기조로 하는 일련의 수필, 소설 등을 발표함으로써 전시체제에 협조하였고, 최재서의 인문사에 입사하여 『국민시가』의 편집을

---

35 『미당자서전2』, 156쪽.
36 『미당자서전2』, 127쪽.

맡게 되었다. 인문사에 입사함으로써 그는 생활의 안정을 얻었으나
이 기간은 그의 회고에 따르면 6개월 정도에 지나지 않았던 것으로
보인다.

그 당시 그의 면면 어디를 보나 그가 여타의 친일적 문인들과는 달
리 정신적인 측면에서 전시체제가 강요한 논리를 진심으로 수긍했다
는 흔적은 발견할 수 없다. 그가 1943~1944년 어간에 발표한 일련의
친일적 색채의 글은 수량 면에서 여타 문인들에 비해 결코 적은 편에
속하지는 않으나 당대 식민지 민중을 설득할 수 있을 만큼의 호소력
을 갖춘 것들도 아니었다. 특히 일개 지방 우편배달부가 군속에 지원
하기까지의 과정을 그린 「최체부의 군속 지망」 같은 작품은 "최체부"
가 군속에 지망하게 되기까지의 과정에 필연성이 없고 그가 혈서까지
쓴다는 설정에 있어서는 해학성까지 엿보여 전시체제 징병, 징용 선
동이라는 외재화된 목적성에 오히려 반어적인 효과까지 드러내고 있
다. 이처럼 그가 그 전까지는 한 편도 써 본 적이 없는 소설까지 써 냈
던 것은 그에게 있어 이 당시의 글들이 내면화된 절실함을 상실한, 생
활 방편에 지나지 않는 것임을 보여준다.

4. 결론

이 글은 그동안 서정주 시 연구자들이 보조 자료로만 활용해 온 자
전적 기록을 하나의 독자적인 연구 대상으로 설정하여 일제 강점 말

기 자전적 기록의 양상을 검토하여 보았다. 자전적 기록은 씌어지는 시점의 저자가 가진 인식적 관심에 따라서 선택과 배제가 광범위하게 일어날 수 있는 텍스트로서 그것이 전적인 사실의 기록이라고 할 수는 없다. 그러나 자전적 기록이 가진 그와 같은 특성은 그 글의 저자에 대해서 의미심장한 정보를 제공해주는 원천이 된다는 측면에서 의의를 가진다. 특히 서정주처럼 일급의 시인이자 일급의 친일파라는 상반된 평가를 받고 있는 경우에 있어서는 일제 강점 말기를 대상으로 한 자전적 기록에 대한 연구의 가치는 높다고 생각한다.

최근까지 펼쳐진 그의 친일 문학에 관한 평가는 주로 문학 텍스트 내적인 근거에 의해 이루어졌는데 그러한 평가는 실증적인 근거를 통해서 이루어진 것임으로 해서 가질 수 있는 객관성이 있지만 그러한 문학 텍스트를 감싸고 있는 콘텍스트를 지극히 통념화된 역사적 지식을 통해서만 바라본다는 측면에서 문제적이라고 할 것이다. 텍스트를 감싸고 있는 겹은 다양할 수 있다. 역사학적으로 구축된 콘텍스트도 중요하지만 실제 창작자인 시인을 둘러싼 개인적 콘텍스트도 중요할 수 있기 때문이다. 기존의 연구과정에서 자전적 기록이 아예 배제되거나 변명으로 치부되는 일이 있었던 것은 개인적 콘텍스트의 중요성을 간과한 결과라고 할 수 있다.

그러나 개인적 콘텍스트에 대한 강조가 문인의 윤리성에 대한 면죄부를 주기 위한 것은 아니다. 적어도 일제 강점 말기에 한해서는 객관적인 관점을 강요할 만큼 충분한 상황 인식이 이루어지지 않은 상황에서 문학 텍스트의 표면에 나타난 내용만으로 모든 행위를 동질화할 수는 없기 때문이다. 친일문학 연구의 대표적인 대상인 서정주의 경우 역시 표면만을 보면 그렇게 평가할 수밖에 없다. 그러나 그는 일제

강점 말기 두 겹의 층위를 가진 시인이었다는 사실을 인식할 필요가
있다.

이 글에서 그의 자전적 기록을 비교적 치밀하게 분석하고자 한 것
은 외재화된 순응의 몸짓 아래 가려져 있는 거부와 탈주의 몸짓을 이
해하고 그러한 몸짓이 해방 이후 그가 비로소 자유롭게 숨을 쉴 수 있
게 되었을 때 펼쳐내 보인 문학에 어떻게 이어지는가를 이해하고자
했기 때문이다.

8장

식민지 지식인의 제국 여행

1. 서론

임학수는 1930년대 초반부터 6·25전쟁 이전까지 시인으로서, 영문학 번역자로서 활발한 활동을 한 바 있다. 1937년 간행된 『석류』를 비롯하여 간행된 시집만도 무려 5권이 될 정도로 누구 못지않은 활발한 시작 활동을 펼쳤음에도 불구하고 그의 시에 대해서는 거의 논의되지 않고 있다. 가장 큰 이유는 그가 문학적 명성을 쌓아가던 1930년대 후반 일제의 국책에 협력하는 문필 활동을 했기 때문일 것이다. 중일전쟁 발발 이후 식민지 문인으로서는 거의 최초로 그는 『전선시집』을 비롯한 일련의 보고문학을 생산한 바 있다.[1] 이런 탓에 그는 한국 현대문학사에서는 최초의 친일문학가로서 규정되게 되었다. 친일문

---

1 전봉관, 「황군위문작가단의 북중국 전선 시찰과 임학수의 『전선시집』」, 『어문논총』 42호, 한국문학언어학회, 2005.6, 317쪽.

학자로서의 활동과 더불어 6·25전쟁 와중에 납북되어 북한에서 오랫동안 이어진 영문학자로서의 활동은 그가 금기시된 또 하나의 이유라고 할 수 있을 것이다.

이처럼 친일과 납북은 임학수가 논의될 수 없었던 조건으로 1980년대 중반 해금 이후 그에 대한 본격적인 논의의 길이 열리긴 했지만 지금까지 그에 대한 논의는 전무하다할 정도로 빈약하다. 여타 해금문인과 비교해보아도 그에 대한 연구 성과는 초라하다. 몇 개의 학위논문을 비롯하여 몇몇 연구자에 의한 접근이 시도되긴 했지만 그것들도 전반적인 개괄에 그치거나 친일문학의 대표작이라 일컬어지는『전선시집』에 한정된 것이었다. 학계에서의 이와 같은 무관심과는 달리 그의 고향인 전남 순천에서는 그의 문학 업적을 조명하는 저널리즘 보도나 행사들이 1990년대부터 이루어지면서 역사에서 매몰된 시인의 업적을 기리기도 했다.

임학수에 대한 기존의 논의들이『전선시집』을 중심으로 그의 문학 활동을 "친일"로 평가절하해온 것은 문제라고 할 수 있다. 그의 문학 활동은 여타의 문인들의 그것과는 다른 양상을 보이기 때문이다. 물론 일제의 전쟁 논리에 최초로 호응했다는 사실은 부정할 수 없으나 여타의 문인들과는 달리 식민지 조선의 전시체제로의 재편이 긴박하게 실행되던 태평양전쟁 발발 후에 오히려 그는 거의 침묵으로 일관한 양상을 보였다. 또『전선시집』은 일제의 국책에 의해 기획된 어용문학의 성격을 부정할 수 없지만 그에게 있어 이 시집은 그 이전까지 그가 벌여온 문학 활동과 전혀 무관한 것이 아니라 내적 연속성을 가진 것이다.[2] 이런 측면을 고려할 때 기존의 연구들은 그의 문학 활동이 일제의 국책 이데올로기에 부합하는 측면만을 부각시킴으로써 그의 시의 내적 연속성을 조명하는 데는 한계를 가지고 있다.

이 글에서는 임학수 시의 내적 연속성을 제국 여행이라는 측면에서 살펴보고자 한다. 첫 시집『석류』(1937)와 마지막 시집『필부의 노래』(1948)를 제외한『팔도풍물시집』(1938),『후조』(1939),『전선시집』(1939)은 목적의 여하를 떠나 모두 여행의 산물이라는 점에서 공통점을 가지고 있다.3 방랑벽으로 잘 알려진 백석과 마찬가지로 임학수 역시 1930년대 내내 식민지 조선을 비롯하여 확장일로에 있던 제국의 판도 내를 둘러보는 여행에의 욕망을 가지고 있었고 이를 작품의 계기로 삼았다.『팔도풍물시집』과『후조』가 이미 제국의 판도에 안착된 조선 각지 여행의 산물이라면,『전선시집』은 새로이 확장되고 있는 곳으로의 여행이라고 할 수 있다. 이 글에서는 식민지 지식인 임학수가 성격이 상반된 영역으로의 여행에서 표출하는 의식과 심리의 차이를 살펴보고 그것이 식민지 지식인의 정신사에 어떻게 접맥되는지를 살펴보고자 한다.

2. 붕괴된 민족의 확인과 심미적 회복

임학수는 경성제일고보를 졸업하고 경성제국대학 예과에 입학하던 1931년『동아일보』에「우울」,「여름의 일순」등을 발표하면서 시작

2 고정선,「임학수 시 연구」, 순천대 교육대학원 석사논문, 1997, 71쪽.
3 위의 글, 53쪽.

활동을 시작했다. 이후 『학등』, 『문학』, 『카톨닉청년』 등에 지속적으로 시를 발표하면서 세인의 주목을 받게 되었다. 초창기 시작 활동은 박용철, 정지용 등 시문학파와의 연계 하에서 이루어졌던 것으로 보인다.4 시문학파가 전라도 출신 시인들의 순수문학 동인회였다는 점을 감안하면 시문학파와 전남 순천 출신인 임학수의 연계는 자연스러운 것이라 할 수 있다. 시문학파 중에서도 특히 정지용과의 교분이 남달랐던 것으로 보이는데 이는 정지용 역시 영문학 전공자이기 때문에 영문학을 전공했던 임학수와 교감할 수 있는 여지가 풍부했기 때문이 아닌가 추측된다. 이런 관계로 해서 임학수는 정지용이 주재하던 『카톨닉청년』에 시를 자주 기고했고, 『팔도풍물시집』이 간행되었을 때는 정지용이 서평을 쓰기도 했다.5

시작 초기부터 『석류』에 이르기까지 시절 임학수의 시는 영국낭만주의 시에 많이 경도되어 있는 듯한 인상을 준다. 당시 경성제대 영문학과의 학풍이 영국낭만주의 위주로 되어 있었음을 감안하면 충분히 이해될 수 있는 사항이다. 경성제대 영문과 시절을 회고하는 다음의 인용문은 그의 초기시 세계를 해명하는 데 있어서 중요한 시사점을 제공하고 있다.

영문학을 연구하는 동안 느낀 바는 역시 시에 잇어서는 예나 이제나 영시가 제일 낫다는 것과 영문학은 지금까지 항상 정치 형태상 「데모크라시」가 가장 진보적인 것이라는 이상 하에 발달되엇다는 것인데 영문학의 장점으로는 「이매지네이슌」이 심히 화려하다는 것과 어딘지 모르게 사

4 고정선, 앞의 글, 5쪽.
5 「팔도풍물시집-북레뷰」, 『조선일보』, 1938.10.28.

색적인 오히려 「글루미」한 침울성이 잇다는 것을 들 수 잇고(…)

　나는 학생시대에 주로 「워즈워-스」, 「쉘리」, 「카-츠」, 「테니슨」, 「브라우닝」, 「스윈버-ㄴ」, 「예이츠」 등 체계를 세워 읽엇고 졸업논문으로는 「쉘리」의 「해방된 프로메튜스」를 썻으나 졸업 후에는 영국의 신흥 시인 일파에 흥미를 갖엇엇읍니다.[6]

　위의 인용문에서 임학수는 영시가 여타의 시에 비해서 가장 우월한 것이며 그 우월성의 기반으로 정치체제상의 민주주의를 거론하고 있다. 그리고 영문학의 장점으로는 "「이매지네이슌」이 심히 화려하다는 것과 어딘지 모르게 사색적인 오히려 「글루미」한 침울성이 잇다는 것"을 들고 있다. 즉 풍부한 상상력과 사색성, 침울성이 영문학의 장점이라는 것이라고 본 것이다. 그가 영문학의 장점이라고 본 이런 요소들은 그의 초기시를 설명해줄 수 있는 요소들이기도 하다는 점에서 주목을 요한다. 그의 초기시들이 대체로 낭만주의적 경향의 시들인데 이는 위에서 그가 밝히고 있듯이 대학 시절 그가 영국낭만주의 시를 탐구한 결과라고 할 수 있다. 그러나 졸업 후에는 영국의 신흥시인일파에 대해서 관심을 가지게 되었다는 술회로 미루어 볼 때, 영국낭만주의에 대한 그의 관심은 제도학문의 틀에서 형성되고 지속된 것으로 보인다.[7] 그러나 영국낭만주의 학습 시기가 1930년대 초반이라는 점을 고려할 때, 초기시가 영국낭만주의의 자장 하에서 이루어진 것임은 충분히 짐작할 수 있을 것이다.

---

6 「화려한 영시의 보고」, 『동아일보』, 1939. 11. 2.

7 임학수 재학 당시 경성제대 영문과의 학풍은 영국낭만주의 중심이었음은 잘 알려져 있는 사실이다. 임용운, 「임학수의 시세계 연구」, 목포대 석사논문, 1997, 16~17쪽.

임학수의 초기시의 특징을 집약적으로 보여주는 『석류』 소재 시편들을 살펴보면 대체로 균제된 형태미를 갖추려는 노력을 엿볼 수 있다. 행과 연의 배치에 있어서 그리고 각 연의 시어 배치에 있어서 일정한 반복적 패턴을 구사하고 있다. 그리고 시의 소재에 있어서도 자연 사물을 주로 활용하여 시적 화자의 생에 대한 허무나 우울을 표현하거나 아니면 상실하거나 부재하는 님에 대한 사랑의 감정을 표현하고 있다. 전반적으로 사색적이고 차분한 느낌을 주면서도 다른 한편으로는 우울한 느낌을 주기도 하여 양가적 심리가 결합된 듯한 느낌을 준다.

이처럼 임학수의 초기시들은 1930년대 식민지 조선이라는 구체적인 시공간과 일정한 거리를 둔 채 현실을 넘어선 시공간에 대한 아득한 지향을 밑바탕에 깔고 있다. 이를 단순히 영국낭만주의 시에 대한 학습 효과라고만 치부할 수는 없을 것이다. 비록 학제상의 강제가 작용한 탓이겠지만 그에게 있어 영국낭만주의가 의미 있는 학습 대상이 될 수 있었던 것은 그것이 식민지 도시 경성의 거주자로서 부딪히는 삶의 곤경을 넘어서려는 시인다운 의지를 북돋아주었기 때문이다. 속악한 삶에 대한 부정의식이 그로 하여금 낭만주의적 미의식에 침윤되도록 하는 계기로 작용하였고, 이러한 의식이 『석류』에서는 정지용 시에서 볼 수 있는 병적 헤맴[8]에 가까운 형태로 드러나고 있다. 그러한 헤맴의 불투명성은 궁극적으로 우울한 감정으로 귀착된다. 이처럼 그에게 있어서 낭만주의적 열정은 『석류』 이후 무수한 여행시편들의 창작 배경으로 작용하게 된 것이다.

---

8 신범순, 「정지용 시에서 헤맴임과 산문 양식의 문제」, 『한국현대문학연구』 5집, 한국현대문학회, 1997.8, 124~127쪽.

1930년대 당시 관광은 전적으로 식민 모국 일본의 산업의 일환으로 기획된 것이었다.9 관광이 가능하기 위해서는 철도와 인쇄매체10, 관광지가 필수적인데, 일본은 자국과 조선, 만주를 연결하는 교통망을 확보하고 조선 내의 자연이나 문화 유적의 관광 명소화를 추진하였다.11 그 결과 1930년대에는 금강산을 비롯한 명승지와 문화유적지 여행이 붐을 이루었다.12 또 관광 팸플릿이나 포스터, 엽서 등 각종 인쇄매체를 통해서 관광 열기를 북돋았다. 이와 더불어 민족주의 운동의 일환으로 위인선양사업이나 고적보존운동이 활발하게 펼쳐졌던 문화적 민족주의의 열기도 1930년대 여행 열기를 고조시키는 데 일조하였다.13 그리하여 1930년대 식민지의 일상 문화에서 관광이나 여행은 대중들에게 중요한 여가 활용의 방안으로 부상하였다.

임학수 역시 이러한 상황에서 여행을 시작한 것이다. 그러나 그가 기획한 여행은 일시적인 기분전환이나 휴가를 위한 것은 아니었다. 그의 여행은 보다 의식적인 면모를 보이는데 낭만적인 혼의 추구 대상인 상실된 시간의 회복을 염원하는 것이었다. 낭만주의가 과거에 대한 동경을 주조로 하고 있음을 고려할 때, 그에게 있어서 과거는 회

---

9 곽승미, 「일제 강점기 여행 문화의 향유 실태와 서사적 수용 양상」, 『대중서사연구』 15호, 대중서사학회, 2006.6, 233~235쪽.

10 신문이나 잡지 같은 인쇄매체는 여행의 대중화에서 중요한 역할을 한다. 이들 인쇄매체는 대중에게 근대적 생활방식으로서의 여행의 의의를 일깨우고 각종 정보를 공급하는 주요한 루트 기능을 한다. 김영주, 「1920-1930년대 기행시 연구」, 『한국문학논총』 42집, 한국문학회, 2006.4, 112쪽; 곽승미, 위의 글, 235~238쪽.

11 1928년 만철운수과 선만안내소 주관 만선 합이빈 주유여행 일정 참고. 임성모, 「팽창하는 경계와 제국의 시선」, 『일본역사연구』 23권, 일본사학회, 2006, 104쪽.

12 서경석, 「만주국 기행문학 연구」, 『어문학』 86호, 한국어문학회, 2004.12, 344쪽.

13 1930년대 문화적 민족주의 운동에 대해서는 이지원, 『한국 근대 문화사상사 연구』, 혜안, 2007, 316~327쪽 참고.

복해야 할 이상향의 공간이 될 수밖에 없다. 과거의 영화나 영광은 현재의 쇠락이나 비참과 대비되어 더욱 뜨거운 감회를 불러일으키게 된다. 『팔도풍물시집』은 그러한 여행의 결과물이다. 그리고 그 이듬해 간행된 『후조』는 내용상 『팔도풍물시집』과 비슷한 시기에 쓰인 것으로 보인다. 『팔도풍물시집』은 제목으로만 보면 조선 팔도를 돌아다니면서 본 특유의 구경거리에 대한 기록처럼 보이지만 그에게 있어서 특히 주목의 대상이 되었던 지역은 경성, 경주, 부여, 개성, 평양, 남해 등 역사적 기억과 연관된 문화 유적지였다.

삭풍 가지 끝에 차고
기러기 날르는 이 저녁
만산
낙엽이 느껴 우는데

장부의 철석 기개를
애닯다 써볼곳이 없고나!

「남한산성」 부분, 『팔도풍물시집』14

여기가, 여기가
북울려 기폭 날려
소스라친 파도를 먹피로 물디리던 곳이어늘!
아, 고도의 저믄 봄

---

14 『임학수시전집』, 아세아, 2001, 113쪽.(이하 "『임학수시전집』, 쪽수"로 약칭함.)

나는 이제 무엇으로 이바지할꼬?

「남해에서」 전문, 『팔도풍물시집』15

「남한산성」은 병자호란과 삼전도의 치욕과 연관된 유적인 남한산
성에 올라 지난날의 민족적 치욕을 추회함으로써 시적 화자가 느끼는
울분과 탄식을 표출하고 있는 작품이다. 그리고 「남해에서」는 임진왜
란 당시 조선 해군의 격전지였던 남해를 찾아서 이민족의 침략에 수
많은 희생을 치루면서 민족을 수호했던 역사를 회고하고 있는 작품이
다. 이들 시는 모두 이민족의 침략에 연관된 민족의 수난사를 작품의
중심 내용으로 설정하고 이러한 역사를 회고하는 시적 화자의 정서와
의지를 드러내고 있다. 다분히 민족주의적인 측면이 엿보이는 이 작
품들을 통해서 우리는 임학수에게 있어 민족이라는 범주가 의식의 내
면에서 강력한 힘을 발휘하고 있음을 짐작할 수 있다. 그러나 이러한
의식이 민족주의적인 측면을 가지고 있기는 하지만 그에게 있어서 민
족이라는 범주는 행동주의로 나아갈 수 있는 의지로까지 발전하지는
않는다. 그는 현실적으로는 무력함을 느끼는 나약한 지식인으로 민족
이라는 대상의 상실에 대해 애도하는 데서 더 나아가지 못한다.

삼경도 모르고 오경도 모르고
멍—입버린 「아-치」 위에
사면 빗장이 굳이 닫치고
돌쪼기 녹아 떨어진 다만 한 문~

15 『임학수시전집』, 119쪽.

거리를 쓸어온 붉은 몬지가
오늘도 바람과 함께 함부로 싸일뿐,
달 지고 가마귀 울어 이거리는 황량하다!

「숭례문」 부분, 『팔도풍물시집』16

가꾸로 선 난간에 의지하여
그는 옛꿈을 꾼다.

「경회루」 부분, 『팔도풍물시집』17

   조선왕조 5백년의 도읍지인 경성을 둘러싸던 성의 하나인 숭례문은
더 이상 예전의 영화를 간직하지 못하고 있다. 「숭례문」에서 숭례문
은 역사의 변전으로 인해 초라한 행색을 감출 수 없이 퇴락한 민족의
자화상 같은 존재이다. "사면 빗장이 굳이 닫치고/ 돌쪼기 녹아 떨어
진"은 더 이상 사람들이 왕래하지 않아서 문으로서의 기능을 상실하
고 아무도 관심을 가지고 돌보는 사람이 없어진 상황을 묘사한 것이
다. 따라서 「숭례문」은 민족의 영화가 사라진 식민지 상황에 대한 한
탄이라고 할 수 있다. 「경회루」는 조선 왕조의 왕궁 경복궁을 소재로
하여 「숭례문」과 비슷한 상황을 묘사하고 있다. 특히 인용 부분은 경
회루 연못에 떠 있는 오리를 묘사한 것으로, 경회루 난간이 연못물에
반사되어 비친 것을 마치 오리가 "옛꿈"에 잠겨 있는 것으로 묘사한
것은 시적 화자의 의식을 투영한 것이다.
   이처럼 임학수는 민족의 위기와 쇠망의 순간들을 여행을 통해 역사

---

16 『임학수시전집』, 114쪽.
17 『임학수시전집』, 115쪽.

적 기억의 자장 안으로 환기시킴으로써 비감에 젖는 모습을 자주 보여준다. 민족사에 대한 기억18의 회복 의지를 보이는 그의 시세계에는 식민지화의 비운을 직접적으로 목도한 조선뿐만 아니라 아득한 역사의 영역에 놓여 있는 백제(「낙화암」)나 고려(「만월대」)도 수용된다. 그의 여행권역에 포함된 장소들이 대체로 쇠망한 민족사의 흔적들이라는 점은 그가 추구한 여행이 단순한 관광과는 무관한 것이라는 사실을 일깨워준다.19

그러나 하나 아이러니한 것은 그의 여행권역이 식민지 권력에 의해 여행지로 개발된 곳들이라는 점이다. 그가 관심을 가지고 있던 경주나 평양은 식민 모국인 일본에 의해 식민지 문화사의 제국 내로의 편입 작업의 일환으로 개발된 것이다. 특히 식민 모국인 일본의 고고학자들과 박물학자들의 조선 문화 유적과 유물에 대한 체계적인 조사와 분류가 그의 여행을 가능케 하는 전제조건이었다는 사실은 그에게 있어서 여행은 불가피하게도 제국의 전체적 기획이라는 결정적 한계를 극복할 수 없는 성격의 것이었다는 점을 우리에게 일깨워준다.20

물론 식민 권력의 입장에서 위의 시들에서 그가 내보이는 민족주의적인 울분과 비탄을 결코 긍정적으로 수용할 수 없는 것이라 할 수 있다. 그러나 좀 더 넓은 견지에서 보자면 이런 식의 반응도 식민 권력의 입장에서 수용할 수 있는 것이기도 하다. 식민지 지식인에게 있어

---

18 일제 강점기에 있어서 수많은 지식인들이 민족사의 공유를 통해 민족의 상실이라는 사태에 응전하려고 했음은 잘 알려진 사실이다. 서영채, 「기원의 신화를 향해 가는 길: 최남선의 『백두산 근참기』」, 『한국근대문학연구』 6권 2호, 한국근대문학회, 2005.10, 119쪽.

19 고정선, 앞의 글, 64쪽.

20 김광현, 「임학수 시 연구」, 순천대 석사논문, 2005, 56쪽.

서 그러한 문화 유적지 여행은 식민 권력에 의해 조성된 흔적들을 목
도함으로써 식민지 지식인의 내면에 잔존해 있는 민족에의 열망의 기
투 대상이 결정적으로 상실된 것임을 확인시켜주는 역할을 할 수 있
기 때문이다. 따라서 임학수 식의 저항 의지는 여행을 통해서 아이러
니하게도 민족의 상실에 대한 확인으로 귀착되는 것이다.

　현실적 무력함에 대한 울분은 그것을 대리할 수 있는 새로운 것의
확보를 통해서 보충되지 않으면 안 된다. 그에게 있어 민족의 쇠망을
대리할 수 있는 것으로 등장하는 것은 예술이다.

　　꾸밈도 아유도 없이
　　기울등 비스드-미 돌아흐른 너 선아
　　옛임네 마음도 이러트냐?
　　옛임네 삶도 이러트냐?
　　장엄한 저녁그늘과 함께
　　물처럼 밀려드는 이 향수-내눈이 뜨거워라.

「고려자기부」 부분, 『팔도풍물시집』²¹

　이 시는 평양박물관에서 본 고려자기를 소재로 한 작품이다. 민중
의 소박한 미감이 살아 있는 고려자기에서 시적 화자는 그러한 예술
의 담지자인 옛 선조의 삶과 마음도 되새기며 경탄하고 있다. 고려청
자를 대하는 시적 화자의 마음은 인용부 마지막 행에 잘 나타나 있다.
그것을 시적 화자는 "물처럼 밀려드는 이 향수"라고 했거니와 임학수

───────
21 『임학수시전집』, 123쪽.

가 추구한 낭만적 혼의 여행이 궁극에 가서 귀착할 곳이 어디인가를
극명하게 보여준다고 하겠다. 이러한 "향수"는 "지금-이곳"이 아니라
면 어디라도 좋다는 식의 막연한 동경이 아니라 예술의 매개를 통해
환기되는 소박한 미감과 순수한 마음의 상태라고 할 수 있다. 그는 고
려자기뿐만 아니라 경주 석굴암에서 본 십일면관음상에서도 그러한
태도를 보이고 있다. 이처럼 민족의 예술작품을 대하는 그는 민족의
상실이라는 현실적 비참을 예술의 소유라는 정신적 충만감으로 치환
하고자 한 것인데, 이는 일제 강점기 문화적 민족주의자들이 공유하
고 있던 심성의 양상이라 할 것이다.

　임학수에게 있어서 민족의 예술작품이 가지는 의미는 남다른 것이
었다고 할 수 있다. 황군위문사절단으로 북중국 일대를 여행하다가
북경의 만수산을 보고 나서 그는 다음과 같이 말한 바 있다.

　그러나 나는 이때처럼 불유쾌하고 모욕을 느낀 일은 없었습니다. 과연
호화롭고 장대하고 육중합니다. 그러나 만수산을 보고 나서 무엇을 느꼈
느냐? 그저 휘황하고 찬란하고 엄청나던 것뿐이요, 돌아서면 아무것도
없습니다. 그는 만수산뿐이 아니라, 자금성도 천단도 심지어 오히려 칙은
스럽게 보이도록 정미 세밀하게 조각을 하여놓은 작은 골동품 하나를 보
아도 다 그러하였습니다. 보고 나서 무엇이 남느냐? 아무것도 없습니다.
돌이, 옥이, 김아-그 바탕은 실로 희세의 보배입니다. 그러나 예술은 그
것과 아무런 상관도 없는 것입니다. 고매한 정신이 빛나고, 유현한 정서
가 흐르고, 향기가 품기는 그러한 것이 아니면 진실로 훌륭한 예술품이
아니겠지요. 교묘한 조각, 기괴한 형상, 고가의 옥석을 나는 경멸합니다.
그보다도 석굴암의 조상, 낙랑고분의 벽화, 고려의 자기를 가진 우리는

얼마나 행복입니까![22]

북경의 만수산에서 서태후의 유적을 둘러본 임학수는 유적의 장대함을 자랑하는 관리인의 말을 듣고 위와 같은 이야기를 한 것이다. 그가 느낀 불쾌함은 막연히 규모가 크고 각종 진귀한 광물을 많이 사용했다는 것을 자랑하는 중국인의 예술적 무감각 때문인데, 그는 만수산의 유적뿐만이 아니라 중국이 자랑하는 문화유산으로까지 확대하여 논리를 전개하고 있다. 그에게 있어서 예술은 "고매한 정신", "유현한 정서"와 "향기"를 가진 것으로서, 그 예로 든 것은 석굴암의 조상, 낙랑고분의 벽화, 고려자기이다. 위의 글에서 그가 거론한 것들은 그가 『팔도풍물시집』에서 이미 그 예술적 성취를 감탄한 바 있는 대상이기도 하다.

임학수가 민족의 예술작품으로 높이 평가한 바 있는 대상들은 야나기 무네요시 같은 식민 모국의 문화 이데올로그가 이미 그 가치를 높이 평가한 바 있는 것들이다. 특히 조선의 미로 선의 미를 강조한 야나기의 예술관[23]은 「고려자기부」 같은 작품에도 그대로 수용되고 있다. 이러한 점에서 임학수의 미의식은 식민지 조선에 대해 야나기 같은 이들이 가지고 있었던 아(亞)제국주의적 엑조티시즘과 오리엔탈리즘을 벗어나지 못한 것으로 볼 수 있다. 야나기 식의 미학이 조선의 식민지화라는 정치적 사건을 기정사실로 수긍한 바탕에서 펼쳐진, 식민 모국 지식인의 죄의식의 결과라는 점을 이해할 수 없었던 점은 임학수의 이후 행보에 결정적 한계로 작용하게 된다.

---

22 「북지 견문록(2)」, 『문장』, 1939.7, 180쪽.
23 나카미 마리 저, 김순희 역, 『야나기 무네요시 평전』, 효형출판, 2005, 148쪽.

민족의 상실과 예술을 통한 민족의 대리보충이라는 구도는 임학수의 식민지 조선 여행의 성격을 단적으로 나타내는 것으로, 『팔도풍물시집』이 단순히 지역 특유의 구경거리를 가벼운 마음으로 둘러본다는 차원을 넘어서는 것은 바로 이 때문이다. 그는 시집 후기에서 다음과 같이 말하고 있다.

> 나에게는 잊지 못할 반년이었다. 적은 틈을 타서 산수에 놀아 몸과 마음을 쉬이고 싶었다. 호을로 고개 수그릴제나 멀리 산넘어 푸른 하늘을 바랄제 내 눈의 뜨거웠음을 누가 아랴?
>
> 오직 이 작품들을 생각하고 쓸때 나는 가장 행복이였다!
>
> 이러한 주제들을 골른 동기- 거기 대하야는 구태여 말하지 않으련다.
>
> 「후기」, 『팔도풍물시집』[24]

시집이 1938년 8월에 간행되었지만 후기는 동년 5월에 씌어졌다. 따라서 임학수가 말하는 "반년"이란 대략 1937년 말부터 1938년 5월까지를 지칭하는 것이리라. 그는 "산수에 놀아 몸과 마음을 쉬이고 싶었다"고 그간의 사정을 밝히고 있다. 이러한 진술은 일견 그럴 듯하지만 정작 그에게 여행이 휴식의 차원으로 평가 절하될 수는 없다. 그는 여행에서 경험한 "눈의 뜨거움"에 대해 말하고 있는데, 이는 우리가 위에서 살펴본 바로 충분히 짐작할 수 있다. 그러나 그는 구체적인 동기를 밝히지 않는다. 그 정도 동기는 독자들이 충분히 짐작할 수 있다고 생각했기 때문일 것이다.

---

24 『임학수시전집』, 139쪽.

『팔도풍물시집』에 이어 연이어 간행된 『후조』 역시 『팔도풍물시집』 후기에서 지칭한 그 "반년"의 성과물 위주로 구성되어 있음을 쉽게 짐작할 수 있다. "산문시편, 시편, 경주기행, 서행일기"의 4부로 구성된 이 시집에서 여행자의 가벼운 감상을 단형 구조로 표현한 "시편"보다 주목을 요하는 부분은 여행 경험을 산문 내지 산문체로 기록한 나머지 부분이다. 이 시집의 제목을 철새를 뜻하는 "후조"로 한 것으로도 미루어 알 수 있듯이, 이 시집은 『팔도풍물시집』의 후속작이자 보유라고 할 수 있다. 시집 소재 산문을 통해서 그가 자주 표출하는 것은 여행에 대한 갈증이다.

> 그러나 이제는 다시 보지 못할 그 번창의 그 성쇠의 파노라마가 잠간 그 필름을 푸러 행인을 한없이 정다웁게 하고는 또 아득히 검푸른 산뒤로 점점 저물어갑니다. 지금 막 연기를 토하며 기차가 다라난 건너편 방축 우에는 두 줄기 레일이 길게 벋디였는데.
>
> 「의주가도」 전문, 『후조』25

개성 시내를 산책하다가 "의주가도"에 이르게 된 시적 화자는 과거 번화했던 가도의 풍경을 회상하면서 역사의 흥망성쇠를 인식하고는 비감에 젖는다. 그리고 그 길을 따라 이어진 기차 레일을 보면서 그 길을 따라 멀리 걸어보고 싶은 마음을 드러낸다. 이때 길을 걸어서 멀리까지 가보고 싶다는 마음은 미지의 세계에 대한 동경이라기보다는

---

25 『임학수시전집』, 147쪽.

사라진 과거의 세계에 이르고 싶다는 향수의 표현으로 볼 수 있다. 그
것은 개인적 기억의 세계라기보다는 민족적 기억의 세계라고 할 수
있는 보편성을 가진 것이다.

이 시집 곳곳에서 임학수는 여행에 대한 갈증을 지속적으로 표출하
고 있다.

> 나의 발길이 두던으로 향해 머리털을 나부끼며 빨가버슨 가지사이에
> 나는 선다. 예의 병이 또 도첫구나! 끝없는 벌판을 줄곳 다름질처 가고싶
> 은 이 마음. 어데나 가도 가도 다하지 안는 황야를 오늘은 동 내일은 서에
> 로 정처도 없이 떠단이고 싶은 이 마음.
>
> 「가을」 전문, 『후조』[26]

> 보아도 보아도 망망한 창파에
> 아, 실로 묘언한 이 일속!
> 내 유산이란 오직 만리 물결을
> 날이 맛도록 밤이 새도록 표백하는 혼의 조각과
> 고독이 치미러 날카로운 우름소리뿐.
>
> 「갈매기의 노래」 부분, 『후조』[27]

「가을」에서는 시적 화자의 여행에의 갈증을 "예(例)의 병"이라고
표현하고 있다. 그러나 이러한 갈증은 근대적 의미에서의 여행이라
하기는 어려울 것이다. 그는 그 갈증을 "오늘은 동 내일은 서에로 정
처도 없이 떠단이고 싶은 이 마음"이라고 표현함으로써 그가 꿈꾸는

---

26 『임학수시전집』, 152쪽.
27 『임학수시전집』, 166쪽.

것이 뚜렷한 목적지를 전제하지 않은 표랑이나 방랑인 듯한 인상을 주기 때문이다. 이 시는 임학수가 식민지 조선 각지를 여행 이후에도 그러한 지향성을 가지고 있었음을, 그리고 그러한 지향성이 거의 병적인 수준에서 그의 내면을 강제하고 있음을 시사한다는 점에서 중요하다.

여기서 한 가지 지적할 점은 조선 각지 여행이 표면적으로는 다분히 민족주의적 양상을 보이고 있음에도 불구하고 내면적으로는 임학수에게 민족주의의 포기의 계기가 되었다는 점이다. 그는 역사 유적의 심방을 통해 민족의 붕괴를 절감했고, 석굴암의 관음상이나 고려청자를 통해서 붕괴된 민족의 심미적 자존심을 회복하고자 했지만 그것이 민족의 붕괴라는 결정적 사태를 되돌려 놓을 수는 없었던 것이다. 이러한 상황에서 그에게 남겨진 길은 민족을 포기하고 제국의 일원으로 편입되는 길뿐이었다. 제국주의가 민족주의를 대리 보충할 수 있는 기제로 식민지 지식인들을 추동했던 당대의 조건에서 그 역시 예외가 아니었던 셈이다.

3. 대륙 여행과 제국 지식인으로의 전신

위에서 살펴본 것처럼 어디론가 떠나고자 하는 강렬한 지향성이 병적인 상태에 이른 그에게 있어서 황군위문 문인사절단 자격으로 북중국 일대를 여행할 수 있게 된 것은 매우 자연스러운 일일 것이다. 중일전쟁 발발로 인해 식민지 조선의 전시체제로의 재편이 가속화되던 1939년이라는 시점에서 식민지 문인들과 출판업자들의 자율 결의 형식을 취한 이 사업은 주지하다시피 소설가 김동인, 평론가 박영희, 시인 임학수 3인 구성으로 1939년 4월 15일부터 약 1달간의 일정으로 진행된 것이다. 위 3인의 인적 구성에는 식민지 문단을 아우르는 노력의 흔적이 보인다. 시, 소설, 비평이라는 장르 층위, 순수문인의 대표자 김동인, 전향문인의 대표자 박영희라는 이념 층위가 바로 그 근거이다.

그러나 이러한 인적 구성에서 임학수가 차지하고 있는 위치는 모호한 것이 사실이다. 그는 시 장르를 대표할 만한 시인이라고 할 수 없고 이념 층위에서도 김동인과 변별되지 않기 때문이다. 따라서 임학수가 왜 문인사절단의 일원으로 이 자리를 차지하게 되었는가는 쉽게 납득하기 어려운 문제다. 기존의 논의에서는 대체로 임학수의 참여를 경성제대 선배인 최재서의 영향인 것으로 추측해왔는데, 선배라는 사실뿐만 아니라 『팔도풍물시집』이 최재서가 주재하던 인문사에서 간행되었다는 점 등을 보아도 그와 임학수의 관계는 충분히 짐작할 수 있다. 이러한 정황으로 보아 최재서의 강력한 추천과 권유로 임학수가 그 자리를 차지하게 되었다고 볼 수 있다.

왜 하필이면 최재서는 정지용, 김기림 등과 같은 명망 있는 시인들을 제쳐두고 임학수를 추천할 수밖에 없었을까. 당시 문인사절단 사업의 추진 경과를 살펴보아도 이 점은 명확하게 해명되지 않는다. 다만 추진 과정에서 여러 시인들에게 의사를 타진하는 과정은 있었을 것으로 추측되며, 결과적으로 여기에 호응해 온 시인이 임학수가 아니었을까 추측할 뿐이다. 그는 사업 추진 당시『석류』,『팔도풍물시

집』 등 연달아 두 권의 시집을 상재한 활발한 신진시인으로 주목받았
을 뿐만 아니라 경성제대 출신의 지식인이라는 측면에서 김동인, 박
영희 못지않은 위상을 확보하고 있었다. 그리고 이와 더불어 최재서
입장에서는 국책 협력의 의도를 충실히 이행할 수 있는 인물로 임학
수를 긍정적으로 평가한 것이 아닌가 생각된다. 그렇다면 임학수의
입장에서 위문사절단의 일원이 되기로 결심한 배경은 무엇일까. 그
동기에 대해서 임학수는 산문으로 술회한 적이 없다. 다만 위문 사절
단 참여의 내적 계기를 추측할 수 있는 근거를 『후조』에 수록된 「토요
일」이라는 시에서 확인할 수 있다.

벽력같이 소리를 지르며 신경행 열차가 홈에 드러온다. 한패가 우루루
나리고 서넛이 오른다. 이윽고 희믜한 불빛이 흐르는 차창과 차창이 또
점점 머러저 뽀-얀 연기를 남기며 산모퉁이를 도라갔다.……오늘 학교에
서 영화로 보고 내가 팔 년 전에 가보았든 봉천의 요양의 시가와 광야와
능과 하늘에 소슨 전각들이 아득히 머리를 스치고 지나간다. 갑자기 내
머리가 또 흔들린다. 내 가슴에 또 적은 파문이 이러났다. 광야, 황진, 백
설, 해방-.

「토요일」 부분, 『후조』28

『조선일보』 1938년 12월 6일자에 최초 발표된 이 시는 임학수가 개
성 소재 학교의 교원으로 근무할 때 쓴 작품이다. 여기에는 시적 화자
가 토요일 밤 개성 시내를 여기저기 돌아다니다가 기차정거장에서 걸

---

28 『임학수시전집』, 160쪽.

음을 멈추고 지켜본 정거장의 풍경이 보인다. "신경행 열차"가 들어오고 승객이 오르내리고 다시 신경을 향해서 출발하는 풍경을 지켜본 그의 머릿속에는 그날 학교에서 관람한 영화의 장면이 겹쳐진다. 그는 기차와 영화로 인해서 여행에의 욕망을 새삼 느끼게 된다. "팔 년 전에 가보았든 봉천의 요양의 시가"라는 구절을 통해서 우리는 임학수에게 있어 북방 여행에 대한 지향이 오래전부터 가지고 있었던 것이라는 사실을 알 수 있다.

최초의 만주 여행 시점이 언제인지는 명확하지 않으나 식민 권력의 만주 경영이 본격화되던 만주국 건국 전후가 아닌가 추측된다. 이렇게 볼 때, 학생 시절의 북방 여행이란 식민지 제도권 교육의 테두리 내에서 이루어진 수학여행이었을 것이다. 식민지 제도권 교육을 통해서 그는 만주를 식민 제국의 새로운 영토로 인식하게 되었을 것이다. 영화와 기차에 의해 일깨워진 욕망을 시적 화자는 "갑자기 내 머리가 또 흔들린다. 내 가슴에 또 적은 파문이 이러났다."라고 표현하고 있다. 문인사절단 구성의 경위를 논하는 마당에 새삼스럽게 「토요일」을 거론한 것은 위에서 살펴본 것처럼 임학수는 적절한 기회만 주어진다면 북방 여행을 떠나고자 하는 욕망을 가지고 있었다는 사실을 드러내고자 함이다.

그러나 이 여행에의 욕망은 민족사의 정신적 회복을 꿈꾸는 여행이기보다는 미지의 세계에 대한 심미적 개척을 꿈꾸는 여행의 성격이 짙다. 여기서 우리는 야나기 같은 제국 지식인이 식민지 조선에 투사했던 원시주의나 엑조티시즘의 흥분과 유사한 측면을 발견할 수 있다.

임학수에게 있어서 북방 여행은 자유로운 여행이 아니었다. 황군을 위문하고 여행 결과를 문학의 형식으로 식민지 대중에게 보고함으로써 황국신민 정신을 앙양한다는 특별한 사명은 임학수의 자유로운 여행에 걸림돌이었다. 8년 전처럼 "시가와 광야와 능과 하늘에 소슨 전각들"을 마음대로 보고 느끼는 여행이 아니라 보아야 할 것과 느껴야 할 것과 말해야 할 것이 강제된 여행이라는 점에서 차원이 다른 것이다. 한민주의 견해처럼, "전선기행은 본 것과 심적인 반응 사이의 간극을 기행목적인 임무, 사명으로 봉합"해야 하는 여행이다.29

> 때마침 금차 황군 위문사절로서 뽑히우게 되었다. 1개월간의 여행! 물론 나의 성격에는 맞지 안는 일이지만 막상 떠나게 되는 순간 이상한 긴장을 늣긴다. 내가 이번 가는 것이 오랫동안 동경하든 지나의 오지인데 고적을 순례하고 악양루에 올나 가서 적벽에 배를 띠워보려는 것이 안이다. 2개년의 세월을 두고 전전 우 전전, 간난신고를 거듭하고 있는 황군을 위문하야 동서 건설의 도정을 총후 국민에게 보고하기 위해서이다. 하물며 반도문단을 대표하야 간다는 생각을 하니 평범한 자기의 재능에 확신을 가지기가 힘든다.
> 벗이여! 1개월의 대륙여행! 참 로-맨틱하다고 온돌방에서 감탄할 만한 일이 결코 안인 것이다.30

위의 인용문은 임학수가 문인사절단으로 북중국으로 떠나면서 기고한 글의 일부로, 출발 당시의 소회를 잘 보여주고 있다. 그에게 있어 이번 여행은 오랫동안 동경하던 곳으로의 여행이기는 하지만 관광

---

29 한민주, 「일제 말기 전선 기행문에 나타난 재현의 정치학」, 『한국문학연구』 33집, 동국대 한국문학연구소, 2007.12, 341쪽.
30 「북지전선에 황군위문 떠남에 제하야」, 『삼천리』, 1939.7, 235쪽.

명소를 둘러보는 류의 "참 로-맨틱"한 여행과는 판이하게 다르다는 점을 강조되어 있다. 또 그는 "황군 위문"과 "동서 건설의 도정에 대한 총후 보고"가 이번 여행의 명확한 목표라는 사실을 강조하면서 그러한 사명을 제대로 감당해낼 수 있을까 하는 염려도 내비치고 있다. 이러한 긴장은 국책에 부응하는 여행에 제국의 지식인으로서 제대로 기능해야 한다는 강박을 그가 강하게 느끼고 있었다는 점을 짐작하게 한다. 황군 위문과 국민 보고라는 목표에 대한 부담감은 전쟁터라는 미증유의 위험한 여행지로의 출발이라는 상황이 겹쳐져 임학수의 부담을 가중시킨 것으로 보인다.

그러나 막상 떠난 북중국은 애초의 예상과는 달리 격전지와는 거리가 먼 평화로운 곳이기 일쑤였고 여러 가지 사정으로 예상과는 달리 지체되기도 했다. "황군 위문"도 고작해야 지역 주둔 부대의 부대장과의 면담에서 의례적인 인사말을 몇 마디를 건네고 부대장으로부터 부대나 전투 상황을 간략히 전해 듣는 정도에 그쳤다.

여행을 마치고 돌아온 임학수 일행은 삼천리사에서 주최한 보고회 자리에서 김동인이나 박영희에 비해 침묵으로 일관하는 자세를 보였다. 김동인이 개인적 차원에서 이런저런 이야기를 늘어놓거나 박영희가 국책 이데올로기에 부합하는 이야기를 늘어놓은 것에 비해 임학수가 침묵으로 일관했다는 것은 그가 큰 기대를 품고 떠난 여행이 그에게 특별한 인상을 주지 못했다는 사실을 반증하는 것이다.

이 자리에서 임학수가 거론한 단 한 가지 인상적인 예는 다음과 같은 것이다.

　○○역에 도착하니 그만 전선의 사정으로 차가 불시 정차하여 약 6시
간을 기다렸는데 그제서 겨우 다시 차를 타고 떠날 때는 어수러한 황혼이
였어요. 참으로 창밧근 만리 평원이여요. 인가도 없고 광막한 벌판이 끗
없이 연하여 있는데 밤은 점점 어두워와요. 어디에 적병이 숨어있는 줄도
모르게 이렇게 적요한 광야에 차창에서 우연히 내다보니 그 압 산정에 총
끗헤 칼을 꼬자든 보초가 한 명이 웃둑 서고 있어요. 그래서 우리 차창을
바라보고 있어요. 만리호지에서 이 광막한 벌판에서 외따로운 몸이 한 점
공포의 빗이 없이 이 전지를 직히느라고 보초로 서고 있는구려. 나는 그
만 가슴이 뜨거워 오름을 늣겼서요.31

　"제일선 전지에서 한 가지 충격 받은 말슴을 하지요."라는 사회자의
질문에 대해 임학수는 위와 같은 일화를 털어놓고 있다. 임학수 일행
은 기차로 이동하다가 6시간 정차하던 중 야밤 차창 밖 산정에서 홀로
보초를 서고 있는 군인을 보게 된 것이다. 그는 그 장면을 오랫동안
인상 깊게 간직했던 것으로 보인다. 그 장면을 목격하면서 그는 "가슴
이 뜨거워 오름"을 느꼈다는 것인데 이는 그가 전선에 가장 근접해서
얻어낸 "감동적인 인상"이다. "황도 건설"의 사명을 띠고 전선에서 자
신의 임무를 묵묵히 수행하고 있는 "황군"의 모습이야말로 위 보고회
에서 문인사절단이 늘어놓은 여러 가지 이야기 중에서도 단연 돋보이
는 대목이라고 할 것이다. 그가 국책 이데올로기를 의식해서 조작해
낸 것으로는 보이지 않는다는 점에서 우리는 그의 시인적인 순진함을
엿볼 수 있다.

---

31 「문단사절 귀환보고, 황군위문차 북지에 단여 와서」, 『삼천리』, 1939.6, 8~9쪽.

임학수는 『전선시집』곳곳에서 위에서 보고한 "황군" 이미지를 거듭해서 보여주고 있다. 전쟁과 무관하게 일상을 영위하고 있는 중국 농촌의 평화로운 모습을 보여줌으로써 중일전쟁이 중국의 인민에게 봉건적 굴레로부터의 해방을 가져다주기 위한 전쟁임을 은연 중 강조하고 있다.

들 가운데에는 작은 강도 흐르고 있어 밀과 보리가 푸르고 이따금 한 무더기씩 무덤이 모였습니다. 곳곳에 버들 숲풀이 무성하고 그 사이에서 전부야노 광이를 휘둘러 밭두던을 짓고 있습니다. 어떤 데에는 사내와 녀인과 오육세로 보이는 소해까지도 있어 일가 총출동입니다. 때 바야흐로 봄인지라, 한가하고 유장합니다. 진실로 평화스럽습니다. 저 건너 안개에 쌓인 들 끝이 인류의 몇 만년간 찾고 동경하던 정토인 것 같이도 보입니다그려. 어찌 잊으리까? 여기가 얼마 전까지 전장이었고, 아직도 오지에서는 정마 그믐달 아래 울붓는 판도 안이 아닙니까? 그러나 그와 그들과는 아모런 관계도 없는 게지요. 벌써 언제 전지였든가 티끌만치도 헤아릴 수조차도 없는 낙지입니다.

─우리는 흙 파는 사람얘요. 사월이니 씨를 뿌려야죠!

대지와 양광과 아지랑이와 농부─모두가 평화 그것입니다.[32]

위의 글은 산해관을 지나 북경으로 향하는 여정에서 마주친 평화로운 중국 농촌의 모습을 묘사하고 있다. 전쟁과 무관하게 계절의 주기에 맞춰 일을 하고 있는 중국인들의 모습을 보면서 임학수 역시 전지

---

32 「북지 견문록(1)」, 『문장』, 1939.7, 165쪽.

로의 여행이라는 긴장을 풀고 일시적으로 평화로운 마음을 가지게 된다. 그에게 끝없이 펼쳐져 있는 농토는 "낙지"로 이해된다. 그러나 이런 평화가 전쟁의 결과라는 사실을 그는 은연중에 강조하고 있다. 중국인들이 누리는 평화가 무엇에 의해서 가능해진 것인가를 그는 표나게 드러내지 않고 있으나 그의 내면에는 전쟁에 참여해 피땀 흘리고 있는 "황군 덕분"이라는 인식이 있음은 분명하다.

우리의 생을 협위하는 자 누구냐?
우리를 짓밟고 한가히 누어
그들을 바다 우에 느리는 자 누구냐?
민중의 적
능라와 아편과 색욕과,
우리 혈한과 눈물과 원망을
못 본체 얼굴 돌리는
그들을 혈제하자, 너도 나도
동문의 형제여, 동족의 자매여!

오라, 손과 손 마조 잡고
쟁기 메여 바구니 끼여
들로 가자 산으로 들자
이윽고 올 대륙의 봄을
우리 소리 높여 구가하자.

「중국의 형제에게」 부분, 『전선시집』33

임학수는 중국인들을 향해 그들을 "동문의 형제", "동족의 자매"라고 칭하고 있다. "동문", "동족"이란 같은 문자를 사용하고 같은 혈연을 가진 공동체라는 뜻일진대 이 시의 시적 화자는 중국인과 자신, 그리고 "황군"까지를 공동체의 틀 안으로 밀어 넣어 새로운 민족지형도를 그리고 있다. 위 시에 명시되어 있지는 않지만 "우리"라고 지칭된 공동체의 적은 아마도 중국 군벌세력을 지칭하는 것이리라. 시적 화자는 "그들"로 지칭된 군벌세력을 "형제"라는 다소 과격한 시어를 구사하면서 "그들"에 대한 적대의식을 표현하고 있다. 이러한 싸움을 통해서 "대륙의 봄"을 쟁취하자고 중국인들을 선동하고 있다. 이 시는 "대륙의 봄"이라고 문학적 수사를 동원하여 일제의 위장된 전쟁 논리에 부응하려는 의도를 보이고 있다. 이와 더불어 그는 적성국민인 중국인에게 인정어린 모습으로 대하는 "황군"의 따뜻한 이미지를 부각시키기도 한다.

그러나 보세요. 부근의 주민은 다 남루를 걸치고 기아에 울고 열차가 적은 역에 다슬 때 마다 수많은 소년들이 손을 벌리고 「신죠오 신죠요(進上)」 외오칩니다. 병대들은 다 창을 열고는 먹다 남은 혹은 전연 저를 대지 않은 한고오(飯盒)의 밥을 「쇼오하이(小孩)」 하고 불러서 논아 줍니다.[34]

위에서 보는 것처럼 중국인은 사리사욕 채우기에 급급해 민중의 생활고에는 아랑곳하지 않는 부패한 군벌 세력으로 인해서 "남루"를 걸

33 『임학수시전집』, 225~226쪽.
34 「북지 견문록(2)」, 『문장』, 1939.7, 181쪽.

치고 "기아"에 허덕이는 사람들로 묘사된다. 특히 중국 소년들은 기차가 정차할 때마다 손을 벌리고 일본 군인들에게 먹을 것을 달라고 아우성친다. 6·25전쟁 이후 이 땅에 진주한 미군들에게 "기브 미 쪼콜레또"라고 외쳤던 전후 한국의 소년들처럼 중국의 소년들도 "「신죠오 신죠요(進上)」"라는 토막 난 일본어를 배워서 적군인 일본 군인들에게 먹을거리를 구걸하고 있는 것이다. 일본 군인들은 젓가락을 대지 않은 도시락("한고오(飯盒)")까지 건네줄 정도로 인정미 넘치는 존재로 묘사되고 있다. 이처럼 굶주린 민간인에게 먹을거리를 주는 일본군의 이미지는 이 글에서뿐만 아니라 당대 중일전쟁을 소재로 한 영화에서도 종종 등장하곤 했다.[35]

이처럼 임학수는 "동양 평화를 위한 성전"으로서의 전쟁 이데올로기를 중국인의 입장에서 언어화하면서 다른 한편으로는 적성국민인 중국인에 대한 일본군의 인정어린 모습을 묘사함으로써 식민지인들에게 중일전쟁이 결코 침략전쟁이 아니라 "동양평화를 위한 성전"임을 강조하고 있다. 중일전쟁의 침략전쟁으로서의 성격을 불식시키기 위해서 중국인들이 "성전" 덕분에 군벌 세력의 압제로부터 해방되어 평화와 번영을 맞이할 계기를 얻게 되었음을 강조하고 그 과정에서 인정 어린 일본군의 노고가 깃들어 있음을 부각시키고 있다. 그는 일본군의 노고를 강조하기 위해 전지에서 들은 이야기를 다음과 같이

---

[35] 1939년 도호(東寶)영화사에서 제작한 영화 『상해육전대』는 그 전형적인 예이다. 상해특별육전대 소속 중대장은 배고픔에 허덕이는 상해인들에게 주먹밥을 권한다. 그러나 항일적인 태도를 가진 중국인 처녀만은 주먹밥을 거부하는데 결국은 중대장의 따뜻한 마음에 감동하여 그의 무운을 빌기까지 한다. 이 영화는 중일전쟁 당시 제작된 대표적인 국책영화로 여기에 등장하는 중대장은 마음씨 좋은 일본인의 이미지를 보여주는 대표적인 인물이라고 할 수 있다. 四方田犬彦, 『日本の女優』, 岩波書店, 2000, 63~67쪽.

작품화하기도 한다.

> 어찌 잊을꼬 농성 오십일
> 양식 끈어지고 뽕 잎도 다해
> 참아 주리는 양 볼수 없는 어린 병사.
>
> 밤을 타 성 밖 적진에 기여 드러
> 한포기 배추를 캐여 들고 다로올 제,
> 아릅답다 용맹보다 싸홈터에 이 인정!
>
> 아, 그러나 드디여 갔도다!
> 이역의 들 끝에 그는 갔도다!
> 행복일다, 행복일다, 나라 위해 그 목숨 받힌 용사는─
>
> 「하단군조」 부분, 『전선시집』36

중국군에 의해 포위되어 성에서 50여일을 버틴 어느 부대의 무용담을 작품화한 「하단군조」는 특히 극심한 기아의 문제를 거론하고 있다. 인용 부분에서 시적 화자는 식량이 떨어져 뽕잎을 튀겨먹거나 멀건 국마저 먹을 수 없어 죽음을 무릅쓰고 적진에 기어들어가 배추 포기를 뽑아올 정도로 일본군의 고통이 극심했음을 강조하고 있다. 특히 그러한 고투의 와중에서 따뜻한 인정미를 보여주기도 했던 어느 "용사"(하단군조)의 죽음은 칭송의 대상이 된다. 이처럼 전투 과정에서

---

36 『임학수시전집』, 239쪽.

전사한 군인에 대한 칭송을 보여주는 작품으로는 전투기 조종사의 무
훈을 칭송하고 죽음을 애도하는 「도라오지 않는 황취」 같은 작품도
있다. 「하단군조」나 「도라오지 않는 황취」 모두 임학수 자신이 직접
목격한 사례들이 아니라 여행 과정에서 전해들은 일화들이라는 공통
점을 가지고 있다. 직접적 체험이 아니기 때문에 상상력이 개입되어
전투 장면을 현장감 있게 부각시킨 부분도 보인다. 특히 공중 전투 장
면을 묘사한 「도라오지 않는 황취」의 일부분은 시각적 생동감을 보여
주기도 한다.

　이들 작품은 일본군의 고투와 죽음을 칭송하면서 다른 한편으로는
'총후국민'으로서 무엇을 해야 할 것인가에 대한 대답을 요구하고 있
다는 점에서 특징적이다. 전선 여행을 마치고 돌아온 임학수는 식민
지 조선의 가정주부들을 향해 다음과 같이 말하고 있다.

　　멀리 바다 건너에는 일야 가진 고초를 격그면서 조국을 위하야 불민하
　는 용사들이 잇읍니다. 동아의 천지에는 바야흐로 새 낙토가 열릴랴고 하
　고 잇읍니다. 우리는 자나 깨나 이역에서 활약하고 잇는 이 장사들을 생
　각하고 견인지구 물자절약과 정당한 자기의 마튼 직업에 충실함으로써
　장기건설사업에 참여하지 아니하면 안되겟읍니다.[37]

　이 글에서 임학수는 일본군을 "조국을 위하야 불민하는 용사들"이
라고 칭하고 있다. 여기서 그가 "조국"이라는 어사로 포괄하는 범주는
식민 모국 일본과 식민지 조선을 포괄하는 것으로 여겨진다. 그는 "조

---

37 「전선병사를 위문하고」, 『가정지우』, 1939.7, 21쪽.

선"이나 "반도"라는 어사로 에둘러 표현하던 당대 여타의 지식인과는 달리 "조국"이라는 낯선 표현을 사용함으로써 황민화 이데올로기에 적극적으로 부응하고 있다. 중일전쟁을 "낙토"를 만들기 위한 "장기건설사업"이라고 칭하고 있고 「하단군조」에서 보여준 것처럼 기아를 비롯한 갖은 고통에도 불구하고 "성전"을 수행하고 있는 "황군"을 생각해서 고통을 감내하며("견인지구") 물자절약을 생활화하고 맡은 바 일에 충실할 것("직역봉공")을 주장하고 있다. 이는 일본이 전쟁을 수행하는 제국의 병참기지인 식민지 조선에 요구했던 내용을 충실히 반복한 것이다.

위에서 살펴본 것처럼 임학수는 당시 새롭게 제국의 영역으로 편입되고 있던 북중국 일대를 "황군 위문"이라는 특별한 사명을 띠고 1개월간 여행한 후 침략전쟁 수행에 필요한 황민화 이데올로기를 담은 시집을 발간하고 견문록 류의 수필을 여러 곳에 발표하고 좌담회에 참여하여 소감을 피력하기도 했다. 신병을 이유로 아무런 글도 쓰지 않았던 김동인을 논외로 한다면, 소설적 픽션을 가미한 기행문 『전선기행』[38]을 통해 국책에 과도하게 편승해 그 효과가 오히려 반감된 박영희와 비교할 때도 임학수의 문필 활동은 총독부나 군사령부 등 식민 권력의 기대에 부응했다고 볼 수 있다. 지금의 관점에서 볼 때, 임학수의 식민 권력과의 동화 양상은 아(亞)제국주의적 열망에서 기인한 것으로 볼 수 있는 것으로, 그뿐만 아니라 수많은 식민지 지식인들이 빠져들었던 수렁이라고 할 수 있다. 현재 남아 있는 당대의 뉴스릴을 통해서 우리는 중일전쟁을 바라보는 식민지 조선인의 열광을 보면

---

38 정선태, 「총력전 시기 전쟁문학론과 종군문학」, 『동양정치사상사』 5권 2호, 한국동양정치사상사학회, 2006, 150쪽.

서 아연해질 수밖에 없다. 그들은 철야를 하면서 "황군"의 승전보에
환희를 느끼며 만세를 부르기도 했다.[39]

　드르니 바로 내 옆에 앉은 ○○경비대 ○○병은 고향이 ○○으로서 재작
년 사변이 발발하자 바로 천진으로 와서 ○○전선에 있다가 남하하여 상
해, 남경의 공략전에 참가하였고 다시 북상하여 서주회전, 거기서 낭자관
을 남어서 태원에 갔다가 장가구에 까지 갔었고 이제는 다시 산서로 도라
왔다고. 실로 지나의 거진 전토를 행군하여 대회전에 조우하기 삼회, 소소
탕전에 참가하긴 그 수를 이루 다 헤아릴 수 없다 합니다. 그러컨만도
　「이 검으로 버혔지요.」
　하고 칼자루를 어루만지면서 웃는 그에게는 조고마한 피로의 빛도 없
었읍니다.[40]

　전선 시찰 과정에서 만난 일본군의 이야기를 전하는 위의 인용문은
중일전쟁이라는 침략전의 허구적 논리와 그로 인해 발생할 수밖에 없
는 전쟁의 잔학한 면모에 둔감한 임학수의 면모를 보여준다. 위 글에
서 소개하고 있는 병사는 천진에서 상해, 남경, 서주, 태원, 장가구, 산
서를 거쳐 온 역전의 용사로 수많은 전투 경험을 가지고 있다. 그는
무용담을 늘어놓으면서 임학수에게 자신이 "이 검"으로 수많은 사람
들을 죽였음을 자랑하고 있다. 그에 대해 임학수는 그런 그에게 "피
로"의 기색이 보이지 않는다고 칭송하고 있다. 이 글에 등장하는 "검"

39 중일전쟁 당시의 뉴스릴인 「銃後の朝鮮」(조선총독부 제작)은 중일전쟁 개전 직후 조
선의 열광적인 모습을 담고 있다.
40 「북지 견문록(2)」, 『문장』, 1939.7, 182쪽.

은 I. 장이 폭로한 바 있는, 중국 국민당 정부의 수도 남경 함락 과정
에서 일본군이 벌인 민간인 대학살이라는 역사적 악몽[41]과 겹쳐지면
서 임학수와 같은 식민지 출신 제국 지식인에게 내면화되어 있던 "동
양 평화" 이데올로기가 얼마나 철저히 맹목적인 것이었던가를 우리에
게 생생하게 일깨워준다.

4. 결론

이 글에서는 그동안 거의 주목받지 못해온 시인 임학수의 작품 세
계를 제국 여행이라는 관점에서 조명해 보았다. 특히 여행이 주 동기
가 되어 씌어진 『팔도풍물시집』, 『후조』, 『전선시집』을 주 논의 대상
으로 하여 그동안 최초의 친일문학으로 거론되어 온 『전선시집』에 대
한 단선적 이해를 지양하고 그의 시를 내적 연속성을 해명하는 차원
에서 폭넓은 논의를 추구하였다.

논의의 결과 임학수의 시에서 여행에의 욕망은 그의 창작 활동을
추동하는 주 동기로서 시작 초반부터 자리하고 있다는 점을 확인할
수 있었고, 그가 시작 활동을 활발하게 전개했던 1930년대 후반 시들
역시 그러한 측면에서 조명할 수 있었다. 그러나 이들 시집은 식민지
지식인의 외적 여행의 결과물이라는 점에서는 동일하지만 그 성격에

---

41 아이리스 장 저, 윤지환 역, 『역사는 힘 있는 자가 쓰는가』, 미다스북스, 2006, 121~148쪽.

는 차이가 있다. 『팔도풍물시집』이나 『후조』는 식민지 조선 내부 여행의 기록으로서 거기에는 붕괴된 민족을 애도하는 지식인의 비애가 드러난다. 그 여행의 결과 그는 민족을 결정적으로 상실된 대상으로 인식하게 되었다. 그러나 상실된 대상에 대한 욕망을 사라지지 않고 그의 내면을 끊임없이 추동하였는데, 이것은 새로운 여행의 계기가 된다.

『전선시집』은 당시 새롭게 일본 제국의 판도에 수용되고 있던 북중국 여행의 기록으로 임학수는 식민지 출신의 제국 지식인으로 자신의 입장을 정리하고 철저히 제국의 요구에 호응하는 면모를 보이고 있다. 『전선시집』은 제국의 지식인으로 호명당한 당대 지식인의 국책 협력 과정과 방식, 내면화된 이데올로기 양상 등 일제 강점기 지식인의 정신적 동향을 이해하는 데 중요한 검토 대상이 될 수 있을 것이다.

임학수는 황군위문 문단사절단의 일원으로 전선을 시찰하고, 『전선시집』이나 여러 보고문을 발간하는 등 일제 강점기 최초의 친일 협력 활동을 적극적으로 수행한 문학인이다. 일부에서는 그의 그러한 활동이 진심에서 우러난 것이 아니라 체제의 강요에 의한 부득이한 것으로 보는 논리를 펴기도 한다. 그러나 이 글에서는 그의 활동이 시작 활동 초기에서부터 확인할 수 있는 내적 동인을 가진 필연적 결과라는 점을 드러내고자 하였다. 설령 일부의 논리처럼 강요에 의한 부득이한 결과라 할지라도 그의 행동과 언설이 경성제대 출신 문인이라는 객관적 지위를 둘러싸고 이루어졌고 당대 사회에 수용되었다는 점에서 그 사회적 파급력을 애써 축소하려는 태도는 바람직하지 않을 것이다.

　최근 들어 일제 강점기 문학인들의 활동에 대한 관심이 부쩍 늘어
나고 있는데, 임학수는 그 당시 중요한 역할을 했던 문학인임에도 불
구하고 특별한 관심을 기울이지 않았던 시인이다. 일제 강점기 여러
부류의 문학인들이 친일 행적을 보인 바 있지만 임학수는 같이 위문
사절단으로 참여한 김동인이나 박영희와는 또 다른 사례라는 점에서
그의 행보에 대한 보다 치밀한 검토와 의미 부여가 필요한 경우라고
할 수 있다.

　이 글에서는 그러한 측면에서 문제의식을 가지고 필자 나름의 노력
을 기울였다고 생각되지만 몇 가지 점에서 아쉬움을 가지고 있다. 첫
째,『전선시집』이후 해방 이전까지 임학수의 행보와 창작에 대한 검
토가 이루어지지 못해 일제 강점기 그가 보인 정신의 굴곡을 보다 입
체적으로 조명하지 못했다는 점, 둘째, 당대 지식인 계층의 동향이나
정치, 사회, 문화의 동향에 대한 검토가 충분치 못했다는 점이다.

전향의 윤리

식민지시대 시의 이념과 풍경

9장

지원병제와 김동환의 시국 대응

1. 서론

김동환은 1920년대 「눈이 내리느니」, 「국경의 밤」, 「승천하는 청춘」 등 민족주의적 색채가 다분한 일련의 시들을 발표한 바 있다. 그 시절 그는『동아일보』,『시대일보』,『조선일보』 등의 기자로, 카프와 신간 회 등 조직의 활동가로 활동하기도 했다. 이처럼 다채로운 활동을 하던 그가 1930년대 들어서는 종합월간지『삼천리』를 매개로 하여 잡지 편집인, 출판인으로 변신하여 새로운 삶을 모색하였다. "삼천리"라는 제호가 단적으로 보여주는 바처럼, 적어도 1930년대 중반까지 그는『삼천리』를 통해서 그가 등단 이후 비교적 일관되게 견지해온 민족주의를 실천해왔다. 그러나 1937년 중일전쟁을 기점으로 식민지 조선의 전시체제로의 재편이 시작됨에 따라서『삼천리』의 성격도 적지 않게 변화하였다. 이후『삼천리』는 전시에 순응하는 편집 방향을 취하였고1, 김동환 역시 그런 방향의 활동을 보여주었다. 『삼천리』야말로 김동환의 소위 친일 행적을 구성하는 핵심이라고 할 것이다.

지금까지 발표된 김동환론은 대개 "민족시인"으로서의 그의 면모에 치중하고 있다. 특히 변절의 계기로 지목된 중일전쟁 이후의 시와 활동에 대해서는 일부 연구자를 제외하고는 언급한 바가 없다. 비록 중일전쟁 이후 그의 시작 활동이 활발하지 않았고 그 성격조차 문제적이기는 하지만, 그야말로 일제 강점 말기 식민지 문인 모두가 공유하고 있던 민족이라는 환상과 국가라는 현실 사이의 모순을 겪었던 대표적인 시인이라는 점에서 중일전쟁 이후 그의 활동에 대한 논의는 중요하다고 할 수 있다. 특히 일제 강점 말기 누구보다도 군국주의의 전면에 노출되어 있던 시인으로서 그의 행적을 검토하고자 하는 것에 "민족시인"의 명예를 훼손하고자 하는 뜻은 조금도 있을 수 없다.

이 글은 중일전쟁 이후 『삼천리』를 매개로 한 김동환의 시국 대응 양상을 주로 지원병제의 실시와 관련해서 살펴보고자 한다. 필자가 보기에 지원병제의 실시가 그의 활동에 주요한 거멀못이 된다고 생각되기 때문이다. 이런 측면에 대한 검토를 통해서 기존의 김동환론이 구체화시키지 못한 중일전쟁 이후 그의 활동 양상과 그 심층에 깔린 그의 의식이 보다 선명하게 드러날 것이다.

---

1 이지원, 「『삼천리』를 통해 본 친일의 논리와 정서」, 『역사와 현실』 69호, 한국역사연구회, 2008.9, 139~140쪽.

2. 제국주의 동반자의 길

1)『삼천리』의 변신

『삼천리』는 김동환이『조선일보』기자 시절 총독부로부터 받은 돈
을 종자돈으로 해서 창간되었다.[2] 박람회 홍보를 위해 기자들에게 건
네진 200원을 그는 잡지 사업에 투자했다. 1920년대 문화정치의 영향
으로 식민지 조선에 잡지 붐이 일었던 것은 주지의 사실이다. 그러나
대부분의 잡지가 여러 가지 어려움 속에서 장기적으로 지속하지 못하
고 있었다. 1920년대 초반『개벽』같은 유수의 잡지마저도 검열란에
부닥쳐 생명을 마감하고 말았던 상황에서 김동환의『삼천리』창간은
문화사적으로 큰 의미를 가지는 일이었다. 적어도 중일전쟁이 일어나
기 전까지『삼천리』는 그가 공언한 것처럼 민족의 이익을 최우선으로
하는 잡지였다고 할 수 있다. 비록 민족주의적 색채를 노골적으로 드
러낸 것은 아니었지만, 시국에 타협하지 않고 식민지 사회의 점진적
개선을 의도한 다양한 담론을 수용하였다. 그런 탓인지는 몰라도 여
타 잡지에 비해『삼천리』는 사회 동향에 대하여 민감한 반응을 보여
주었는데, 이런 이유로『삼천리』는 식민지 사회 연구에 있어서 지금
도 귀중한 자료로 활용되고 있다. 그러나『삼천리』특유의 이와 같은

---

2 오성호는 총독부 출입기자 근무, 총독의 은사금을 기반으로 한『삼천리』창간, 그리고
정치적으로 민감한 내용을 배제한『삼천리』의 편집 방향 등을 거론하면서 김동환의 민
족주의가 "시국에의 묵시적 협조"를 전제로 한 것이었다고 지적하고 있다. 오성호,『김
동환』, 건국대 출판부, 2001, 176~177쪽.

민감성은 부정적인 사회 변화에 대해서도 동일하게 작용하였는데,3 이것은 『삼천리』가 초기에 누렸던 영광을 치욕으로 화하게 한 계기이기도 했다.

1937년 7월 7일 노구교 사건을 기점으로 전면전으로 비화된 중일전쟁에 대해서 『삼천리』가 공식적인 반응을 나타낸 것은 1937년 10월호이다. 이때를 기점으로 『대동아』로 개제하여 종간된 1943년 초반까지 『삼천리』의 편집에는 일대 방향 전환이 일어났다. 잡지의 앞부분은 전쟁과 관련된 시국적인 글들이 포진하게 되었다. 이런 글들의 분량도 조금씩 늘어나 일제 강점 말기에는 온통 시국적인 글들로 채워진 달도 있었다. 또 한편 조선어 기사들의 틈에 간간이 엿보이던 일본어 기사들의 수도 늘어나, 1940년 1월호부터는 "국어란"을 고정란으로 배치하기도 하였다.4 이러한 외형상의 변화들은 분명 시국에 대한 『삼천리』의 순응적 측면을 보여주는 것이라 하겠다. 이 과정에는 그의 적극적 의지 역시 반영되어 있다고 할 것이다. 그런데 『삼천리』의 이러한 대응이 대본영의 전쟁 수행 방침에 의해 조율된 총독부의 통제와도 연계되어 있었음은 새삼 거론할 필요도 없을 것이다.

---

3 송기한은 김동환의 친일문학으로의 경도가 "매우 당혹스러운 부분이면서 낯선 영역"이라고 지적하고, 그 원인을 "현실에의 지나친 관심"에서 찾고 있다.(송기한, 『한국 현대시와 근대성 비판』, 제이앤씨, 2009, 91~92쪽.) 그가 말하는 "현실에의 지나친 관심"이란 달리 말하면 시세의 변화에 맞춰서 생존을 유지하려는 자기 보호 본능에서 비롯된 순응의 욕망이라고 할 것이다. 그 욕망의 강도가 반응의 민감성 정도를 좌우하는 것이다.

4 전영표, 「파인의 『삼천리』와 『대동아』지의 친일성향 연구」, 『출판잡지연구』 9권 1호, 출판문화학회, 2001, 41쪽.

2) 지원병제에 대한 적극적 관심

일본은 조선인육군특별지원병령을 1938년 2월 2일 칙령 95호로 공포하고, 동년 4월 3일부터 시행하였다. 지원자의 자격은 17세 이상의 사상이 건전하고, 졸업 연한 6년의 소학교 이상의 학력을 가진 자로서, 입소 내지 복무로 인해 가사에 지장이 없는 자로 규정하고 있다.[5] 지원자는 도지사 명의의 추천장을 받아 훈련소장에게 제출하고, 도지사는 지원자를 상대로 하여 신체검사와 소학교 졸업 정도 수준의 시험을 실시하여 각도에 할당된 비율에 따라 인원을 확정하여 훈련소장에게 추천하도록 하였다.[6]

이 제도를 전격적으로 시행하게 된 배경에는 식민지 조선에서의 내선일체 정신 앙양의 필요성이 깔려 있었다고 할 것이다.[7] 전쟁 초기에는 전쟁이 장기전으로 비화할 가능성도 없었을 뿐더러 전장이 중국 전역으로 확대될 것으로는 미처 생각되지 않았다. 따라서 일본 본토의 병력만으로도 충분한 상황이어서, 병력 수급 상에는 전혀 문제가 없었다. 그럼에도 불구하고 일본이 지원병제를 실시한 것은 식민지 조선 사회에 지원병제가 미칠 이데올로기적 효과를 노린 결과였다. 그 당시 식민지 조선의 지식인들은 소위 "내지"와 동등한 권리, 즉 허울뿐인 "천황의 적자"로서의 명목상의 평등이 아니라 제국 국민으로서의 실질상의 평등을 요구하고 있었다.

---

5 김영희, 「국민정신총동원 운동의 전개 형태와 그 침투」, 『한국근현대사연구』 22집, 한국근현대사학회, 2002.9, 239쪽.

6 위의 글, 239쪽.

7 정창석, 「일본 군국주의 파시즘」, 『일본문화학보』 34집, 한국일본문화학회, 2007.8, 661쪽.

이와 관련해 그 당시 이슈화되었던 것은 그 당시 의무교육과 징병제였는데, 그들은 일본을 향해 지속적으로 이와 같은 요구들을 공론화하고 있었다. 그 당시 조선인으로서는 유일하게 일본의 제국의회에서 활동하고 있던 대의사 박춘금이 제국의회 연설을 통해서 징병제의 실시를 요구한 바 있으나, 일본 정부는 이와 같은 요구에 대해서 대체로 난색을 표했다. 그 이유는 시기상조라는 두루뭉술한 것이었다. 굳이 선후를 구분한다면 의무교육과 징병제 중에서도 징병제가 차후 단계라고 할 수 있다. 왜냐하면 의무교육을 통한 "황국신민으로서의 연성" 없이는 "황군"으로서의 자격이 생기지 않기 때문이다. 이런 상황에서의 지원병제 실시는 대단히 의외의 사건으로 이해되어, 제도의 실시가 발표되었을 때 식민지 지식인들은 대체로 환영하는 분위기였다. 이전까지 민족주의를 은연중 표방해 온 김동환 역시 다르지 않았다. 그 당시 미온적으로 환영하는 표정을 지었던 지식인들과는 달리 그는 적극적인 반응을 보였다.

1938년 5월호에 발표한 「권문세가들의 반성을 촉함」이라는 글은 지원병제의 실시에 즈음하여 김동환이 기명으로 발표한 것으로 그 당시 세간에 비춰진 '민족시인'으로서의 그의 이미지와는 판이하게 달라진 그의 면모를 잘 보여주는 글이다.

그런데 이제 제국은 아세아의 번영과 행복을 위하야 대지 응징의 전쟁을 기하고 잇다. 이때에 국민으로서 할 일이란, 국가를 위하연 일체를 바치겟다는 정성과 노력을 다할 것으로서, 진실로 유전자는 출전이요, 「유력자는 출력」을 하야 일의 전승의 날을 대할 것이다.

그러면 오늘날의 이 전시 하에 신민된 자 밟을 길이란 생명을 국가에

바침이 그 상이요, 그 다음은 재화를 바침이 중이요, 그리고 온갖 노동력
과 성력을 다 바처 국책의 선에 따를 것이다.

　이제 조선 민중의 압혜는 병역에 참가할 길이 열녀진다. 즉 지원병으로
서, 조선인 청년들도 조선군 사령관 휘하에 참치하야 19, 20의 양 사단
영문 안으로 드러갈 길이 열니엇다. 이 길은 의무 교육 실시의 대망성과
아울너 다년 민중의 바래오든 소리이다. 그리하야 병역 제도의 성립을 바
라본 오인은 계급의 상하와 직업의 여하를 물문하고 각 층 각 계급의 인
사가 전연 일체되여 그 자여질을 단 한 사람이라도 더 만히 군문에 보내
야 할 것이엇다. 그 중에도 더욱이나 귀족과 고관 등 권문세가에서는, 항
시 염하여 오든 국은에 보할 때가 이르럿다 하야 솔선하여서 그 자제를
더욱 만히 보낼 줄 알어 왓다.[8]

　글의 제목이 말해 주는 것처럼, 이 글은 사회 지도층 인사의 반성을
촉구하기 위한 목적으로 씌어진 글이다. 김동환은 중일전쟁을 "아세
아의 번영과 행복"을 위한 "대지(對支) 응징의 전쟁"으로 규정하고 있
다. 이로써 민족주의자의 이미지를 가지고 있던 김동환의 변화는 뚜
렷해진 셈이다. 그는 "전시 하에 신민된 자 밟을 길"을 세 가지로 규정
하고 있다. 최상의 길은 "생명을 국가에 바침"이요 그 다음의 길은 "재
화를 바침"이고, 그 다음의 길은 "온갖 노동력과 성력"의 바침이다. 이
를 달리 말하면, 그 각각은 군인이 되어 전장에 나가는 것, 국방헌금을
하거나 애국 공채를 사는 깃, 근로 동원에 참여하는 것이 될 것이다.
특히 이 중에서도 그가 가장 강조한 것은 군인이 되어 전장에 나가는

8 『삼천리』, 1938.5, 303~304쪽.

것이다. 사회 지도층 인사들이 비록 헌금은 많이 했을지 모르지만 자식을 지원병으로 내보내는 데는 가장 소극적이라고 그는 그들은 질타하고 있다. 이 글의 후반부에서는 3,500명이라는 구체적인 숫자까지 동원하여, 그는 지원병 지원자 거의 대부분이 평민 계층의 자제라는 점을 강조하고 있다.

지원병제는 당시 경기도 양주군 동대문 외곽에 지원병훈련소를 마련하고 한해 정원을 400명으로 제한하여 4개월간의 훈련을 실시하도록 규정하고 있다. 따라서 실시 초년의 3,500명이라는 숫자는 결코 많다고는 할 수 없을 것이다. 그러나 이 역시 상당한 경쟁률을 보이고 있음에 주의할 필요가 있다. 지원병 지원자 수가 그 후로 폭발적인 증가세를 보여 12만여 명에 육박한 해도 있었음을 상기할 때, "다년 민중의 바래오든 소리"라는 김동환의 지적이 허무맹랑한 것만은 아닐 것이다. 이것은 그 당시 식민지 민중 사이에 군에 대한 열망이 상당한 정도로 잠재해 있었음을 암시하는 것이다. 이런 이상 과열 현상은 이미 메이지(明治) 초기부터 징병제를 실시해왔던 일본에서는 볼 수 없었던 현상이다. 식민지 조선에서 지원병제가 실시되던 당시만 하더라도 일본 청년들은 징병을 피하기 위해 신체를 훼손하거나 병을 핑계로 대는 등 갖가지 방법을 동원하여 징병을 기피하는 사례들이 다수 발생하고 있었다.[9]

식민지 조선에서 벌어진 이러한 이상 과열 현상을 설명하는 데는 여러 가지 방식이 있을 수 있다. 그런데 여기서 먼저 한 가지 유념할 것은 김동환이 개탄한 것처럼 군인이 사회지도층에서는 극력 기피한,

---

9 一ノ瀬俊也, 『皇軍兵士の日常生活』, 講談社, 2009, 36~38쪽.

즉 평민층에서만 호응을 얻었던 직업이라는 점이다. 이것은 식민지
사회에서 평민이 신분 상승을 꾀할 수 있는 유일한 출구로서 군이 존
재하고 있었다는 사실을 의미한다.[10] 보통학교 졸업 정도의 학력을
가진 평민이 인생의 활로를 개척할 여지가 내지에 비해 상대적으로
적었던 식민지 민중에게 군인은 어엿한 직업으로서 인정받을 수 있었
던 것이다. 특히 그것이 식민지 청년들에게 새로 개방된 직업이었다
는 점도 감안할 필요도 있다.[11] 물론 여기에는 총독부 당국과 식민지
지식인들의 이데올로기적 미화가 한몫 했다.

　여하튼 이런 이유들로 인해서 지원병제 실시 이후 전시 대응과 관
련해서 지원병제의 의의를 선전하고 민중의 참여를 독려하는 것은 식
민지 지배체제의 가장 중요한 정책 과제 중 하나가 되었다. 앞에서 살
펴본 것처럼 김동환도 식민지 조선의 지도층을 질타하면서까지 전조
선적 참여를 호소하였다. 이는 김동환이라는 일개인의 의견 표출로
그치지 않고『삼천리』의 편집 방향에도 상당한 영향을 미쳤다.『삼천
리』에는 지원병 출신자들의 체험 수기나 편지[12], 일기[13], 좌담회[14]가

10　일찍이 징병제가 실시된 일본의 경우와 직접적인 비교는 가능하지 않겠지만, 일본에서
　　는 근대 초기부터 평민들에게 있어 군대는 사회적 상승 통로로 인식되고 있었다. 상등
　　병이나 하사관, 소위 후보자로의 진급은 군대 입대자들이 한번쯤 꿈꾸는 희망이었다.
　　(요시다 유타카 저, 최혜주 역,『일본의 군대』, 논형, 2005, 91~106쪽 참고.) 지원병제
　　가 제한적으로 실시되었던 식민지 조선에서 군인 그 자체가 낯선 신종 영역이었다는
　　점을 감안하면 지원병 열풍이라고 할 만한 당대 현상의 일단이 설명될 수 있을 듯하다.
11　당시 지원병의 지원 동기를 조사한 김영희에 의하면 지원자의 과반수 이상은 관에서 강
　　조한 애국심과는 다소 거리가 있는 동기에서 지원병에 지원한 것으로 보이는데, 그들
　　중 상당수는 군을 신분 상승이라는 현실적인 욕망의 실현 장소로 이해했던 것 같다. 김
　　영희, 앞의 글, 244~245쪽 참고.
12　「전사 급 출정용사의 서한」,『삼천리』, 1940.9.
13　「지원병 일기, 그네의 생활 일일 기록」,『삼천리』, 1941.1.

자주 실렸고, 사관학교 출신 지원병 출신자들의 중국전선에서의 무용
담15이나 좌담회16도 종종 실렸다. 그리고 군으로부터 생산됐을 법한
병사들의 "군국미담"도 자주 실렸다. 오오누키 에미코(大貫惠美子)에
의하면, 이러한 군국미담들은 군에 의해 조직적으로 생산되고 저널리
즘이나 라디오 등을 통해 지속적으로 배포되었고,17 학교에서는 교과
서나 창가를 통해서 학생들에게 전파되기도 하였다.18 이것들은 하나
같이 독자들로 하여금 식민지인으로서의 차별의식을 벗어나 당당한
제국신민으로서의 자부심을 느끼게 하려는 의도를 내포하고 있다. 도
미야마 이치로(富山一郞)의 말을 참조해서 말하자면, 식민지 조선인이
진정한 일본인이 되는 데는 제도적인 동질화만으로는 충분치 않으며,
진정한 일본인이 된다고 하는 것이 식민지인으로 하여금 마음속에
"일본인"이라는 "상상의 공동체"를 떠올리게 하여 거기에 자신을 동일
화시켜 나가는 과정이라고 할 때19, 초월적 절대자로서의 제국을 상정
하고 자신의 목숨을 담보로 지원병의 길로 나아가는 것이야말로 적어
도 식민지 민중의 일부에게는 피할 수 없는 선택지로 보였을 것이다.

지원병제 실시 이후 『삼천리』에 군 관계자들이 자주 눈에 띠는 것
도 하나의 특색이다. 1939년 6월호에는 "징병·의무교육·총동원 문
제로 군부와 총독부 당국에 민간유지가 문의하는 회"라는 명칭의 좌
담회 내용이 수록되어 있는데, 이 기사는 당시 지식계의 주요 관심사

---

14 「산서 무한의 실전에 참가했던 귀환지원병의 분전 회억 좌담회」,『삼천리』, 1941.1.

15 「전승 사관의 개선 수기」,『삼천리』, 1938.5.

16 「전장과 의회 귀환 보고」,『삼천리』, 1939.6.

17 오오누키 에미코 저, 이향철 역, 『사쿠라가 지다 젊음도 지다』, 모멘토, 2005, 211~212쪽.

18 위의 책, 같은 쪽.

19 도미야마 이치로 저, 임성모 역, 『전장의 기억』, 이산, 2002, 29쪽.

였던 세 가지 현안에 대하여 지식인들과 총독부, 군부 관계 인사들이 의견을 나눈 내용을 담고 있다. 1939년 4월 14일 오후 7시 조선호텔에서 개최된 이 좌담회의 참석자는 다음과 같다.

- 군: 조선군사령부 勝尾 소장, 喜多 참모, 上村 법무관, 鄭 소좌
- 총독부: 학무국장 鹽原時三郎, 사회교육과장 이원보
- 국민정신총동원: 이사 由上治三郎
- 민간: 대동광업회사장 이종만, 세부란스의전교 최동, 평론가 인정식, 변호사 신태악, 한성상업학교장 김주익, 조선공작회사 하준석, 조선피복공업회사장 오룡택, 전 조선일보 주필 서춘, 목요회 간사 손홍원, 보성중학 교유 주종의, 녹기연맹 이사 山里秀雄, 경성방송국 이정섭, 대동공업전문 이사 이성환, 경성제국대학 교수 辛島驍, 삼천리사 주간 김동환[20]

좌담회에 참석한 인사들은 군, 관, 민의 대표적 인사들을 거의 망라하고 있는 듯한 느낌을 주는데, 이로써 이 좌담회가 『삼천리』 단독 기획이 아니라 당국과의 교감과 지원에 의한 것이라는 추측을 가능케 한다. 이 좌담회는 민간 인사들의 질의에 대하여 총독부나 군의 관계자들이 답변을 하는 형식으로 이루어지고 있다. 김동환은 단순히 좌담회 주재자로서뿐만 아니라 그 자신이 한 명의 참석자로서 질문을 하고 있다. 그런데 그가 한 질문은 세 가지 현안 중에서도 지원병제 내지 징병제에 관한 것이다. 그는 이날 지원병제 내지 징병제와 관련

---

20 『삼천리』, 1936.6, 31쪽.

하여 세 가지 구체적인 질문을 한 바 있는데, 질문의 내용도 내용이지
만 하필이면 그가 이런 류의 질문을 하고 있다는 사실 자체도 의미심
장하다.

제1문은-현재의 지원병제도의 문호를 널니 개방하여 주세요. 즉 수용
인원을 1년에 400명에 제한하지 말고 훨신 증가할 것인데 최소한도로 금
년의 예를 볼지라도 전 조선에서 지원자 수 12,000명 중 체격 사상 등 적
격자 수가 7,000명이라 하니 이 자격에 적합한 7,000명은 즉시 또 전면
적으로 수용 훈련하여 주서요.

제2문은-병영에의 배속을 전국적으로 확대하여 주서요. 즉 현재 훈련
소를 졸업한 장정은 나남과 용산의 조선 안에 있는 양개 사단에만 배속하
고 잇는데 우리는 병영 내에서 내선 양 청년층의 동지적 결합을 맺게 하
는 의미에서 또 조선 지원병이 일본제국 국방상 일원이란 점에서 이 배속
을 동경, 대판 등 본주, 각 사단과 북해도, 대만 등 전국 16개 사단 전부에
배속시켜 주서요.

제3문은-될수록 단시일 내에 조선에 징병제도를 시행하여 줄일 이유는
맹방관계에 있고 동아협동체의 일국인 만주국은 건국 6, 7년에 벌서 약
10만 명의 만주인 군대를 가지고 있어서 경상비 년 180만원을 지출하게까
지 되었는데 합병 30년의 조선에 아직 징병제도가 실시 못되었다함은 유
감이외다. 이렇게 말하면 항상 의무교육과 내선일체 결합이 선행되어야
한다 하지만 구주대전 때 미국의 도구 100만 군대 중 소학교육 있는 자가
겨우 2파센트라 한 즉 반드시 국방에 교육이 불가결의 조건이 안일지며
또 징병령을 실시한다 할지라도 성년 전원을 다 제1년부터 전부 수용치
않을지라도 내지에서도 체격 기타 검사로 을종 병종 등 불합격층을 만드

러 일시 제외하드시 검사시 체격 사상상 불량한 자를 을병종에 편입시키
고 우수한 자로 갑종을 선하여서 수용하도록 하면 가하지 안슙니까.[21]

당해 지원자 12,000명에 비해 정원 400명이 너무 적으니, 적어도
적격자로 걸러진 7,000명 모두를 합격시켜달라는 게 김동환의 첫 번
째 요구 사항이다. 두 번째 요구 사항은 훈련소를 졸업한 인원을 경성
과 나남 등 조선뿐만 아니라 일본으로도 배속시켜 달라는 것이다. 세
번째 요구 사항은 징병제를 조기 실시하여 달라는 것이다. 그런데 이
세 가지 질문은 단계적인 위계를 가지는 것으로, 정원의 확대, 배치 지
역의 확대가 지원병제의 운용에 관한 것이라면 징병제는 완전히 다른
차원의 문제라고 할 것이다. 이들은 결코 동일선상에서 논의될 수도,
그리고 총독부 차원에서 결정될 수도 없는 문제였다.

이와 같은 질문들에 대한 총독부와 군 관계자들의 반응은 대체로
부정적이었다. 지원병훈련소장을 겸임하고 있던 총독부 학무국장 시
오바라(鹽原)은 두 번째, 세 번째의 질문에 대한 답변을 군관계자에게
돌리고 첫 번째 질문에 대해서만 답을 하고 있는데, 기생충, 화류병,
허리힘의 약함을 들어 조선 장정의 체력이 생각보다 좋지 못하다는
점을 강조하고 정원 문제는 차츰 해소될 것이라고 조심스럽게 전망하
고 있다. 그리고 두 번째, 세 번째 질문에 대해서는 조선군사령부 참
모 키다(喜多)가 답변을 하고 있다. 첫 번째 질문에 대해서는 현재로
서는 일본의 내지 병력만으로도 충분하다는 것, 두 번째 질문에 대해
서는 400명을 10여 사단에 분배하면 그 수가 너무 적게 갈라진다는

21『삼천리』, 1939.6, 35쪽.

것, 세 번째 질문에 대해서는 단순하게 결정할 수 없다는 것을 말하였다. 특히 세 번째 질문에 대해서는 정(鄭)소좌가 지원병 수효가 적어도 20만 명쯤은 되어야 하지 않겠느냐는, 다소 조롱조의 답변을 하고 있다.

이 좌담회에 참석한 민간 인사가 10여명을 상회하는, 보통의 좌담회로서는 대규모임을 감안할 때 군이 김동환이 이 문제를 거론할 필요는 없었을지도 모른다. 그럼에도 불구하고 군이 그가 지원병 내지 징병제와 관련한 질의를 하고 있다는 사실은 그가 이 문제에 대해서 남다른 관심을 가지고 있었다고 추정하게 한다. 특히 그의 질의 태도는 이런 추정을 더욱 강화시킨다. "개방하여 주세요", "확대하여 주서요" 등의 어사는 마치 하급자나 연소자가 상급자나 성인에게 무엇인가를 호소하는 듯한, 그런 느낌을 넘어서 애걸하는 듯한 느낌까지 준다. 그만큼 그가 이 문제에 대해서 이 당시 비상한 관심을 경주하고 있었다는 인상을 우리에게 심어준다.

1940년 7월호에는 "군국다사의 추에 지원병(지망자)십만 돌파, 지원병 모자에 송하는 서" 특집이 실렸는데, 이는 지원병 지원자 10만 명 돌파를 기념한 것이다. 김동환도 이 특집의 일환으로 「국방관념과 상무열의 고취」라는 글을 발표한 바 있다. 이 시기는 독일군이 파리를 함락시켜 전세가 추축국으로 기울어가는 듯 보이던 시점이다.

불란서가 이리된 이유에는 두 가지 죄가 있는 줄 압니다. 한아는 국가와 사회가 모다 개인주의, 자유주의에 흘너서 국방관념을 등한히 하여 국민훈련은 등한히 한 탓이고 또 다른 하나는 불란서의 어머니와 안해와, 처자가, 그 청년들을 문약하게 양육하여 내었든 까닭일 것입니다.[22]

  김동환은 파리 함락의 원인을 서구적 개인주의, 자유주의에 기인한 "국방관념"과 "국민훈련"의 부족에 돌리고 있다. 그리고 이와 관련하여 특히 프랑스의 여성들을 질타하고 있다. 그들이 청년들을 문약하게 길러서 군대가 약체가 되었다는 것이다. 따라서 궁극의 대안은 여성이 군국의 정신으로 무장하여 청년들을 지원병 지원자로 많이 유도해야 한다는 것이다. 특히 프랑스 여성에 관한 질타는 『삼천리』의 여성 독자들을 향한 우회적인 권유라는 점에서 시사적이다. 한 마디로 식민지 조선의 여성들로 하여금 군국의 어머니가 될 것을 요구하는 것이다. 중일전쟁 당시 일본에서 부각된 '군국의 어머니' 담론이 김동환의 글에서는 서구의 부정적인 예를 통해서 식민지적으로 변조되고 있다. 이 글에서는 그가 파리 함락이라는 시사적 사건을 기민하게 이용하고 있는데, 여기서 우리는 그의 저널리스트로서의 민감성을 엿볼 수 있다.

  이 시기는 제2차 고노에 후미마로(近衛文麿) 내각이 입각하여 "신체제 선언"을 발표하였던 시점과 맞물린다는 점에 주목할 필요가 있다. 1940년 7월 22일 입각한 제2차 고노에 내각은 기본국책요강을 발표하여 근본 방침을 소위 "팔굉일우" 사상에 근거하여 일·만·지의 단결을 통한 대동아의 신질서 건설로 규정하고 있다.[23] 이를 위해 일본의 고도국방국가화, 군국주의의 철저화를 국가 운영의 중심으로 설정하게 된다. 이는 장기전으로 돌입한 중일전쟁의 수행을 위해 총후 사회의 억압적 조직화를 꾀한 것이다. 모든 인적, 물적 자원의 국방 자원으로의 통합으로 요약되는 "신체제 선언"은 김동환으로 하여금 새로

---

22 『삼천리』, 1940.7, 63~64쪽.
23 臼井勝美, 『日中戰爭』, 中央公論, 2006, 124쪽.

운 각오를 다지게 하였다. "탄환과 펜은 다 같은 금속으로 되었다"(「탄
환과 펜의 인연」)24이라는 표현이 단적으로 말해주듯이, 이 당시 그는
펜으로 탄환의 소임을 다하겠다는 의지를 가지고 있었던 듯하다.

> 나는 상무의 정신을 고조하고 싶던 차에 이제 지원병훈련소를 1일 입
> 영한다는 생각으로 아침부터 저녁까지 견학하고 돌아 나오니 나도 10년
> 만 더 젊었더면 4, 5개월간 입소훈련을 받고 싶었다는 생각이 통절히 납
> 데다.
> 여기에 뽑혀온 장정수가 1천명이지만, 지원병이 되려고 지원했던 청년
> 남아의 수가 전조선에 8만 4천을 헤이었다 하니 이것으로써 문약에 흘러
> 버렸던 이 땅 사회의 기풍이 부국강병의 일로로 약진하는 것인줄 알고 마
> 음이 든든하여 지기 한이 없습니다.
> (…)
> 「펜과 탄환은 같은 철」로 되었다는 말이 있거니와 불행히 청년기를 아
> 무 군사적 훈련받을 기회 없이 지낸 우리들은 총후에서 붓이나 들고 시와
> 소설로 이 지원병사상을 고취하기에 전력을 다할 것임을 절실히 이날 느
> 꼈습니다.25

조선군사령부는 지원병제 실시 이후 문인을 비롯한 식민지 조선의
지도층 인사들을 대상으로 지원병훈련소 입소 행사를 실시한 바 있
다. 그 중에서도 주목되는 행사는 조선문인협회 회원들을 상대로 한
일일 입소 체험 행사였다. 이 당시의 체험은 몇몇 문인들에 의해 글로

---

24 『삼천리』, 1940.7, 92쪽.
25 『삼천리』, 1940.12, 67쪽.

씌어지게 되는데, 위에서 인용한 글은 이 당시의 체험을 바탕으로 한 것이다. 이 글에 의하면 실시 초년 400명이었던 지원병 정원은 1,000명으로 확대되었고, 3,500명이었던 지원자 수는 스무 배 이상으로 증가한 것을 알 수 있다. 그는 자신의 나이가 10년만 젊었어도 지원병들과 함께 훈련을 받고 싶었다고 말하고 있다. 그리고 "청년기를 아무 군사적 훈련 받을 기회 없이 지낸" 자신을 "불행"하다고 말하고 있다. 그 대신 총후에서 붓을 들어 "지원병사상"을 그려내기에 힘쓰겠다고 말하고 있다. 이 말은 의례적인 언사로 생각될 수도 있지만 거기에 일말의 진심이 내포되지 않았다고는 말하기 힘들 것이다. 조선 청년들이 문약성을 벗고 군인으로 단련되는 과정 자체에 대해서 긍정적인 느낌을 받았을 수도 있기 때문이다.

김동환은 이 글에서 입소 체험에서 받은 인상을 긍정적으로 서술하고는 있지만 특별히 구체적으로 기술한 부분은 보이지 않는다. 여타의 지식인들은 대체로 나태한 생활을 하던 청년들이 규율적인 생활태도를 갖춘 청년들로 탈바꿈한 것에서 비롯된 것에 대해 긍정적으로 평가하고 있다. 『경성일보』 학예부 기자 전희복의 다음과 같은 소감은 이런 사실을 잘 보여준다.

> 함부루 막 살든 그들의 생활이 불과 3, 4개월 사이에 질서와 정돈을 가추게 되는 것에 뿐 아니라 그렇게 하는 사이에 그들은 몸과 마음이 단련되어서 한 개인으로서는 물론 사회인으로 국가인으로 조금도 부끄럼과 거리낌 없는 훌륭한 인간이 되는 것에 진실로 감격했습니다.[26]

---

26 「부인부대와 「지원병」」, 『삼천리』, 1941.1, 149쪽.

3. 전시 인간형의 창조

1) 평등 환상과 죽음에의 주문

"지원병사상"의 "고취"를 다짐한 김동환은 훈련소 입소 체험[27]을 바탕으로 「일천 병사의 「수풀」」이라는 시를 발표함으로써 그의 다짐은 현실화되었다. 이 시의 서두에는 다음과 같은 짤막한 글이 부기되어 있다.

만추 10월 12일, 군사령부 포참모와 더부러 우리 문인협회 일행 38인이 서울 동대문 밖 양주벌, 지원병훈련소를 차저 海田 대좌의 안내를 바더 가며 씩씩하고도 순진한 그 1천의 용사들로 더부러 하루해를 가치하고 돌아와 이 노래를 불른다.

위의 인용문을 통해서 김동환이 체험한 입소 행사의 대략적인 윤곽이 드러난다. 이 행사가 1940년 10월 12일 조선문인협회 회원 38명의 참여로 이루어졌음을 알 수 있다. 지원병훈련소 견학은 『삼천리』지면에 종종 등장한 바 있는, 지원병훈련소 교관 우미다(海田) 대좌(大佐)[28]의 안내로 이루어졌다. 1939년 10월, 총독부 학무국의 지도 하에 결성된 조선문인협회가 이 날 행사의 대상이었다는 것은 남다른

---

27 『삼천리』1938년 10월호에 「조선 병정의 훈련소 광경」이라는 훈련소 방문기가 실린 적이 있는데, 무기명 기사여서 사내 누구의 것인지는 확인하기 어렵다.
28 「조선 병정의 훈련소 광경」, 『삼천리』, 1938.10, 185쪽.

의미를 갖는다. 당국에서는 이 날 행사를 통해서 식민지 문인들이 민중을 선전 선동할 수 있는 자양분을 얻어가기를 원했던 것인지도 모르겠다. 그 체험의 앞자리에 서 있었던 사람이 바로 김동환이었다. 그는 총독부의 지도하에 결성된 조선문인협회 창립 초기부터 상무간사로 적극적으로 활동하였을 뿐만 아니라 『삼천리』라는 명망 있는 잡지의 편집인으로서 사회적 파급력이 여타 문인들에 비해 상대적으로 강한 편이었기 때문에, 그가 앞자리에 서기를 당국에서 원했던 것인지도 모르겠다. 여하튼 그는 이 날의 체험을 아래와 같이 노래하고 있다.[29]

사랑하는 병사여!
이슬저진 새벽숲을 우로 지난밤 깃드렀든 참새 떼
아츰해를 향해 즐거히 노래부르며 나라오를 적에
젊은 우리의 일천 용사도 가향의 단 꿈을 깨치고
깨끗이 쓴 광장에 뛰어나와 맑고 경건한 마음으로써
멀-니 동방에 요배하며 이어 국가를 높이 부르옵네,
그 새벽 바람에 펄럭 펄럭 날리는 일장기의 기폭, 우렁한 군가소리
참된 충성과 높은 애국의 정열이 이 속에서 끌어 올으거니
빗이여, 생명이여, 기쁨이여, 우리의 일천 용사와 늘 함께 있어지이다.

사랑하는 병사여!
맥추 익어가는 4백 여주 넓은 벌엔 그대의 선배들이

---

29 이 날의 체험은 모윤숙에 의해서도 시로 씌어졌다. 「지원병에게」, 『삼천리』, 1941. 1.

우리의 명예와 신뢰를 질머지고 지금 싸우고 있잖는가,
그 중에 두 분은 벌써 「호국의 충혼」이 되어서
정국신사 신전속에 고요히 늚어 계시잖는가,
아직도 4년에 미치는 동아의 전화는 끈칠줄을 몰라서
백만의 료우가 참호 속에 포첩속에 분전하고 있거늘
어서 그대도 조련을 마처 나아가 군고를 치라, 나아가 나팔을 불라.

사랑하는 병사여!
그대는 강 우에 어름지처 잉어 낚구어 먹든 두만강까서 왔는가
그러챦으면 갈밭에 말 달니든 제주도 한나산서 왔는가
온 곳이 북관이건 남관이건 내 다시 뭇지 않으려하고
사공의 아들이건, 농군의 동생이건 하든 일조차 또한 뭇지 않으려 하고
오직 오늘부터는 그대의 이름이 이 나라 아들일 뿐임을 기억하려 하노라
사내 대장부 이제 나라의 운명 질머지고 만인 좌중에 섰거니
그대 어찌써 용맹을 다 안하리, 그대 어찌써 충성을 다 안하리
나도 십년만 젊었더면 그대들 속에 섞기어 조련받고 싶헛든 것을.

사랑하는 병사여!
앞엣 물결에 뒤엣 물결 덮치고 이쪽 파도에 저쪽 파도 엉키어
서로 끌고 댕기면서 널분 바다 내닫는 조수와도 가치, 굳은 단결을 가
지고서
또 마른하늘에 주섬주섬 모여들어 소낙비 되었다도
티끌 한아 안 남기고 물러 가 버리는 가을 구름 떼와도 가치, 진퇴를 깨
끗히 하여

그대의 목숨을 임군에 받치고 그대의 한 몸을 나라에 받치소서

일천의 굳쎈 기백이 뭉처 닫는 곳에 불의는 물러 가리니.

그리고 이 뒷날 그대의 이름이 개개히 남기를 원하지 말라

오직 「1000의 지원병」! 그대로 빗나라, 비석 우에, 력사 우에,

또한 우리들 일억 국민의 가슴 가슴에~.

내 이날 양주 넓은 벌 그대 게신 저 수풀 처다보고 감격과 기쁨에 넘처

돌아오노라

「일천 병사의 「수풀」」 전문[30]

이 작품은 지원병들을 상대로 말하는 형식을 취하고 있다. 그 당시 김동환이 쓰던 민요풍의 단형시와는 상당한 거리가 있는, 장형의 시이다. 이런 현상은 정서 위주의 시에서 벗어나 교술적 내용을 시라는 형태 속에 담아내는 과정에서 빚어진 현상이라고 할 것이다. 그러나 각 연의 행수를 비슷하게 맞춤으로써 균제미를 갖추려는 노력도 어느 정도 엿보인다.

1연은 훈련소의 아침 점호 풍경을 묘사하고 있다. 말끔하게 정리된 연병장에 모여 동방요배를 하고 일장기를 바라보며 기미가요를 제창하는 모습이 1연의 내용이다. 시적 화자는 이들의 모습을 일정한 거리를 두고 지켜보고 있다. 그 광경을 지켜보는 시적 화자는 일종의 경건함과 엄숙함에 싸여 있고, 거기서 "기쁨"마저 느끼고 있다. 초가을의 맑은 기운에 싸인 교외 연병장에 도열한 병사들의 활기차고 경건한 분위기는 "아침 해를 향해 날아오르는 참새"의 이미지와 중첩되어 그

---

30 『삼천리』, 1940.12, 221~223쪽.

인상을 배가시킨다.

2연은 시적 화자가 지원병들을 훈계하는 내용이다. 중국 전선에서 4년 여 동안 싸우고 있는 지원병 출신의 조선 병사들을 상기시키고, 그들 중 2명이 전사하여 야스쿠니신사에 합사되어 있다는 사실과 백만의 황군 병사들이 간난신고 속에서 분전하고 있다는 사실을 새삼 상기시켜 훈련을 받고 하루바삐 전선에 나아가서 싸우라는 주문이다.

3연에서는 지원병들에게 자부심을 북돋워주는 내용이다. "두만강", "한라산", "북관", "남관" 등 지역적 차이, "사공의 아들", "농군의 아들" 등 신분적 차이를 초월하여 지원병은 "이 나라 아들"이라는 점을 강조하여 그들이 평소 가지고 있었던 차별에 대한 자의식을 해소하고자 노력하고 있다. 현실에 상존하는 사회적 차별을 환상적인 문구로 해소해버리고 마는 이와 같은 방식은 내선일체 이데올로기에 필수적인 것이다. 이를 통해서만 제국을 향한 일원적인 충성이 가능해지기 때문이다. 그러나 평등의 실질적인 실현이 죽음이라는 극단적인 소멸의 과정을 통해서만 보장되는 것이라는 점에 이러한 평등의 아이러니한 성격이 있다. 김동환은 앞장에서 살펴본 입소 체험기에서도 밝힌 것처럼 "십년만 젊었더면"이라는 문구를 이 시에서도 반복함으로써 지원병들이 기성세대들이 누리지 못한 일종의 특권을 영위하고 있음을 강조하고 있다.

4연은 죽음에의 주문이다. "조수"와 "구름"과 같은 자연 현상을 끌어들여 목숨을 "임군"과 "나라"에 바칠 것을 요구하고 있다. 그리고 그 죽음을 "불의"를 향한 정의로운 죽음으로 규정하고, 그것이 "역사" 속에 새겨질 것임을, "1억 국민의 가슴" 속에 영원히 살아 있을 것임을 강조하고 있다.

그런데 여기서 우리가 검토하고 넘어가야 할 사항 하나는 시국적 색채가 짙은 이 작품이 서정적 색채가 짙은 그의 일련의 작품들과 동일한 지면에 수록되어 있다는 점이다. 한 쪽은 죽음을 강요하는 시이고 다른 한쪽은 유토피아를 지향하는 시인데, 이 두 종류의 시들이 한 지면에 수록되었다는 사실에 대해서는 박수연이 이미 제기한 바 있다.31 이 곤혹스러운 문제에 대해서는 여러 가지 분석이 가능하다. 우선 자신의 서정시 창작의 공간을 확보하기 위해 김동환이 친일적인 시들을 끼워 넣었다고 설명하고 넘어가도 크게 문제가 되지는 않을 것 같다. 그러나 이보다는 그가 종래에 견지해 온 민족주의가 본질적으로 파시즘의 강압이나 유혹에 취약한 성격의 것이었다고 말하는 편이 훨씬 더 본질에 치닫는 설명이 아닐까.

지원병 권유32와 관련된 시가 김동환에게는 한 편 더 있다. 「우리들은 칠인」이라는 작품으로, 이 작품은 태평양전쟁이 발발하던 1941년 어느 초겨울의 지원병 권유 강연 경험을 작품화한 것이다. 이 작품의 초두에는 이 작품의 창작 배경이 되는 사실이 「일천 병사의 「수풀」」처럼 시 위쪽에 실려 있다. "소화 16년 초동, 서울 어느 청년대 300여 명을 모아놓고 지원병되라고 한 시간 나마 이야기하였더니 그 자리에서 청년 일곱이 손들어 곳 지원하여주다." 이로 보아 지원병 권유가

---

31 박수연, 「힘과 서정의 결합으로서의 친일문학」, 『한국근대문학연구』 4권 1호, 한국근대문학회, 2003.4, 78쪽.

32 지원병 권유의 길에는 여타 지식인들도 참여한 바 있다. 김동환이 시를 매개로 했다면 그들은 연설문을 매개로 했다는 차이가 있을 뿐이다. 『삼천리』 지면을 통해서 이 길에 동참한 이들 중 대표적인 인사를 꼽자면 이종만, 현영섭, 유억겸, 이성환, 윤치호, 이광수 등을 들 수 있다.(「지원병사 제군에게, 십만 돌파의 보를 듣고 전조선 청소년 제군을 격려하는 서」, 『삼천리』, 1940.7; 「군국 다사의 추에 지원병(지망자) 십만 돌파, 지원병 모자에 송하는 서」, 『삼천리』, 1940.7.)

그다지 성공하였다고 보기는 힘들 것이다. 그럼에도 불구하고 김동환은 이런 사실에 그다지 개의치 않아 보인다. 이어지는 시 본문은 다음과 같다.

一

「우리들은 겨우 일곱
수는 적으나 바위라도 치리다」
하고 수저운 듯 손들며 이러서는 칠인의 청년
어찌 일곱이 적다 하리,
700에서 줄고 줄어 오늘의 일곱됨이 아니고
그대들 이제 7,000으로 70,000으로 썩썩 늘어갈
그 일곱이 아니든가.

二

「국경을 송화강에서
나일강까지로 알고 지켜가리다」
하며 나즉하나 그러나 열을 띠어 말하는 그 입들,
내게는 우뢰같이 들려
불연중 단에 내려 달녀가 그 몸을 꺼안다.
살은 여읬으나 몸은 종가치 억세고 소리 왕— 왕 울녀나올듯

三

「천막에서 자다가
노방에 뭇겨 영만 도라오리다, 조국에」

하고 그네는 엄숙하게 웨친다

임금님을 위해 싸홈마당에 나아가

목숨 버릴것을 이미 각오하고 나서는 그 양 미간

나는 거기서 불을 보았다, 큰 해를 보았다.

「우리들은 칠인」 전문[33]

1연은 지원병 강연의 객관적 결과를 주관적으로 윤색하여 드러낸 부분이다. 300명 중 7명이라는 사실의 왜소성을 주관적으로 극복하기 위하여 7명의 지원자가 가진 의미를 확대하고 있다. 특히 인용 부호로 처리된 "「우리들은 겨우 일곱/ 수는 적으나 바위라도 치리다」"의 부분은 김동환이 사실의 왜소성을 처리하는 교묘한 방식을 엿볼 수 있는 대목이다. 이 부분에서 주목할 부분은 그가 그 7명의 지원자들이 개별화된 지원자들이 아니라 집단화된 지원자들인 듯한 인상을 독자에게 심어주기 위해 "우리들"이라는 1인칭 복수 대명사를 사용하고 있다는 사실이다. 강연회 이전에 집단적으로 결의하지 않은 이상 300명의 청중 중에서 유독 결의한 7명만이 즉석 지원했다는 사실은 결코 믿을 수 없다. 그럼에도 불구하고 그는 이 시에서 묘사한 7명의 지원자가 실제로 존재했던 듯이 묘사하고 있다. 1연에서 등장한 "「우리들은 겨우 일곱/ 수는 적으나 바위라도 치리다」"와 같은 환상적인 대답은 2연, 3연에서도 이어진다.

2연에서 7명의 지원자들은 "「국경을 송화강에서/ 나일강까지로 알고 지켜가리다」"라고 말한다. "송화강"은 이미 만주국의 판도 하에 귀

---

33 『대동아』, 1942.3, 173~174쪽.

속되어 있는 땅이었다. 그런데 여기서 우리가 유념할 대목은 "나일강"
이다. "나일강"은 일본이 중일전쟁의 진정한 상대자라고 생각하고 있
었던 영국을 염두에 둔 것이다. 장제스(蔣介石) 정권의 장기 대일 항전
을 지원하고 있었고 아시아를 자신의 식민지 판도 하에 오래 지배하
고 있던 영국을 중국과 인도를 비롯한 아시아 각지로부터 구축하여
"동아협동체"의 확립을 목표로 한 일본의 "국책"을 지리적으로 육화한
것이 "나일강"인 것이다. 일본·만주·중국이 협동하여 영미에 대항한
"동아신질서"를 건설한다는 "동아협동체론"은 고야스 노부쿠니(子安
宣邦)의 지적처럼, 동아시아에서 일본의 제국주의적 패권 확립의 의도
와 행동의 산물이다.34 김동환은 이들 7명의 환상적 지원자들로 하여
금 일본의 "국책"에 부합하는 이상화된 대사를 읊도록 하고, 자신은
이에 호응하여 "불연중 단에 내려 달녀가 그 몸을 껴안"는 사뭇 희극
적인 연기를 펼치기도 한다.

　3연에서는 "「천막에서 자다가/ 노방에 뭇겨 령만 도라오리다, 조국
에」"처럼 그들로 하여금 전쟁에 목숨을 바치겠다는 비장한 결의를 하
도록 한다. 김동환 스스로 만들어 낸 이 7명의 환상적 지원자들에게서
그는 감격한 나머지 "불", "큰 해"를 보았다고 말하고 있는데, 이 "불타
오르는 해"의 이미지야말로 일장기에 그려진 "히노마루(日の丸)"와
무관하지 않으리라는 생각이 든다.

　매 연의 첫 자리를 차지하고 있는 이와 같은 환상적인 언술들은 결
국 「일천 병사의 「수풀」」에서 김동환이 1,000명의 지원병 들을 보면
서 그가 그들에게 강압한 "황군"의 이미지를, 강연장에 모인 300명의

---

34 고야스 노부쿠니 저, 이승연 역, 『동아·대동아·동아시아』, 역사비평사, 2006, 110쪽.

청년들에게 이입시킨 것들이라고 할 수 있다. 「일천 병사의 「수풀」」
이 철저히 대상을 바라보는 자의 열망과 감격에 대한 묘사로 일관하
고 있는데 반해, 「우리들은 칠인」은 대상과 주체의 상호 교호 작용을
연극적으로 부조함으로써 색다른 생동감을 느끼게 한다. 그만큼 김동
환이 "지원병사상"의 부조에 그 나름으로 고심했음을 보여주는 것이
라 하겠다.

2) 여성의 총후 봉공

「일천 병사의 「수풀」」, 「우리들은 칠인」이 지원병제의 선전과 관련
된 것이라면, 「군복 집는 각씨네」는 총후 여성들의 봉공을 다룬 작품
이다. 이 작품의 배경에는 김동환 그 자신이 결성 과정에서 중추적인
역할을 한 바 있는 임전대책협의회(이후 조선임전보국단으로 통합)가 놓
여 있다. 총독부와 1940년 조직된 국민총력조선연맹의 지도하에
1941년에 결성된 조선임전보국단은 전시하 총후 봉공 운동의 일환으
로 애국 공채의 매입, 국방헌금, 생활 물자의 절약, 전시 물자의 공출
등을 주 과제로 한 조직이었다. 이러한 운동은 주로 여성을 그 대상으
로 한 것인데, 전시체제 하에 있던 그 당시 여성들의 입장에서는 그런
운동들이 활발한 사회적 행동의 무대였다.[35] 김동환은 이 조직의 상
무 간사로서 적극적인 활동을 한 바 있는데, 「군복 집는 각씨네」는 태
평양전쟁이 발발한 이듬해 초봄 임전보국단 본부에서 여성들이 조선
군사령부에서 수거한 헤진 군복을 집는 모습을 묘사한 것이다.

---

[35] 후지이 다다토시 저, 이종구 역, 『갓포기와 몸뻬, 전쟁』, 일조각, 2008, 97쪽.

하얀손을 한 장안 귀부인들이
때와 몬지에 해여진 군복을 한 솔기 두 솔기 깁는다,
품이 널분 청년병 입든 것인가 소년병의 것인가
사랑하는 남편 옷 깁듯, 정성스레 바누질 손이 재빨너 간다.

이것은 「가꼬시마」 병정것인가, 메역냄새 풍기고
또 더러는 북해도서 왔는가, 백화나무껍질이 붙어있다
그 속에 한벌에선 지원병이 입엇든 것인양
깍둑이와 마눌의 체취, 고요히 풍겨 오른다.

이 옷을 입고 어느 산 꼴째기서 몇 차례 싸우섰나
함성치며 기관총 앞으로도 몇차례 달녀드섰나
탄약에 끄슨 자최 보일제마다
젊은 녀인, 가위를 놓고 고운 미미수겨 가슴 상하여한다.
고향도 있고 안해도 딸도 있을 모든 사내들이
푸른 잔디에 소메기고, 사래 긴 밧헤 씨뿌리고 앉었다가
임군님 부름심이 내리자, 이내 이러나
만리전장에 내다라 이렇게 옷이 다 해질철까지 싸운것을, 싸우신 것을.

군복입은 남편이 어떻게 높으신가
군복입은 아드님이 어떻게 빛나보일가
사내된 이 사라서 군복을 입고, 죽어 국기에 말려 무칠 것을
조선의 녀인도 인제는 전장에 달니는 젊은이에 꽃다발 드러노라, 치마
폭에 꽃 한아름 안어 드러려노라.

하얀 손을 한 장안의 귀부인들이
오늘도 묵묵히 앉어 해여진 군복을 깁는다
이 옷을 받는이들, 정성된 이 뜻 아실는가,
그러터래도 엇더케 반가운가, 남지로 북지로 장안녀人의 정성 퍼저를
가니.

「군복 집는 각씨네」 전문[36]

총 6연으로 구성된 이 작품의 1~2연은 여성들이 모여서 군복을 깁
는 과정과 이 과정에 동반되는 병사들의 정체에 대한 여성들의 상상
을 묘사하고 있다. 이 작품의 언술은 주로 작업을 하고 있는 여성들의
입장에서 이루어지고 있는데, 다양한 크기와 체취를 가지고 있는 군
복들을 바라보면서 여성들은 그 옷의 주인들을 연상한다. 그 크기에
따라서는 "청년"이거나 "소년"으로, 체취에 따라서는 "미역" 냄새 나는
"가고시마"나 "깍둑이"나 "마늘" 냄새 나는 "지원병"(조선 병사)로 , 혹
은 "백화나무 껍질"이 붙어 있는 것으로 봐서는 "북해도" 병사의 것으
로도 보인다. 크기로 청년과 소년을 구분하는 것은 가능하지만 체취
나 상태로 그 군복의 주인을 가늠하는 것은 상식적으로 불가능하다.
따라서 이는 김동환이 가진 특정한 의도에 의한 구성의 결과라고 하
겠다. 그 의도라는 것은 식민지와 식민 본국 사이의 차별적 정체성의
철폐라고 할 것이다. 이전 시들과는 달리, 이 시에서 그는 조선이라는
지역적 세한을 벗어나 일본의 전체를 상징하는 "가고시마"와 "북해도"
를 포함시킴으로써 전쟁 수행에 있어서 일본과 조선이 하나가 되어

---

36 『대동아』, 1942.3, 172~173쪽.

움직이고 있다는 환상을 창출해내고 있다.

3~4연에서는 군복을 깁던 여성이 "탄약에 끄슨 자최"를 발견하고서 군인들이 전장에서 용감하게 싸우는 장면과 그들이 겪는 고초를 상상하면서 잠시 시름에 겪는 모습을 그려내고 있다. 평범한 농군으로서 전장에 나가 싸우는 병사의 이미지는 보통의 사람들이 자신과 일치시킬 수 있는 이미지라는 점에서 대중적 호소력을 가지고 있다. 5연에서는 전장에 나간 남성들을 찬양하는 여성의 모습을 그려내고 있다.

이처럼 병사를 찬양하는 여성, 또 그런 여성을 이상화하는 시적 화자의 언술에는 "황군"와 "군국의 여성"이라는 당대의 전형화된 인간상을 표현하고자 하는 김동환 나름의 전략이 숨어 있다고 할 것이다. 그리고 마지막 6연에서는 2~5연에서 펼쳐진 상상을 접고 현실로 회귀하여 군복 깁는 여성들의 모습을 찬양함으로써 여성들을 총후 봉공의 장으로 이끌어 내려는 의도를 비치고 있다.

위에서 살펴본 것처럼 이들 시에서 김동환이 그려내고 있는 당대 인간상은 실제가 아니라 희망에 의해 윤색된 이상형이라고 할 것이다. 그가 이처럼 지원병제에 대해서 민감하면서도 철저한 모습을 보여주고 있는 것은 지원병이야말로 내선일체의 최종 심급이라는 생각을 가지고 있었기 때문일 것이다. 앞에서 살펴본 「권문세가들의 반성을 촉함」에서도 "전시 하에 신민된 자 밟을 길" 중에서 최선으로 그가 제시한 것이 목숨을 내놓는 것이었다는 점과도 연관된다. 이광수로 대표되는 민족개량주의자들에게 마지막 선택지로 놓여 있던 제국주의 동반자의 길을 한때 『삼인시가집』(1929)의 동료였던 민족주의자 김동환 역시 이 당시 걷고 있었음을 알 수 있다. 이러한 길을 선택하는 데 있어서 그가 그 당시 가지고 있었던 잡지 편집인, 출판인으로서의 권력 유지에 대한 욕망도 상당히 작용했을 것이다. 왜냐하면 당시 상당수의 언론, 출판업자들이 중일전쟁 이후 시행된 국가총동원법(國家總動員法)에 의한 검열 강화와 용지 부족 문제로 심각한 위기의식을 느끼고 있었던 상황37에서 시국 협력은 그가 그동안 누리고 있던 문화 권력의 유지하는 데는 필수적이었기 때문이다.

4. 결론

김동환은 식민지 사회에서 가장 큰 문화 권력을 가진 문인 중의 한 사람이었다고 할 수 있다. 그가 이광수, 최남선과 견주어서도 결코 뒤지지 않은 권력자의 한 사람이 될 수 있었던 것은 식민지 사회에서 문화 운동의 첨병 역할을 했던 『삼천리』라는 유수의 잡지의 편집인이었다는 사실에서 비롯되었다. 언론인으로서 총독부 출입 기자 활동에서부터 일제 강점 말기 각종 단체의 간부 활동에 이르기까지 그는 끊임없이 식민지 권력과 민족의 틈바구니에서 암중고투를 겪으면서 살 수밖에 없었다. 1920년대 열렬한 민족주의자의 이미지가 일제 말기로 가면서 끊임없이 퇴색할 수밖에 없었던 가장 큰 이유는 바로 그것이다.

---

37 당시 일본과 조선에서의 신문, 잡지에 대한 검열 및 통제 상황에 대해서는 前坂俊之, 『太平洋戰爭と新聞』, 講談社, 2007, 320~324, 341~346쪽; 와카스키 야스오 저, 김광식 역, 『일본 군국주의를 벗긴다』, 화산문화, 1996, 216~228쪽; 임종국, 『친일문학론』, 민족문제연구소, 2005, 60; 64; 69~71쪽 참고.

이 글에서는 중일전쟁 이후 김동환의 활동 양상을 단지 시 창작이라는 좁은 테두리에 가두지 않고 그가 문화권력자로서 자신의 기득권을 유지하기 위해 펼쳤던 각종 활동으로까지 폭을 넓혀서 살펴보고자 하였다. 특히 그 중에서도 지원병제의 실시와 관련된 부분에 초점을 맞추었는데, 그 이유는 지원병을 둘러싸고서 식민 지배자와 피지배자 사이에 동상이몽적 길항과 타협이 이루어지고 있었다는 판단 때문이다. 그러한 길항과 타협의 스펙트럼은 식민지 지배의 위계질서 속에서 다종다양한 면을 보이는데, 그는 그 중간에 놓인 존재라고 할 수 있다.

검토 결과 외형적으로 김동환은 지원병제의 확산에 대해 긍정하고 이를 적극적으로 선전하고 있음을 확인할 수 있다. 이것은 개인적 욕망과 왜곡된 민족의식이 빚어낸 결과였다. 그러나 이런 양상은 비단 그에게만 국한된 것이 아니라 그 당시 시국에 적극적으로 협력했던 문인과 지식인 상당수에게서 발견할 수 있는 것이라는 점에서 문제적이다. 식민 상태로부터의 해방이라는 가장 근본적인 차원의 해결을 포기할 때 주어지는 것은 굴절된 의식과 기생의 논리일 수밖에 없기 때문이다. 그 과정에서 지원병제는 환상의 논리가 되어 현실 추수, 혹은 현실 합리화의 길을 더욱 부채질하였다.

10장

전향 후 권환의 문학적 모색

1. 서론

권환은 임화와 더불어 카프와 조선문학가동맹에서 활약한 대표적인 프로 문인으로 알려져 있다. 지금까지 제출된 권환론은 대체로 이와 같은 범주 하에 머물러 있다. 2002년 『권환전집』[1]의 발간을 계기로 그에 대한 연구가 다소 활기를 띠고 있기는 하나, 여러 가지 측면에서 미흡하다고 할 수 있다. 가장 큰 문제는 비슷한 시기에 같이 활동했던 임화와는 비교가 안 될 정도로 그의 전기적 사실에 대한 조사조차 미흡하다는 점이다. 특히 카프 2차 검거 사건 이후 일제 강점 말기까지의 행적은 추측 이상을 넘어서지 못하고 있다. 대체로 그가 1930년대 후반 경 중앙문단으로 복귀한 것으로 짐작이 가지만, 그 계기가

---

1 이하 권환의 글과 작품 인용은 기본적으로 『권환 전집』(황선열 편, 부산: 전망사, 2002)에 따르며, 이하 "『권환 전집』, 쪽수"로 약칭함..

무엇이며, 경성에서 어떤 환경에서 생활했는지 여전히 막연하기만 하다. 이처럼 전기적 사실의 부정확성은 일제 강점 말기 그의 문학에 대한 접근을 일정 부분 차단하는 결과를 초래했다고 볼 수 있다. 그리하여 대부분의 연구들에서 그의 일제 강점 말기 활동 양상에 대해서 순수문학으로의 전향으로 규정하고, 그 시기에 대해서는 상대적으로 간략하게 다루고 있다.[2] 다른 한편 이런 현상은 그를 대표적인 프로문인으로 규정하려는 연구자들의 관심에서 빚어진 관점의 협소화의 결과라고도 볼 여지가 있다.

검거와 전향, 귀향 등 몇 년 동안의 공백 기간을 제외하고서 보더라도 권환이 일제 강점 말기까지 활발한 창작 활동을 펼치고 있음을 확인할 수 있다. 특히 조선어 문학이 일제의 강압적 내선일체 정책에 의해 봉쇄된 상황에서도 그는 『자화상』(1943), 『윤리』(1944) 등 두 권의 시집을 상재하고 있다. 김동환, 노천명 등 일제에 협력했던 극소수의 시인들을 제외한 대부분의 시인들이 침묵하고 있었고, 김윤식의 지적처럼 일본어 중심의 글쓰기가 식민지 문단을 주도하던 상황에서 두 권의 시집을 냈다는 점[3]은 중요한 사실로 우리에게 부각된다. 물론 그 시집의 내용이나 성격에 대해서는 상세하고 엄밀한 판단이 요구되는 것이지만, 그가 이육사와 같은 저항적 민족주의자나 김동환, 노천명 같은 체제협력주의자들과 구분되는 독자적인 위상을 갖고 있다는 점을 생각할 때 권환을 논할 새로운 관점이 요구된다고 하겠다.

---

2 권환 시 연구에서 초기의 대표적 연구자라고 할 김재홍은 이와 같은 관점을 취하고 있는데, 그는 카프 시절의 시에 비해 『자화상』, 『윤리』의 시세계를 평가절하하고 있다. 김재홍, 「볼셰비키 프로시인」, 『카프시인비평』, 서울대 출판부, 1990, 220~229쪽.

3 김윤식, 「해방공간에서의 권환과 향파」, 『문학사의 새 영역』, 강, 2007, 194쪽.

이 글에서는 이와 같은 문제의식 하에 그동안 상대적으로 소홀히 다뤄졌던 일제 강점 말기 권환의 문학 활동에 대해서 면밀히 검토하는 것을 목표로 한다. 일차적으로 전향 이후 그의 문학적 재기가 그의 문학적 동료라고 할 수 있는 임화와의 관계 속에서 이루어진 상황에 대해서 검토하고자 한다. 그리고 그가 그 당시 새롭게 제시한 문학론의 성격을 구명하고, 당시의 출판 상황과 그의 시집이 어떤 관련성을 가지고 있는지 살펴보고자 한다. 왜냐하면 일제 강점 말기 그의 문학적 모색이 임화와의 연관성 속에서 이루어지고 있고, 그가 내놓은 문학론 역시 그러한 선상의 이론적 개진으로 볼 수 있기 때문이다. 또한 그러한 이론적 개진이 단순한 원론 표명이 아니라 시 창작으로도 일정 부분 수용되고 있기 때문이다. 다만 전시체제라는 급박한 상황 변화로 인해 시 창작의 영역이 위축되었다는 점은 시대적 상황 속에서 이해해야 할 부분이라고 할 것이다. 이러한 일련의 과정을 통해서 그의 문학 정신이 일련의 맥락을 가진 지속성을 띤 것이라는 점이 드러나고, 그의 위상이 재평가될 수 있기를 기대한다.

2. 문학적 재기와 임화

카프 2차 검거 사건으로 1년 남짓 영어 생활을 하고 풀려나온 권환이 그의 고향인 마산으로 귀향한 것은 거의 확실해 보인다. 지병인 결핵과 영어 생활로 인해 악화된 그는 1936년 경 마산에서 요양

생활을 한다. 그리고 요양 생활을 마친 그는 그의 고향 근처인 김해
의 박간농장에서 농장원으로 생활한 바 있다. 그 기간 동안 그는 소
작농으로 생활하면서 건강을 조금씩 회복해 간 것으로 보인다. 어느
정도 건강에도 자신이 생기고 카프 활동에 대한 정리도 끝난 시점
즉, 대략 1939년경에 그가 귀경한 것으로 보인다. 그러나 지금까지
의 연구에서 그가 귀향 생활을 마감하고 귀경하게 된 계기에 대해서
는 밝혀진 것이 없다. 다만 임화와의 관련성에서 그 계기를 찾아볼
수 있을지도 모르겠다. 우선 카프 2차 검거 사건 때 구속당한 임화가
권환이 귀향한 시점에 마산에서 요양생활을 하고 있었다는 사실을
고려할 필요가 있다. 임화나 권환 그 누구도 그 당시의 사정에 대해
서 밝힌 글을 쓴 적은 없으나, 그들이 동경 무산자사 시절부터의 절
친한 동지라는 점, 비슷한 곳에서 요양 생활을 하고 있었다는 점 등
을 고려할 때, 그들이 요양 생활 중 만났을 가능성은 충분하다. 권환
과는 달리 임화는 요양 생활을 마친 후 곧바로 귀경하여 문학 활동을
재개하였다. 임화의 문학적 재개 시점이 1937년 즈음이고 권환의 그
것이 1939년 즈음이라는 점을 고려할 때, 그의 중앙문단 복귀가 임
화의 권유에 의한 것임은 충분히 짐작할 수 있다. 그가 1939년부터
일련의 글과 시를 발표하기 시작하게 된 것도 임화의 후원에 의한 것
일지도 모른다.

당시 전향 문인들이 그러하듯, 대부분의 카프 문인은 사상범보호관
찰령에 의해 일제로부터 감시를 받고 있었고 각종 단체에 가입하여
체제에 협력하도록 강요되었다. 그들은 대체로 1938년 시국대응전선
사상보국연맹에 가입하여 각종 활동에 내몰리게 되었다. 이 단체는
이후 1940년 대화숙이라는 조직으로 발전한 바 있는데, 이 단체는 전

향 지식인들의 체제 협력을 유도하기 위해 그들에게 안정적인 일자리를 얻어주어 그들의 충심을 얻어내는 전술을 쓰기도 하였다.[4] 임화 역시 일제 강점 말기 대표적 문예 관련 출판사 중 하나인 학예사의 주간 자리를 얻어 생활의 안정을 얻을 수 있었다. 새로운 상황에 적응한 임화의 권유가 권환에게도 어떤 암시를 주었다고 할 수 있을 것이다. 이로 인해 1939년 경 권환은 귀경하여 중앙문단에서 다시 활발한 문학 활동을 펼칠 수 있었던 것이다.

그런데 권환이 경성에서 어떤 자리에서 활동하였는지가 명확하지 않다. 1944년 시집을 간행할 때 시집 말미에 붙인 프로필에 의하면 1944년경 그가 경성제대 도서관 사서로 일하고 있음을 알 수 있다. 그러나 그가 언제부터 도서관 사서로 근무했는지는 확인할 수 없다.[5] 다만 전향 지식인에 대한 일자리 알선이 대체로 총독부 촉탁직이나 관변 단체 언저리에서 이루어졌다는 사실을 고려할 때 그가 그전에 다른 자리에서 옮긴 것인지도 모른다. 그러나 총독부나 관변 단체의 직원 명부에서 그 이름을 확인할 수 없는 것으로 보아, 그가 출판사에 근무했을 가능성도 있다. 여기서 고려할 사실 하나는 1941

---

4 이중연, 『"황국신민"의 시대』, 혜안, 2003, 189쪽.
5 권환 문학에 대한 최초의 박사논문을 통해 권환 문학 연구에 활기를 불어넣은 바 있는 이장렬은 권환이 1939년 경성으로 이주한 직후부터 경성제대 도서관 사서로 근무했다고 단정하고 있다.(이장렬, 「권환 문학 연구」, 경남대 박사논문, 2003, 20쪽.) 그리고 이순욱은 1940년 발간된 서간집(『조선명사서한대집』, 명성출판사, 1940.)을 근거로 권환의 경성 이주 시기가 이장렬의 의견과는 달리 1939년 이후일 수도 있다고 추정하고 있다.(이순욱, 「권환의 삶과 문학 활동」, 『어문학』 5집, 한국어문학회, 2007.3, 418~420쪽.) 그러나 서간집은 단행본의 특성상 집필 시기가 통상 발간 시기보다 다소 이를 수 있다는 점을 고려할 때 확실한 근거가 되기는 힘들 것으로 보인다. 이처럼 권환의 경성 이주 시점을 명확하게 밝힐 자료가 발굴되지 않았으므로 현재로서는 권환의 도서관 근무 기간에 대해서는 추정만 가능할 뿐이다.

년 12월『조광』에「병상단상」이라는 수필을 발표한 이후 해방 전까지 저널리즘에 글을 발표한 적이 없다는 점이다. 적어도 1941년까지는 출판사에 근무하다가 그 후 도서관 사서직으로 옮겼을 가능성이 하나라면, 처음부터 도서관 사서로 있었을 가능성이 다른 하나다. 그런데 무게 중심이 후자로 쏠리는 이유는 그가 중앙문단에 재진입한 1939년부터 1941년까지 그가 저널에 발표한 글 다수가 평론에 해당하는 것이며, 간단한 시평이나 신간 서평을 제외하면 그 대부분이 연구의 온축(蘊蓄)을 요하는 문학원론이라는 사실이다. 그러한 글쓰기가 가능하려면 방대한 문헌 자료의 섭렵과 검토가 필요한 법이다. 이렇게 볼 때, 그는 중앙문단 재진입 이후 오랫동안 본격적인 문단 활동과는 다소 동떨어진 위치에서, 즉 문학 원론에 대한 탐구와 시 창작 활동을 하고 있었다고 보아야 할 것이다. 그의 문단 재진입 과정에서 임화가 후원자로서 기능했고, 일제 강점 말기까지 지속적인 교분을 가지고 있었다는 사실은 다른 사실로도 확인된다. 1944년 발간된 시집『윤리』에 임화가 시집의 발행인으로 기재되어 있다는 사실, 그리고 이 시집에 대해서 서평을 썼다는 사실들이 그것이다. 이로 미루어 볼 때, 해방까지 그와 임화의 관계가 매우 돈독한 것이었다는 점을 추정할 수 있다.

권환과 임화의 관계에 있어서 임화가 중요한 역할을 하고 있음은 또 다른 사실을 통해서 확인할 수 있다. 권환은 임화가 1940년 발간한 문학평론집『문학의 논리』에 대해 서평을 쓴 바 있다. 이와 더불어 보다 본질적인 근거를 들자면 임화의 생산문학론에 대한 동조 내지 지지를 들 수 있다. 주지하다시피 임화는 전향 이후『인문평론』1940년 4월호에「생산소설론」을 발표한 바 있다. 이 글은 당시 일본 문단에서 문학의 국책 협력이라는 관점에서 제기되었던 생산소설론에 대한 임화 나름의 논의를 펼치고 있는 것이다. 기존의 부르주아 문학을 비판하면서 문학의 시국 참여를 주장한 일본 문단의 논의는 현실에 대한 관심의 환기라는 측면에서 씌어진 측면이 짙다. 임화는 이 글을 통해 생산 현장에 대한 작가의 관심이라는 측면에서 김용직의 표현에 따르면 "현장성이 확보된 소설"에 대한 기대를 표출하고 있다.[6] 이 글이 발표된 몇 달 후 권환은 임화의 생산소설론에 호응하는 글을 발표하고 있다.

「생산문학의 전망」(『조선일보』, 1940.6.25, 26, 28일자)이라는 글에서 권환은 임화의 논의를 거의 그대로 수용하고 있다. 그는 "생산은 의연히 인간생활의 주체이며, 생활은 예술의 근원"이라고 전제하고 "생산문학의 주요 관심은 생산을 그리는 그것에 있는 것이 아니고, 인간생활을 그리는 것에 있다."고 주장함으로써 프로문인으로서 권환이 임화의 논의에 적극적으로 호응한 것은 임화의 논의가 가지고 있는 리얼리즘의 계기를 높이 평가한 때문이라고 할 것이다. 그는 프로문학의 퇴조 이후 문인의 관심이 "무엇을"보다 "어떻게"에 집중되고 있는 사실을 주목하면서 이후 문학의 활로가 "무엇을"에 대한 성의 있는 토의·전개에 있다고 주장하고 있다. 이처럼 전향 지식인으로서 국책협력과 지식인의 양심 사이에서 갈등을 겪고 있던 그에게 있어서 임화의 생산소설론은 전향 이후 새로운 문학 창조의 길을 걷고 있던 그에게 중요한 시사점을 준 것으로 볼 수 있다. 그는 이 글 이후 곧이어 1940년 9월호 『조광』에 「농민문학의 제문제」라는 글을 발표하고 있

---

6 김용직, 『임화문학연구』, 세계사, 1991, 117쪽.

는데, 이 글은 「생산문학의 전망」7의 논의와 연결되는 후속편이자 그 논의를 구체화, 심화시킨 것이다. 이 글의 서두에서 그는 "농민문학은 생산문학의 일 부문으로 농민의 생산생활을 묘사하는 문학이다."라고 전제한 후 논의를 전개하고 있다. 이는 이 글의 성격을 단적으로 드러 내는 것으로, 그가 식민지 조선 사회의 여러 생산 현장 중에서도 농촌 을 가장 중요한 대상으로 상정하고 있음을 우리는 알 수 있다. 그는 카프 시절부터 농민문학에 적지 않은 관심을 가지고 있었으나, 생산 문학으로서의 농민문학에 대한 그의 관심 역시 임화가 1939년 9월호 『문장』에 발표한 「농민과 문학」에 자극 받은 바 크다 할 것이다. 권환 의 이론은 실제 창작으로도 이어지지만, 대개가 리얼리즘과는 일정한 거리가 있는 것으로, 궁극적으로는 체제를 미화하는 쪽으로 흐른 작 품들이 다수를 차지하고 있다. 이로써 애초 의도했던 리얼리즘의 탐

---

7 『권환전집』에는 『조선일보』(1940.6.25, 26, 28일자)에 게재된 『생산문학의 전망』(上), (中), (下) 중 (中)에 해당하는 1940.6.26일자가 누락되어 있다. 이는 편자의 착오로 빚 어진 실수로 보이며, 이런 현상은 『조선일보』 1940.2. 27, 28, 29일자에 발표된 「현실과 신시대의 시」에도 보인다. (中)에 해당하는 1940.2.28일자 내용이 누락되어 있다. 또한 이 글을 편자는 1940.4.27일자에 게재된 것으로 표시해 놓았지만 1940.2.27, 28, 29일 자에 발표된 것이다. 이처럼 『권환전집』에는 서지 사항의 오류가 보이는바, 이는 일제 강점 말기 권환의 평론에 대한 연구자들의 상대적 무관심에 기인한 것으로 보인다. 지금 까지 일부 연구자들에 의해 권환 텍스트 원전 확정의 문제가 제기되었다. 이동순·황선 열이 편한 『권환시전집』에 대해서는 김성윤(「카프의 문학적 실체 복원하기」, 『실천문학』 53호, 1999년 봄호), 이장렬(「다시 불러 보는 그 시인」, 『지역문학연구』 4호, 경남부산 지역문학회, 1999.4.) 이 이 문제에 대해서 검토한 바 있다. 그리고 권환의 것들로 추정 되는 작품들을 연구 대상으로 삼은 이장렬의 연구(「권환 문학 연구」, 경남대 박사논문, 2003.)에 대해서 원전성 여부에 대해 의문을 제기한 경우(황선열, 「권환문학 연구의 현 황과 과제」, 『민족문화논총』 33집, 영남대 민족문화연구소, 2006.)도 있다. 이처럼 필자 가 위에서 지적한 것 외에도 현재 연구에 자주 활용되고 있는 『권환전집』은 여러 가지 문제에 노출되어 있으므로, 권환 문학 연구 활성화를 위해서는 앞으로 엄정한 비평을 통 해서 수정, 보완된 새로운 전집의 발간이 절실하다.

색과는 상당히 다른 결과를 초래했다고 할 수 있다.[8]

이상에서 살펴본 것처럼 일제가 중일전쟁 이후 식민지 조선의 전시체제화를 가속화하고 있을 당시에 새롭게 시작된 권환의 문학 활동은 많은 측면에서 임화의 배려나 영향 관계 속에서 이뤄지고 있음을 알 수 있다. 주지하다시피 임화는 일제의 중요한 협력 대상으로 지목되어 끊임없이 협력 요구에 시달려야 했다. 그에 비해 상대적으로 권환은 자유로웠던 것으로 보인다. 카프 시절의 위상을 고려할 때 권환 역시 회유와 협박, 감시의 대상이기는 마찬가지였지만 어떤 이유에서인지 조선문인협회나 조선문인보국회와 같은 문인 협력 단체에 명단을 올리지 않고 있다. 그는 일제 강점 말기 일본어로 글을 발표한 적도 없고, 1941년 12월 태평양전쟁 발발 이후에는 저널리즘에 어떠한 형태의 글도 발표하지 않았다. 그 후 그는 시 외에는 일절 쓰지 않았고, 시도 몇 편을 제외하고는 저널에 발표한 바 없는 시들을 갈무리하여 시집으로 묶어내는 형식을 취하고 있다. 이처럼 일체의 문단적 지위나 명성을 포기하면서까지 그가 시 창작에 몰두하였다는 사실은 중요하게 고려되어야 할 것이다. 그리고 그가 문학적으로 재기하는 과정을 배후에서 임화가 후원하고 있었다는 점은 다시 한 번 강조될 필요가 있는데, 그 이유는 해방 후 권환이 카프 비해소파이면서도 임화의 노선에 설 수밖에 없었는가를 해명하는 데 중요한 시사점을 주기 때문이다.[9]

---

8 생산문학으로서의 농민시에 대해서는 서범석, 『한국농민시연구』, 고려원, 1991, 225~233쪽 참고.

3. 문학론의 새로운 모색

1) 현실의 재삼투 의지와 리얼리즘의 한계

권환은 동경 무산자사 시절부터 카프 2차 검거 사건으로 수감되어 전향의 길을 밟을 때까지 지속적으로 현실과 문학의 관계를 고민하면서 실천해 온 프로문인이었다. 그는 1930년대 초반 대표적인 아지프로의 문학을 주창하면서 카프의 2차 방향전환을 이끌어낼 정도로 투철한 문예 이론가이자 시인이었다. 그는 아동문학과 희곡 등에 관심을 가지며 문필 활동을 시작했지만 프로문학 운동기에는 주로 평론과 시를 중심으로 활동을 전개하였다. 그러나 뜻하지 않은 카프 운동의 좌절로 인하여 그는 모든 활동을 접고 귀향을 한 바 있고 이후 중앙 문단에 재진입하는 우여곡절을 겪게 된다. 이런 사실들로 인해 권환의 문학 정신이 일제 강점 말기에 쇠퇴한 것으로 보는 이들도 없지 않다. 그러나 자유와 평등이라는 근본 가치에 대해 투철한 의식을 가졌던 그가 일제 강점 말기에 그러한 지향으로부터 도피를 시도했다기보다는 변화된 의식과 상황을 기반으로 새로운 방식으로 계승하려고 했다고 볼 수 있다. 그와 같은 움직임이 뚜렷하게 감지되는 것은 과거 카프 시절에 발표했던 평론과는 뚜렷한 차별성을 가진, 문단 재진입 이

---

9 김윤식은 일제 강점 말기 권환의 시집 발간이 "일종의 현실 타협"이었다는 관점에서 해방 후 권환의 특이한 행보를 설명한 바 있는데, 이 글의 관점과 비슷하면서도 다르다. 김윤식의 설명이 지식인의 윤리라는 공적 차원에 선 것이라면, 필자의 설명은 동지로서의 임화와의 문학적, 인간적 연대감이라는 사적 차원에 기반하고 있기 때문이다. 김윤식, 앞의 글, 198쪽.

후 발표된 일련의 평론들을 통해서이다.[10] 대체로 1939~1941년 사이에 발표된 일련의 평론들은 기존과는 일정한 차별성을 가지면서도 동질성을 느끼게 하는 가치 의식을 내장하고 있는 것으로, 이 시기 권환의 정신세계를 탐구하는 데 있어서 중요한 자료라고 할 수 있다.

중앙 문단 재진입 후 권환이 처음으로 발표한 평론은 「최근의 문예 작품」(『조선일보』, 1939.5.22)이다. 이 글은 소설가 엄흥섭의 작품 「세기의 애인」에 대한 것으로 단평이기는 하지만 과거와는 다른 의식의 일단을 보여주고 있다. 그는 이 작품이 "수많은 현대 조선의 전형적 인테리 청년남녀의 전형적 성격, 전형적 생활 과정, 전형적 연애"를 그려내고 있다고 전제하고 작가가 "아무 무리와 고작(故作)이 없이 가장 사실주의적으로 심각하게 그려낸 "훌륭한 리얼리즘 작품"이라고 고평하고 있다. 또한 그는 이 작품의 묘사 수법이 리얼리즘으로 일관되어 있으면서도 그 저류에 흐르는 정신은 로맨티시즘이라고 전제하면서 이 작품이 "통속성과 예술성의 교묘한 조화"까지 얻고 있다고 평가하고 있다. 이러한 평가 내용을 생각해 볼 때 권환에게 있어서 리얼리즘의 정신은 여전히 주효한 것으로 남아 있으면서도 다른 한편 임화가 주창한 (혁명적) 로맨티시즘 역시 수용하고 있음을 알 수 있다.

비록 이 글은 권환이 이전에 큰 관심을 기울이지 않았던 소설에 대한 평이지만 로맨티시즘의 계기를 포함한 리얼리즘이 그 당시 그가 가진 문학 정신의 저류를 형성하고 있었다는 사실을 추측할 수 있다. 이후 리얼리즘 정신에 대한 그의 표명은 시 부문으로 이어진다. 1940

---

10 권환 문학 연구사에서 초기 연구자인 목진숙 같은 이는 문단 재진입 이후 권환이 비평을 쓴 적이 없다고 했지만, 이는 권환의 일제 강점 말기 문학 활동에 대한 무관심에서 빚어진 오류라고 할 것이다. 목진숙, 「권환 연구」, 창원대 석사논문, 1993, 33쪽.

년 초 그는 「현실과 신시대의 시」(『조선일보』, 1940.2.27~29.), 「고정
된 시상」(『조선일보』, 1940.3.13~14.) 등 두 편의 시평을 발표한 바 있
다. 이 두 편은 카프 해체 이후 시단에 신세대로 진입한 시인들의 근
작 시들에 대한 단평으로 프로시인 권환의 일제 강점 말기 의식을 감
지할 수 있는 중요한 글이다.

　「현실과 신시대의 시」에서 권환은 그 당시 소설계의 동향을 "현실
에 대한 관심과 묘색력"의 "현저 증대"라는 관점에서 긍정적으로 평가
하면서 "시가 현실을 노래하는 건 이단이며, 그러한 시가 상식적 시라
고 오인하는 이가 많은 듯하다."고 비판하고 있다. 그러한 오해가 일
어나는 원인을 첫째, "현실에 대한 접촉적 평면과 범위가 비교적 적"
다는 점, 둘째, 시는 소설과 달리 "조그마한 거리" 즉 소설처럼 대상을
냉정하게 관찰할 수 있는 거리감이 부재하기 때문이라는 점을 거론하
고 있다. 그러므로 오히려 시의 경우 리얼리즘을 성취하기 위해 소설
보다 더 큰 노력이 요구된다는 점을 강조하면서, 앞으로의 시가 "현실
적 정서의 시"가 되어야 함을 강조하고 있다. 이런 측면에서 오장환,
김광균의 모색을 거론하고 특히 그 모색이 구체성과 적극성을 띠는
김광균을 고평하고 있다. 그럼에도 불구하고 그는 김광균이 "진실의
현실"과 "동경의 현실"을 혼동하고 있다고 비판하고 있다. 그러한 "과
오"를 그는 "과거의 경향작가들이 졸업하고 버린 그것"이라고 비판함
으로써 권환이 앞으로 취하게 될 시 창작의 방향을 암시하고 있다. 과
거 이념과 현실의 이분법적 구도 하에서 이념으로 현실을 재단하는
태도를 버리고 철저히 현실에 착목하겠다는 뜻을 내비친 것이다. 이
처럼 시 창작에 있어 리얼리즘에 대한 원론적인 강조는 이 글에 연이
어 발표한 「고정된 시상」에서도 이루어지고 있다. 이 글은 1940년 3

월호『문장』,『인문평론』,『조광』에 수록된 시들을 다룬 월평으로, 월
평이라는 한계 때문에 인상비평 수준을 넘어서지 못하고 있다. 그렇
지만 총론격인 다음과 같은 표현은 주목할 필요가 있다.

　우리는 현실, 그것이 곧 시라고는 하지 않는다. 마치 쌀과 배추가, 즉
우리의 먹는 밥과 반찬이 아닌 것과 마찬가지로, 그것은 여러 가지 물리
적, 화화적 가공과 조미를 기다려 비로소 밥과 반찬이 된다. 그러나 그렇
다고 쌀과 배추 없이 고명과 양념만의 밥반찬은 될 수 없다. 우리는 과거
한동안 날쌀, 날배추에 구미를 잃은 적이 많았다. 그러나 그 때문에 쌀과
배추 그것까지 버리고 기피할 필요는 없다.
　또 우리는 이 현실에 있어 "리얼리즘"의 한계성을 잘 알고 있다. 이 한
계성을 몰각하며, 또는 무시한다면, 그것은 즉 현실을 모르는 자이다. 그
러나 한계성 그것이 즉, 현실의 불가지(不可知)와 불가근(不可近)을 의
미하는 것은 아니다. 나는 시에 있어서도 최소한도로 현재 조선의 소설문
학에 나타나고 있는 현실성 그만치라도 요구하고 싶다. 그것을 요구함에
있어서 나는 결코 시문학의 세계에만 어떠한 특전을, 즉 거기 대해서만
현실을 기피하여도 좋다는 특전을 주고 싶지는 않다.[11]

　권환은 "날쌀", "날배추"라는 친근한 비유를 들어 시에서 소재와 작
품과의 관계를 설명하고 있다. 소재가 곧바로 작품이 되는 것이 아니
라 일정한 가공 과정을 거친 후에야 작품이 된다는 평범한 사실을 전
제하고 "한동안 날쌀, 날배추에 구미를 잃은 적이 많았다."고 과거 시

11『권환전집』, 352~353쪽.

단의 풍토를 비판하고 있다. 그런데 이 비판은 그도 한때 몸담았던 프로시인들을 향한 것이라는 점에서 자기비판의 성격이 강하다. 그는 프로시가 가진 한계를 이처럼 비판하면서도 소재에 대한 관심이 부당한 것은 아니라는 사실을 강조하고 있다. 이는 「최근의 문예작품」에서 엿볼 수 있었던 리얼리즘에 대한 강조와 일맥상통하는 대목이다. 이처럼 비유적 표현을 동원한 자기비판은 자기 정당성과 공존하는 것이다. 그러나 그는 변화한 상황이 "리얼리즘의 한계성"을 부여하고 있기는 하지만, 그 한계성이 문학의 현실성을 방기하는 것을 정당화하지는 않는다고 전제하고, 그 당시 소설이 보여주고 있는 만큼의 현실성을 시인들에게도 요구하고 있다. 물론 이는 리얼리즘의 정당성에 대한 원론적 차원의 재확인에 지나지 않는다는 평가를 받을 수도 있지만 여타의 전향 문인들과는 달리 과거의 문학 정신만큼은 올곧게 지켜내려는 지식인적 태도를 보여주는 것이라는 점에서 그 가치를 평가할 수 있을 것이다.

「현실과 신시대의 시」, 「고정된 시상」 등에서 권환이 강조한 리얼리즘론은 이어 발표된 「생산문학의 전망」, 「농민문학의 제문제」와 연관된다. 다만 후자의 두 글은 소설 혹은 문학 일반론이라는 점에서 정작 그의 주 장르인 시에 대한 구체적인 고민으로 이어지지 않고 있다.

우리는 문단 재진입 직후 펼쳐진 권환의 일련의 평론을 통해서 과거 카프 시절의 정치성 문학론이 가진 한계를 일정 부분 비판하면서도 리얼리즘 정신만큼은 포기하지 않으면서 새로운 방향을 모색하는 전향 지식인의 모습을 보게 된다. 그러나 그가 그토록 강조한 시와 현실의 관계에 대한 인식은 과연 어떠한 방식으로 시에 수용될 수 있는 것인가는 정작 막연한 측면이 있다. 그가 강조한 생산 혹은 생활의 현장으로서의 농촌은 과연 그의 시 창작에 어떻게 수용될 수 있는가 이 점에 대해서 그는 더 이상 구체적인 논의를 펼치지 못했고, 저널리즘에 시를 발표하지도 않았다.

2) 상상적 이미지를 통한 자유의 모색

앞에서 살펴본 것처럼 권환의 문학적 모색은 문단 재진입 초기시와 현실의 관계에 대한 심화된 인식으로부터 시작되었다. 그것은 문학의 아지·프로적 가치에만 착목한 시들로부터의 탈피이자 새로운 현실에 기반을 둔 시적 육체의 확보로 이어진다. 이때 새로운 현실이란 1930년대 후반 이후 식민지 조선에 전개된 황민화정책을 포함한 전시체제의 확립이 운위되는 상황이었다. 그런 상황에서 리얼리즘의 모색이 쉽사리 전개될 수 없다는 사실은 명약관화한 것이다. 객관적 상황의 제약으로 인해 권환의 리얼리즘론은 그 한계를 지닐 수밖에 없었던 것이다. 만약 그런 상황에 대한 냉정한 인식에 기반을 두지 않는다면 그것은 그가 카프 시절에 견지했던 이념 우위의 관념론의 되풀이에 지나지 않을 것이다. 이것은 문학적 재기를 욕망하는 전향 지식인에게는 커다란 고통이다. 그가 농촌을 통해서 식민지 조선의 현실에 착목하여 새로운 전망을 얻으려고 하였지만 그것은 이전과 같은 계급주의 도식의 단선적 적용으로 해결될 수 있는 문제는 아니었다. 또한 그 자신도 그 한계를 인정한 바 있듯이 시 장르가 가지고 있는 본질적 특성상 농촌 현실에 대한 시적 탐색도 결코 쉬운 작업이 아니었다. 또한 조선 사회를 압박하였던 전쟁 협력에의 요구는 권환의 시적 탐색에 결정적인 장애 요인이 되었던 것이다.

이런 이유들로 권환은 리얼리즘적 모색을 포기할 수밖에 없게 된다. 리얼리즘이 독자 대중을 향한 가치 파급이라는 효용론에 기반을 둔 것이라고 할 때, 그 당시 상황에서 그러한 기대를 갖는 것은 거의 불가능한 것이었다. 이것은 전향 이후 또 다른 좌절이라고 할 것인데, 시를 통한 개인적 자유의 영역만이라도 확보하는 것이 그에게는 무엇보다도 시급한 문제로 부각된다. 그러한 내적 번민의 결과로 제출된 것이 「시와 판타지」(『조광』, 1940.12), 「예술에 대한 이미지의 역할」(『조광』, 1941.6.), 「현실 표현의 방법」(『춘추』, 1941.9.)과 같은 글들이다. 이들 글은 그 이전에 발표된 글들과는 사뭇 다른 측면이 있다. 특히 「시와 판타지」, 「예술에 대한 이미지의 역할」은 그가 이전까지는 구체적으로 보여주지 않았던 시 창작 방법론과 연계된 논리를 구체화하고 있는 글들이다. 이들은 상당한 학문적 온축을 요구하는 성격의 글들이라는 점에서 이 시기에 그가 원론적 차원에서 시에 관해 깊이 고민한 흔적을 엿볼 수 있다.

「시와 판타지」는 시에서 상상의 중요성을 강조하는 글로서, 주로 W. 딜타이의 이론에 기반을 두어 논리를 펼치고 있다. 권환이 경도제대 문학부 독문과 출신이라는 점을 감안하면 그가 딜타이의 이론에 대해서 관심을 가진 것은 자연스러워 보인다. 그가 딜타이 이론을 이 당시 깊이 연구하고 있었다는 사실은 전향 이후 그가 좌표를 확인하는 중요한 단서가 될 것이다. 다만 그가 이 글에서 당시 일본에서 W. 헤겔, 딜타이 등 정신철학의 권위자로 통했던 "삼지박음(사에구사 하쿠옹, 三技博音)"의 말을 자주 인용하고 있음을 보아 "삼지박음"의 딜타이 해석에 다소 의존하지 않았나 추측할 수 있다.

권환이 말하는 "판타지"는 사물에 대한 경험과 접촉을 기초로 하여

제4부 전향의 윤리 **319**

실재적 사물이 아닌 다른 새로운 사물을 그려내는 작용이다. 따라서 "판타지"는 현재 일반적으로 그 역어로 사용되는 "환상"이 아니라 "상상"에 더 가까운 것이다. 그는 "판타지"가 누구에게나 발생한다고 전제하고 그 중에서도 "비교적 풍부하고 선명한 판타지를 소유하는 사람"으로 시인을 꼽고 있다. 이처럼 그는 예술의 기초가 "판타지"에 있음을, 그리고 판타지의 정도나 상태 여하에 따라서 "우수한 예술가", "위대한 작품"이 규정될 수 있음을 주장하고 있다. 그는 "판타지"를 "통제적 기관의 유무"에 따라 "꿈, 환영, 광자의 의식"같은 "수동적 판타지"와 "현실에 적합하게 통제된" "능동적 판타지"로 구분하고, 시가 지향하는 것은 "능동적 판타지"라는 점을 강조하고 있다. 이때 그가 통제의 최종심급으로 현실을 거론하고 있는 것은 문학의 리얼리즘에 대한 모색과 일맥상통하는 것이다. 그는 아래에서 보는 것처럼 판타지에 대한 상식적 오해를 거부하고 있다.

> 판타지는 현실과 관련 없다는 것, 현실을 경원(敬遠)할수록 보다 훌륭한 판타지가 작용된다는 것, 현실과 배려(背戾)되는 것이 판타지의 본질이라고 하는 것은 일반 시인에게 가장 있기 쉬운 가장 많은 오해이다.[12]

이처럼 권환은 판타지의 본질이 현실에 있음을 강조하고, 그 당시 문학이 "판타지의 위축"을 보이고 있는 이유를 그는 문학인들에게 "현실에 대한 열렬한 관심과 철저한 인식, 현실생활에 대한 풍부한 경험"이 부족하기 때문이라고 보고 있다. 앞서 살펴본 것처럼 그가 여기서

---

12 『권환전집』, 393쪽.

강조하는 것은 "동경의 현실"이 아니라 "진실의 현실"을 밝혀줄 "능동
적 판타지"로서 일견 리얼리즘과 무관해 보이는 판타지론에서도 권환
은 일관되게 현실 탐구의 필요성과 그것의 문학적 형상화에의 요구를
펼치고 있다. 일견 현실로부터 벗어나 있지만 우회적으로 현실과 연
관성을 가진 판타지에 대한 강조는 "판타지"의 근본 속성인 "자유성"
에서 기인한다. 그는 시인의 "판타지"에는 "외계의 어떠한 박해와 강
압"도 벗어날 수 있는 자유가 있다고 이야기하고 있다. 그의 이러한
논급은 전시체제로 재편되고 있던 식민지 조선이 전향 지식인에게 가
해 오던 억압을 벗어나, 그가 자유롭게 시적 실천을 추구할 수 있는 길
에 대한 욕망을 보여준다는 점에서 중요한 의미를 가진다.

　「시와 판타지」의 후속편으로 씌어진 「예술에 대한 이미지의 역할」
은 앞선 논의를 보충하는 역할을 한다. 이 글에서는 "전형적 형상"의
문제를 검토하고 있는데 카프 시절 사회주의 리얼리즘 논쟁에서 창작
방법론 상의 문제로 대두된 전형성의 문제를 "형상"이라는 새로운 각
도에서 논의하고 있다. 여기서도 딜타이 이론이 적용되고 있는데, 이
글은 딜타이의 말 "생산관계가 시의 판타지를 지배하는 것이다."로 글
을 끝맺고 있다. 이 글은 시의 현실 수용과 시적 형상화의 문제에 대
한 보다 구체화된 접근이라는 점에서 의미가 있다. 그의 판타지론은
윤형욱의 지적[13]처럼 카프 시절과는 달리 그가 시에서 구체적 형상의
세계, 일상의 세계를 표현하는 데로 이어짐으로써 일제 강점 말기 시
에 수용된 서정성의 확보에 중요한 영향을 미쳤다고 할 수 있다.

---

13 윤형욱, 「권환 시의 현실 대응 의식」, 동아대 교육대학원 석사논문, 1999, 20쪽.

4. 일제 강점 말기 시의 양상

1) 출판 상황과 권환의 시집의 의의

한국현대문학사들 대부분은 일제 말기를 다룰 때 마지막에 이육사나 윤동주를 할애하여 장식하고는 한다. 문학사 서술에 있어서 민족주의적 의식이 지배하고 있는 상황의 결과물이라고 할 것이다. 일제 강점 말기 친일 협력으로 점철된 시간의 흔적을 말소하려는 이와 같은 노력은 일제 강점 말기 문학에 대한 또 다른 왜곡을 낳는다는 점에서 문제적이다. 이런 방식은 상황에 대한 객관적 인식을 방해할 가능성을 안고 있기 때문이다. 비교적 최근에 발간된 서적들에서는 일제 강점 말기 시의 친일 협력 상황을 객관적으로 기술함으로써 일제 강점 말기에 대한 객관적 태도를 유지하고 있기는 하다.

중일전쟁 이후 일본어 상용 운동의 일환으로 조선어 문학의 위상이 급격히 축소되고 그 자리를 일본어 문학이 차지하였음은 주지의 사실이다.[14] 그로 인해 대부분의 문인들은 창작 활동을 포기하거나 부분적으로 일본어로 창작 활동을 유지해 나갔다. 창작 활동의 기반이 되는 발표 매체도 종적을 감추고 극히 일부의 체제 협력적인 저널리즘만이 명맥을 유지하고 있는 상황이었다. 이와 더불어 단행본 출판 시장도

---

14 1942년 5월에 발표된 「국어보급 운동요강」의 "문화방면에 대한 방책" 중 1항은 "문학, 영화, 연극, 음악 방면에 대하야 극력 국어사용을 장려할 것"으로 되어 있는데, 이와 같은 방침은 1942년 조선어 문학의 공간을 대단히 협소하게 만든 게 사실이다. 총련지도위원회, 「국어보급요강」, 『조광』, 1942.6, 106쪽, 윤대석, 『식민지 국민문학론』, 역락, 2006, 120쪽에서 재인용.

체제 협력적 방향으로 재편되었다. 1943년 8월에는 1942년 3월부터 1943년 2월까지 출판 실적이 없는 출판사들의 폐사를 강요하는 법안이 통과되었다.15 이런 정책으로 인해 1939년 57개에 이르던 출판사는 1943년 이후에는 30여개 이하로 줄어들었다.16 그 당시 대중 출판을 이끌던 출판사들은 출판의 명맥을 잇기 위해 시국적 소재 위주로 출판을 진행했을 뿐, 출판사의 주요 수익원이 되었던 대중적 문예물의 출판 시장은 급격히 축소되었다.

당시 가장 명망 있던 대중적 출판사인 박문서관, 영창서관, 덕홍서림, 고급 문예물 위주의 학예사, 인문사 등이 그나마 명맥을 유지하던 상황이었다. 특히 전황이 악화일로로 치닫던 1943년경에는 이기영, 이태준, 이효석, 안회남, 함대훈 등이 쓴 몇 권의 소설집, 김억의 한시선집 등이 문예 관련 단행본 출판의 예이며 1944년경에 이르면 그와 같은 류의 출판은 사실상 기대하기 힘들게 되었다. 특히 조선어로 된 문예물의 경우 거의 종적을 감췄다고 할 만큼의 상황이 전개되었다. 체제에 협력적이었던 극히 소수의 문인을 제외하고 문예 관련 단행본이 내기 힘든 시절이었다. 1942년 이후 조선어 시집은 거의 종적을 감추다시피 한 상황이 되었다. 일제가 패망하기까지 나온 조선어 시집이라고는 1942년 삼천리사에서 발간된 김동환의 『해당화』, 1945년 매일신보사에서 발간된 노천명의 『창변』이 대표적이었다.17 주지하다시피 김동환과 노천명은 대표적인 체제 협력 문인으

---

15 방효순, 「일제시대 민간 서적발행 활동의 구조적 특성에 관한 연구」, 이화여대 박사논문, 2000, 22쪽.

16 위의 글, 20쪽.

17 물론 김종한이나 김용제처럼 일본어 시집을 낸 이들도 있지만 그 시집의 내용, 언어, 출판 등의 면에서 이질적인 것이었다.

로, 그들에게만 시집 출판의 기회가 간신히 주어졌던 것을 알 수 있다. 그러나 그들이 펴낸 시집이 체제협력적인 시 일색으로 꾸며진 것은 아니었다. 체제에 부응하는 시편들과 그와는 일정한 거리를 둔 문학적 모색의 시편들이 혼효되어 있다. 일제 강점 말기 시인들에게 있어 체제 협력은 자신의 문학적 모색 이전에 전제되어야 할 필수 요건이었던 것이다. 김동환과 노천명의 협력 행위의 정도는 그 당시 조선 문인들 중 가장 앞자리에 내세울 정도의 적극성을 가진 것이었지만 그것이 그들의 내면과 혼연일체의 것은 아니었다는 점을 되새길 필요가 있다.

이처럼 일제 강점 말기 시단의 상황을 시집 출판 중심으로 놓고 볼 때 시집 출판, 특히 조선어 시집의 출판은 극히 이례적인 것이었다. 정지용, 김기림, 김광균 등의 모더니스트는 물론 임화, 오장환, 이용악 등의 프로 시인 등 1930년대까지 시단을 주도하던 대표적인 시인들이 시 창작 포기의 태도를 취하던 시기였음을 감안하면, 일제 강점 말기 두 권의 시집을 상재한 바 있는 권환의 문학 활동은 상당히 두드러진 것이었다고 할 것이다. 앞에서도 언급한 것처럼 권환은 1943년 『자화상』(조선출판사 간), 1944년 『윤리』(성문당서점 간)처럼 연이어 두 권의 시집을 펴냈다. 그가 시집을 펴낸 출판사는 그 당시 그다지 알려진 출판사는 아니었던 것으로 보인다. 조선출판사는 1936년에 설립되어 1944년에 폐사한 출판사로, 김홍문 외 6인 소유로 되어 있고 "경성 내수정 194번지"에 위치하고 있었다. 그리고 성문당서점은 1930년 설립되어 1948년에 폐사한 출판사로, 이종수와 박성산 소유로 되어 있고 "경성 신문로"에 위치하고 있었다.[18] 조선출판사와 성문당서점 모두 문예물 중심의 출판 활동을 했던 곳으로, 조선출판사가 폐사하기까지 일제 강점 말기 유명 문인들의 책을 다수 간행했던 것에 비해 성문당서점의 경우 서적 발행이 그다지 활발하지 않았던 것으로 보인다. 1년에 1~2권정도 출판을 했던 것으로 보이는데, 일본인 저자의 서적도 비중 있게 출판한 것이 특징적이다. 『윤리』의 판권란을 보면 임화가 발행자로 되어 있고, 출판사 주소도 "종로구 서대문정 일정목 79"로 되어 있는 점, 인쇄소가 "경성 대화숙인쇄부"로 되어 있는 점으로 보아, 『윤리』 발간 전에 출판권이 임화에게로 넘어간 것으로 보인다.

이와 같은 상황을 고려할 때, 일제 강점 말기 권환의 시집 발간 역시 임화의 전적인 후원에 의한 것임을 짐작할 수 있다. 이 당시 시집을 비롯한 단행본 출간이 극소수에게만 주어지는 특권과 같은 것이라는 점을 감안한다면 임화의 후원이 있다 하더라도 그다지 수월한 것은 아니었을 것이다. 저자가 최소한 체제에 순응하는 포즈를 취하지 않으면 안 되었을 것이기 때문이다. 그런 탓에 이 시집의 저작자란에는 권환의 창씨 명으로 보이는 "권전환(權田煥)"이 기재되어 있다. 권환은 『자화상』까지만 하더라도 체제 협력에 적극적으로 나서지 않았다. 그러나 『자화상』이 발간된 1943년 이후 전황의 악화로 인한 시국의 엄중화 현상은 그로 하여금 문학 활동에 적지 않은 제약을 가했던 것으로 보인다. 그런 상황에 대한 반응으로 그는 창씨개명을 했을 뿐더러 국책에 협력의 포즈를 내비치는 「아리랑고개」, 「황취」, 「프로펠러」,

---

18 출판사 존속 기간, 소유주, 위치는 방효순의 앞의 글, 187쪽 참고. 성문당서점의 설립 시기는 방효순의 조사와는 달리 최소 1927년 정도로 소급될 수 있을 듯하다. 국립중앙도서관 소장 자료에 의하면 1927년 下津春五郎의 『今日の米國』이 출간되었다.(국립중앙도서관 검색에 의거.)

「그대」, 「송군사」 등 몇몇 작품들을 시집 속에 끼워 넣고 있다. 일부 연구자들은 「황취」, 「그대」, 「송군사」와 같은 작품들을 일제 강점 말기 그의 친일 협력 행위의 근거로 삼기도 한다.[19] 그러나 그 당시 친일 협력 시들이 대체로 저널리즘에 실렸던 것과는 달리, 이 시들이 시집에만 실려 있다는 점에서 협력의 정도는 여타 시인들에 비해 상대적으로 약한 것으로 평가할 수 있다.

아들을 남방 전선에 보낸 어머니의 심정을 객관적으로 묘사하고 있는 「황취」에서 문제가 될 수 있는 부분은 어머니가 자기 아들을 "용감한 황취의 아들"[20]이라고 생각하는 대목일 것이다. 자식을 전선에 보낸 어머니의 모성적 비애보다는 '군국의 어머니'로서의 입장을 강조하는 방식은 그 당시 체제협력적 시에서 흔히 보이는 것으로, 「황취」도 역시 그와 같은 계열에 포함될 수 있는 작품이다. 단형시의 모습을 가지고 있는 이 시의 시적 화자는 전반적으로 차분한 어조를 띠고 있기 때문에 친일시에 요구된 정서적 효과를 발휘하기에는 부족해 보인다. 이에 비해 「그대」는 좀 더 적극적인 양상을 띤다.

그 사람 몸도 억세고 튼튼하더니
거짓말 아니라 쇠방앗공이도 같더니

키도 장승처럼 컸거니와
두 눈에 불방울이 펄펄 날더니

19 박태일은 이런 관점을 취하고 있는 대표적인 연구자이다. 박태일, 「경남 지역문학과 부왜활동」, 『한국문학논총』 30집, 한국문학회, 2002.6, 17쪽.
20 『권환전집』, 106쪽.

그래도 늙은 홀어머니 앞엔
양새끼처럼 순하디 순하더니

좋다면 두 볼을 맞대 부비고
미웁다면 이빨로 꺽꺽 씹으려 하더니

누구나 한 번은 죽고 마는 것이나
나라 위해 죽는 게 얼마나 신성하냐고

말버릇처럼 지껄이더니
인제 빙그레 웃으렷다 그대의 영령은!

「그대」 전문21

이 시는 태평양전쟁에 참전해 죽은 어느 조선인 병사의 평소 모습을 회상하고 명목을 비는 형식을 취하고 있다. 1연에서 4연까지는 평소 그의 모습을 회상하는 부분으로 "쇠방앗공이", "장승"과 같은 비유적 표현을 통해 병사가 가진 튼튼한 신체를 표현하고 있다. 그러면서도 한 어머니의 자식으로서 가진 온순함을 "양새끼"에 빗대어 표현하고 있다. 비교적 평이한 표현을 통해 병사의 모습을 형상화한 후 6연에서는 그가 평소에 지니고 있던 애국심을 드러내고 있다. 멸사봉공의 정신을 평소에 내면화한 그에게 있어 죽음은 결코 부정적인 것으로 비춰지지 않는다. 오히려 그의 죽음은 자신보다 더 큰 자아인 나라를 위한 죽음이기에 오히려 영광스러운 것이다. 이 시의 시적 화자는 평소 주인공을 가까이해 온 인물로 설정되어 독자로 하여금 주인공에 대해 친근감을 느끼게 하고 있다.

이처럼 권환은 「황취」, 「그대」 등 비교적 색깔이 뚜렷한 체제협력적 시를 『윤리』에 포함시키고 있는 바, 이는 그 당시 문학 창작과 발표를 전제한 그 누구도 비껴갈 수 없는 것이었다. 그가 이들 시 몇 편을 제외하고는 각종 시국 단체 활동에 참여하지 않은 점은 이들 시가 불가피한 조건에서 최소한의 요건을 갖추기 위한 타협의 산물이지 않았을까 추측하게 한다. 따라서 일부 시들로 인해서 일제 강점 말기 그의 시에 대한 평가가 왜곡되어서는 안 될 것이다. 이와 같은 전제 하에서 이하에서는 『자화상』의 세계를 면밀하게 검토해 보기로 한다.

2) 리얼리즘의 좌절과 자아 성찰

1943년 발간된 시집 『자화상』은 문학적 재기 이후 거의 시작 활동을 보이지 않았던 권환에게는 매우 뜻 깊은 산물이라고 할 수 있다. 전향 이후 새로운 문학에 대한 모색이 문학적 실천으로 구체화된 것이기 때문이다. 그 자신뿐만 아니라 이 시집은 한국현대시사에서도 매우 의미 있는 일이라고 할 수 있다. 그 당시 수많은 시인들이 시의 세계로부터 벗어나 있었고, 일부의 친일 협력 시인들만이 시 창작을 길을 걷고 있던 시점에 이 시집이 나왔기 때문이다. 이 시집은 전시 체제 하 사상적, 물질적 빈곤의 상황에서 발간되었다는 점이 눈여겨 보아야 할 부분이다. 왜냐하면 그 당시 시집을 발간할 수 있는 시인들이란 대체로 체제에 협력해왔던 부류들이기 때문이다. 그리고 체제협력적인 면모를 갖춘 시인들이라 할지라도 전시체제 하의 용지난으로 인해 문예물의 출판은 용이한 상황이 아니었다. 그런 상황에서 체제에 적극적으로 협력하지도 않았던 그가 시집을 펴낼 수 있었다는 것은 낯선 일이 아닐 수 없다. 비록 사상 전향자로서 그가 새로운 상황에 외면적으로 순응하는 포즈를 취하고 있었다고는 하지만 그가 시집 출간의 기회를 얻었다는 것은 놀라운 일이다. 특히 우리의 궁금증을 자아내는 것은 시집 『자화상』을 채우고 있는 시들의 면면이 결코 새로운 상황에 대한 긍정적 신호를 보여주지 않고 있다는 사실이다.[22]

그가 시집 제목으로 뽑아낸 "자화상"이라는 단어는 일제 강점 말기를 살아간 시인으로서, 특히 사상 전향 경력을 가지고 있는 전향 지식인의 내면적 고투를 엿보게 한다는 점에서 무척 시사적이다. 일제 강점기 대부분의 시인들이 "자화상"이라는 제목의 시 한 편 정도는 썼다고는 하나, 일제 강점 말기와 같은 어두운 상황 속에서 "자화상"이라는 기호는 매우 암시적인 기능을 한다. 윤동주의 「자화상」이 식민지 하의 지식인으로서 갖는 부끄러움을 드러냄으로써 우리에게 깊은 울림을 준 바 있다. 한국현대시사에서 윤동주가 기억되는 방식이 부끄러움에 대한 자아 성찰에 있다고 할 때, 우리가 또 하나 기억해야 할 사실은 권환이 윤동주와 다른 측면에서 식민지 지식인의 존재 양상을

---

22 일제 강점 말기에 두 권의 시집을 냈다는 사실은 한정호의 지적처럼 "왜로 군국주의와의 일정한 타협"을 뜻하는 것일 수는 있지만, 그렇다고 그것을 "전향의 뚜렷한 표식"으로 보기는 어려울 듯하다. 전향 지식인의 진정한 전향 여부는 그의 정신세계가 어떤 모습을 띠고 있는가에 의해 판가름해야 할 문제이기 때문이다. 한정호, 「권환의 문학 행보와 마산살이」, 『지역문학연구』 11호, 경남부산지역문학회, 2005.5, 114쪽.

드러내고 있다는 점이다. 윤동주의 「자화상」이 일련의 상황으로 인해 밖으로 드러나지 않았던 사적 산물이었다면, 권환은 자기 성찰의 외면화를 적극적으로 시도한 공적 산물이었던 것이다. 이런 측면에서 그의 『자화상』의 위상은 새롭게 조명되어야 하는 것이다.

시집 『자화상』은 표제가 된 시 「자화상」을 비롯해 70여 편의 시가 수록되어 있다. 시집에 첫 번째에 수록된 시는 「명일」이라는 시로, "명일"로 표상되는 미래에 대한 절망과 희망이 교차되는 현실 속에서 지식인적 자아의 갈등을 표출하고 있다. 표제시 「자화상」이 아니라 「명일」을 시집의 서두에 배치한 것에는 아마도 미래에 대한 강렬한 희망을 드러내기 위한 의도가 담겨 있다고 볼 수 있다. 그리고 표제시 「자화상」은 여러 개의 자아로 분열된 주체가 자신의 본 모습을 들여다 볼 수 없는 심리적 불안을 표현하고 있는 시이다. "제1의 나"에서부터 "제○○의 나"까지로 표현된 이 시의 자아는 크게 보면 일상과 이념의 세계 사이에서 길항하는 심리적 분열 현상을 겪고 있다. 이러한 주체 분열의 표상은 일찍이 이상의 「오감도」 연작에서 볼 수 있었던 것이기도 하다.

이러한 분열의 주요인은 외적 전향과 내적 비전향 사이의 갈등에서 오는 것이라고 할 수 있다. 앞에서 살펴본 것처럼 권환은 문학적 재기 이후에도 카프 시절 이후 견지해 온 문학과 현실의 관련성에 대한 지중(至重)한 관심을 드러낸 바 있다. 그럼에도 불구하고 전향과 이에 따르는 일상적 속박으로 인해 그러한 관심이 문학적 활로를 찾기는 쉽지 않았다. 그 당시 그가 자신의 이러한 심정을 표출하는 시들이 이 시집에 자주 보이는데, 「목내이」를 대표작으로 꼽을 수 있다.

동사처럼 굳은 혈관
달빛같이 식은 정열
빙주럼 얼어붙은 심장

「목내이(木乃伊)」 부분23

「목내이」는 3행 단연의 매우 짧은 형식으로 되어 있는 작품이다. 제목 자체가 이미 많은 것을 암시하고 있다. 외형적으로는 원래의 형상을 유지하고 있으나 수액이 빠져나간 존재가 "목내이"인데, 이는 시적 화자 자신의 자화상이라고 할 것이다. 혈관은 피가 다 빠져나가 구리철사인 "동사(銅絲)"처럼 굳어버렸고, "심장"은 고드름인 "빙주(氷柱)"처럼 얼어붙어 있다. 이런 비유들은 죽음에 대한 표현이다. 살아 있지도 죽지도 않은 이처럼 기묘한 상태를 유지하고 있는 "목내이"야말로 시적 화자의 상태를 표현하는 데 있어 적절한 이미지라고 할 것이다. 그는 "정열"이 "달빛같이" 식었다고 표현함으로써 현실에 적극적으로 대응하지 못하는 번민을 암시적으로 표현하고 있다.

이 시는 전반적으로 단형인 데다가 가라앉은 톤의 목소리를 가지고 있고, 그 내용조차도 당시의 상황에는 부합할 수 없는 다소 부정적인 뉘앙스를 풍기고 있다. 「목내이」뿐만 아니라 여타의 시들에서도 권환이 묘사하고 있는 것들은 주로 자신의 모습으로 치환되거나 수렴될 수 있는 것들이다. 자기 신체에 대한 비유가 「목내이」에서는 제목 그 자체에서 이미 자아에 대한 강렬하고 비관적인 암시를 풍기고 있으나, 「석탄」과 같은 시에서는 그 제목에서의 강렬성보다는 내용에서

---

23 『권환전집』, 62쪽.

강렬한 암시가 드러나고 있고, 전반적인 뉘앙스도 사뭇 다르다.

　　내 심장은

　　새까만 석탄 덩어리

　　내 혈액을 봐도 알 것이다

　　새까만 석탄!

　　그렇지만 불에 탈 때엔

　　새빨개지는 석탄

「석탄」 전문24

　석탄이라는 광물성 기호가 일제 강점기 한국현대시에서 도입된 것은 권환의 시가 처음이 아닌가 생각된다. 특히 전시체제 하에서 연료 수급난을 겪고 있는 식민지 조선에서 석탄은 전쟁 수행의 무기로서 기호화된 물질이라고 할 수 있다. 그런데 이 시에서 그는 전시체제 운용의 도구로서의 석탄이 아니라 자아의 내적 가능성을 암시하는 그 무엇으로 치환하고 있다는 점에서 매우 참신한 발상을 드러내고 있다고 할 것이다. 시적 화자는 1연에서 자신의 심장을 "새까만 석탄 덩어리"라고 표현하고 있다. "새까만"이라는 색채에 방점을 찍고 있는 듯한 어조로 볼 때, 이는 「목내이」에서처럼 자신의 무력함을 표현하기 위한 수사로 동원된 듯한 인상을 독자에게 준다. 그는 자신의 "혈액" 조차도 검다고 덧붙이고 있을 정도로 자신의 무력감이 부정할 수 없

---

24 『권환전집』, 69쪽.

는 정도에 처해 있다는 것을 암시하고 있다. 그러나 2연에는 반전이 일어난다. 첫 행에서 "새까만 석탄!"이라고 자신의 상태를 단적으로 표현한 후 곧이어 시적 화자는 "불"로 인해 "새빨개지는 석탄"에 대해 이야기하고 있다. 이때 "불"은 「목내이」에서 "정열"이라고 표현한 것의 비유라고 볼 수 있다.

이처럼 외면적으로는 죽어 있는 듯 보이지만 정열을 함유하고 있어 언제든지 활활 타오를 수 있는 석탄은 상징적 죽음의 존재, 즉 살아 있지만 죽어 있는 듯하고 죽어 있는 듯하지만 결코 죽지 않은 자아에 대한 비유로서 기능한다. 이 시는 일제 강점 말기를 살아간 전향 지식인이 자신의 죽음을 부정하는 선언이라고 할 것이다.

권환은 이처럼 자기 신체에 대한 비유를 동원해 자신의 무력감과 신념을 표현하고 있다. 비록 비유적 표현들이기는 하나 그 의미가 비교적 쉽게 포착된다는 측면에서 이런 시들은 그 당시 상황에 대한 매우 도전적인 행동이라고 볼 수 있다. 이 당시 권환의 시선이 주로 자신을 향하고 있는 것이 사실이지만, 그렇다고 그런 시들 일색으로 이 시집이 구성되어 있지는 않다. 「가등」, 「한역」 같은 시들은 시인의 시선이 바깥을 향하고 있는 경우이다.

푸른 하늘을 우러러 보느냐
검은 땅을 내려다 보느냐
무한한 어둠 속을
뚫어지게 응시하느냐
봄비 속에서 깜박 깜박
거리의 등불

은색 파라솔을 든 여인은
아직도 기다리고 섰다
동녘 하늘이 멀지 않아
부채살처럼 밝아질 게다

「가등」 부분[25]

　봄날의 어느 깊은 밤 홀로 깨어 거리를 내다 본 정회를 표현한 「가등」은 언뜻 보면 실제 풍경을 묘사한 풍경화처럼 보일 수도 있다. 그러나 위의 인용 부분을 보면 알 수 있듯이 일종의 환상적 성격이 가미된 상상의 표현이라는 점을 알 수 있다. 5연에서 시인이 묘사하고 있는 대상은 "거리의 등불"이다. "깜박 깜박"이라는 표현은 비오는 날 비에 가려져 보이는 가로등 불빛에 대한 인상적 소묘라고 할 것이다.

　그러나 이 부분을 제외한 나머지 행들은 모두 시적 화자가 대상에 의탁한 자기 심정의 표현이다. "푸른 하늘", "검은 땅"은 각각 이념과 일상을 상징하는 것으로 볼 수 있고, "무한한 어둠"은 시적 화자가 처한 상황을 암시하는 것으로 볼 수 있다. 따라서 "거리의 등불"은 시적 화자 자신의 비유라고 할 수 있다. 이와 같은 암시성은 5연에 비해 6연에서 더 강렬한 양상을 보인다. 6연 1행에 등장하는 "은색 파라솔을 든 여인"은 5연에서 묘사된 "거리의 등불"과 유사한 의미를 갖는 환상적 존재라고 할 수 있다. 풍경화라는 기준에서 보면 대단히 어색한 모습의 배치임에 분명하기 때문이다. 이 여인은 아침이 밝아오기를 기다리는 존재로 묘사되고 있는데, 이는 「명일」에서 "내일(명일)"을 희

25 『권환전집』, 54~55쪽.

구하는 시적 화자와 유사하다고 할 수 있다. 6연의 마지막 행에 강한 확신을 드러내는 "-게다"라는 표현을 사용한 것으로 보아 이 시는 어려운 상황 속에서도 미래에 대한 확신을 버리지 않은 시적 화자의 신념을 보여주고 있다고 하겠다.

바다같은 속으로
박쥐처럼 사라지다

기차는 향수를 실고

납같은 눈이 소리없이
외로운 역을 덮다

무덤같이 고요한 대합실
벤치위에 혼자 앉아
조을고 있는 늙은 할머니

왜 그리도 내 어머니와 같은지
귤껍질같은 두 볼이

젊은 역부의 외투자락에서
툭툭 떨어지는 흰눈

한송이 두송이 식은 난로 위에

그림을 그리고 사라진다.

「한역」 전문26

　이 시는『자화상』중에서 비교적 시적 형상화가 완미한 작품으로 흔히 거론되는 작품이다. 어느 겨울날 외딴 역의 대합실 풍경을 중심적으로 묘사하고 있는 이 작품에는 시적 화자가 객관적 거리를 유지하면서 묘사하고 있다. 이 역을 통과한 기차는 그의 시선에서 조금씩 사라져 보이지 않게 되고, 대합실에는 "늙은 할머니"가 졸고 있다. 사라져가는 열차를 보면서 그는 "향수"를 느끼고, 이내 그로 인해 "늙은 할머니"가 시적 화자의 "어머니"27와 오버랩된다.

　어쩌면 이 시는 시적 화자의 향수 어린 시선에 비친 풍경의 스케치로 보일 수도 있다. 그러나 우리가 이 시에서 주목해야 할 부분은 시적 화자가 "눈"을 어떻게 묘사하고 있는가에 있다고 할 것이다. "눈"은 일반적으로 포근함, 상승의 가벼움, 순결함 등의 이미지를 가지고 있다. 그러나 이 시에서 "눈"은 그와 같은 밝은 이미지를 드러내지 않는다. 시적 화자는 3연 1행에서 "눈"을 "납같은"이라고 표현하고 있다. 무거움을 속성을 가지고 있는 "납"과 결합된 "눈"은 더 이상 포근하고 가벼운 느낌을 주지 않고 지상으로 자멸의 속도로 추락하는 듯한 느낌을 준다. 그러한 "눈"이 "외로운 역"을 덮는다고 표현하고 있는데,

---

26『권환전집』, 57쪽.

27 박건명은 일제 강점 말기 권환 시에서 자주 등장하는 모티프 중 하나를 과거지향성으로 보고 있다. (박건명, 「권환론」, 『건국어문학』 13·14집, 건국어문학회, 1989, 151~152쪽.) 실제 이 당시 그의 시에는 자신의 고향이나 어머니를 회상하면서 향수에 젖는 시적 화자가 자주 등장하는데, 이런 경향은『자화상』보다『윤리』에서 한층 더 짙어지는 양상을 보인다.

이 역은 비단 국부적인 장소가 아닌 식민지 조선의 상징적 축도라고
할 수 있다. 이 시에 등장하는 "역부"나 "할머니"도 조선인의 상징적
표상이라고 할 수 있다. "역부"가 근대적 인물이면서 당시 사회에서
전시체제의 운용에 기능적으로 기여하는 지식인의 상징이라면, "할머
니"는 그와는 달리 전근대적 인물이면서 전시체제 하에서 고통을 받
고 있는 민중의 상징이라고 할 수 있다.[28] 특히 눈을 맞으면서 기차역
을 지키고 있는 "역부"의 어깨에 "뚝뚝" 떨어지는 "납같은 눈"은 지식
인의 일상에 안겨진 고통의 비유라고 할 것이다.

　이처럼 이 시는 일견 향수를 느끼는 시적 화자의 심정을 객관적 상
관물을 동원해서 표현한, 일종의 풍경화 같은 인상을 준다. 이것이 기
존 연구자들이 이 시를 보는 대체적인 관점이었다. 권환의 시 중에서
이 시를 완미한 시로 평가한 근거도 이러한 특징이 있다고 할 것이다.
그러나 이 시는 여타의 시들과 마찬가지로 일제 강점 말기 전향 지식
인 권환이 자신의 상황이나 심경을 우회적으로 표현한, 말하자면 '위
장된 풍경화'의 세계라고 할 수 있을 것이다. 또한 이 시는 개인적 성
찰의 외면화라는 측면과 더불어 문단 재진입 이후 그가 지속해온 문
학정신으로서의 리얼리즘이 시대적 곤경이 부닥쳤을 때 펼쳐낼 보일
수 있는 시적 리얼리즘의 최대였다는 점에서 일제 강점 말기 리얼리
즘의 복원을 꿈꾸었던 프로시인 그의 좌절을 보여주는 명징한 예라고
할 수 있을 것이다.

　권환에게 『자화상』은 어떤 의의를 가진 것일까. 지금까지 살펴온
대로 이 시집은 일제 강점 말기라는 어두운 시대 현실 속에서 자기를

---

28 채수영은 이 시의 "할머니"를 "나라 잃은 민족 구성원"으로 보고 있다. 채수영, 「시의
　전경과 후경의 조화」, 『해금시인의 정신지리』, 느티나무, 1991, 337쪽.

찾으려는 고뇌의 산물[29]이지만, 시야를 근대문학 전반으로 확대해보면, 근대 초창기부터 문사적 성향을 지닌 지식인에 의해 주도된 한국 현대문학사의 자화상이라고 할 것이다.

5. 결론

이 글에서는 카프와 조선문학가동맹 활동 시기를 중심으로 논의되어 온 비평가이자 시인인 권환의 일제 강점 말기 문학 활동을 검토해 보았다. 이미 밝힌 바와 같이 권환이 일제 강점 말기를 어떻게 보냈는지 지금까지의 연구에서 제대로 밝혀지지 않았다. 그와 더불어 그의 문학을 고평하거나 비판하는 쪽들 모두가 공유하고 있는 계급주의 문학가라는 편견으로 인해 일제 강점 말기는 도피나 퇴행의 시기로만 치부되어왔다. 그러나 그는 전향 이후 중앙문단에 재진입한 이후 그 나름의 치열한 고민을 통해 문학적 재기의 기반을 마련하고자 했다. 그리하여 일련의 리얼리즘 관련 평론을 발표하여, 카프 시절의 정치적 경직성에서 벗어나면서도 시와 현실의 관련성에 대한 치밀한 고구를 통하여 자기 문학의 기저에 있는 문학정신을 표명한 바 있다. 이는 전향 지식인 출신의 그가 일제 강점 말기라는 궁핍한 시대에도 결코 시대에 순응하는 존재에 머물지 않고 새로운 전망을 열어나가려는 의

---

29 정재찬, 「시와 정치의 긴장 단계」, 윤여탁·오성호 편, 『한국현대리얼리즘시인론』, 태학사, 1990, 80쪽.

식을 견지하고 있었음을 보여주는 것이다.

일련의 평론들에 이어 권환은 1943년 이후『자화상』,『윤리』 등의 시집을 발간하였다. 여러 가지 객관적인 악조건에도 불구하고 조선어 시집을 낼 수 있었다는 것은 그뿐만 아니라 한국현대시사에 있어서 매우 소중한 일이다.『윤리』에 몇 편의 문제적인 시들을 수록하기도 했지만 이를 제외한 시들은 오히려 그의 오래된 신념을 내재하고 있는 시들이다. 그 시들에서 그는 자신의 신념으로 극복할 수 없는 현실의 냉혹성에 좌절하는 모습을 보이기도 하지만 다른 한편 그런 현실을 극복하려는 내면적 의지를 드러내고 있다. 일제 강점 말기를 다룬 한국현대시사들이 이육사와 윤동주로 끝을 맺어 온 것은 오래된 관행이었지만, 앞으로 발간될 한국현대시사에서 그들과 더불어 권환은 반드시 포함되어야 할 존재라고 할 것이다. 이육사와 윤동주가 식민지 사회 외곽에서 자신의 시적 소명에 충실한 시인이었음은 부정할 수 없지만, 엄혹한 식민지 조선 중심부에서 시적 소명의 거울 앞에 자신을 온전히 내놓으며 지식인의 윤리에 고뇌했던 권환에 대해서 지금까지 우리가 무관심으로 일관해왔기 때문이다.

11장

김용제의 내선일체문화운동

1. 서론

한국현대문학사에서 김용제라는 이름은 오래전에 삭제되었다. 그의 성명 석 자를 호명하는 것조차도 치욕적인 느낌이 들게 할 정도로 우리는 그의 성명이 상기시키는 어두운 역사의 뒷자락에서 현재를 살고 있다. 일제의 군국주의 정책이 격화되던 일제 강점 말기에 그 어떤 시인보다도 식민지 조선의 일본화에 철저했던 그가, 흔히 일제 강점 말기 대표적 친일 시인으로 거론되는 김종한과는 달리 애초 프롤레타리아 문학가로서 문학의 길에 들어섰다는 점을 생각해볼 때, 그의 일제 강점기 문학 활동이 시종일관 이데올로기의 지배 하에서 수행되었다는 점은 매우 시사적이다. 당시 수많은 지식인들이 일제에 대항하는 민족주의나 사회주의에서 궁극에는 일본주의로 귀착되는 사상의 길을 걸어갔기 때문이다.

흔히 친일문학이라고 일컫는 일제 강점 말기의 문학 현상이 최근 들어 연구자들의 관심사로 부각되고 있지만, 이는 주로 소설이나 비평 쪽에 한정된 경우가 많았고 시 쪽이라고 하더라도 서정주 외에는 집중적인 조명을 받지 못했다. 이처럼 시 쪽의 논의가 부족한 가장 큰 이유는 시 쪽에서 서정주가 한국문단에서 가진 상징성과 존재감이 강해서 그를 논하는 것으로 친일시의 문제성 대부분이 드러난다는 암묵적 합의가 있어왔기 때문이다. 그러나 그 당시의 활동 양상을 냉정하게 살핀다면 적어도 시 쪽에서 가장 활발하게 활동했던 이는 서정주가 아니라 김종한이나 김용제 같은 이들이었다. 따라서 이들의 문학 활동을 논외로 하고서 친일시를 논할 수는 없을 것이다.

물론 김종한이나 김용제가 기존의 논의에서 배제된 데는 그럴 만한 이유가 전혀 없었던 것은 아니다. 그들의 문학 활동이 상당수 일어로 진행되었다는 점은 그들의 문학 활동에 접근하기 힘든 한계라고 할 수 있다. 이때 한계라는 것은 세부적으로는 첫째, 일어 번역의 어려움 둘째, 일어 문학의 한국문학으로서의 가능성 등을 꼽을 수 있다. 이런 문제들에 대해서는 여러 가지 논란이 있을 수 있다. 일제 강점 말기에 씌어진 창작물이 언어나 내용면에서 한국문학의 범주에 온전히 안착하기 힘든 난점을 가지고 있기는 하나 그것들이 특수한 상황에서 특수한 사정을 증언하는 역사적 산물이라는 점에서 우리가 처리해야 할 유산이라는 점을 부정하기는 힘들다. 역사적 산물을 의도적으로 외면하고 역사에서 소거하는 것이 문학 연구자의 길이라는 강변은 더 이상 유지될 수 없을 것이기 때문이다. 여기에서 김용제의 일제 강점 말기 문학 활동을 검토하고자 하는 것도 그와 같은 이유에서이다.

김용제에 관한 글은 불과 몇 편에 지나지 않는다. 여타 문인들과 비교하면 거의 씌어지지 않았다고 하는 편이 옳을지도 모른다. 국내 연구자에 의해 씌어진 글 몇 편1, 국외 연구자 한 사람이 쓴 글2이 전부라고 할 수 있다. 이들 글은 대체로 김용제의 문학 활동 전반을 스케치하는 데 그치고 있는데, 이들은 대부분 전향하기 이전 프롤레타리아 문학자로서의 활동에 치중하고 있다. 그가 1927년 도일(渡日) 이후 10여 년간 펼친 프롤레타리아 문학 활동은 한일 프롤레타리아 문학사에서 어느 정도의 의미를 가진 것이지만, 활동 무대가 일본이었다는 점, 그리고 4년 여 동안 감옥살이를 했다는 점, 그리고 전향 이후 활동이 더욱 활발하였고 주목할 만한 요소를 내포하고 있다는 점 등을 고려할 때, 그에 대한 본격적인 연구 작업은 거의 이루어지지 않았다고 할 수 있다.

그는 1938년 무렵 일본주의자로 돌연 전향한 이후 애국문학, 국민문학을 통한 내선일체, 황국신민화 정책에 가장 적극적으로 부응하는 문학 내외적인 활동을 펼친 바 있다. 동양지광사, 협동예술좌, 조선문인보국회 등등의 각종 조직체를 매개로 해 문필, 연극, 시국강연 등등 다양한 활동을 펼친 바 있다. 특히 그는 시 창작 활동에 있어서 왕성

---

1 임종국, 『친일문학론』, 민족문제연구소, 2005.
　윤여탁, 「1930년대 서술시에 대한 연구-백철과 김용제를 중심으로」, 『국어국문학』 101호, 국어국문학회, 1989.5.
　박명용, 「일제말기 한국문학의 역사적 의미-김용제론」, 『대전대학교 논문집』 12권 1호, 대전대 인문과학연구소, 1993.3.
　권순긍, 「지촌 김용제와 친일문학의 논리」, 『인문사회과학연구』 4호, 세명대 인문사회과학연구소, 1996.12.
　정승운, 「中野鈴子の轉向と朝鮮」, 『日語日文學』 22집, 대한일어일문학회, 2004.5.
2 大村益夫, 「1945년까지의 김용제」, 『현대문학』, 1991.2.
　＿＿＿＿＿, 『愛する大陸よ』, 大和書房, 1992.
　＿＿＿＿＿, 「잊혀진 시인 김용제」, 『조선의 혼을 찾아서』, 소명출판, 2007.

한 활동력을 과시한 바 있다. 『아세아시집』(1942), 『서사시 어동정』
(1943), 『보도시첩』(1944) 이 세권의 일본어 시집을 냄으로써 그 당시
로서는 가장 많은 일본어 시집을 냈을 뿐만 아니라, 조선 문인의 일본
주의로의 전향이 본격화되기도 전에 가장 먼저 문학적 전향을 보여준
시인이 바로 그였다.

　이 글에서는 중일전쟁을 기점으로 조선 문인의 전쟁 동원이 표면화
된 1939년경을 중심으로 김용제의 문학 내외적 행적을 검토하고자 한
다. 이 시기는 태평양전쟁 이후 조선 문단이 보인 체제협력으로의 움
직임이 서서히 노골화되던 시점으로, 그 과정에서 김용제가 중요한
역할을 하였다고 생각되기 때문이다.

2. 전향과 『동양지광』

1) 『동양지광』의 성격

　일본에서 4년 여 간의 감옥살이를 마친 김용제가 국내로 귀국한 것
은 1937년 7월의 일이다. 3차 감옥살이에서 풀려나온 1936년부터 4
차 감옥살이를 거쳐 귀국한 1938년까지 그는 『조선일보』, 『동아일보』
를 비롯한 각종 매체에 수많은 글을 발표한다. 그 글들은 감옥생활 이
후의 신상에 관한 보고나 동경 문단의 상황에 대한 소개, 조선 문단의
경향에 대한 이론적, 실천적 비평 등이다. 그 중에서도 다수를 차지하

는 것은 조선 문단의 경향에 대한 이론적 비평의 글들이었다. 그것들은 대체로 당시 국내 문단에서 전향 문인들 주도로 모색되던 새로운 이론이나 실천에 대한 비판의 글들인데, 거기에서 우리는 감옥생활에도 불구하고 전향을 하지 않았던 그의 강한 신념을 엿볼 수 있다. 그러나 일본에서 오랫동안 활동하면서 감옥생활로 인한 공백기를 거친 탓인지는 모르나, 조선어로 쓴 그의 글들은 표현상에 있어 서투른 느낌을 주고 논리적으로도 공소한 느낌을 준다. 그 당시 저널리즘이 그에게 과분한 대접을 해준 것같다는 느낌까지 드는데, 그 이유는 아마도 그가 일본 문단의 핵심부에서 조선인으로서 두드러진 활동을 했다는 사실을 국내 저널리즘이 높이 평가했던 때문이 아닌가 생각된다. 이 점에 대해서는 김용제론의 일본 쪽 선구자인 오오무라(大村)도 비슷한 생각을 이미 피력한 바 있다.[3]

1936~1938년 사이 국내 저널리즘에 자주 보이던 그의 이름이 1938년 이후로 갑자기 종적을 감추게 되는데, 그 어간의 사정은 1978년 그가 국내 한 잡지에 게재한 회고록에서 간접적으로 추측할 수 있다.[4] 그의 회고에 따르면, 그는 국내에 귀국해서 고아를 위한 사업을 시도하였는데, 그것이 사찰망에 걸려서 위협을 받게 되고, 거기서 두려움을 느낀 그가 그 사업을 포기하였다는 것이다. 전향 지식인으로서 보호관찰을 받고 있던 그에게는 그와 같은 위협이 심각한 것이었음은 충분히 짐작할 수 있다. 여하튼 이로써 그는 국내 저널리즘에 글을 기고하는 행위를 일체 중지하게 된다. 이 시점이 1938년인데 이때가 그에게는 내적 전향의 시기였던 듯하다. 그러다가 1939년부터 그는 『동

---

3 大村益夫, 앞의 글, 384쪽.
4 김용제, 「고백적 친일문학론」, 『한국문학』, 1978.8, 262~264쪽.

양지광』의 편집에 관여하게 된다. 이것이 그가 본격적인 친일의 길을 걷게 되는 계기가 된다.

『동양지광』은 3·1운동 당시 민족대표 33인의 한 명으로 알려진 박희도가 1939년에 창간한 사상 관련 일어 월간지이다. 이 잡지는 중일전쟁 이후 조선인에 의해 조선에서 창간된 최초의 친일적인 사상지로, 1939년 1월부터 패전 기까지 지속적으로 발간되었다. 이 잡지는 조선 거주 일본인에 의해 발간된 『녹기』와 더불어서 중일전쟁 어간의 가장 대표적인 사상지라고 할 것이다.

박희도는 창간호에 수록한 권두언 「창간에 즈음하여」라는 글을 통해서 "동양인의 동양을 현현하는 역사적 신단계에 올라가는 날도 또한 멀지 않았다는 것"을 믿는다고 말하면서 "이럴 때 반도 이천만 동포의 마음에 일본정신을 철저히 하고, 황도정신을 양양하여 폐하의 적자로서, 황국일본의 공민으로서, 예외 없이 국체의 존엄을 체득하고, 황국일본의 대사명을 받들어, 황도의 선포, 국위의 선양에 정진하고, 이로써 동양의 평화는 물론 소위 팔굉일우의 일대 이상을 펴서, 세계인류문화의 발달과 그 강령 복지 증진에 공헌하는 일"[5]의 필요성을 강조하고 있다. 이로써 한때 민족주의자로 자처하던 대표적 인사 중 하나였던 박희도 역시 이 당시 이광수와 더불어 일본주의의 정신 권역으로 떨어져버린 상태였음을 알 수 있다.

창간호에는 당시 조선 총독 미나미 지로(南次郎) 역시 「피로써 역사를 철하자」라는 축사를 기고한 바 있는데, 이로써 박희도를 중심으로 한 「동양지광」의 창간이 총독부와의 적극적인 협력에 기반을 두어 이

---

[5] 『동양지광』, 1939.1, 10쪽. 이하 일문 번역은 졸역임.

뤄진 일임을 알 수 있다. 이 글에서 미나미는 중일전쟁이 "일본, 만주국, 중국 사이의 민족 단결, 동아연맹의 신조직을 현출하는 큰 기운"[6]을 일으켰다고 중일전쟁의 의의를 강조함으로써 침략전쟁의 본의를 왜곡하고 있다. 박희도 역시 미나미와 같은 맥락을 충실히 따르고 있는 바, 이는 중일전쟁이 조속한 해결을 보지 못하고 교착 상태에 빠지자 고노에(近衛) 내각이 내세운 침략 전쟁의 논리인 "동아신질서", "동아협동체" 담론과 같은 맥락을 가진 것이다.[7] 이 당시 내선일체주의자들은 "동아신질서"나 "동아협동체" 담론이 가진 침략성을 극구 부인하려는 자세를 취하였다. 박희도는 "우리 제국만이 구미의 제국주의를 배제하고, 단호하게 동아를 지킬 유일의 강력한 선진국가", "우리 제국의 지도하에서 조직되어야 하는 동아협동체는 단순한 일, 만, 지 삼국의 경제적 블록 결성을 의미하는 것도 아니고, 우리 제국에 의한 전동아의 식민지적 재편성을 의미하는 것도 아니다.", "동아 각 민족의 공존공영만을 절대적인 기조로 하는 도의적 정신에 입각한 것이다."[8] 등등의 언사를 늘어놓고 있다. 그는 그 당시 일본 내지의 동아협동체론의 침략성을 애써 외면하였거나 순진하게 믿었거나 둘 중의 한 가지일 터이다. 특히 후자의 경우라면 안타까운 일이 아닐 수 없다. 왜냐하면 이준식의 지적처럼 동아협동체론 내에서 식민지인 조선은 전혀 끼어들 여지가 없었기 때문이다.[9]

창간호에는 총독 미나미 외에도 총독부와 관변조직의 인사들의 축

---

6 『동양지광』, 1939.1, 4쪽.

7 이준식, 「강점기 국제 정세의 변화와 전쟁 인식—중일전쟁기 내선일체론자들을 중심으로」, 방기중 편, 『일제하 지식인의 파시즘체제 인식과 대응』, 혜안, 2005, 105쪽.

8 『동양지광』, 1939.4, 2쪽.

9 이준식, 앞의 글, 124~125쪽.

사가 수록되어 있다. 이 중에서도 눈의 띄는 것은 국민정신총동원조
선연맹 간사 현영섭의 축사가 수록되어 있다는 점이다.

> 조선이 일본국민인 한에 있어서, 역사적 갱생을 도모하고 있습니다만,
> 사변에 즈음하여 보이는 그 정열, 더욱이 그것을 지속강화하고, 또 우리
> 들의 나아갈 방향에 있어, 의식적으로 명확히 인식하는 일이 중요합니다
> 만, 이 지도 원리의 구명 확립에 대해서도,「동양지광」은 적지 않게 기여
> 공헌할 것으로 확신합니다.10

1938년 1월『조선민족의 나아갈 길』이라는 저서를 통해 내선일체
의 중요성을 강조한 바 있던 현영섭은 이처럼『동양지광』이 내선일체
운동의 중요한 거점이 될 것을 기대하고 있다. 창간호에 축사를 실은
인사들이 대부분 총독부 관료들이라는 점을 고려할 때, 비관료 출신
의 조선인 현영섭의 위상을 실감할 수 있다. 주지하다시피 현영섭은
황도문화의 조선 전파에 앞장서 온 녹기연맹에서 활동한 대표적인 조
선인이었던 것이다. 1938년 1월 녹기연맹에 가입한 후 그는 같은 해 7
월 국민정신총동원조선연맹으로 옮겨갈 때까지 녹기연맹원의 이름을
걸고 강연과 집필을 통해 정력적으로 내선일체운동을 벌였다.11 이후
에도 그는『녹기』와 새로 창간된『동양지광』등의 매체를 통해 지속
적인 활동을 펼쳤다. 창간 축사에 이어 그는 1939년 7월호에「사변의
인류사적 의의와 내선일체의 동아협동체 완성에의 기여-사변 제2주

10『동양지광』, 1939.1, 49쪽.

11 정혜경·이승엽,「일제하 녹기연맹의 활동」,『한국근대현대사연구』10집, 한국근현대
    사학회, 1999.6, 350~352쪽.

년을 맞이하여 생각한 것」이라는 글을 통해서 동양의 평화를 위해 백
인을 몰아내자는 식의, 여느 일본인 일본주의자 못지않은 논리를 펼
치고 있다.

이처럼 『동양지광』은 그 당시 내선일체 담론의 주무대로 기능하고
있었다. 『동양지광』을 무대로 "동양신질서", "동아협동체" 담론에 기
반을 둔 각종 논의가 왕성하게 펼쳐졌고, '황도사상'에 기반을 둔 내선
일체, 전쟁 협력의 담론이 쏟아져 나왔다. 특히 이 잡지는 다른 한편
으로 이런 운동의 중심 인자가 될 소지가 있는 조선 내의 전향자들의
교화에도 관심을 기울였다. 미우라 이치로(三浦一郎)는 「반도의 사상
전향자에게 준다—한 일본주의자의 입장에서」라는 글을 통해서 "내지
의 전향자에게는 갈 곳이 정해져 있지만, 반도의 전향자에게는 그 방
향이 정해져 있지 않다."[12]고 말함으로써 조선의 전향지식인이 처한
상황을 진단하고, 일본주의의 참 뜻을 정확히 이해해줄 것을 다음과
같이 요구하고 있다.

일본주의는 단순한 국가주의, 민족주의는 아니다. 파쇼도 나치스도 아
니다. 또 공산주의, 사회주의에 반대한다고 해서 결코 자본주의도 아니
다. 이것은 내가 멋대로 말하는 것이 아니다. 일본의 역사가 증명하고 있
다. 반도의 전향자들이 색안경을 끼고 일본주의운동을 보고 있는 것은,
아직 일본의 역사를 알지 못하기 때문이다. 또 일면에는, 오늘의 이와 같
은 일본이 진실한 일본이라고 믿고 있기 때문이다. 오늘의 일본은 구미
의 자유주의에 의해 분식된 변태적인 위장 일본이지, 진실한 일본은 아

---

12 『동양지광』, 1939.3, 23쪽.

니다.[13]

미우라가 위의 인용문에서 말하고 있는 것은 일본주의가 구미에서 기원한 각종 이데올로기와는 차별성을 지닌 독특한 정신이라는 점이다. 일본주의는 특정한 집단의 이기적 목적을 관철하기 위한 이데올로기가 아니라 팔굉일우와 같은 사랑의 정신이라는 점을 은연중에 강조함으로써, 조선의 지식인에게 사상의 포기로서의 전향이 아니라 새로운 사상의 획득, 즉 진정한 의미에서의 전향을 이루도록 설득하고 있다. 이 과정에서 일본의 역사를 강조함으로써 당대의 일본이 가진 부정성이 구미의 각종 사상에 의해 오염된 결과라는 점을 강조하고 있다.

일본인 미우라에 이어 박희도 역시 조선의 전향자들의 진정한 전향을 요구하는 글을 발표한 바 있다. 「전향자의 새로운 진로」라는 글을 통해 그는 "사상인의 전향이라는 말도 이미 낡은 말이 되어, 평범한 울림밖에 주지 않는다"고 전제하면서 조선 지식인이 전향에 대해 소극적이라는 점을 비판하고, 한때 민족주의자나 사회주의자로서 지도적 위치에 있었던 이들이 여전히 사회적 지위를 유지하고 일반 민중에게 인간적 신뢰를 얻고 있다는 점을 강조하고 있다. 그리고 이들 지식인이 "확신과 정열을 가지고, 새로운 일본정신 하에서 민중운동의 선두에 서서 지도하지 않으면 안 된다"고 호소하고 있다.[14]

이처럼 『동양지광』은 총독부뿐만 아니라 녹기연맹과의 내적 교감 하에서 민간 조선인에 의해 이루어졌다는 점에서, 단순한 어용단체라

---

13 『동양지광』, 1939.3, 24쪽.
14 『동양지광』, 1939.6, 2~3쪽.

고 하기보다는 녹기연맹처럼 자발적인 내선일체 운동의 단체였다고
할 수 있다.15 또 그만큼 자부심도 대단했을 것으로 생각된다.

2) 국민적 자각의 행동화

어떤 계기로 김용제가 이와 같은 내선일체주의자들의 집합소 같은
『동양지광』에 참여하게 되었는지 그 저간의 사정에 대해서는 정확하
게 밝혀진 바가 없다. 앞에서 언급했던 것처럼 그의 전향 과정에는 보
호관찰에 따른 예비구금의 위협이라는 요소가 크게 작용했던 것은 분
명해 보인다. 또 한 가지 생각해볼 점은 귀국 후 국내 문단에서 그가
가진 위상의 협소성이다. 그는 10여 년간 일본 문단에서 프롤레타리
아 이데올로기에 따른 문학 활동을 해왔기 때문에, 이전과는 확연히
달라진 조선 문단에서 변변한 동료 하나 없었다. 따라서 그로서는 국
내 문단에서 만족스런 위상을 가질 수 없었던 것이다. 이런 점들이 작
용하여 그가 새로운 상황에 적극 개입하지 않았던가 생각된다. 또 이
과정에서 녹기연맹의 현영섭으로부터 적지 않은 시사를 받았을 것으
로 짐작된다. 이런 상태에서 김용제가 이전까지 전혀 알지 못했던 박
희도의 『동양지광』에 몸담을 수 있었던 것은 총독부, 특히 경성보호
관찰소 소장 나가사키 유조(長崎祐三)의 주선이 크게 작용하였던 것으
로 보인다. 김용제가 첫 시집 『아세아시집』의 후기에서 그에 대한 감
사의 마음을 표현하고 있음을 볼 때16, 그에 대한 보호관찰소의 영향

15 Uchida Jun 저, 현순조 역, 「총력전 시기 재조선 일본인의 "내선일체"정책에 대한 협력」,
『아세아연구』 131호, 고려대 아세아문제연구소, 2008.3, 29쪽.
16 『아세아시집』, 대동출판사, 1942, 267쪽(이하 "『아세아시집』, 쪽수"로 약칭함.).

력은 적지 않았다고 할 수 있다.

권순긍은 김용제의 전향이 1938년 이시하라 간지(石原莞爾) 주도의 동아연맹에 대한 공감에서부터 시작되었으며, 김용제가 이 당시 조선동아연맹의 간사로 활동하고 있었다고 서술하고 있다.[17] 이는 김용제의 회고에 바탕을 둔 것으로 보이는데, 조선동아연맹의 실체가 뚜렷하게 드러나지 않은 상태에서는 이런 언급을 일단 수용할 수밖에 없을 듯하다. 이를 일단 수긍한다면, 이후 김용제가 『동양지광』 창간 당시 편집부에서 활동을 시작했던 것으로 보인다. 초기부터 그는 그 전의 그와는 180도 달라져 철저한 내선일체주의자의 모습을 보여준다. 『동양지광』 1939년 4월호에 게재한 「민족적 감정의 내적 청산으로-내선일체의 인간적 결합을 위하여」는 그런 면모를 가장 뚜렷하게 보여주는 글이다. 내선일체를 위해 가장 절실한 것이 "동포로서의 인간적 결합"이라고 본 그는 "지난날의 죄"를 고백하고 "새롭고 높은 단계로 비약"해야 한다고 주장하고 있다. 그가 말하는 죄란 과연 무엇일까.

어떤 사람들은 일본국민으로서의 의무·권리를 돌보지 않고, 스스로 고향을 잃은 불행한 방랑아처럼, 같은 하나의 국가 안에서 「식민지적으로」 비뚤어진 사상·감정에 사로잡혀 방황했던, 어리석은 죄를 솔직히 인정하지 않으면 안된다. 나는 그 책임의 대부분이, 우리 조선 사람의 무궤도적인 맹동에 있었다는 것을 통절히 자기비판하고 있다.[18]

---

17 권순긍, 앞의 글, 461~463쪽.
18 『동양지광』, 1939.4, 32쪽.

과연 이 글이 과거 프롤레타리아 문학자로서 활동했고 수차에 걸친 감옥살이에서도 끝끝내 전향하기를 거부했던 김용제의 것인가 의아할 정도이다. 이 글은 진정한 의미에서 전향을 끝낸 자의 고백으로 점철되어 있다. 특히 그가 과거 "식민지적으로 비뚤어"져 있었다고 고백한 대목은 이후 그가 걸어 나갈 길이 과연 어떠한 것이겠는가를 굳이 파헤치지 않아도 될 정도로 그의 변신은 노골적이다. 인용문 이후의 대목에서 그는 민족적 감정을 청산하는 것만이 내선일체에 이르는 진정한 길임을 앞에서 살펴본 일본주의자들처럼 역설하고 있다.

이처럼 국민으로서의 일체감을 강조하고 있기는 하지만 그가 전적으로 민족의 완전한 해체를 부정한 것은 아니다. 그는 전통이나 관습과 같이 오랜 기간 유지되어 온 것에 대해서 과연 어떻게 처리할 것인가에 대해서는 그것을 "일종의 「지방색」"으로 규정하고, "일본 전체의 행복과 이익의 질서에 반하지 않는 한, 그것은 좋은 의미에서의 자연 발달이 바람직하다."[19]고 말하고 있다. 이는 일제 강점 말기 내선일체 문제가 거론될 때마다 자주 운위된 소위 '로컬 컬러'의 옹호 논리로, 그의 이와 같은 논리는 당시 민족적인 것의 전면적인 폐지를 주창한 현영섭과 민족적인 것의 유지를 주창한 윤치호의 중간적 위치에 놓인 논리라고 할 것이다.[20]

김용제는 이후 가속도를 내어 1939년 중반 내선일체문화운동에 관한 글을 몇 편 발표하게 된다. 「조선문화운동의 당면의 임무-그

---

19 『동양지광』, 1939.4, 31쪽.

20 당시 조선 내 내선일체를 둘러싼 담론 지형도에 대해서는 박성진, 「일제말기 녹기연맹의 내선일체론」, 『한국근대현대사연구』 10집, 한국근현대사학회, 1999.6, 383~387쪽 참고.

이론·구성·실천에 관한 각서(이하 "조선문화운동"으로 약칭)」(『동양지
광』, 1939.6), 「싸우는 문화이념-사변 이주년을 맞이하는 감상」(『녹
기』, 1939.7) 등이 그것이다. 이들 글은 모두 비슷한 시기에 씌어진
글로서 문화인의 시국 참여를 호소하는 논리를 펼치고 있는데, 「조
선문화운동」이 보다 구체적인 면을 보인다. 「조선문화운동」은 세부
적으로 5개의 소목차로 구성되어 있는데, 그 목차와 요지를 밝히면
아래와 같다.

> (一). 문화활동의 중요성: 정치와 문화의 관계를 밝히고, 문화의 국가
> 적 자각의 필요성 강조.
>
> (二). 문화통제의 진의: 국가적 통제가 강제라는 오해를 불식시키고,
> 국가적 이념을 자각한 문화인의 손으로 자발적으로 이루어져야
> 할 필요성 강조.
>
> (三). 언론기관에의 요망: 언론사와 잡지사 편집자들을 향해 문장보국
> 에 의한 국민문화의 건설, 국민교화의 실천의 필요성 강조.
>
> (四). 문화분야의 새로운 진용: 내선일체에 앞장서고 있는 조선 문화인
> 의 소개.(문단, 논단, 극단, 화단, 영화계, 음악계 총 6개 분야, 특
> 히 문단에 김용제, 논단에 현영섭, 김한경(金漢卿), 인정식(印貞
> 植), 유억겸(兪億兼), 이홍근(李弘根) 등 『동양지광』 필자들이
> 다수 포함됨.)
>
> (五). 문화간화회의 제안: 문화운동에 관한 문화인들 간의 의견교류의
> 장에 대한 필요성 제기.

1939년 7월호에는 편집부에 있던 김용제가 "전직"한다는 사고가 실린다.[21] "전직"이라는 표현은 상식적으로 직장을 옮긴다는 것을 의미하는바, 그가 동양지광사에서 퇴사한 것처럼 보이기도 한다. 그러나 9월호에 다시 김용제가 사업부장의 위치에 서게 되었다는 사고가 실려서 다소 혼란스러운 느낌을 준다. 전후 사정을 명확하게 파악할 수는 없지만, 김용제가 동양지광사를 두어 달 정도 잠시 떠나 있다가 다시 들어온 게 아닌가 추측된다.(재입사 시기는 8월 20일).[22] 그가 그 자리에서 구체적으로 어떤 역할을 수행하였는지는 확인할 길이 없다. 다만 『동양지광』의 세력망 확장을 위해서 노력하였을 것으로 짐작되는데, 그 중에서도 특기할 만한 것은 그가 동양지광사의 활동 영역을 잡지 발간뿐만 아니라 연극운동으로 확장하였다는 점이다.

이미 일본에서 각종 연극단체 활동 경험이 있었던 그로서는 연극운동이 전혀 새로운 것은 아니었을 것이다. 1939년 10월호 광고란에는 협동예술좌 광고가 게재되어 있다.[23] 협동예술좌는 동양지광사의 전속극단으로서, 이 광고에 따르면 이 단체는 "반도신극계의 최고의 문화수준과 연극기술을 가진 양심적인 국민예술가의 집합"으로 여기에는 "극연좌"[24], "중앙무대"가 포함되어 있다. 이 광고의 마지막에 이 공연의 기획자들이 열거되어 있는데, 동양지광사 사장 박희도, 동 사업부 김용제, 협동예술좌 대표 안기석, 동 기획부 이백산의 순으로 되어 있다. 박희도가 명목상 앞자리를 차지했다고 볼 때, 이 단체를 조

21 「근고」, 『동양지광』, 1939.7, 85쪽.

22 『동양지광』, 1939.9, 71쪽.

23 『동양지광』, 1939.10, 60~61쪽.

24 김용제에 의하면 극연좌는 기존의 극예술연구회의 후신이다. 『동양지광』, 1939.11, 98쪽 참고.

직한 핵심인물이 김용제임을 알 수 있다. 그는 이 광고가 나간 다음호에 「극장순례기(1)-협동예술좌순회공연보고서」를 발표하고 있어, 그가 이 연극단체에 가졌던 기대감을 확인할 수 있다.[25]

3. 동양평화 이데올로기와 전쟁시

위에서 살펴본 것처럼 김용제는 전향 이듬해인 1939년 동양지광사를 중심으로 내선일체문화운동을 본격적으로 전개하였다. 그 활동은 시국적 평론과 연극 활동을 한 축으로 하고, 시 창작을 다른 한 축으로 한다. 여기서는 이전과는 전혀 다른 방향으로 전개된 이 시기의 시 창작 활동에 대해서 살펴보기로 한다.

그는 귀국 후 몇 편의 한글시를 발표한 적이 있지만 주 활동 영역은 평론이었다. 그러나 내선일체운동 시기에 들어서면 평론 활동 못지않게 시 창작 활동도 활발하게 전개되는데, 이런 현상은 그가 시 창작을 내선일체문화운동의 일환으로 생각했던 탓으로 보인다. 1939년 3월호 『동양지광』에 발표된 「전쟁문학의 전망」은 그가 앞으로 펼칠 문학

---

25 이 글의 필자는 "知村生"으로 되어 있어 기존 김용제에 관한 서지목록에는 누락되어 있다. 그러나 "知村"이 김용제의 호라는 점, 협동예술좌의 기획자가 그라는 점, 그리고 일반적으로 잡지사 내부 인력에 의한 글쓰기의 관행 등을 고려할 때 이 글의 필자가 김용제임은 명확해 보인다. 이 글 외에도 "知村生" 명의로 되어 있는 글이 두 편 더 있다. 「사회·문화시평」(『동양지광』, 1939.6), 「청년의 벗에게-내 정열의 말」, (『동양지광』, 1939.9).

활동의 방향성을 짐작하게 하는 글이다. 이 글은 중일전쟁 이후 일본
문단에서 등장한 각종 전쟁 관련 작품들을 분석한 비평문이다. 그는
"전쟁문학-그것은 문화문제의 현단계에 있어서는, 최대의 문학적인
긴급과제로, 문학자의 통절한 관심사"이며, 그 "작품의 효과가 전시중
의 전 국민에게, 얼마만큼 정신적 영향을 미치는가 하는 사실에서, 전
쟁문학의 현실적 역할의 중요성이 발휘된다."고 말하고 있다. 그리고
전쟁문학이 국민을 상대로 효과를 거두기 위해서는 "문학으로서의 예
술가치"가 우수한 것이 요구된다는 점을 덧붙임으로써 그가 추구하는
문학의 성격을 어느 정도 제시한 것이라고 할 수 있다.[26]

　김용제는 일찍부터 시를 써온 경력이 있기 때문에 이와 같은 전쟁
문학에 대한 신념을 시를 통해 표출하기 시작한다. 1939년 이후 『동
양지광』과 『녹기』를 통해서 발표된 일련의 시들은 1942년 12월 발간
된 『아세아시집』[27]으로 묶이게 된다. 이 시집에는 연도별로 구분된
시들이 총 55편 수록되어 있는데, 이들 시는 1939~1942년 사이에 창
작, 발표된 것들이다. 연도별로 구분해 보면 1939년 19편, 1940년 5
편, 1941년 6편, 1942년 25편으로 1939년과 1942년에 대부분의 시가
발표된 것을 알 수 있다.[28] 1939년은 조선에서 내선일체운동이 본격

---

26 『동양지광』, 1939.3, 70~71쪽.

27 이 시집은 제1회 국어문예총독상 수상작으로 1942년 12월호 『동양지광』에는 다음과
　　같은 광고가 수록되어 있다. "(…) 본서는 조선에 있어서 국민문학의 창생기부터 오늘
　　까지의 만 4년간을 한결같이 정진해온 저자가 세상에 묻는 야심의 작품집으로, 조선에
　　있어서는 최초로 출판되는 국어 원작의 국민시집이다. 이상과 현실 문제의 서정성을
　　자유롭게 표현하는 작풍으로 일관하여 온 저자가 더욱더 그 시혼이 안주의 경지에 이
　　르렀다는 것을 이야기하고 있다."

28 시집 수록 연도와 실제 발표 연도가 일치하지 않는 경우도 있다. 「전쟁철학」은 최초
　　『동양지광』 1939년 10월호에 발표되었으나, 시집에는 "소화십오년집"에 수록되어 있다.

화된 시기이고 1942년은 태평양전쟁 직후라는 점을 고려하면 그의 시 창작 활동이 이와 같은 시국의 전개에 맞춰 완급을 조절하며 진행되었음을 알 수 있다.

「아세아시집」29을 보면 이 시집에 수록된 시들이 초기부터 일관된 구성 의도를 가지고 발표된 것으로 보인다. 그러나 최초 발표 지면을 검토해 보면 애초부터 김용제가 이런 의도를 가졌던 것은 아니라는 사실을 알 수 있다. 그가 처음 발표한 시는 「아세아의 시」(『동양지광』, 1939.3)이다. 그 후 「내선일체의 가」(『동양지광』, 1939.4), 「양자강」(『동양지광』, 1939.5)이 발표된다. 그리고 세 달 후인 1938년 8월에는 "아세아시집(一)"이라는 제목 하에 「서시」, 「종달새」, 「청춘」, 「소녀의 탄식」30, 「식사 사냥」31, 「개가」 6편이 수록된다. 이러한 체제의 시 발표는 태평양전쟁 발발 직전까지 이어지다가 이후에는 중단된다.

시집의 첫 작품으로 수록된 「서시」는 김용제가 "아세아시집" 연작을 시작하면서 갖고 있었던 마음가짐을 추정할 수 있는 시이다. 이 시에 의하면, 그는 이미 『대륙시집』이라는 제목의 시집을 발간하고자 하였지만 그 시집이 햇빛을 보지 못하고 동경에서 죽어버렸다고 말하고 있다. 이 시집은 이를 통해 그가 초기 프롤레타리아문학 활동 시절의 작품들을 모은 것으로 추정되는 작품집의 발간을 동경에서 시도했

---

29 『아세아시집』에 수록된 일부 시가 『친일문학작품선집2』(김규동·김병걸 편역, 실천문학사, 1986)에 수록되어 있다. 편집상의 실수인지는 모르나, 원시와 비교해보면, 원시의 내용이 뒤죽박죽으로 수록되어 있다. 이런 오류가 그동안 아무 지적을 받지 않았다는 사실은 김용제에 대한 세간의 무관심의 정도를 반영하는 것이라고 생각된다. 이 글에서 언급하는 시들은 졸역임을 밝혀둔다.

30 시 제목은 원제를 그대로 노출하기보다 번역하는 쪽을 택하였다.

31 이 작품 외 「농성」(『동양지광』, 1939.7), 「이 어르신네」(『동양지광』, 1941.12)가 제외되었다. 이와는 달리 「꽃이라 제하여」는 시집에 최초로 수록된 작품이다.

음을 알 수 있다.32 그리고 이어지는 대목에서 그는 다음과 같이 말하고 있다.

> 나는 십여년의 문학생활의
> 모든 공죄를 아낌없이
> 그 낡은 시대의 운명과 함께
> 저 아라카와의 물결에 흘려보냈다
> 나는 더 이상
> 그 아이의 나이를 세지 않는다.
>
> 「서시」 부분33

이 대목에서 그는 과거 프롤레타리아 문학 활동에 대해서 더 이상 연연하지 않겠다는 태도를 명확히 보여준다. 너무나도 단호한 어조로 펼쳐놓는 전향의 고백은 그가 얼마나 뚜렷한 방향성을 이 당시 획득하고 있었는가를 보여준다. 그는 그가 앞으로 쓸 시의 목적을 아래와 같이 밝히고 있다.

> 이 작은 마음의 화환을
> 나는 삼가 깊이
> 호국의 영령에게 바친다!

---

32 오오무라는 이 시집이 전편 프롤레타리아 시들로 구성되어 있으며, 나카노 시게하루(中野重治)의 서문까지 받아놓았지만, 끝내 인쇄되지 못했다고 언급한 바 있다. 大村益夫, 『愛する大陸よ』, 大和書房, 1992, 123쪽.
33 『아세아시집』, 대동출판사, 1942, 3~4쪽.(이하 "『아세아시집』, 쪽수"로 약칭함.)

이 새로운 대륙의 노래를
성전의 용사에게 위문문으로 보내고
총후의 애국심에 호소한다!

「서시」 부분34

이처럼 그의 시는 전장에서 싸우는 병사에게 보내는 위문문, 싸우다
가 죽은 병사에게 바치는 화환, 그리고 '총후 국민'에게 보내는 호소문
이 될 것임을 밝혀두고 있다.

이 당시 김용제 시의 외형적 특징은 대체로 장형을 보여준다는 점
이다. 이는 시의 내용적 특징과 무관하지 않다고 할 것이다. 이 당시
시는 전쟁과 관련된 서사적인 내용이 주를 이루기 때문이다. 시적 화
자는 대체로 전장에서 싸우고 있는 병사이거나 '동양 평화'와 '동아 신
질서'를 주창하는 이데올로그로 설정되어 있다. 따라서 시적 화자의
발화 대상에 따라서 그의 시를 몇 가지로 구분할 수 있다. 다만 우리
가 유의할 점은 이들 시에서 조선 민중보다 중국 민중이 수신자로 설
정되는 경우가 더 많다는 것이다. 이는 그의 시들이 중일전쟁과 관련
된 것이라는 점을 고려할 때 오히려 당연한 것으로 볼 수 있다. 이런
점들을 고려하여 여기서는 1939~1940년, 즉 조선 문화인의 전쟁 참
여 움직임이 본격화된 시기에 발표된 시들을 중심으로 그의 시 세계
를 살펴보기로 한다.35

---

34 『아세아시집』, 4~5쪽.
35 『아세아시집』에 수록된 1941~1942년의 시들은 이전 시들과는 달리 전쟁 참여 색채가
   그다지 짙지 않다는 점, 그리고 『서사시 어동정』과 『보도시첩』의 시들이 일본주의에
   깊게 침윤되어 시로서의 색채가 옅다는 점에서 1939~1940년의 시와는 일정한 차별성
   을 지닌다고 생각된다.

1) 황군의 영웅화와 전장의 서정

　중일전쟁 당시 조선인은 지원병으로 일부 참전하였을 뿐, 중국전선에 투입된 대부분의 부대는 일본인으로 구성되어 있었다. 당시로서 중일전쟁은 아직까지 조선 문인들의 피부에 와 닿을 만큼 직접적인 문제는 아니었다. 그러다가 1938년 지원병 제도가 실시되어 제한적이기는 하지만 조선인의 전쟁 참여가 이뤄지고, 이후 조선 지식인들의 전쟁 동원 태세가 강화되었다. 1939년 들어 이런 분위기는 더 해져서 4월에는 드디어 조선 문인들과 출판업자들의 공동 결의로 수행된 황군위문 문사사절단을 파견하기에 이르렀다. 김동인, 박영희, 임학수가 문단 대표로 파견되었고, 시집 형태로는 최초로 임학수가 중일전쟁 현장의 모습을 스케치하기도 하였다.(『전선시집』, 1939.10) 또한 조선 문단에는 일본 문단에 불어 닥친 전쟁문학의 문제가 초미의 관심사가 되기도 하였다. 특히 히노 아시헤이(火野葦平)의 『보리와 병정』과 같은 보고문학은 일본과 식민지 조선에서 비상한 관심을 얻기도 하였다. 이런 상황에서 김용제 역시 전쟁문학에 대한 관심을 표명하고, 이를 실제 시 창작으로 보여주게 되었다.

　전투의 현장을 병사로서 직접 체험할 수도 없었고, 임학수처럼 위문의 목적으로 지켜볼 기회도 가질 수 없었던 그에게 있어 전쟁시의 문제는 실제 체험의 영역일 수 없었다. 다만 신념을 상상으로 펼쳐 보이는 길만이 남아 있었던 것인데, 그 과정에 매개체가 되었던 것은 오오무라의 지적처럼, 전황을 보도하는 라디오나 뉴스영화, 신문 기사 등등이었을 것이다.[36]

　그가 시를 통해서 가장 주력한 것은 전투를 수행하고 있는 병사의

용맹성을 찬양하고, 그들이 처한 인간적 고독과 향수를 위로하는 것
이었다. 이런 종류의 시들이 이 시기에 씌어진 시들의 다수를 차지하
고 있다는 사실이 이를 뒷받침하고 있다.

> 저 성북의 육첩방에서
> 떡을 구워먹을 숯도 없는 추운 밤을
> 이야기로 밝히던 설날의 추억이여
> 그래도 젊은 정열은 타올라
> 그대는 그림을 사랑하고
> 나는 시를 사랑하고
> 두 사람의 마음은 즐겁고 또 풍요로워라.
>
> 그것도 지금은 젊은 날의 추억이다
> 그대는 중국에서 싸우고 있는 몸
> 나는 고향에서 병약한 몸
> 뉴스영화의 스크린에
> 명멸하는 병사 중에서
> 그대의 얼굴을 초조하게 찾는
> 헛된 그리움이여

「전장의 벗에게」 부분37

---

36 大村益夫, 앞의 책, 125쪽.
37 『아세아시집』, 22~23쪽.

「전장의 벗에게」는 전쟁에 참전한 벗에게 보내는 위문편지 형식으로 되어 있다. 위 시는 가상의 설정이라고 하기에는 상당히 구체적인 면모를 보인다. 편지의 발신자를 시인으로 설정한 것, 그리고 수신자를 화가로 설정한 것 등이 김용제의 신변적 사실과 관계가 있어 보이기 때문이다. 그가 동경에서 활동하던 당시에 일본인 화가 친구가 있었다는 사실은 동경 시절을 회고하는 수필을 보아도 알 수 있는 것이다. 열악한 상황에서 예술에 전념하던 우정을 추억하면서 현재 전쟁에 참여하고 있는 일본인 친구를 뉴스영화의 스크린 속에서 찾고 있는 시적 화자의 심정을 이 시는 통상의 전쟁시와는 사뭇 다른 나직하면서도 절실한 어조로 노래하고 있다. 당대 동경 유학 경험이 있는 문인이라면 대개 친밀한 관계를 유지했던 일본인 친구가 한 명쯤은 있기 마련이고, 중일전쟁에 징병된 경우도 적지 않았을 것이다. 『전선시집』의 시인 임학수 역시 위문 과정에서 경성제대 동창인 일본인 친구를 재회하기도 했고, 이 친구의 안위를 걱정하는 내용의 수필을 발표하기도 하였다.[38]

「약혼녀에게」는 전장의 병사가 약혼자에게 보내는 편지 형식을 취하고 있다. 시적 화자인 병사는 화가 출신으로 설정되어 있어 「전장의 벗에게」에서 수신자로 설정된 인물과 동일인이라고 추측된다. 아마도 김용제의 일본인 화가를 모델로 한 시가 아닌가 생각된다. "M子"로 칭해진 약혼자에게 편지를 받아든 주인공의 기쁨, 전장의 풍경과 감회에 대한 묘사가 이어진다. 편지와 함께 동봉된 잡지가 사라졌다는 사실을 말하면서 전장에서 병사들이 얼마나 독서에 기갈이 들려 있는

---

38 임학수, 「출정한 우인」, 『인문평론』, 1940.7.

지 전장의 분위기를 실감나게 전하고 있다. 그런데 아무래도 이 시에서 가장 핵심적인 전언이 담긴 곳은 아래의 부분이라고 할 것이다.

> 당신은 국방부인회에서
> 씩씩하게도 일하고 있다고
> 그런 까닭에 우리들도
> 마음 든든하게 싸울 수 있는 것이다
> 총후의 일에 진력하고 있다고
> 그것은 꽃보다도 아름다운 마음이다
>
> 「약혼녀에게」 부분39

여기서는 병사가 오히려 총후의 국민을 찬양하고 있다. 총후 국민의 일원인 약혼녀가 국방부인회에서 열심히 일하고 있음을 자랑스럽게 생각하면서 거기서 힘을 얻어 자신도 열심히 싸우겠다고 다짐하고 있다. 이는 전선과 총후의 일치단결을 강조하려는 의도를 보여준 것이라 하겠다. 이와 비슷한 맥락에서 살펴볼 수 있는 작품이 「어머니께」이다. 이 시는 전장의 병사가 총후의 어머니께 보내는 편지 형식의 시로서, 「약혼녀에게」와 비슷한 구조를 취하고 있다. 그러나 「어머니께」는 「약혼녀에게」와는 달리 '총후 국민'으로서의 의무를 충실히 해달라는 전언은 나오지 않는다. 오히려 이 시는 전장에 떠나보낸 자식에 대한 걱정을 불식시키려는 아들의 마음, 전장에서 마주친 중국 민중의 무지에 대한 안타까움, 그리고 전쟁에서 승리하고 개선하겠다는 의지

---

39 『아세아시집』, 104~105쪽.

등이 드러나고 있다.

그의 시들은 대체로 치열한 전투 현장의 상황을 묘사하거나 황군의 영웅적 면모, 전장의 우정 등을 묘사하는 데 주력하고 있다. 「전차」, 「꽃이라 제하여」, 「청춘」, 「폭격」, 「개가」, 「보초의 밤」, 「하찮다고는 생각지 않아」 등이 이 범주에 포함될 수 있다. 이 시들은 일본군의 사기를 북돋우려는 목적에서 씌어진 것이어서 「전장의 벗에게」에서 느낄 수 있는 서정성은 잘 드러나지 않고, 전장의 모습에 대한 건조한 묘사와 이데올로기적인 미화로 일관하고 있다. 전투의 급박한 현장을 벗어날 때 김용제의 시선은 한층 서정적으로 변한다.

> 전투를 마치고 쉴 때
> 지지배배! 하고 들리는 종달새의 노래여!
> 네 소리를 들으면 대부분 기뻐서 운다!
>
> 식후의 잡담이 뚝 그치고
> 네 소리에 귀를 기울인다
> 피우던 담뱃불에
> 손가락이 눋는 것도 잊고
> 네 노래를 넋을 잃고 듣는다
>
> 활짝 갠 하늘의 푸름보다도
> 더욱 명랑한 구슬을 굴린다
> 그 자연의 아름다운 음률에
> 포성에 먹먹해진 귀를 씻고

가슴이 후련해진단다.

종달새 소리를 들으니
고향이 문득 떠오른다
파릇파릇한 고향의 보리밭에는
부모와 아내가
총후의 괭이를 힘차게 후리고
시골의 귀여운 소녀들은
유채꽃 속의 나비를 쫓겠지
그 위에도 종달새는 울겠지
고향의 종달새를 생각하면 더욱 그립구나.

「종달새」 부분40

이 시는 병사로 설정된 시적 화자가 전투의 격렬한 상황을 잠시 벗어나 휴식할 때 바라본 "종달새"의 모습을 소재로 한 것이다. 이 시에서 "종달새"는 병사의 향수를 자극하는 매개체가 된다. 거듭되는 전투로 고단해진 마음을 맑고 밝게 해주는 "종달새" 소리에 넋을 잃고 있는 병사의 모습은 여느 전투 현장에서라도 봄직한 것이다. 그는 "종달새"를 매개로 보리밭과 부모와 소녀들과 같은 고향의 모든 것에 대한 지극한 그리움을 느끼게 된다. 물론 "총후의 괭이"라는 표현은 이 시가 가진 서정성에 시국적 색채를 가미하기 위한 수식구라고 볼 수 있을 것이지만, 이 부분만 제외하면 이 시는 전장의 병사가 일반적으로

---

40 『아세아시집』, 36~38쪽.

느끼게 마련인 정서를 담고 있는 작품이라고 할 것이다. 이 시는 병사가 느끼는 그리움을 표면적으로 그리고 있으나 그 밑에는 전쟁에 참여하고 있는 병사의 노고에 대해 '총후 국민'이 감사의 마음을 가져야 한다는 시인의 은근한 요구가 깔려 있음은 물론이다.

김용제는 이처럼 자연 사물을 통해 전장의 병사가 겪는 심리적 고통을 드러내는 시를 몇 편 쓴 바 있다. 「제비」, 「반딧불이」, 「말」 등이 그것인데, 특히 군마를 소재로 한 「말」에서 말은 전장의 고통과 슬픔을 함께 하는 "말 없는 전우"로서 그리고 있다.[41]

어느 전쟁에서나 인명의 희생은 있기 마련이다. 전장에서 치열하게 싸우고 있는 병사의 노고를 위로하는 것이 '총후 국민'이 해야 할 한 가지 일이라면, 전쟁에서 부상당하거나 전사한 병사를 애도하는 것은 또 한 가지 일일 것이다. 「슬픔을 넘어서」는 조선 문인이 쓴 이런 종류의 시로서는 유일한 것이 아닌가 생각한다.

경성역 플랫폼은 사람의 물결
늙은이도 젊은이도
남자도 여자도
내지인도 조선인도
무수한 일장기가 줄을 이루어
붉은 은하처럼 조용하게 물결치고 있다

---

41 「말」은 김용제가 「전쟁문학의 전망」(『동양지광』, 1939.3)에서 소개한 바 있는 하야시 후미코(林芙美子)의 시와 유사한 면모를 보이는 것으로 보아, 그녀의 작품에서 힌트를 얻은 것으로 보인다.

북방에서 온 군용열차가
명예와 슬픔을 싣고……
무언의 영령과
백의의 부상병이 돌아온다

기차도 또한
엄숙한 조의에 소리가 잠겨
피스톤도 기계 소리도 내지 않고
사람들은 삼가 입을 다물고
슬픔을 넘어서
미끄러져 들어오는 기차에
감사의 눈빛을 일제히 향한다

「슬픔을 넘어서」 부분42

　위에서 인용한 부분은 일본군 부상병과 전사자를 실은 군용열차가
경의선을 타고 경성역에 도착하는 장면을 포착한 것이다. 마치 영화
의 한 장면을 보는 듯한 느낌을 준다. 이 장면이 다소 낯설어 보이는
이유는 단 한 가지라고 할 수 있다. 그 당시 만들어진 국책영화들이
대체로 출정 병사를 들뜬 분위기 속에서 역에서 환송하는 장면을 그
리고 있었기 때문이다. 이 시가 최초 발표된 1939년 11월이라는 시점
은 조선인의 전쟁 참여가 독려되고 있던 때이기 때문에 그 과정에 부
정적인 영향을 미칠 만한 것들은 쉽게 표현될 수 없었다. 따라서 김용

---

42 『아세아시집』, 134~135쪽.

제가 어쩌면 부정적으로 비칠 수도 있는 이와 같은 시를 썼다는 것은 아이러니한 느낌까지 준다. 물론 이 시에서는 다양한 조선인들이 엄숙한 자세로 병사에 대한 애도의 마음을 표현하고 있는 것으로 묘사되고 있어 조선인의 전쟁 참여의 열기를 표현하려는 그의 의도를 읽어낼 수 있기는 하다. 그러나 설령 그가 이런 의도를 가지고 이런 시를 썼다 하더라도 그런 의도가 당대 독자들에게 의도대로 전달되지는 않았을 지도 모른다. 왜냐하면 이 시는 관제 동원의 이면을 애써 부정하며 그 표면만을 이데올로기적으로 묘사하려 한 색채가 너무나 짙게 드러나기 때문이다.

지금까지 우리가 살펴본 시들에서 볼 수 있는 것은 전쟁시라고 하기에는 너무나도 물씬 풍기는 서정성이다. 물론 김용제의 전쟁시가 모두 이런 모습을 보여주는 것은 아니지만, 적어도 이 시들을 통해 우리는 그가 강퍅한 이데올로기의 직선적인 주입을 추구하는 시인이 아니라 서정적 공감대의 형성을 위해 주력하는 예술적 기교의 추구자라는 점을 알 수 있다. 이는 과거 동경 시절의 시에서도 이미 어느 정도 발견할 수 있는, 시인으로서 그가 가진 능력이기도 하다.

2) 중국 민중을 향한 심리전

김용제 시의 또 다른 한 축은 중일전쟁의 명분인 "동양평화", "동아협동체" 건설의 수행에 있어서 중요한 과제였던 중국 민중의 심리적 획득을 목적으로 하는 시들이다. 일제는 중일전쟁 과정에서 장제스 정권과 중국 민중을 분리하여 중일전쟁이 중국 민중을 적으로 상정한 것이 아니라는 점을 누차 강조한 바 있다. 이는 중국 민중의 동요를 막고 일본군에 대한 부정적 이미지를 불식시키려는 의도에서 비롯된 전술이었다. 김용제는 이런 전술을 문화적인 방식으로 수행한 심리전을 시적으로 수행했던 것이다.

이러한 목적을 달성하기 위해 김용제는 중국이 구미 열강에 의해 과거 얼마나 착취를 받았는가를 「양자강」에서 다음과 같이 표현하고 있다.

이것은 아직까지도 생생한 추억이다
유니온 잭의 서방의 기가
너의 처녀성을 범하고
아편전쟁의 마약을 주사당한 후부터
너의 순결한 피는 탁해졌다.

동양의 가인이여 가련한 낡은 이름이여
아편 주사에 중독되어
탁해진 너의 피는 더욱 미쳐가고 있다
여러 명의 푸른 눈을 가진 방탕아에게
속고 빼앗긴 것을 모르고
영토를 소금세를
철도를 광산을 주고
그리고 입술도 유방도 바치고 말았다
아! 상처투성이 양자강이여
너는 아주 무서운 매소부다.
너의 운명의 끝을 생각해 보는 게 좋으리

스스로 구미의 식민지가 되려고 하고 있다

사백여주는 그들에 의해 찢겨져

사억의 민중은 노예로 팔리려 하고 있다

「양자강」 부분43

「양자강」은 중국 문화와 역사의 상징과 같은 강이자 구미 열강에 의해 침략당한 중국 그 자체라고 할 것이다. 김용제는 영국과 중국 사이의 아편전쟁을 상기시키면서 그 후 중국이 구미 열강에 의해 얼마나 큰 고통을 받아왔는가를 되새기고 있다. 각종 이권을 강제적으로 빼앗기고 이제 "구미의 식민지"가 될 위기에 처한 중국의 현실을 강조하고 있다. 여기서 묘사된 내용들은 중국 근대사를 조금만 들여다보아도 알 수 있는 상식적인 것들이다. 굳이 이런 사실들을 그가 열거한 이유는 중일전쟁의 대의명분을 중국 민중을 향해 설득시키려는 목적 때문이었을 것이다. 구미 열강의 동양 침략을 막아내고 일본을 중심으로 동양 평화를 이룩한다는 침략 논리를 설득함으로써, 이 전쟁이 중국 민중에게도 도움이 된다는 사실을 강조한 것이다. 이런 논리는 중일전쟁 당시 조선 내 적지 않은 지식인들이 믿었던 전쟁의 논리로, 그 역시 그 당시 동아연맹의 이상에 진심으로 공감했었던 것인지도 모른다. 그러나 오오무라의 지적대로, 동아연맹은 제국주의의 판도 확장을 궁극적인 목적으로 한 단체일 뿐, 김용제가 생각했던 것처럼 조선의 민족해방을 주목적으로 하는 단체는 아니었다.44

「양자강」은 중국 민중 전체를 향한 다소 추상적이고 막연한 호소로

43 『아세아시집』, 9~11쪽.
44 大村益夫, 앞의 책, 163~164쪽.

일관하고 있다. 이런 방식의 호소가 큰 설득력을 가질 수 없음은 상식적이다. 적어도 시라는 형식을 취한다고 한다면, 설득력과 호소력은 보다 구체적인 상황을 설정하고 개별적인 수신자를 전제할 때 가능한 것이다. 그런 측면에서 볼 때, 「소녀의 탄식」은 「양자강」의 추상성과 막연함에서 벗어나 시적인 설득력을 어느 정도 가지게 된 작품이다.

> 가련한 소녀여
> 너 또래의 처녀를 보면
> 나에게는 고향의 여동생이 생각난다
> 더 이상 울지 말고 안심하거라
> 내 일본 군복은 조금도 무서워 할 필요가 없다
>
> 너의 소녀다운 탄식은
> 게다가 그 깊은 슬픔은
> 국가와 민족과 정치의
> 그런 큰 탄식은 아니라는 것을 나는 알고 있다
> 단지 죽음 앞에서
> 전쟁을 두려워하고
> 너의 집과 가족의 안부 때문에
> 그렇게 탄식하고 있다는 것을 알고 있다
> 그것뿐 너의 탄식은 더욱 애처롭구나

「소녀의 탄식」 부분[45]

---

[45] 『아세아시집』, 53~55쪽.

이 시의 시적 화자는 전투 현장에 휩쓸린 어느 중국 소녀를 마주친 일본군 병사로 설정되어 있다. 발화의 수신자로 설정된 중국 소녀는 나들이옷을 입고 있어 마치 결혼식이라도 치르던 것처럼 보인다. 두려움에 떨고 있는 그 소녀를 조우한 병사는 그 소녀를 고향에 두고 온 동생처럼 느끼면서 그녀가 처한 소박한 두려움의 정체를 잘 헤아리면서 따뜻하게 위로하고 있다. 전쟁 수행에 있어서 현지 주민들의 지지를 얻는 것이 얼마나 중요한 것인지를 생각할 때 중국 민중에게 인간적으로 접근하는 "선한 일본군"의 이미지는 일본으로서는 중요한 것이었다. 그리하여 당대 일본에서 제작된 국책영화들에서도 "선한 일본군"의 이미지가 노골적으로 부각되었다. 이데올로기적인 감염력이라는 측면에서 영화에는 미치지 못하지만, 시에서 김용제 역시 당대의 이상화된 일본군 이미지에 부합하는 방식으로 일본군의 긍정적인 측면을 부조함으로써 중국 민중에 대한 설득을 시도하고 있는 것이다.

이와 같은 설득은 만주국 건설의 성과를 보여줌으로써 중국 민중의 감화를 유도하는 방식으로 이루어지기도 한다. 만주국은 외형상으로는 독립국이지만 일본군의 조종 하에서 움직이는 괴뢰국이라는 사실은 당시 어느 정도 식견이 있는 사람들에게는 상식이었다고 할 것이다. 그러나 무지한 일반 민중에게 있어서 만주국의 변화상은 중일전쟁의 이데올로기 선전의 중요한 소재였을 것이다. 이런 성격을 지닌 대표적인 작품이 「국경에서」, 「바람의 말」이다.

좁고 척박한 땅의
천재가 계속되어 흉작으로 호소하는 노인도

상급의 고추와 꽈리의 씨앗포대를 희롱하는 소녀도
저 대륙의 검은 땅에
씨앗을 뿌리는 꿈을 즐기는 것처럼
달리는 요람에 맡기고
편안히 자고 있다.

친애하는 이민자들의
선량한 자는 얼굴에 행복한 꿈이 깃들어라
그들의 지나간 날의 슬픔을
나 혼자서 노래하여 잊으리라
그리고 그들의 내일의 노래를
새로운 세계에 주기 위해 가슴을 태우고 있다.

「국경에서」 부분46

위 인용문은 「국경에서」의 일부분으로, 중국 민중을 직접적으로 수신자로 설정한 시는 아니다. 이 시에서 수신자는 식민지 조선의 민중이다. 그러나 표면적 수신자가 암묵적으로 전제하고 있는 내부 수신자가 중국 민중이라는 점에서 이 시 역시 「양자강」과 비슷한 작품이라고 할 것이다.

이 시에서는 내선일체 이데올로그, 즉 시인 자신과 흡사한 시적 화자가 경의선을 타고 압록강을 건너는 순간의 감회를 노래한 작품이다. 조선에서 만주로 넘어가는 기차에는 가난한 이주민들이 지쳐 잠

---

46 『아세아시집』, 139~141쪽.

들어 있고 시적 화자만이 깨어 강변의 풍경과 기차 안 이주민의 모습을 보면서 깨어있다. 그는 지쳐 잠든 모습을 지켜보면서 가난에 시달리다 새로운 희망을 안고 고향을 떠난 동포들에 대해 연민을 느낀다. 그는 그들의 자는 모습을 요람에 누인 아기의 모습처럼 묘사함으로써 그들의 희망을 노래하고 그들과 더불어서 그는 만주 개척의 꿈이 이루어지기를 기원한다.

일본에 의해 실현된 오족협화의 왕도낙토로 선전된 만주국에의 기대감을 표현하고 있는 이 시가 중일전쟁 이후 만주를 향하는 이주민의 모습을 그리고 있다면, 「바람의 말」은 오래 전부터 만주에 정착하여 살고 있던 이주민의 입장에서 일본이 그들의 삶에 기여한 긍정적 측면을 부각시키고 있는 작품이다.

> 이 동만주의 넓은 천지에
> 지금은 제2세 제3세가 생을 쌓고
> 즐거운 생활을 영위하고 있지만
> 군벌시대의 그들의 비애는 심해서
> 그것은 악마의 꿈이었다고
> 사변 직전까지는
> 악덕 지주와 고리대금업자에게
> 아내와 딸까지도 빼앗겨
> 매년 두더지처럼
> 땅을 일궈도 쫓겨나고
> 풍요로운 대지의 다함없는 것은
> 오히려 원한에 찬 방랑의 운명이었다

지금은 새로운 왕도의 세계
검은 홍조같은 비적의 무리도
황군의 위력에 그림자가 끊어지고
태양과 대지의 혜택을 입어
태평의 황금지대를 일궈가고 있다

「바람의 말」부분47

여기서는 만주국의 건국 이전 군벌들의 지배하에 있던 만주 정착민이 겪은 고통의 면면들을 열거하고, 이와 대비하여 "사변" 이후의 변화상을 표현하고 있다. 물론 여기서의 "사변"은 만주국 건국으로 이어지는 만주사변을 일컫는다.48 군벌의 비호아래 지주와 고리대금업자들이 만주 이주민을 착취하여 궁핍에 시달리고 심지어는 아내와 딸까지 빼앗기는 고통을 겪었으나, "황군의 위력" 덕분에 군벌 지배의 "악마의 꿈"은 사라지고 지금은 "왕도의 세계"에서 이주민들이 "즐거운 생활"을 영위하게 되었다고 말하고 있다. 당시 중국 민중의 대다수를 차지하던 계층이 농민이었다는 사실을 감안할 때, 이 작품은 중일전쟁이 중국 민중에게 제시한 이상적 미래를 시적으로 표현한 것이라고 할 것이다.

---

47 『아세아시집』, 147~149쪽.

48 만주사변이 김용제가 자신의 연관설을 주장한 바 있는 동아연맹의 주도자 이시하라 간지에 의해 촉발된 것이라는 점도 생각해 볼 필요가 있다.

4. 결론

그 활동의 공과를 따지기에 앞서 김용제가 일제 강점 말기 문학사에서 부정할 수 없을 정도로 중요한 위치를 차지하고 있었다는 사실을 전제할 필요가 있다. 그러나 여러 가지 이유들로 인해서 그는 그동안 거의 잊히다시피 하였다. 그의 문학 활동을 언급하는 경우도 주로 프롤레타리아문학 활동을 주 대상으로 설정함으로써 정작 비중 있게 다뤄져야 할 일제 강점 말기 활동상에 대해서는 임종국의 개략적인 논의 이상으로 나아가지 못하였다. 아마도 일제 강점 말기 대표적인 친일 문화인의 한 사람으로 활동한 행적뿐만 아니라 그의 문필 활동이 거의 일본어로 되어 있다는 사실이 큰 이유로 작용했을 듯하다.

여기에서는 그동안 문학사에서 배제되어 온 김용제의 문학 내외적 활동을, 전향 이후 내선일체 정신에 입각하여 본격적인 활동을 펼쳤던 중일전쟁기를 중심으로 살펴보았다. 그의 친일 활동이 동양지광사 입사와 함께 본격화되었다는 점에 착안하여 우선 『동양지광』의 사상적 성격을 규명하고 이런 입장에 그가 어떻게 호응하였는지를 살펴보았다. 그리고 국어문예총독상의 수상작인 『아세아시집』의 전반부 시들을 중심으로 그가 펼쳐낸 전쟁시의 내용과 특색을 분석하였다. 이 과정에서 기존의 서지에서 빠진 글들을 몇 편 소개하였고, 지금껏 번역되지 않은 시들을 소개하였다. 물론 곳에 따라서는 평면적인 기술에 그친 부분도 없지 않겠으나, 본격적인 연구의 주춧돌을 깔고자 했다는 측면에서 전혀 성과가 없지는 않았다고 생각된다.

한국현대문학사에 중요한 기여를 한 문인들을 기념하는 작업들이 해당 문인의 탄생 100주년을 맞이하여 이루어지는 것이 최근 하나의 관행처럼 되어버렸다. 대체로 긍정적인 기여를 했다고 생각되는 문인들이 주가 되고 있는 듯하다. 그런 측면에서 보자면, 문학사에서 긍정적인 유산보다 부정적인 유산을 많이 남겨준 김용제와 같은 이들은 과연 어떻게 취급해야 할 것인가. 한 가지 유념해야 할 것은 역사에 있어서 공백지대는 존재할 수 없다는 것이다. 이런 관점에서 생각하면 부정적 유산을 우리에게 많이 남겨준 김용제와 같은 이들을 망각하거나 외면해서는 안 될 것이다. 이 글은 사실에 직핍하는 태도의 중요성과 부정적 유산의 처리 방향에 대해서 동 시대의 연구자들과 더불어 고민해볼 기회를 갖고자 하는 바람에서 씌어졌다는 점을 마지막으로 말하고 싶다.

12장

모윤숙 시에 나타난 여성과 민족의 관련 양상

1. 서론

1930년대는 우리 문학사에서 여성시의 본격적인 개화를 알리는 중요한 시점이다. 전대의 미숙함을 벗어난 경지를 보여준 두 명의 여성 시인 모윤숙과 노천명이 등장한 것이다. 이 두 시인은 여러 모로 대조적인 양상을 보여준다. 노천명이 내성적이고 섬세한 언어의식을 갖춘 여성적 시인이라면, 모윤숙은 열정적이고 소박한 언어의식을 갖춘 남성적 시인이다. 이 두 시인은 비슷한 시점에 시작활동을 시작했을 뿐만 아니라 비슷한 성장 환경과 교육적 배경을 가졌다는 점에서 주목을 요한다. 다만 이후 모윤숙이 문학과 정치 등 다방면에서 승승장구했음에 반해 노천명이 불행한 종말을 맞이했다는 점은 인상적인 대조점을 형성하고 있다.

굴곡 많은 근현대사를 거쳐 간 시인치고 역사적 회오리와 격랑에 영향을 받지 않은 사람은 거의 없다고 봐도 무방할 것이다. 그러나 여성이라는 억압적 조건하에서 창작 활동해야만 했던 여성시인의 경우 역사가 주는 혼란은 그들의 운신에 한층 짙은 그림자를 던져주었다. 1930년대 민족주의적 열정을 담은 시를 써내던 모윤숙마저 일제 강점 말기 전쟁의 회오리에 휩쓸려 반민족적인 문필행위와 사회활동을 하지 않을 수 없었던 것은 이런 사실을 잘 보여준다.

그럼에도 불구하고 모윤숙은 해방 이후 국가와 민족의 호명을 받고 국가건설의 역군으로서 상당히 중요한 역할을 하게 된다. 이를 계기로 해서 모윤숙은 여성시인으로서보다는 여성 외교관으로서 평가받게 된다. 이는 전적으로 이승만의 부름에 따른 것으로 알려져 있지만 정작 이승만과 모윤숙의 구체적인 관계에 대해서는 잘 알려져 있지 않다.[1]

해방 이후 모윤숙이 정치활동에 개입하기 이전까지만 하더라도 그는 대표적인 여성시인으로 문단의 주목을 받으면서 다양한 창작 활동을 전개하였다. 그러나 해방 이후 문필 활동보다 문단 활동이나 정치 활동에 주력함으로써 모윤숙에 대한 문학적 관심은 점차 줄어들었다. 일제 강점 말기 친일 경력도 문제라면 문제겠지만 창작 활동의 부진은 그녀에 대한 문학적 관심의 축소를 이끈 주요 원인이라 하겠다. 그럼에도 불구하고 그녀의 창작 활동이 무시해도 좋을 만큼 왜소했던 것은 아니다. 1933년 처녀시집 『빛나는 지역』을 상재한 이후, 그녀는

---

1 모윤숙 평전의 저자 장석향에 따르면, 모윤숙이 이승만을 만나게 된 것은 1945년 11월경이다. 민족대표자회의에 모윤숙이 여성대표로 참석하게 된 것이 관계의 시작이었다고 한다. 그러나 장석향이 말하는 민족대표자대회가 어떤 성격의 모임인지는 알 수 없다. 장석향, 『물레를 돌리는 여인』, 명문당, 1993, 134쪽.

1943년 『렌의 애가』, 1946년 『옥비녀』, 1953년 『풍랑』, 1959년 『풍토』 등 지속적으로 시집을 상재했다. 그리고 환갑을 넘긴 나이에 『논개』, 『황룡사 구층탑』과 같은 서사적 장시를 발표한 바 있다.

비록 해방 이후 정치 무대에 주력한 측면이 강함에도 불구하고 시인으로서의 활동이 끊이지 않았다는 점은 모윤숙 시에 대한 이해에 있어서 새삼 강조되어야 할 점이다. 그럼에도 불구하고 지금껏 그녀의 시에 대한 연구는 충분치 않다고 할 수 있다. 그 이유는 여러 가지 측면에서 추측해볼 수 있을 것이다. 첫째, 그가 창작보다 정치에 상당한 비중을 두고 활동했다는 점이다. 둘째, 일제 강점 말기 친일 경력을 가진 시인이라는 사실이다. 셋째, 여성시인이라는 사실이다. 넷째, 그의 작품이 대체로 단순 소박한 기법에 의지한 낭만주의적 열정의 시, 즉 그동안 정지용 시 이후 현대시의 미달태로서 타매되어 온 양상의 시라는 점도 한몫했을 터이다. 이와 같은 측면들은 그녀의 시에 대한 지속적인 관심을 가로막는 걸림돌이 될 만한 것들로, 이런 측면들을 우리는 "민족주의적인 시의 세계"로 수렴할 수 있을 것이다.

모윤숙은 여성으로서는 특이하게 민족이나 국가와 같은 거대담론의 세계에 주목한 시인이다. 여성시인이라고 하면 흔히 내면 심리의 섬세한 고백을 연상케 했던 당대의 문학적 지형 속에서 그녀는 과감히 공적 영역의 남성적 담론인 민족주의를 그의 시세계를 전개하는 중요한 고리로 삼았다. 그녀가 한국현대문학사에서 문제시되는 지점은 바로 여기이다. 여성에게 있어 민족이나 국가란 무엇인가. 그녀의 시는 끊임없이 이와 같은 문제를 의식하게 만드는 세계를 드러내고 있다. 이와 같은 문제의식을 가지고 그녀의 시에 접근한 연구자가 없었던 것은 아니다. 송영순은 이미 6·25전쟁 당시 그녀의 시를 두고 이런 관점에서 접근한 바 있다.[2] 그러나 송영순은 그녀의 시의 핵심이라 할 민족이나 국가 관념이 그녀의 시의 일관된 논리 체계라는 점에 대한 인식까지를 보여주지는 못했다.

여기에서는 모윤숙 시에 드러나는 민족이나 국가 관념의 정체를 분석하고 이것으로 여성시인으로서 그녀에게 가지는 의미를 해명하고자 한다. 이런 과정을 통해서 궁극적으로는 사적 영역의 담지자로 인식되어 온 여성과 공적 영역의 핵심인 민족이 어떻게 만나는지를 밝혀보고자 한다.

본론에서는 모윤숙 시에 접근함에 있어서 고찰 대상을 세 개의 영역으로 분할하고자 한다. 일제 강점기, 해방과 6·25전쟁, 유신시대로 세분해서 고찰하고자 하는 것은 한국현대사에서 이 세 시기가 민족이나 국가 관념의 변화를 가져온 중대한 의미를 가진 시기이기 때문이다. 일제 치하는 민족은 있지만 국가는 부재한 시기였거나 혹은 조선총독부라는 의사국가가 존재한 시기이고, 해방과 6·25전쟁은 부재하는 국가 건설을 위해 싸우다가 민족과 국가가 분열된 시기이다. 그리고 유신시대는 분열된 민족의 통합을 지향하면서 강력한 민족주의를 추구하던 시기이다. 그녀의 시작 활동도 이러한 시대적 분위기와 연관되면서 이뤄지고 있다. 이를 편의상 각각 1, 2, 3기로 지칭한다면, 1기는『빛나는 지역』,『렌의 애가』와 일제 강점 말기의 친일 문필, 2기는『옥비녀』,『풍랑』, 3기는『논개』와『황룡사 구층탑』이 대표한다고 할 수 있다.

---

2 송영순,『모윤숙 시 연구』, 국학자료원, 1997.

2. 본론

1) 민족에 대한 맹목적 이상화와 공적 영역에의 환상

　모윤숙은 민족 관념이 농후한 성장 환경을 가지고 있었다. 그의 회
고에 따르면 그가 11살이던 시점에 발생한 3·1운동의 경험은 민족의
의미를 새삼 깨닫게 하는 사건이었던 것으로 보인다. 어머니가 장터
에서 만세를 부를 때 따라갔다 어머니가 일본 헌병에게 구타당해 쓰
러졌던 경험이나 그 존재조차 모르고 있던 태극기를 처음 본 경험은
그녀의 뇌리에 민족이나 국가의 관념이 희미하지만 뚜렷하게 각인된
원체험이었을 것이다.[3] 그리고 독립운동을 하던 부친과 그녀가 유일
하게 존경을 표한 스승 이광수[4]와 같은 남성들 역시 그녀가 민족주의
적 성향을 갖게 되는 데 중요한 계기가 되었을 것이다.
　그런 탓인지 몰라도 1933년 펴낸 처녀시집『빛나는 지역』에서 모윤
숙은 민족에 대한 맹목적인 숭배에 가까운 열정을 토로하고 있다. 이
시집은 모윤숙이 학창시절부터 북간도에서의 교사 생활, 귀국한 후
시집을 상재할 때까지의 시들을 수록하고 있다. 일제의 검열 때문에
상당수 시들이 수록되지 못했지만 수록된 시들만을 놓고 볼 때도 그
녀의 민족주의적 지향이 얼마나 대단한가를 확인할 수 있다.[5] 이 시기
그녀의 민족주의적 지향은 조선이라는 땅과 그가 "님"이라고 지칭한

3『영운 모윤숙 문학전집4』, 성한출판주식회사, 1989, 216~217쪽.(이하 "『모윤숙전집』,
　쪽수"로 약칭함.)
4『모윤숙전집7』, 80~82쪽.

구국적 남성상에 대한 애착과 지향으로 나타난다.

> 님이 부르시면 달려 가지요
> 금띠로 장식한 치마가 없어도
> 진주로 꿰맨 목걸이가 없어도
> 님이 오라시면 나는 가지요
>
> (…)
>
> 무언들 사양하리 무언들 안 바치리
> 창백한 수족에 힘나실 일이라면
> 파리한 님의 손을 버리고 가다니요
> 힘 잃은 그 무릎을 버리고 가다니요.

「이 생명을」 전문[6]

이 시는 "님"에 대한 강렬한 지향과 그 "님"에 대한 충성의 의지를
보여주는 대표적 작품이다. "금띠로 장식한 치마", "진주로 꿰맨 목걸
이"로 상징되는 여성적 섹슈얼리티에 대한 준비가 없어도 "님"의 호명
에 적극적으로 호응하겠다거나 어떤 고난도 무릅쓰고 무엇이든 내어

---

5 모윤숙의 회고에 따르면, 그녀가 원고 검열을 위해 경기도 학무과에 넘긴 시는 200여 편
   정도인데, 그 중 105편만 시집에 수록되었다고 한다. 그런데 "마음먹고 쓴 조국에 대한
   글"은 한 편도 수록되지 않았다고 한다. 그러므로 첫 시집에 수록된 시들은 그 강도 면에
   서는 약한 시인 셈인데, 그것들만 봐도 그녀의 시의 민족주의적 지향은 충분히 감지된다.
   『모윤숙전집3』, 211쪽.
6 『모윤숙전집4』, 16쪽.

던지겠다는 의지를 이 시는 보여주고 있다. 그리고 이 시의 제목인 "이 생명을"이 암시하듯이 궁극적으로는 "님"을 위해 목숨까지 버릴 각오가 되었다는 시적 화자의 의지는 모윤숙이 가진 내재적 열정을 잘 보여준다.

모윤숙 시에서 "님"은 막연한 헌신과 열정의 대상으로 나타나는데, "백제·신라 싸움 때를 연상코"라는 부제가 붙어 있는 「기다림」이라는 시에서 "님"은 국가를 지키기 위해서 고난을 무릅쓰는 장군의 모습으로, 시적 화자는 그 "님"의 안위를 걱정하며 기다리는 여성으로 그려져 있다. 또 「조선의 딸」에서 그녀의 "님"은 시적 화자가 가난과 사랑으로 번민할 때, "조선의 딸"로서 거듭날 것을 깨우쳐주는 "깨어진 창 틈으로 속삭이는" 초월자의 모습으로 등장한다.

모윤숙 시에서 "님"은 시집 제목 "빛나는 지역"이 암시하듯이 "조선" 이라는 "땅"의 이미지로 구체화되기도 한다.

> 좋아도 싫어도 나의 땅이요
> 못나도 잘나도 내 어머니오니
> 설움과 미움받는 괴롬이 있대도
> 상처난 어머님의 한 때 병이려니
> 오오, 어찌 이 땅을 버리고 가려 하오.
>
> 죽이도 살아도 이 티에 살으소서
> 어디를 간들 편하오리까
> 제끼리 헤지면 남는 것 허무
> 믿음도 희망도 다아 깨어지리니

죽어도 이 땅에 흙을 보태사이다.

「못 가오리다」 전문7

이 시에 대해 모윤숙은 "1930년 4월 북만주로 떠나는 동포들을 생각하고"라고 부기해 놓고 있다. 농토를 찾아서 북만주 이주를 선택한 동포들을 발화 상대로 한 이 시는 모윤숙이 가진 땅에 대한 맹목적 애착을 드러낸 작품이다. 땅을 어머니와의 혈육적 유대로 파악하고 있는 이 시에서 시적 화자는 민중이 받는 고통을 인체에 찾아든 한 때의 병에 비유하여 어머니와 같은 땅을 버리지 말 것을 요구하고 있다. 죽든 살든, 좋든 싫든 이 땅을 버리지 말라는 시적 화자의 목소리에는 민족의 이산을 염려하는 애처로움이 깃들어 있다. 그러나 이런 애처로움마저 1930년대 민중의 현실적 조건을 제대로 파악한 상태에서 나온 것은 아니다. 만약 그녀가 처절한 생존의 도피선으로 이농을 선택한 이주민들의 절박한 현실을 제대로 파악했다면 이런 식의 요구를 할 수는 없었을 것이다.

이 시는 모윤숙이 당대의 현실을 매우 관념적으로 이해하고 있음을 보여주는데, 그런 관념성이나 맹목성은 조선에 대한 맹목적 미화, 혹은 낭만주의적 채색과도 무관한 것이 아니다.

수만 별들이 하늘에 열리듯이
이 땅엔 먼 앞날이 빛나고 있다
은풍에 감겨진 아름다운 복지의

7 『모윤숙전집4』, 18쪽.

우리의 긴 생명은 영원히 뻗어가리.

너도 나도 섞이지 않은 한 피의 줄기요
물들지 않은 조선의 자손이니
맑은 시내 햇빛 받는 언덕에
우렁찬 출발의 선언을 메고 가는 우리라네.

「빛나는 지역」 1, 2연[8]

이 시는 처녀시집의 표제작 「빛나는 지역」의 일부분이다. 1연에서는 "수만 별", "은풍"과 같은 자연물에 의탁해 그녀는 "땅"과 "생명"의 무궁한 발전을 노래하고 있고, 2연에서는 순혈 민족의 위대성을 내세우면서 "맑은 시내 햇빛 받는 언덕"에 비유된 조선의 새 출발을 다짐하고 있다. 땅과 혈통의 유구성, 순수성을 강조하며 민족의 앞날을 희망차게 그려내고 있는 이 작품은 그 자체로는 민족의 찬가로서 어느 정도 감정을 자극하는 면이 없는 것은 아니지만 이 시가 나온 1933년, 즉 일제 강점이 안정적 구축기에 들어선 시점을 생각할 때 이 시는 허무맹랑한 감도 없지 않다. 일제에 대한 적극적 저항의 의지를 찾아보기 드물었던 당대에 조국과 민족에 대한 강렬한 염원을 표출한 그녀의 시는 송영순의 지적처럼 1930년대 저항시가 부재하던 현실에서는 대단히 이채로운 것이었다고 할 수 있다.[9]

이 시집을 계기로 모윤숙은 민족을 사랑하는 여성이라는 문단적 표식을 확연히 하게 된다. 이전부터 그녀를 후원하던 이광수가 이 시집

---

8 『모윤숙전집4』, 65쪽.
9 송영순, 앞의 책, 50쪽.

의 발문을 쓰고, 시집 출간을 기념하는 출판기념회에는 대표적인 문인이자 민족주의자인 이광수, 김억, 주요한 등 문단 유력인사들이 대거 참석하여 그의 문학적 출발을 축하해주었다. 특히 이광수에 대한 그녀의 애착이나 숭배열은 지나칠 정도였다. 1938년 『여성』에 그녀가 「렌의 애가」라는 산문시를 연재했을 때 이광수는 "렌"이 열정적으로 추구하는 대상인 "시몬"으로 위장된 채 드러날 정도였다.

모윤숙이 추구한 민족이란 민족을 이끌만한 훌륭한 남성의 이미지로 대체되어 나타나는 경우가 많은데, 「렌의 애가」 속의 "시몬"은 시적 화자가 숭배하는 선생이자 아버지이자 연인의 모습으로 나타나고 있다. 그리고 그녀 자신은 스스로를 그의 제자이자 딸, 여인으로 자리매김한다. 이런 설정은 그녀가 남성과의 위계질서 속에서 스스로를 수동적이고 고분고분한 상대로 놓는 것이어서 민족주의 담론과 그녀의 시는 애초부터 갈등의 여지가 없었다.

이처럼 모윤숙은 도전하지 않은 여성성을 추구함으로써 남성 민족주의자의 세계에 안착할 수 있었다. 그러나 그녀가 추구한 것은 민족의 동질성과 독립성에 지나지 않는다. 그녀에게 국가 관념이 부재했다는 사실은 일제 강점 말기 그녀가 보여준 친일 행적이나 그 후의 심경 고백에서도 잘 드러난다. 전시체제 하에서 그녀는 여타의 유명 문인들처럼 전시체제 하 정신동원과 내핍생활을 위한 전사로 활동한 바 있다. 그녀는 『신시대』 1942년 1월호에 게재한 「동방의 여인들」이라는 시에서 "조선의 딸"이 아니라 "동방의 여인"으로서 내핍생활을 견디며 새로운 각오를 다지겠노라고 외치고 있다. 그리고 『매일신보』 1942년 2월 21일자에 게재한 시 「호산나·소남도」에서는 "대화혼의 칼" 덕분에 억압의 사슬에서 풀려난 "소남도의 처녀"를 축하하고 있

다. 그리고 1941년 12월 27일 부민관 대강당에서 개최된 결전부인대
회에서 "여성도 전사다"라는 주제로 강연한 바 있다. 여기서 모윤숙은
"가문에서 쫓겨나더라도 나라에서 쫓겨나지 않는 아내 며느리"가 되
자고 말하고 있는데, 여기서 "가문"이 민족이라면 "나라"는 의사국가
로서의 총독부 넓게 보면 일제를 지칭하는 것이다. 가문에 의해 퇴출
당한 아내나 며느리는 더 이상 아내나 며느리일 수는 없고, 다만 국가
에 종속된 여성전사일 뿐이다. 이 당시 그녀는 여성도 남성과 동등한
위치에서 공적 영역에 참여할 것을 강조하였는데, 이는 어머니의 입
장에서 공적 영역으로의 참여를 개진했던 최정희의 논리와는 다른 것
이었다.10

　이처럼 친일 행위를 열중이었던 일제 강점 말기, 모윤숙에게 있어
민족의 관념은 시작 초기와는 확연히 다른 모습을 보여준다. 그러나
이러한 변화를 일제의 강압에 따른 불가피한 협력이었을 것이라고 안
이하게 판단해서는 안 될 것이다. 만약 강압에 따른 불가피한 협력이
었다면 해방 이후 과거의 행적에 대해 변명하거나 참회하는 태도를
보였어야 마땅하기 때문이다. 그럼에도 불구하고 그녀의 경우 해방
이후에 쓰인 그의 회고록에는 일제 강점 말기의 친일 행적에 대한 참
회나 자기반성의 모습은 일체 보이지 않는다. 이것은 친일 행적에 대
한 침묵으로 일관한 이광수의 행태와 비슷하다. 한참 후에 나온 회고
록에서도 그녀는 자신의 이야기를 빼버린 채 일제 강점 말기의 참혹
상을 얼버무릴 뿐이었다.11

　모윤숙이 해방 이후에 보여준 이와 같은 무자각적 태도는 이후 그녀

---

10 김양선, 「일제 말기 여성 작가들의 친일담론 연구」, 『어문연구』 127권, 한국어문교육
　연구회, 2005.9, 266쪽.

가 항상 지배층과 밀착된 채 국가주의에 충성을 보여주는 권력 지향
적 태도로 이어진다. 이 점에 대해 송영순은 "조국애와 민족주의의 변
별성마저 구별하지 못하는 이중적인 지식인"[12]의 태도라고 비판하고
있다.[13] 이것은 친일 행위가 민족주의적 관점에서 생각하듯이 강압적
인 것이 아니라 어느 정도 일제의 헤게모니적 유도에 의한 자발적 성
격을 가진 것이라는 점을 보여준다.[14] 특히 모윤숙의 경우 민족에 대
한 관념은 대단히 막연한 성격을 가지고 있었다. 그의 민족주의는 이
상적 남성에게 보내는 사랑의 열정과 뒤범벅된 것이어서 순도 높은
민족주의는 아니었다. 그에게 있어 일제가 선전한 "대동아전쟁"은 조
선인 여성으로서 가진 억압과 차별을 벗어나 조선인 여성으로서 공적

---

11 그 당시를 회고하는 글의 한 대목을 살펴보자. "나는 동족이란, 무한한 연대 책임을 진
운명의 동아줄 같아서, 선배나 동료나 간에 그들의 행동을 분별의 눈을 가지고 꼬집는
비판은 금물이라 생각했다. 저항할 수 없는 웅덩이에 빠진 나라는 그 모두가 똑같은 책
임을 져야할 뿐이다. / 우리는 똑같이 불꽃이 튕기는 유황불의 아픔 속에 서로를 다치고
물어뜯고 하면서 저 무서운 대동아 전쟁에 청춘을 바쳐야 했고, 이름 바꾸기 술책에도
끌려가면서 이 미친 전쟁이 꺼지기만 빌었을 뿐이다. / 일본에 나라를 내어맡긴 옛 조상
들이 일본보다 더 원망스러웠을 뿐이다."(『모윤숙전집6』, 176쪽) 여기서 우리는 모윤숙
이 자기비판이나 참회를 하지 않은 이유를 엿볼 수 있다. 그에 따르면 친일 행위는 모두
가 비슷한 책임을 지고 있기 때문에 결국에는 아무도 책임질 수 없는 일이다. 그녀에게
그것은 조상의 무능으로 인해 빚어진 운명과 같은 일로 생각되었을 뿐이어서, "분별의
눈을 가지고 꼬집는 비판은 금물"일 수밖에 없는 것으로 이해되었던 것이다.

12 송영순, 「모윤숙의 시에 나타난 전쟁과 여성의식」, 『여성문학연구』 10호, 한국여성문
학학회, 2003, 23쪽.

13 송영순의 비판은 모윤숙에 있어서 조국애와 민족주의가 상반된 것이라는 관점에서 비
롯된 것이지만, 필자가 보기에 모윤숙의 조국애나 민족주의는 그의 권력지향적인 속성
과 중첩되거나 위장된 것이다. 이런 측면에서 볼 때 그녀의 친일 행위는 그녀의 민족주
의가 지닌 오점이라기보다는 민족주의 본연의 일면이 자연스럽게 드러난 것일 뿐이라
생각된다.

14 김재용, 『협력과 저항-일제말 사회와 문학』, 소명출판, 2005, 38~39쪽.

영역에 참여할 수 있는 기회로 비춰졌던 것이다. 그러나 전쟁을 계기
로 한 여성의 공적 영역에서의 활동은 전쟁이라는 특수한 상황이 빚
어낸 불가피한 선택일 뿐, 그것이 식민지 여성으로서 겪는 억압과 차
별의 해소책이 될 것이라는 그녀를 비롯한 지식인 여성의 생각은 오
산이었다.15

2) 여성성의 동원과 전사자에 대한 애도

1946년 출간된 시집 『옥비녀』는 『렌의 애가』를 제외하면 그의 두
번째 시집으로,16 일제 강점기에 써 놓은 시들과 해방 직후 쓴 시들을
묶어놓은 것이다. 『빛나는 지역』에 이어 모윤숙은 이 시집에서도 민
족에 대한 염원과 열정을 드러내고 있다. "옥비녀"로 상징되는 민족
부활의 열망은 그대로 해방 직후 혼란한 정치상황에서 민족의 회복과
국가 건설이라는 해방기적 과제에 대한 시적 대응으로 이루어진다.

그러나 6·25전쟁기까지 모윤숙은 별다른 시작품을 발표하지 못하
고 있는데, 이는 이 시기 그녀가 창작 활동보다는 정치 활동이나 문단
활동에 주력했기 때문이다. 그녀는 남한단독정부 수립이라는 정치적
목표를 추구한 이승만을 위한 외교 활동에 주력한 바 있고, 남한단독
정부 수립 직후인 1949년 『문예』의 창간과 발간 사업에 매진하게 된
다. 그녀는 1945년11월 우익정치지도자들의 모임인 민족대표자대회

---

15 한일여성공동역사교재 편찬위원회, 『여성의 눈으로 본 한일 근현대사』, 한울 아카데미,
2005, 178~180쪽.
16 『렌의 애가』의 장르적 성격에 대해서는 논란의 여지가 많다. 이를 산문이나 수필로 보
는 의견도 적지 않으나 이 글에서는 산문시의 범주로 본다.

를 통해서 이승만과 인연을 맺게 되었다.17 이 일을 계기로 해서 그녀
는 여타의 지식인 여성들보다 우월한 입장에서 활동을 할 수 있는 계
기를 얻은 것만은 분명하며,『문예』의 발간 역시 이에 힘입은 것이다.

모윤숙의 글에서 우리가 그 나름의 일관된 민족주의적 논리를 발견
하기 어려운 것은 그녀를 평가하는 데 있어서 어려운 부분이다. 이승
만의 정치 노선에 동참한 것도 특별히 그가 민족주의적 사상을 가지
고 있었기 때문이라기보다는 공적 영역에서 활동하고자 하는 성취 욕
구 때문이라고 판단된다. 이승만이 해방 직후 우익 측에서 유력한 입
지를 점하고 있었음을 감안할 때 그녀가 유력한 정치지도자를 통해
자신의 입지를 확보하고자 하는 무자각의 상태에 있었던 것이 아니었
을까.18

해방기는 민족을 국민국가로 재편하는 시기였다. 민족 구성원을 국
민으로 재편하는 데 있어서 여성의 참여, 혹은 '여성의 국민화'는 무엇
보다 시급한 요건이다. 여성 스스로를 한 국가의 국민이라고 자각케
하는 것이야말로 국민국가 추진 프로젝트의 관건이라 할 수 있다. 여
성과 남성의 차이를 강조함으로써 젠더 분리 전략을 통한 '여성의 국

17『모윤숙전집6』, 183~190쪽.
18 6·25전쟁 당시에도 모윤숙은 이화여전 시절 스승인 김활란과 함께 전시국민홍보외교
동맹과 낙랑클럽을 조직하여 외국 외교관들과 미군 장교들을 상대로 외교 활동을 벌인
바 있다. 특히 낙랑클럽 활동은 그녀가 지식인 여성들을 전쟁을 위해 동원했다는 점에
서 그녀의 정치 행보가 공적 영역에 대한 환상과 이승만이라는 "위대한 남성"에 대한
맹종의 욕구에 따라 얼마나 맹목적으로 이뤄졌는지를 짐작케 한다. 이런 사실을 두고
우리는 그녀가 이광수에 대해 가졌던 환상이 해방 이후 이승만에게로 전이된 것이라고
말할 수 있을 것이다. 그녀가 시종일관 보여준 민족주의를 평가하는 데 있어서 이와 같
은 사실은 그가 지닌 민족주의의 성격이 어떤 것인가를 새삼 되묻게 한다. 6·25전쟁
당시 그녀의 정치 행보에 대해서는 이임하,「6·25전쟁과 여성성의 동원」,『역사연구』
14집, 역사학연구소, 2004.12, 110~117쪽 참고.

민화'는 파시스트 국가의 전형적인 모습으로,[19] 일제 역시 총력전 체제를 구축하면서 여성과 남성을 분리하여 여성을 전쟁에 참여하는 남성의 정신적 후원자, 모성으로 위치지움으로써 여성을 공적 영역으로 몰아갔다. 모윤숙이 "여성도 전사다."라고 외쳤을 때, 그녀는 "여성은 남성에 비해 열등하지만 그래도 전사다."라고 외쳤던 것이다.

　모윤숙에게 있어 전쟁은 그녀가 겪은 고통 중에서 가장 극심한 것이었다. 6·25전쟁의 성격에 대해서는 최근 들어 이론이 분분하지만, 무엇보다도 해방 이후 열강에 의한 분점에 따른 민족 분열의 극복을 모색하는 과정에서 빚어진 불가피한 사건이라는 사실에 대해서만큼은 공감할 수 있을 것이다. 그녀는 개전 초기 선무방송을 하다가 피난의 길로 나서지 못하고 인민군 치하에서 위기를 겪게 된다. 그러나 그녀에게 전쟁은 인간이 살면서 겪는 "난(亂)"의 일종으로 이해되었을 뿐이다. 경기도 광주 산곡으로 떠돌던 시절의 체험을 담은 시가 그 유명한 「국군은 죽어서 말한다」라는 장시이다.

　　산 옆 외따른 골짜기에
　　혼자 누워 있는 국군을 본다
　　아무 말 아무 움직임 없이
　　하늘을 향해 눈을 감은 국군을 본다.

　　누런 유니폼 햇빛에 반짝이는 어깨의 표지
　　그대는 자랑스런 대한민국의 소위였구나

---

19 우에노 치즈코 저, 이선이 역, 『내셔널리즘과 젠더』, 박종철출판사, 2000, 64쪽.

가슴에선 아직도 더운 피가 뿜어 나온다
장미 냄새보다 더 짙은 피의 향기여!
엎드려 그 젊은 죽음을 통곡하며
듣노라! 그대가 주고 간 마지막 말을……

나는 죽었노라 스물 다섯 젊은 나이에
대한민국의 아들로 숨을 마치었노라
질식하는 구름과 원수가 밀려오는 조국의 산맥을 지키다가
드디어 드디어 숨지었노라.

「국군은 죽어서 말한다」 1~3연[20]

　이 작품은 어느 산곡에 숨진 국군 소위의 시체를 보고서 시적 화자와 전사자가 나누는 대화의 기록 형식을 취하고 있다. 대화의 형식을 취하고 있다고는 하지만 시적 화자와 전사자의 목소리는 분명하게 분리되어 있지 않다. 따라서 두 개의 목소리가 등장한다는 점만을 고려하여 이 시를 바흐친적 다성성의 작품이라고 보는 것은 다소 무리라고 생각된다.[21]

　위에서 인용한 부분은 전체 중 전반부 3개 연이다. 전체 10연으로 구성된 이 작품은 전반부 두 개 연과 후반부 두 개 연이 수미상관적으로 대응되고 있다. 중간의 6개 연(3~8연)은 전사자의 유언으로 구성되어 있다. 모윤숙은 전사자의 유언이라는 간접적인 방식으로 자신의 목소리를 우회적으로 드러내고 있다. 그녀가 복화술사가 되어 내세운

20 『모윤숙전집4』, 174쪽.
21 이와 같은 측면에서의 접근에 대해서는 송영순, 앞의 책, 314~317쪽 참조.

전사자는 "조국"을 지키기 위해 "원수"와 싸우다가 "젊은 나이"에 숨진 "대한민국의 아들" 국군 소위로, 그는 사랑하는 가족을 두고 조국을 위해 싸우다가 죽었음을 강조하며 남은 사람들이 그의 몫을 다해 싸워 전쟁에서 승리하기를 당부하고 있다.

이 시는 모윤숙에게 있어 6·25전쟁이 어떤 의미를 가진 것인가를 단적으로 보여주는 시로서, 6·25전쟁에 대한 증언과 이데올로기적 의미 매김을 국가적 차원으로 확대시킨 '국민적 정전'이 되었다.[22] 이후 이 시는 반공이데올로기에 기반을 둔 정권 유지의 이데올로기적 초석을 다지며 대한민국의 공동체성을 갱신시키는 시적 주술로서 기능해왔다.[23] 이 시에서 그녀가 전쟁의 과정에서 희생된 사람들 중 유독 국군에게 주목했다는 사실은 그에게 있어 6·25전쟁이 민족 간의 내전이 아니라 적국을 상대로 한 대한민국의 수호전으로 이해되고 있음을 보여준다. 국가를 위해 죽은 자를 위한 애도의 형식과 그 죽음의 가치를 국민된 입장에서 되새긴다는 설정[24]은 북한과 공산주의를

---

22 모윤숙의 「국군은 죽어서 말한다」는 최초로 전쟁 당시 문교부에서 발간한(1952.9.30) 중등 국어교과서인 『중등국어3-2』에 수록되었다. 전쟁시는 전쟁이 어느 정도 균형 상태에 놓인 1952년부터 국어교과서에 수록되었다. 이에 대해서는 박용찬, 「6·25전쟁 전후 현대시의 국어교과서 정전화(正典化) 과정 연구」, 『어문학』 91집, 한국어문학회, 2006. 3, 427~431쪽 참조.

23 상기된 기억과 공동체성의 창출의 관계에 대해서 도미야마 이치로는 태평양전쟁과 관련해 기미가요의 제창이 가진 실천적 의미를 이야기한다. 그는 '함께 노래 부르기'가 사람들로 하여금 전장의 기억을 상기시키고 이것이 공동체성의 강화로 이어짐으로써 궁극적으로 일본인의 자각을 일깨운다는 주장을 펼치고 있다. 이는 6·25전쟁과 관련하여 시사하는 바가 적지 않다. 6·25전쟁의 기억을 상기시키는 노래나 시가 역시 이런 범주에서 고찰할 수 있을 것 같다. 물론 노래의 제창과는 다소 다른 것이지만 모윤숙의 「국군은 죽어서 말한다」처럼 전장의 기억을 상기시키는 시 역시 대한민국 국민이라는 자각을 이끌어내는 이데올로기적 기능을 수행해왔다고 할 수 있기 때문이다. 도미야마 이치로, 임성모 역, 『전장의 기억』, 이산, 2002, 139~143쪽 참고.

대한민국과 자본주의가 배제해야 할 절대악으로 보는 것과 일맥상통
한다.

전쟁시의 일종이면서도 휴머니즘에 기반을 둔 통상의 전쟁시와는
달리 전쟁의 의미를 이데올로기화하고 있는 이 작품은 모윤숙이 앞으
로 차지할 입지를 선명히 하는 계기가 되었다.25 이후 그녀의 문단적,
정치적 입지로 인해 국어교과서에 등재된다. 6·25전쟁의 의미를 의
례화하는 과정에서 이 시는 국가적 목적에 따라 호명된다. 이후 자라
난 수많은 학생들은 6·25전쟁과「국군은 죽어서 말한다」를 연관시키
며 국가를 위한 희생정신의 고결함을 배우고 국가를 위해 봉사하는
충성스런 국민으로 거듭날 것을 결의하게 된다. 그러나 이 시는 이데
올로기적 의미화에 지나치게 집착한 나머지 전쟁의 리얼리티를 제대
로 살리지 못했다.

「국군을 죽어서 말한다」외에도『풍랑』에서 수록된 6·25전쟁의 체
험을 다룬 시들(「수수밭에서」, 「외양간의 하룻밤」, 「무덤에 내리는 소낙비」,

---

24 요시자와 세이치로는 국가의 건설을 위한 혁명이나 외적으로부터 국가를 수호하는 과
정에서 죽은 자(열사나 전사자)를 추모하는 행위가 국민국가의 형성과 유지에 미친 정
치적 의미를 근대 중국의 형성 과정에서 발생한 담사동(譚嗣同), 진천화(陣天華), 반
자인(潘子寅)의 사례를 들어 설명하고 있다. 이에 대해서는 요시자와 세이치로 저, 정
지호 역,『애국주의의 형성』, 논형, 2006의 5장(「애국을 위해 죽다」) 참고.

25 오세영은 이 시를 전쟁시의 범주 하에서 "선전선동시"로 규정한 바 있다. 그리고 이 시
는 "선전선동시" 중에서도 전쟁에 참여한 평범한 전투원의 영웅적 행위를 찬양하는 찬
가로 보고 있다. 그러나 "선전선동시"의 하위범주의 하나인 "애도시"로 보는 것이 더 적
절하지 않나 싶다. 그에 의하면, "애도시"는 전사자의 죽음을 애도함으로써 독자로 하
여금 전쟁에 적극적으로 참여하게 하고 승전의욕을 고취시키는 시이다. 그런데 모윤숙
의 작품에는 주인공인 국군의 영웅적 행위에 대한 묘사는 등장하지 않고 그의 죽음에
대한 시적 화자의 감정 묘사가 주를 이루고 있기 때문이다. 오세영의 "선전선동시"에
대한 설명은 오세영, 「6·25와 한국 전쟁시 연구」,『한국문화』13집, 서울대 규장각한
국학연구원, 1992, 249~260쪽 참고.

「수수밥 짓기」)은 모윤숙이 여성 지식인으로 바라 본 전쟁의 참상과 고통을 드러내고 있다.[26] 그러나 이 시기의 경험을 담은 시들이 전쟁의 보다 폭넓은 측면을 보여주는 것은 아니다. 이 시기 그녀의 시들은 인민군 치하 3개월여 동안에 지식인 여성이 겪은 피난 생활의 애환을 적에 대한 적개심에 침윤된 시선으로 그려낸 것들이다. 그것들은 6·25전쟁을 경험한 국민 전체의 보편적 경험으로 확대되기에는 지나치게 사사화(私事化)되어 있다는 한계를 안고 있다. 그녀가 그 3개월여를 고통스러워 했던 것은 그녀가 대한민국이라는 국민국가의 건설에 중요한 역할을 했다는 심적 부담감이었을 것이다. 그런 사정을 제외하고 보면 그녀가 겪은 고통은 일반 국민이 겪은 고통과 비교할 만한 수준이 아니었음은 자명하다.

전쟁의 고통을 한 국가의 국민이 공유할 공동의 기억으로 만들고 그것을 의례화하며, 그것으로부터 고통의 배제를 위해 노력하는 것, 그것은 E. 르낭이 민족에 대해서 이야기하며 강조했던 애도의 정치적 가치이다.[27] 희생과 고통의 국민화야말로 국민의 단결과 국가의 공고화를 위한 가장 중요한 작업이기 때문이다. 이 과정에서 모윤숙의 시는 중요한 역할을 한 것이다. 이후에도 그녀는 국민의 기억을 상상적으로 재조직화하는 창작 활동을 하게 되는데, 그것은 그의 활동 말기에 해당하는 1970년대의 서사적 장시의 모습으로 드러난다.

---

26 정영자, 「모윤숙의 시세계」, 『한국여성시인연구』, 평민사, 1996, 129쪽.

27 "(…)함께하는 고통은 기쁨보다 훨씬 더 사람을 단결시킵니다. 민족적인 추억이라는 점에서는 애도가 승리보다 낫습니다. 애도의 기억들은 의무를 부과하며, 공통의 노력을 요구하기 때문입니다. / 그러므로 민족은 이미 치러진 희생과 여전히 치를 준비가 되어 있는 희생의 욕구에 의해 구성된 거대한 결속입니다.(…)" 에르네스트 르낭 저, 신행선 역, 『민족이란 무엇인가』, 책세상, 2002, 81쪽.

3) 문화의 정치화와 정치적 알레고리

모윤숙은 1960년대에는 별다른 창작활동을 보이지 못하고 있는데, 이는 그녀가 다양한 문학외적 활동으로 바쁜 일상을 보내고 있었기 때문이다. 그러다가 1970년대 들어서면서 새로운 양상의 시적 활동을 보여주기 시작한다. 창작 초기에 그런 경향이 없었던 것은 아니지만 1970년대 들어 내어놓은 서사적 장시는 그동안의 시적 이력으로 볼 때는 낯선 것임에 틀림없다. 그녀의 1970년대는 역사적 사실에 기초한 장시의 창작에 주력한 시기이다. 1973년에는 임진왜란 당시 국난을 타개하는 데 중요한 역할을 한 논개와 김시민 장군의 이야기를 다룬 『논개』를, 1978년에는 삼국시대 신라의 선덕여왕과 백제 도공 아버지의 이야기를 다룬 『황룡사 구층탑』을 상재하였다. 그렇다면 왜 1970년대 들어 모윤숙의 시세계가 이전과는 색다른 국면으로 접어들게 되었을까. 이런 의문은 그녀가 보여준 기존 시세계와의 연결성과 단절성을 확인하는 중요한 물음이라고 할 수 있다.

1970년대는 시대적으로 한국적 민족주의라는 박정희 정권의 통치 이데올로기가 강화되는 시기였다. 박정희 정권은 역대 정권 중 민족주의 담론을 가장 효과적으로 이용한 정권이다. 1971년 국가비상사태 선포와 1972년 유신 선포 이후 박정희는 국민총화를 통해 군사주의, 국가주의를 통치의 핵심으로 삼았다. 1960년대 중반 이후 강화된 북한의 호전적 대응과 악화되어 가던 대미 관계, 그리고 국내 민주세력의 저항, 경제 발전상의 새로운 도약은 개인의 국민화를 재삼 국가적 프로젝트로 강조하게 만든 배경이 되었다.[28]

이런 상황에서 박정희 정권은 통치 헤게모니의 강화 차원에서 민족

주의를 적극적으로 부흥시키고 그러한 연장선 위에서 정권의 정당성
을 확보하고자 하였다. 그리하여 국가적으로 상무정신을 발흥하기를
원하여 역사적인 차원에서 정당성을 확보하고자 하였다. 이 과정에서
세종대왕과 이순신장군 같은 역사적 인물을 민족의 문화적 역량을 부
흥시키고 국가적 재난을 극복한 위대한 영웅으로 만들었다.29 그리고
이 시기에 접어들면서 민족문화에 대한 연구에 대해 국가적 차원의
지원이 본격화되었다.

　모윤숙이 『논개』와 『황룡사 구층탑』과 같은 서사적 장시를 쓰게 된
사회문화적인 배경을 고려할 때 이와 같은 시대적 분위기는 충분히
고려되어야 할 것이다. 그렇다고 그녀가 국책적 요구에 따라 이들 시
를 창작했다고 보는 것은 아니다. 다만 한국적 민족주의에 대한 탐구
와 작흥이 두드러졌던 당대의 시대 분위기가 그녀의 창작 방향 설정
에 상당한 정신적 영향을 주었을 것이다.

　『논개』는 임진왜란 당시의 혼란한 정치 풍경과 고통 받는 민중의
참상, 그리고 전란 당시 일본군의 잔학상을 묘사하는 것으로부터 시
작해서, 진주성 싸움에서 군관민을 진두지휘해 진주대첩을 이끌어내
기까지 김시민 장군의 활약상과 논개의 의로운 죽음으로 끝을 맺고

28 전재호,「박정희 체제의 민족주의: 담론의 변화와 그 원인」,『98년 연례학술회의논문
집』, 한국정치학회, 1998, 500~505쪽.
29 박정희 정권에 의한 역사적 인물의 영웅화 작업은 세종대왕과 이순신장군을 중심으로
이루어졌다. 특히 이순신장군에 대한 박성회의 애성은 대단한 것이었다. 현충사를 비
롯한 이순신장군과 관련된 역사적 유적의 정비, 이순신 동상의 건립, 충무공탄신기념
일 제정,『난중일기』를 비롯한 이순신 관련 출판의 장려, 충무공의 노래 창작, 태권도
의 국기화(國技化) 등은 박정희가 재임 기간(특히 1970년대)의 대표적인 행적이다. 전
재호,「민족주의와 역사의 이용: 박정희 체제의 전통문화정책」,『사회과학연구』7권,
서강대 사회과학연구소, 1998, 93~97쪽.

있다. 여성시인으로서는 보기 드문 규모와 야심을 가진 이 작품에서 모윤숙은 전쟁이라는 "한 형식을 갖춘 난(亂)" 속에서 평범한 여성 논개가 어떻게 애국심을 가진 여성으로 거듭나는지를 보여주고자 한다.[30] 그러나 정작 이 작품 속에서 논개는 김시민 장군의 활약상에 가려져 부차적인 인물로서의 지위만을 가지고 있을 뿐이다.

이 시에서 김시민 장군과 논개는 각각 다음과 같이 묘사된다.

소란한 적의 웅성거림이 지축을 울릴 때
그는 메마른 입술을 깨물어 일어섰네.
겸허한 그 무용! 군인 중의 군인!
내 영원의 나랏사람!

「논개」 5장 부분[31]

오직 신뢰와 강직한 인품으로
저 악의 귀신들을 몰아낼
이 성을 지키는 시민 장군 그의 짝으로,
너는 그의 음악이 되고
그의 장미로 영원이 되어
재생의 여신으로 달음질하라.

「논개」 8장 부분[32]

---

30 「논개」의 「자서」, 『모윤숙전집3』, 16쪽.
31 『모윤숙전집3』, 50쪽.
32 『모윤숙전집3』, 78쪽.

모윤숙은 김시민 장군을 위대한 군인으로 묘사하고 있다. 나라를 수호해야 할 관리와 장군이 모두 패하거나 도망간 상황에서도 적을 물리치려는 의지가 충천한 김시민 장군을 "군인 중의 군인"이라거나 "내 영원의 나랏사람"으로 추앙하고 있다. 그에 비해 논개는 김시민 장군의 "짝"으로서 "그의 음악"이나 "그의 장미"와 같은 위치로 자리매김하고 있다. 「논개」에서도 그녀는 일제 강점기의 시와 비슷한 성역할 구조를 작품 속에 투영하고 있다. 남성은 나라를 구할 위대한 장군으로, 여성은 그를 찬양하며 그를 돕는 부차적 존재로 설정하고 있는 것이다. 이와 같은 위계적이고 차별적인 역할 구분은 그동안의 창작 활동과 정치 활동에서 모윤숙이 보여준 의식과 행태를 숨김없이, 일관되게 드러낸 것이라고 할 만하다.

이 작품은 모윤숙이 애초 밝힌 창작 의도와는 달리 김시민 장군의 활약상과 군인 정신에 대한 찬양에 주력하고 있는 면모를 보인다. 우리는 여기서 그녀가 숨겨 둔 창작 의도를 엿볼 수 있을 듯하다. 그녀는 이 작품을 통해서 박정희를 우회적으로 찬양하고자 한 것이다. 박정희를 김시민 장군에 유비시켜 그를 민족을 구원할 지도자로 그리고, 그녀 자신을 논개에 유비시켜 박정희라는 "군인 중의 군인"을 돕는 "재생의 여신"으로 그려내고자 한 것으로 보인다.[33]

이들 작품은 모윤숙이 지속적으로 관심을 가지고 있었던 민족에 대한 열정과 사랑이 새로운 시대적 환경 속에서 새로운 방향으로 구축되고 있다는 점에서 주목을 요하는 작품이라고 할 수 있다. 이들 작품에서 논개와 선덕여왕이라는 여성 인물을 중심축에 놓고 있다는 점에서 "민족을 구하는 여성"이라는 모윤숙 시의 초기 주제가 여전히 작동하고 있음을 확인하게 된다. 그러나 이전 시기의 시들과 다른 점은 그 여성들이 한결같이 역사 속에 기록된 여성이라는 사실이다.

모윤숙의 관심이 역사로 회귀한 데는 위에서도 말했다시피 역사 속의 인물을 영웅화, 위인화하던 시대적 분위기와 연관된 것이다. 그런데 그런 분위기 속에서 그녀의 선택이 특이한 것은 그가 내세운 인물들이 모두 여성이라는 사실이다. '여성의 국민화'라는 그녀의 시 창작의도에 비추어봤을 때, 의와 지라는 덕목을 발휘하여 국가의 구제와 발흥에 기여한 인물로서 논개와 선덕여왕은 좋은 소재가 된다고 하겠다. 근대 이후 논개는 진주라는 지역에 국한된 영웅으로 존재했을 뿐 국가적 차원에서 추모되지는 못했다. 일제 강점기에도 논개제와 관련된 기사가 보이기는 하지만, 임진왜란이 총독부의 국가적 연원을 이루는 것이기에 논개에 대한 추모는 국가화할 수 없었다. 그리고 선덕여왕은 적절한 상징적 위치를 부여받기에는 모호한 대상이었다. 그러나 여성주의적 사회의식이 기반을 잡아가고 민족적 자아정체성의 탐구가 맞물리면서 선덕여왕은 여성사 내에서 여성의 정치적 리더십을 발휘한 중요한 인물로 부상하였다.

『논개』가 발표된 시점이 한일협정 이후 반일 감정이 극도로 상승하고 박정희 정권에 대한 반대 감정이 상승하던 시점이라는 점에서 『논개』는 국가의 이데올로기적 정당성을 강화하는 효과를 발휘하고 있

---

33 모윤숙은 박정희, 육영수 부부와 친밀한 관계를 형성하고 있었다. 모윤숙은 육영수와의 교유를 보여주는 「육영수 여사」(『모윤숙전집3』, 249~251쪽)나 육영수 피격 사건 이후 그의 죽음을 추모하는 「고 육영수여사 3주기에 즈음하여」(『모윤숙전집2』, 265~266쪽)라는 글을 쓴 바 있다. 특히 「육영수 여사」는 청와대 뜰에서 육영수와 대화를 나누던 기억, 청평 호숫가에 위치한 초가를 방문한 대통령 부부에 대한 기억 등을 비교적 소상히 기술하고 있다. 이런 정황이나 그녀가 1970년대에 누렸던 권력이나 영화를 생각할 때, 박정희와도 상당한 개인적 교분을 가지고 있었을 것으로 생각된다.

다. 논개는 잘 알려져 있다시피 임진왜란 당시 진주의 기생으로 왜장
과 함께 남강에 투신자살한 의기이다. 부패와 당쟁으로 몰락한 조선
왕조는 일본의 침입으로 전 국토가 유린되고, 민중의 참상을 이루 말
할 수 없는 지경이었다. 진주성은 이 과정에서 왜적의 수중에 함락되
었다. 진주성의 함락을 축하는 자리에 불려나온 논개는 국가의 폐망
을 슬퍼하면서 마지막 순간 왜장을 껴안고 자살함으로써 미천한 여성
으로서 의기를 보여주었다. 논개의 죽음은 가장 천한 존재로 간주된
여성인 기생의 신분을 가지고 있었음에도 불구하고 국가에 대한 충성
을 보여주고 있다는 점에서 문제적이다. 여성의 섹슈얼리티라는 지극
히 사적인 능력을 공적인 목적을 위해 이용했다는 측면에서 논개는
여성의 섹슈얼리티와 민족주의적 가치가 결합된 독특한 인물 유형이
라고 할 수 있다. 논개라는 여성은 모윤숙의 입장에서 볼 때 자신의
국가관을 드러내기에 적절한 인물이었을지는 모르겠으나 이 시는 근
대적 국가관으로 근대 이전 인물의 행위와 의미를 이데올로기적으로
착색함으로써 문학적 감동을 던져주기에는 부족한 작품이다. 이런 이
유 외에도 이 작품은 김지향의 지적처럼 소재 자체의 고정된 속성, 서
사시가 지닌 픽션의 한계 등의 약점을 지니고 있다.[34]

　서양에서 민족주의는 민족을 상징하는 여성 이미지들을 충실히 이
용함으로써 민족주의의 이상과 가치들을 강화시켜왔다.[35] 특히 전쟁
과 같은 국가적 위기 상황에서 여성 이미지는 개인의 국민화를 촉진

---

34 김지향, 『한국현대여류시인론』, 거목, 1991, 62쪽.

35 조지 모스는 19세기 서구 유럽에서 자민족을 상징하는 여성 이미지들인 게르마니아(독
　일), 브리타니아(영국), 마리안느(프랑스)가 어떻게 민족주의를 강화하고 있는지를 보
　여주고 있다. 조지 모스 저, 서강여성문학연구회 역, 『내셔널리즘과 섹슈얼리티』, 소명
　출판, 2004의 5장(「어떤 여성인가?」) 참고.

402 식민지시대 시의 이념과 풍경

하는 이미지로서 중요한 위치를 차지하며, 이런 범주를 벗어난 여성에 대한 억압을 수반한다. 이렇게 볼 때 모윤숙이 논개를 국가적 기억의 범주로 소환한 것은 여성의 공적 영역에서의 위치 강화라는 긍정적 측면과 더불어 '여성의 국민화'에 따른 억압의 강화라는 측면에서 문제가 된다. 이 작품에서 논개는 기생이 가진 섹슈얼리티와 남성의 보조물이라는 이미지를 부정하고 항상 국가의 안위를 걱정하는 주체적 인물로 부각되고 있다. 또 논개는 국가적 위난을 극복할 만큼 강인한 남성 주체를 그리워하는 여성의 이미지도 가지고 있다. 그녀에게 있어 김시민 장군은 그와 같은 존재로 그려지고 있다. 절대 열세의 상황임에도 불구하고 몇 배에 달하는 일본군을 물리친 김시민 장군이 논개의 흠모 대상이 되는 것은 바로 이와 같은 이유에서이다. 그리고 작품의 제명을 김시민 장군이 아니라 논개로 설정한 것은 김시민 장군이야말로 논개라는 여성 이미지를 강화하는 보조적 존재에 불과하기 때문이다.

이와 같은 설정은 모윤숙이 『렌의 애가』에서 보여준 것과도 비슷하다. 일제 강점기에 발표된 『렌의 애가』에서는 잘 드러나지 않지만 해방 이후 첨가된 부분에서 "렌"은 국가와 민족의 앞날을 그리워하는 여성 인물로 부각되고, 그의 연애 대상인 "시몬"은 "렌"의 애국적 의식을 뒷받침하는 보조적 존재로만 기능한다.[36] 그녀의 분신이라고 할 "렌"이 1970년대라는 시대적 상황에 의해 변용된 존재가 바로 "논개"인 셈이다. 이런 점을 고려할 때, 해방 이후 여성으로서는 보기 드물게 공적 영역에서 뚜렷한 활동을 해온 그녀가 시작 생활을 마감하는 시점에서 "논

---

36 송영순, 앞의 책, 199쪽.

개"를 자신의 페르소나로 선택했다는 사실은 자연스럽기까지 하다.

구국의 여성 이미지를 효과적으로 활용한 『논개』에 비해 『황룡사 구층탑』은 다소 다른 방향을 취하고 있다. 지금은 사라진 황룡사 구층 탑의 건설을 둘러싼 이야기를 담고 있는 이 작품에는 국가적 위난의 상황에서 순국한 여성 인물에 대한 애도를 보여준 『논개』와는 달리 침략의 위협에 처한 국가의 위기를 봉합하고 삼국통일의 기반을 형성 한 여성의 정치력을 찬양하고 있다. 이 작품의 배경은 민족이 고구려, 백제, 신라로 분열되어 있었던 삼국시대로 민족의 통합이 정치적 이 상으로 놓여 있던 시대이다. 모윤숙은 정치적 이상을 가진 신라의 여 왕으로 하여금 백제의 도공을 불러들여 예술의 힘으로 민족의 통합이 이루어지는 상황을 상정하고 있다. 이는 민족의 통합이 예술의 힘으 로만 가능하다는 사실을 우회적으로 말하고 있는 것이다. 그러한 결 합의 상징으로서 황룡사 구층탑은 중요한 의미를 가지는 것이다. 현 실에서는 존재하지만 역사적 기억 속에는 존재하는 황룡사 구층탑은 민족의 통합을 상징하는 것이다. 비록 작품 속에서는 신라와 백제의 통합으로 묘사되지만, 노년의 그녀에게 있어 『황룡사 구층탑』에서 드 러난 세계는 민족 통일이 사회적 화두로 부상한 1970년대의 시대적 상황이 부여한 시적 테마라고 할 수 있다.

이처럼 모윤숙은 역사의 세계로 뛰어들어 1970년대 두 편의 서사적 장시를 발표하였다. 왜 굳이 그가 역사의 세계, 그것도 민족이 외침을 받거나 분열된 시점을 창작의 소재로 삼았는가는 이로써 어느 정도 자명해졌다. 그것은 민족의 분열에서 통합으로 이어지는 위기의 서사 를 통해서 국가의 민족주의적 기반을 다지기 위함이다. 근대 이후 국 가에 있어서 문화는 그 자체로 고립되거나 자율성을 지닌 것이 아니라 정치와 불가분의 연관성을 지니게 된다. 특히 민족주의는 문화적 가치에 대한 고려를 배제하고서는 적절한 기능을 수행할 수 없다. 문화는 정치적 맥락에서 재조정됨으로써 정치적 주장과 교합하게 되는데, 이런 측면에서 볼 때 한 민족이 가진 문화유산, 즉 시, 설화, 회화, 음악, 역사, 종교 등 문화를 구성하는 다양한 부문이 어느 시기에 재조명되는 일은 필연적이다. 이를 일러 "문화의 정치화"라고 규정할 수 있다면,37 그녀가 논개나 선덕여왕과 관련된 기억을 1970년대 창작의 소재로 삼은 것은 당대의 정치적 요구를 문화적 맥락에서 소화한 '문화의 정치화' 작업의 일종이라고 말할 수 있을 것이다.

3. 결론

모윤숙은 노천명과 더불어 1930년대 이후 대표적 여성시인으로 평가되어왔다. 그의 문학적 성향은 대체로 낭만적 민족주의로 평가되어왔고, 여성의 내면적 섬세함보다는 남성의 강인한 의지를 소박한 기교로 표현한 것으로 이해되어왔다. 그녀의 시에 대한 평가는 지금까지 주로 일제 강점기에 발표된 시들을 중심으로 이루어져왔다. 그 중에서도 특히 처녀시집인 『빛나는 지역』이 집중적인 논의 대상이 되어왔는데, 이는 이후 모윤숙의 시를 긍정적으로 평가하기에는 난점이 있기 때

---

37 '문화의 정치화'와 관련된 논의는 박의경, 「민족문화와 정치적 정통성: 루소(J. J. Rousseau)와 헤르더(J. G. Herder)」, 『한국정치학회보』 36권 3호, 한국정치학회, 2002, 66쪽 참고.

문이다. 일제 강점 말기의 친일 문필 행적을 비롯하여 대한민국 건국 이후 그녀가 보여준 권력지향성은 문학의 탈정치성을 주장해온 순수문학의 입장에서도 쉽사리 수긍되기 어려운 면이 있기 때문이다.

이 글에서는 그동안 모윤숙 시에 대한 포괄적 논의를 배제할 수밖에 없었던 요인이 그의 민족주의 지향성에 있다는 가정에 착안하여 그녀의 민족주의 지향성이 갖는 특성과 그것이 가질 수밖에 없는 한계를 중심으로 논의하고자 하였다.

모윤숙은 첫 시집인 『빛나는 지역』에서부터 민족주의 지향성을 강렬히 표출하고 있다. 그런데 이 시기 그의 시에서 드러나는 민족주의는 피의 순수성과 땅에 대한 애착이라는 파시즘적 민족주의의 경향을 내재하고 있는 다분히 '위험한 민족주의'의 특성을 보인다. 그리고 시적 화자는 "님"으로 표상되는 위대한 남성을 희구하며 "님"의 보조자가 되고자 하는 열망을 표출하고 있다. 이는 그녀의 민족주의가 여성의 "이등시민적 위치"를 부정하지 않는, 고분한 여성성에 기반하고 있음을 보여준다. 이와 같은 특성은 그녀가 일제 강점 말기에 친일의 길로 무난하게 진입할 수 있었던 내적 논리로 기능한다. 그는 공적 영역으로의 여성의 참여가 가질 수 있는 민족 배반적 성격에 대해 일말의 회의도 보이지 않은 채, "대동아전쟁"과 "신체제" 협력의 길로 여성을 내모는 길에 앞장을 섰던 것이다.

모윤숙은 해방 이후 이승만을 비롯한 정치 권력자와 밀착된 위치에서 국가나 체제에 협력하는 권력 지향적 행보를 계속 걸었다. 이 시기부터 그녀의 창작 활동은 양적으로 줄어들고, 시의 성격도 이전의 막연한 민족주의에서 벗어나 국가와 체제의 옹호, 지도자에 대한 찬양 등 지배이데올로기와 밀착된 성격을 보이게 된다. 6·25전쟁 당시에 발표된 「국군은 죽어서 말한다」는 국가의 입장에서 전사자를 애도하며 국민을 선동한 시로서, 6·25전쟁 당시부터 지속적으로 국어교과서에 수록되어 전 국민이 같이 읊는 국민시가 되었다. 그리고 그녀가 노년기에 접어들어 내놓은 서사적 장시 『논개』에서는 임진왜란 당시 애국심을 발휘해 국가를 위기에서 구한 김시민 장군과 논개의 업적을 찬양하고 있는데, 이 시는 역사적 사건이나 설화를 1970년대적 상황 속에 끌어 들여 박정희 정권을 문화적으로 옹호하는 역할을 한 작품이다.

이처럼 모윤숙은 20세기 한국현대문학사에서 여성시인으로 정치와 가장 밀착된 위치에서 활동한 인물이다. 그녀가 여성 리더로서 각 방면에서 이룬 업적은 그 누구와 비교해도 뒤지지 않을 만큼 다양하고 화려하다. 그녀가 공적 영역에 참여하여 이뤄낸 업적은 여성의 공적 영역 참여의 확대라는 중요한 의미를 시사하는 것이지만, 이와 같은 긍정적 평가를 무색케 할 정도로 그녀의 공적 영역 참여가 던져주는 부정적 의미 역시 적지 않다. 그녀가 공적 영역에서 활발한 활동을 할 수 있었던 것은 그녀가 민족주의 지향성을 가지고 있었기 때문일 테지만 다른 한편으로는 그녀가 철저히 남성적 위계질서에 순응한 여성이었기 때문이기도 하다. 초기시에서부터 드러나듯이 그녀는 스스로를 "님"을 위한 "장미"나 "음악"으로 생각했을 뿐 그 이상의 역할을 꿈꾸지 못했다. 여성이 남성에게 줄 수 있는 섹슈얼리티나 위안을 무기로 삼은 그녀가 6·25전쟁 당시 낙랑클럽을 조직해서 벌인 활동은 이러한 의식상의 한계를 단적으로 보여주는 것이다. 이것이 그녀의 민족주의가 안고 있는 한계이자, 사적 영역과 공적 영역의 대립이 해체되어 가는 현대를 살아가는 우리에게 던져주는 시사점이다.

참고문헌

1. 자료

『김기림전집』, 심설당, 1988.

『노천명전집』, 솔, 1997.

『미당자서전』, 민음사, 1994.

『아세아시집』, 대동출판사, 1942.

『영운 모윤숙 문학전집』, 성한출판주식회사, 1989.

『임학수시전집』, 아세아, 2001.

『정지용전집』, 민음사, 2003.

김규동 · 김병걸 편역,『친일문학작품선집』, 실천문학사, 1986.

藤石貴代 · 大村益夫 · 沈元燮 · 布袋敏博 編,『金鐘漢全集』, 東京 : 綠蔭書房, 2005.

이동순 · 황선열 편,『권환시전집』, 솔, 1998.

황선열 편,『권환전집』, 부산 : 전망사, 2002.

2. 논문

Uchida Jun 저, 현순조 역,「총력전 시기 재조선 일본인의 "내선일체"정책에 대한 협력」,『아세아연구』131호, 고려대 아세아문제연구소, 2008.3.

강호정,「〈 여기 〉와 〈 저기 〉의 변증법」,『다시 읽는 정지용 시』, 최동호 · 맹문재 외 지음, 월인, 2003.

고봉준,「"동양"의 발견과 국민문학-김종한론」,『한국문학이론과 비평』35집, 한국문학이론과 비평학회, 2007.

_____,「모더니즘의 초극과 동양 인식」,『한국시학연구』13집, 한국시학회, 2005.

고정선,「임학수 시 연구」, 순천대 교육대학원 석사논문, 1997.

곽승미,「일제강점기 여행 문화의 향유 실태와 서사적 수용 양상」,『대중서사연구』15호, 대중서사학회, 2006.6.

구창남,「노천명의 시세계」,『한민족어문학』11집, 한민족어문학회, 1984.

권순긍, 「지촌 김용제와 친일문학의 논리」, 『인문사회과학연구』 4호, 세명대 인문사
　　회과학연구소, 1996.12.

권정우, 「정지용의 바다시편과 산시편의 연속성 연구」, 『Comparative Korean
　　Studies』 12권 2호, 2004.

김광현, 「임학수 시 연구」, 순천대 석사논문, 2005.

김기중, 「김기림의 〈과학적 비평론〉 연구」, 『한국문예비평연구』 13집, 한국현대문
　　예비평학회, 2003.

김성윤, 「카프의 문학적 실체 복원하기」, 『실천문학』 53호, 1999년 봄호.

김승종, 「비극적 아이러니와 그 초월」, 『시와 시학』, 1996.6.

김양선, 「일제 말기 여성 작가들의 친일담론 연구」, 『어문연구』 127권, 한국어문교
　　육연구회, 2005.9.

김연숙, 「저널리즘과 여성작가의 탄생-1920~30년대 여기자집단을 중심으로」, 『여
　　성문학연구』 14권, 한국여성문학학회, 2005.

김영주, 「1920-1930년대 기행시 연구」, 『한국문학논총』 42집, 한국문학회, 2006.4.

김영희, 「국민정신총동원 운동의 전개 형태와 그 침투」, 『한국근현대사연구』 22집,
　　한국근현대사학회, 2002.9.

김용제, 「고백적 친일문학론」, 『한국문학』, 1978.8.

김용직, 「주지적 태도에서 "思無邪"까지」, 『한국시학연구』 7집, 한국시학회, 2002.

김용희, 「서정주 시의 시어와 이데올로기」, 『한국시학연구』 12집, 한국시학회, 2005.

＿＿＿, 「정지용 시의 공간과 고독」, 『정지용 시의 미학성』, 소명출판, 2004.

김유중, 「정지용 시 정신의 본질」, 『한국문학이론과 비평』 19집, 한국문학이론과 비
　　평학회, 2003.6.

김윤식, 「해방공간에서의 권환과 향파」, 『문학사의 새 영역』, 강, 2007.

김은정, 「노천명 시의 창작방법 연구 - 전반기 시를 중심으로」, 『비평문학』 18호, 한
　　국비평문학회, 2004.

김재용, 「동시성의 비동시성과 침묵의 저항」, 『협력과 저항』, 소명출판, 2004.

＿＿＿, 「전도된 오리엔탈리즘으로서의 친일문학」, 『실천문학』, 2002년 여름.

김재홍, 「볼계비키 프로시인」, 『카프시인비평』, 서울대 출판부, 1990.

김춘식, 「친일문학에 대한 "윤리"와 서정주 연구의 문제점」, 『한국문학연구』 34집,
　　동국대 한국문학연구소, 2008.6.

김현자, 「노천명 시의 양가성과 미적 거리」, 『한국시학연구』 2집, 한국시학회, 1999.

나희덕, 「1930년대 시의 "자연"과 "감각"」, 『현대문학의 연구』 25집, 한국문학연구학
　　회, 2005.

남기혁, 「정지용 중·후기시에 나타난 풍경과 시선, 재현의 문제」, 『국어문학』 47집, 국어문학회, 2009.8.

大村益夫, 「1945년까지의 김용제」, 『현대문학』, 1991.2.

_____, 「잊혀진 시인 김용제」, 『조선의 혼을 찾아서』, 소명출판, 2007.

藤石高代, 「김종한과 국민문학」, 『사이』 창간호, 국제한국문학문화학회, 2006.

목진숙, 「권환 연구」, 창원대 석사논문, 1993.

문혜원, 「김기림 시론에 나타나는 인식의 전환과 형태 모색」, 『한국문학이론과 비평』 23집, 한국문학이론과 비평학회, 2004.6.

민병기, 「정지용의 「바다」와 「鄕愁」」, 『시안』 4호, 1999.

박건명, 「권환론」, 『건국어문학』 13·14집, 건국어문학회, 1989.

박명용, 「일제말기 한국문학의 역사적 의미 - 김용제론」, 『대전대학교 논문집』 12권 1호, 대전대 인문과학연구소, 1993.3.

박상동, 「정지용 시의 난해성 연구」, 고려대 석사논문, 2004.

박성진, 「일제말기 녹기연맹의 내선일체론」, 『한국근대현대사연구』 10집, 한국근현대사학회, 1999.6.

박수연, 「일제말 친일시의 계보」, 『우리말글』 36집, 우리말글학회, 2006.4.

_____, 「힘과 서정의 결합으로서의 친일문학」, 『한국근대문학연구』 4권 1호, 한국근대문학회, 2003.4.

박용찬, 「6·25전쟁 전후 현대시의 국어교과서 정전화(正典化) 과정 연구」, 『어문학』 91집, 한국어문학회, 2006.3.

박의경, 「민족문화와 정치적 정통성: 루소(J. J. Rousseau)와 헤르더(J. G. Herder)」, 『한국정치학회보』 36권 3호, 한국정치학회, 2002.

박태일, 「경남 지역문학과 부왜활동」, 『한국문학논총』 30집, 한국문학회, 2002.6.

박호영, 「「유선애상」에 대한 시 해석의 방향」, 『한국시학연구』 31호, 한국시학회, 2011.8.

_____, 「김종한 연구」, 『한중인문학연구』 18, 한중인문학회, 2006.

방민호, 「김기림 비평의 문명비평론적 성격에 관한 고찰」, 『우리말글』 34호, 우리말글학회, 2005.8.

방효순, 「일제시대 민간 서적발행 활동의 구조적 특성에 관한 연구」, 이화여대 박사논문, 2000.

배호남, 「김기림의 『시론』 연구」, 『한국시학연구』 16집, 한국시학회, 2006.

사나다 히로코, 「정지용 후기 산문시의 상징성과 사회성에 대한 고찰」, 『어문연구』 110권, 한국어문교육연구회, 2001.6.

서경석, 「만주국 기행문학 연구」, 『어문학』 86호, 한국어문학회, 2004.12.

서영채, 「기원의 신화를 향해 가는 길: 최남선의 『백두산 근참기』」, 『한국근대문학
　　　연구』 6권 2호, 한국근대문학회, 2005.10.

소래섭, 「정지용의 시 「유선애상」의 소재와 의미」, 『한국현대문학연구』 20집, 한국
　　　현대문학회, 2006.12.

송기한, 「산행체험과 시집 『백록담』의 의미」, 『한국문학이론과 비평』 19집, 한국문
　　　학이론과 비평학회, 2003.6.

송영순, 「모윤숙의 시에 나타난 전쟁과 여성의식」, 『여성문학연구』 10호, 한국여성
　　　문학학회, 2003.

디잔, 수잔 「E. P. 톰슨과 나탈리 데이비스의 저작 속의 군중, 공동체, 그리고 종교
　　　의식」, 린 헌트 편, 조한욱 역, 『문화로 본 새로운 역사』, 소나무, 1996.

신범순, 「정지용 시에서 "詩人"의 초상과 언어의 특성」, 『한국현대문학연구』 6집, 한
　　　국현대문학회, 1998.

＿＿＿, 「정지용 시에서 헤매임과 산문 양식의 문제」, 『한국현대문학연구』 5집, 한
　　　국현대문학회, 1997.8.

＿＿＿, 「정지용의 시와 기행산문에 대한 연구」, 『한국현대문학연구』 9집, 한국현대
　　　문학회, 2001.6.

신재기, 「김기림 문학비평의 근대성 연구」, 『어문학』 60집, 한국어문학회, 1997.

심원섭, 「김종한(金鍾漢)의 전향(轉向)과정에 대하여」, 『정신문화연구』 114호, 한
　　　국학중앙연구원, 2009.

심원섭, 「김종한과 김소운의 정지용 시 번역에 대하여: 『설백집』 (1943)과 『조선시
　　　집』 (1943)을 중심으로」, 『한국문학논총』 41집, 한국문학회, 2005.

＿＿＿, 「김종한과 사토 하루오(佐藤春夫)」, 『배달말』 43호, 배달말학회, 2008.

＿＿＿, 「김종한의 일본 유학 체험과 "순수시"의 시론-발레리 · 브루노 타우트 · 호프
　　　만스탈 체험과 관련하여」, 『한국문학논총』 50집, 한국문학회, 2008.

＿＿＿, 「김종한의 초기 문학수업 시대에 대하여」, 『한국문학논총』 46집, 한국문학
　　　회, 2007.

＿＿＿, 「김종한의 친일시와 시론 연구」, 『한일민족문제연구』 19집, 한일민족문제
　　　학회, 2010.

엄성원, 「김기림 시와 시론의 근대성 연구」, 『한국문학이론과 비평』 제23집, 한국문
　　　학이론과 비평학회, 2004.6.

여태천, 「정지용 시어의 특성과 의미」, 『한국언어문학』 56집, 한국언어문학회,
　　　2006.

오성호, 「「향수」와 「고향」, 그리고 향토의 발견」, 『한국시학연구』 7집, 한국시학회, 2002.

오세영, 「6·25와 한국 전쟁시 연구」, 『한국문화』 13집, 서울대 규장각한국학연구원, 1992.

_____, 「김기림의 "과학으로서의 시학"」, 『한민족어문학』 41집, 한민족어문학회, 2002.

_____, 「지용의 자연시와 성정(性情)의 탐구」, 『한국현대문학연구』 12집, 한국현대문학회, 2002.

와타나베 키이치로, 심종숙 역, 「일본의 한 지방시인과 식민지 한국 체험」, 『일본근대문학』, 1호, 한국일본근대문학회, 2002.4.

윤대석, 「김기림 시론에서의 "과학"」, 『한국근대문학연구』 7권 제1호, 한국근대문학회, 2006.4.

윤여탁, 「1930년대 서술시에 대한 연구-백철과 김용제를 중심으로」, 『국어국문학』 101호, 국어국문학회, 1989.5.

윤은경, 「김종한 시학의 미적 자율성 연구」, 충남대 석사논문, 2010.

윤의섭, 「정지용 시에 나타난 시간성의 수사학적 의미」, 『한국시학연구』 9집, 한국시학회, 2003.

윤재웅, 「1941년, 정지용과 서정주, 상이한 재능의 두 국면-『백록담』과 『화사집』의 비교 검토를 중심으로」, 『한국시학연구』 14호, 한국시학회, 2005.12.

윤해연, 「정지용 후기시와 선비적 전통」, 『시와 시학』, 2003년 여름.

윤형욱, 「권환 시의 현실 대응 의식」, 동아대 교육대학원 석사논문, 1999.

이상오, 「정지용의 산수시 고찰」, 『한국시학연구』 6집, 한국시학회, 2002.

이수정, 「정지용 시에서 "시계"의 의미와 "감각"」, 『한국현대문학연구』 12집, 한국현대문학회, 2002.

이순욱, 「권환의 삶과 문학 활동」, 『어문학』 5집, 한국어문학회, 2007.3.

이숭원, 「노천명의 생애와 문학에 대한 연구」, 『인문논총』 7집, 서울여대 인문과학연구소, 2000.

_____, 「정지용 시의 해학성」, 김종태 편저, 『정지용 이해』, 태학사, 2002.

이인복, 「노천명론」, 『비평문학』 창간호, 한국비평문학회, 1987.

이장렬, 「권환 문학 연구」, 경남대 박사논문, 2003.

_____, 「다시 불러 보는 그 시인」, 『지역문학연구』 4호, 경남부산지역문학회, 1999.4.

이준식, 「일제 강점기 국제 정세의 변화와 전쟁 인식 – 중일전쟁기 내선일체론자들을 중심으로」, 방기중 편, 『일제하 지식인의 파시즘체제 인식과 대응』, 혜안, 2005.

이지원, 「『삼천리』를 통해 본 친일의 논리와 정서」, 『역사와 현실』 69호, 한국역사연구회, 2008.9.

이혜원, 「근대성의 지표와 과학적 시학의 실험」, 『상허학보』 3집, 상허학회, 1996.9.

이희경, 「노천명론: 순응과 거부의 이중적 글쓰기」, 『문예시학』 11집, 충남시문학회, 2000.

임명섭, 「김기림 비평에 나타난 근대의 추구와 초극의 문제」, 『한국근대문학연구』 창간호, 한국근대문학회, 2000.4.

임상석, 「정지용 후기시의 시적 상황」, 『우리문학연구』 15집, 우리문학회, 2002.

임성모, 「팽창하는 경계와 제국의 시선」, 『일본역사연구』 23권, 일본사학회, 2006.

임용운, 「임학수의 시세계 연구」, 목포대 석사논문, 1997.

장도준, 「정지용의 시집 『백록담』의 세계와 미적 논리」, 『계명어문학』 5집, 계명어문학회, 1990.

장영희, 「노천명 시의 전통성 연구」, 『청람어문학』 16권, 청람어문교육학회, 1996.

전봉관, 「황군위문작가단의 북중국 전선 시찰과 임학수의 『전선시집』」, 『어문논총』 42호, 한국문학언어학회, 2005.6.

전영표, 「파인의 『삼천리』와 『대동아』지의 친일성향 연구」, 『출판잡지연구』 9권 1호, 출판문화학회, 2001.

전재호, 「민족주의와 역사의 이용: 박정희 체제의 전통문화정책」, 『사회과학연구』 7권, 서강대 사회과학연구소, 1998.

_____, 「박정희 체제의 민족주의: 담론의 변화와 그 원인」, 『98년 연례학술회의논문집』, 한국정치학회, 1998.

정구향, 「한국 현대시에 나타난 토속의 세계 - 백석과 노천명시를 중심으로」, 『새국어교육』 51집, 한국국어교육학회, 1995.

정선태, 「총력전 시기 전쟁문학론과 종군문학」, 『동양정치사상사』 5권 2호, 한국동양정치사상사학회, 2006.

정승운, 「中野鈴子の轉向と朝鮮」, 『日語日文學』 22집, 대한일어일문학회, 2004.5.

정영자, 「모윤숙의 시세계」, 『한국여성시인연구』, 평민사, 1996.

정재찬, 「시와 정치의 긴장 단계」, 윤여탁·오성호 편, 『한국현대리얼리즘시인론』, 태학사, 1990.

정종현, 「식민지 후반기(1937~1945) 한국문학에 나타난 동양론 연구」, 동국대 박사논문, 2005.

정창석, 「일본 군국주의 파시즘」, 『일본문화학보』 34집, 한국일본문화학회, 2007.8.

_____, 「피해자의 얼굴, 가해자의 얼굴」, 『일본학보』 48집, 한국일본학회, 2001.9.

정혜경·이승엽, 「일제하 녹기연맹의 활동」, 『한국근대현대사연구』 10집, 한국근현대사학회, 1999.6.

정희모, 「김기림 모더니즘론의 전개와 근대성의 문제」, 『현대문학의 연구』 12집, 한국문학연구학회, 1999.

조너선 컬러, 「초해석의 옹호」, 움베르트 에코 편저, 손유택 옮김, 『작가와 텍스트 사이』, 열린책들, 2009.

조영복, 「김기림의 언론활동과 초기 글들의 성격」, 『한국시학연구』 11집, 한국시학회, 2004.

_____, 「김기림의 연구의 한 방향」, 『우리말글』 33호, 우리말글학회, 2005.4.

_____, 「김기림의 예언자적 인식과 침묵의 수사」, 『한국시학연구』 15집, 한국시학회, 2006.

진순애, 「1930년대 모더니즘 문학론 연구」, 『한국시학연구』 창간호, 한국시학회, 1998.

_____, 「정지용 시의 내적 동인으로서 동시」, 『한국시학연구』 7집, 한국시학회.

채석진, 「제국의 감각:"에로 그로 넌센스"」, 『페미니즘연구』 5집, 동녘, 2005.

채수영, 「시의 전경과 후경의 조화」, 『해금시인의 정신지리』, 느티나무, 1991.

최동호, 「정지용의 산수시와 은일의 정신」, 『민족문화연구』 19집, 고려대 민족문화연구소, 1986.

_____, 「한국 현대시와 산수시의 미학」, 『비교문학』 28집, 한국비교문학회, 2002.

_____, 「정지용 자연시에 나타난 정(情)·경(景)에 대한 고찰」, 『한국현대문학연구』 4집, 한국현대문학회, 1995.2.

한민주, 「일제 말기 전선 기행문에 나타난 재현의 정치학」, 『한국문학연구』 33집, 동국대 한국문학연구소, 2007.12.

한숙향, 「정지용의 시 「유선애상」 고찰」, 『비평문학』 40호, 한국비평문학회, 2011.6.

한정호, 「권환의 문학 행보와 마산살이」, 『지역문학연구』 11호, 경남부산지역문학회, 2005.5.

허윤회, 「1940년대 전반기의 서정주」, 『한국문학연구』 34집, 동국대 한국문학연구소, 2008.6.

_____, 「1940년대 전반기의 시론에 대하여」, 『민족문학사연구』 32집, 민족문학사학회, 2006.

황선열, 「권환문학 연구의 현황과 과제」, 『민족문화논총』 33집, 영남대 민족문화연구소, 2006.

황종연, 「정지용의 산문과 전통에의 지향」, 『한국문학연구』 10호, 동국대 한국문학
연구소, 1987.

3. 국내서

아인스테인손, A. 저, 임옥희 외 역, 『모더니즘 문학론』, 현대미학사, 1996.

강심호, 『대중적 감수성의 탄생』, 살림, 2005.

강준만, 『한국근대사산책10』, 인물과사상사, 2008.

고야스 노부쿠니 저, 이승연 역, 『동아·대동아·동아시아』, 역사비평사, 2006.

권영민, 『정지용 시 126편 다시 읽기』, 민음사, 2004.

권영민, 『한국현대문학사1』, 민음사, 2004.

김광림 편, 『박남수·김종한』, 지식산업사, 1982.

김승구, 『이상, 욕망의 기호』, 월인, 2004.

김신정, 『정지용 문학의 현대성』, 소명출판, 2000.

김용직, 『임화문학연구』, 세계사, 1991.

김유중, 『김기림』, 문학세계사, 1996.

김윤식, 『백철 연구』, 소명출판, 2008.

＿＿＿, 『일제 말기 한국 작가의 일본어 글쓰기론』, 서울대 출판부, 2008.

김재용, 『협력과 저항-일제말 사회와 문학』, 소명출판, 2005.

김정신, 『서정주 시정신』, 보고사, 2002.

김종태, 『정지용 시의 공간과 죽음』, 월인, 2002.

김지향, 『한국현대여류시인론』, 거목, 1991.

김학동, 『정지용연구』, 민음사, 1987.

나카미 마리 저, 김순희 역, 『야나기 무네요시 평전』, 효형출판, 2005.

도미야마 이치로 저, 임성모 역, 『전장의 기억』, 이산, 2002.

도구토미 로카 저, 진웅기 역, 『자연과 인생』, 범우사, 2003.

에델, 레온 저, 김윤식 역, 『작가론의 방법』, 삼영사, 2005.

윌리암스, 레이몬드 저, 나영균 역, 『문화와 사회』, 이화여대 출판부, 1988.

젠슨, 마리우스 저, 김우영 외 역, 『현대일본을 찾아서2』, 이산, 2006.

앤더슨, 베네딕트 저, 윤형숙 역, 『상상의 공동체』, 나남, 2003.

딜타이, 빌헬름 저, 이한우 역, 『체험·표현·이해』, 책세상, 2005.

서범석, 『한국농민시연구』, 고려원, 1991.

모스코비치, 세르주 저, 이상률 역, 『군중의 시대』, 문예출판사, 1996.

송기한, 『한국 현대시와 근대성 비판』, 제이앤씨, 2009.

송영순, 『모윤숙 시 연구』, 국학자료원, 1997.

피시, 스탠리 저, 송홍한 역, 『문학연구와 정치적 변화』, 동인, 2001.

컨, 스티븐 저, 박성관 역, 『시간과 공간의 문화사 1880~1918』, 휴머니스트, 2005.

지젝, 슬라보예 저, 김소연 · 유재희 공역, 『비딱하게 보기』, 시각과 언어, 1995.

장, 아이리스 저, 윤지환 역, 『역사는 힘 있는 자가 쓰는가』, 미다스북스, 2006.

이스트호프, 안토니 저, 임상훈 역, 『문학에서 문화연구로』, 현대미학사, 1994.

이 가세트, 오르테가 저, 황보영조 역, 『대중의 반역』, 역사비평사, 2005.

오성호, 『김동환』, 건국대 출판부, 2001.

오오누키 에미코 저, 이향철 역, 『사쿠라가 지다 젊음도 지다』, 모멘토, 2005.

와카스키 야스오 저, 김광식 역, 『일본 군국주의를 벗긴다』, 화산문화, 1996.

요시다 유타카 저, 최혜주 역, 『일본의 군대』, 논형, 2005.

요시자와 세이치로 저, 정지호 역, 『애국주의의 형성』, 논형, 2006.

우에노 치즈코 저, 이선이 역, 『내셔널리즘과 젠더』, 박종철출판사, 2000.

윤대석, 『식민지 국민문학론』, 역락, 2006.

이선옥, 『사군자』, 돌베개, 2011.

이숭원, 『정지용 시의 심층적 탐구』, 태학사, 1999.

이중연, 『"황국신민"의 시대』, 혜안, 2003.

이지원, 『한국 근대 문화사상사 연구』, 혜안, 2007.

이창위, 『우리의 눈으로 본 일본제국 흥망사』, 궁리, 2005.

이효덕 저, 박성관 역, 『표상 공간의 근대』, 소명출판, 2001.

임종국, 『친일문학론』, 민족문제연구소, 2005.

보드리야르, 장 저, 하태환 역, 『시뮬라시옹』, 민음사, 1999.

장석향, 『물레를 돌리는 여인』, 명문당, 1993.

크래리, 조나단 저, 임동근 외 역, 『관찰자의 기술』, 문화과학사, 1999.

모스, 조지 저, 서강여성문학연구회 역, 『내셔널리즘과 섹슈얼리티』, 소명출판, 2004.

최동호, 『정지용사전』, 고려대 출판부, 2003.

최현식, 『말 속의 침묵』, 문학과지성사, 2002.

_____, 『서정주 시의 근대와 반근대』, 소명출판, 2003.

그레드힐, 크리스틴 편, 박현미 · 조혜정 공역, 『스타덤: 욕망의 산업1』, 시각과 언어, 1999.

모이, 토릴 저, 임옥희 외 역,『성과 텍스트의 정치학』, 한신문화사, 1994.

뒤르포, 프랑소와 저, 곽한주·이채훈 역,『히치콕과의 대화』, 한나래, 2000.

차일즈, 피터·패트릭, 윌리엄스 저, 김문환 역,『탈식민주의 이론』, 문예출판사, 2004.

한일여성공동역사교재 편찬위원회,『여성의 눈으로 본 한일 근현대사』, 한울 아카데미, 2005.

후지이 다다토시 저, 이종구 역,『갓포기와 몸뻬, 전쟁』, 일조각, 2008.

4. 국외서

ピーターB. ハイ,『帝國の銀幕』, 名古屋大學出版会, 2001.

臼井勝美,『日中戰爭』, 中央公論, 2006.

大村益夫,『愛する大陸よ』, 大和書房, 1992.

林 茂,『日本の歷史(25)-太平洋戰爭』, 中央公論新社, 2006.

四方田犬彦,『日本の女優』, 岩波書店, 2000.

歷史群像編輯部 編,『第二次大戰戰鬪機ガイド-日米英獨』, 學研パブリッシング, 2010.

一ノ瀨俊也,『皇軍兵士の日常生活』, 講談社, 2009.

日本戰沒學生記念會 編,『新版 きけわだつみのこえ―日本戰沒學生の手記』, 巖波書店, 1995.

_____,『きけわだつみのこえ―日本戰沒學生の手記「第2集」』, 巖波書店, 2003.

前坂俊之,『太平洋戰爭と新聞』, 講談社, 2007.

Empson, William, *Seven Types of Ambiguity*, New York: W. W. Norton & Co Inc, 1966.

찾아보기

■ 서명&잡지 색인

■ 작품 및 자료 색인

■ 인명색인

저자 | 김승구

서울대 국문과와 동 대학원을 졸업하고 서울대, 광운대, 한신대, 대전대, 서원대, 서경대에서 강의를 했다. 2006년부터 세종대 국문과에서 한국현대시 강의를 하고 있다. 식민지시대 한국현대시를 주로 공부하고 있다. 또 문학과는 다른 맥락에서 틈틈이 한국영화사 공부도 하고 있다. 식민지시대 영화문화를 조명한 책이 조만간 출간될 예정이다.

저서로는 『이상, 욕망의 기호』(월인, 2004), 『이상 문학 연구의 새로운 지평』(역락, 2006, 공저), 논문으로는 「고정희 초기시의 민중신학적 인식」(『한국문학이론과 비평』 37집, 한국문학이론과비평학회, 2007.12), 「1960년대 후반 김수영 시의 미디어 수용 양상」(『정신문화연구』 126호, 한국학중앙연구원, 2012) 등이 있다.

식민지시대 시의 이념과 풍경

초판 인쇄 l 2012년 4월 5일
초판 발행 l 2012년 4월 13일

저 자 김승구

책임편집 윤예미

발 행 처 도서출판 지식과교양
등록번호 제 2010-19호
주 소 서울시 도봉구 창5동 262-3번지 3층
전 화 (02) 900-4520 (대표)/ 편집부 (02) 900-4521
팩 스 (02) 900-1541
전자우편 kncbook@hanmail.net

ISBN 978-89-94955-78-0 93810   **정가** 30,000원

이 도서의 국립중앙도서관 출판도서목록(CIP)은 e-CIP홈페이지(http://www.nl.go.kr/ecip)에서
이용하실 수 있습니다. (CIP제어번호: CIP2012001599)